# O BECO DAS ILUSÕES PERDIDAS

William Lindsay Gresham

*Tradução*
Flávia Souto Maior

Copyright © William Lindsay Gresham, 1946
Copyright renewal © Renne Gresham, 1974. Em acordo com o proprietário.
Copyright © Editora Planeta do Brasil, 2021
Copyright © Flávia Souto Maior
Todos os direitos reservados.
Título original: *Nightmare Alley*

*Preparação:* Andréa Bruno
*Revisão:* Fernanda Guerriero Antunes e Laura Folgueira
*Diagramação:* Nine Editorial
*Ilustrações de miolo:* páginas 2-3, 7, 16 e 304: Amanda Miranda; demais páginas: Wonder-studio/Shutterstock
*Capa e ilustrações de capa:* Amanda Miranda

Dados Internacionais de Catalogação na Publicação (CIP)
Angélica Ilacqua CRB-8/7057

---

Gresham, William Lindsay - 1909-1962
   O beco das ilusões perdidas / William Lindsay Gresham; tradução de Flávia Souto Maior. – São Paulo: Planeta, 2021.
304 p.

ISBN 978-65-5535-522-2
Título original: Nightmare Alley

1. Ficção norte-americana 2. Artistas de circo – Ficção 2. Médium – Ficção I. Título II. Maior, Flávia Souto

21-3705                                       CDD 813.6

---

Índice para catálogo sistemático:
1. Ficção norte-americana

Ao escolher este livro, você está apoiando o manejo responsável das florestas do mundo

2021
Todos os direitos desta edição reservados à Editora Planeta do Brasil Ltda.
Rua Bela Cintra, 986, 4º andar – Consolação
São Paulo – SP – 01415-002
www.planetadelivros.com.br
faleconosco@editoraplaneta.com.br

**Acreditamos nos livros**

Este livro foi composto em Dante MT Std e impresso pela Gráfica Santa Marta para a Editora Planeta do Brasil em outubro de 2021.

# SUMÁRIO

**INTRODUÇÃO**  7

CARTA I
**O LOUCO**  19

CARTA II
**O MAGO**  25

CARTA III
**A SACERDOTISA**  44

CARTA IV
**O MUNDO**  64

CARTA V
**A IMPERATRIZ**  101

CARTA VI
**O JULGAMENTO**  108

CARTA VII
**O IMPERADOR**  124

CARTA VIII
**O SOL**  136

CARTA IX
**O SACERDOTE**  150

CARTA X
**A LUA**  162

CARTA XI
## OS ENAMORADOS 175

CARTA XII
## A ESTRELA 188

CARTA XIII
## O CARRO 205

CARTA XIV
## A TORRE 234

CARTA XV
## A JUSTIÇA 254

CARTA XVI
## O DIABO 261

CARTA XVII
## O EREMITA 264

CARTA XVIII
## A TEMPERANÇA 271

CARTA XIX
## A RODA DA FORTUNA 273

CARTA XX
## A MORTE 283

CARTA XXI
## A FORÇA 288

CARTA XXII
## O ENFORCADO 297

# INTRODUÇÃO
NICK TOSCHES

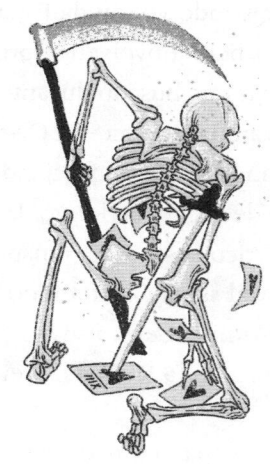

Muitos que estiverem com estas páginas em mãos já terão lido *O beco das ilusões perdidas*, mas espero que outros tantos se sintam atraídos a conhecer esta obra singular pela primeira vez. Invejo estes últimos e não quero interferir na experiência que os aguarda entrando em questões que revelem seu enredo – o qual, do início ao fim, vai tornando-se cada vez mais poderoso e bizarro. No entanto, parafraseando Ezra Pound, um pouco de conhecimento não faz mal a ninguém.

Este livro, publicado pela primeira vez em 1946, nasceu entre o fim de 1938 e o início de 1939, inverno no hemisfério norte, em um povoado próximo a Valencia, onde William Lindsay Gresham, um dos voluntários internacionais que haviam ido defender a república na causa perdida da Guerra Civil Espanhola, aguardava a repatriação. Ele esperava e bebia com Joseph Daniel Halliday, um homem que lhe contou algo que o surpreendeu e assustou: uma atração de parque de diversões itinerante que chamavam de "selvagem", um bêbado que estava tão no fundo do poço que arrancava, a mordidas, cabeças de galinhas e cobras só para conseguir bebida para encher a cara. Bill Gresham tinha apenas vinte e nove anos na época. Depois, ele diria: "Aquela história me assombrou. Finalmente, para me livrar dela, fui obrigado a escrevê-la. O romance, baseado nela, pareceu horrorizar tanto os leitores quanto a história original havia me horrorizado".

Quando voltou da Espanha, segundo o próprio relato, Gresham não estava bem. Envolveu-se profundamente com psicanálise, uma das muitas formas que buscou durante a vida para expulsar seus demônios internos.

Enquanto escrevia *O beco das ilusões perdidas*, Gresham afastou-se da psicanálise e ficou fascinado pelo tarô, que descobriu quando mudou o foco de Freud, ao longo da pesquisa para *O beco das ilusões perdidas*, para o místico russo P. D. Ouspensky (1878-1947).

Mal sabia Gresham do artigo que Freud apresentou na Conferência do Comitê Central da Associação Internacional de Psicanálise em setembro de 1921. Nele, Freud declarou:

Não parece mais possível negar o estudo dos chamados fatos ocultos; de coisas que parecem autorizar a existência real de forças psíquicas diferentes das forças conhecidas da psique humana e animal, ou que revelam faculdades mentais em que, até agora, nós não acreditávamos.

Freud e Ouspensky podiam, então, ter caminhado ainda mais juntos pelo beco dos pesadelos de Gresham.

Gresham usou o tarô para estruturar seu livro. O baralho de tarô consiste em vinte e duas cartas de arcanos maiores, das quais vinte e uma são numeradas, e cinquenta e seis cartas divididas em quatro naipes: paus, copas, espadas e ouros. O baralho é usado há séculos tanto para jogos de azar quanto para leitura da sorte. No caso da leitura, as cartas conhecidas como arcanos maiores são empregadas primariamente e são elas que dão título aos capítulos de *O beco das ilusões perdidas*. A primeira carta é a do Louco, que não tem número, e a última é a do Mundo. Gresham inicia o livro com o Louco, mas depois embaralha as cartas. Seu baralho termina com o Enforcado.

Por mais intensas que sejam as investigações psicológicas de *O beco das ilusões perdidas*, estranhamente o próprio tarô é às vezes apresentado com um quê de seriedade fatídica e credibilidade entre todas as objeções espiritualistas do romance que, para Gresham e seus personagens, não passam de embustes para idiotas.

É interessante também que, enquanto ainda se submetia à psicoterapia, Gresham tenha criado em *O beco das ilusões perdidas*, na personagem batizada de forma um tanto canhestra, a dra. Lilith Ritter, a psicóloga mais violentamente cruel da história da literatura.

Ele diria mais tarde que seus seis anos de terapia haviam, ao mesmo tempo, sido sua salvação e seu fracasso: "Mesmo naquela época, eu não estava bem, pois a neurose deixara sequelas. Durante anos de análise, trabalho editorial e a tensão de crianças pequenas em salas pequenas, eu controlara ansiedades entorpecendo-as com álcool". E acrescentou: "Eu sentia que não conseguia parar de beber. Tinha me tornado fisicamente um alcoólatra. E, contra o alcoolismo nesse estágio, Freud não tem poder algum".

Nada digno de leitura jamais foi redigido por alguém que escrevia alcoolizado, mas *O beco das ilusões perdidas* revela sinais de que sua escrita foi regada a bebedeira. O álcool é um elemento tão forte no romance que quase pode ser considerado um personagem, uma presença essencial, como a Moira na tragédia grega. O *delirium tremens* se contorce e ataca como as serpentes neste livro. A máxima de William Wordsworth de que poesia é "emoção recordada em um estado de tranquilidade" aqui encontra um correspondente da evocação em sobriedade de Gresham do que ele chama em seu romance de "os horrores".

Certamente, nesse sentido, "os horrores" fizeram parte da linguagem coloquial, ao menos entre bêbados e viciados em ópio, antes de Robert Louis Stevenson usar o termo em *A ilha do tesouro* (1883), ainda muito corrente nos dias de hoje.

A questão da linguagem é importantíssima aqui. A excruciante prosa de Gresham é impecável, assim como seu uso de gírias em diálogos e monólogos interiores. Nunca pretensiosa, mas sempre natural e eficiente.

Como notado em um pequeno perfil dele publicado em *The New York Times Book Review* logo após o lançamento do romance, "entre os interesses de Gresham estão homens confiantes, suas artimanhas de linguajar, as quais ele joga com uma facilidade mansa que, como um executivo da Rinehart dizia outro dia, é suficiente para assustar um cidadão comum, cumpridor da lei".

O termo *geek* (derivado de *geck*, palavra em inglês para tolo, idiota ou ingênuo, em uso desde pelo menos o início do século XVI até o XIX) era amplamente desconhecido nesse sentido de "homem animalesco" dos parques de diversões itinerantes, que morde cabeças de galinhas ou cobras vivas, até Gresham introduzi-lo ao público geral em *O beco das ilusões perdidas*. Em novembro de 1947, o popular Nat "King" Cole Trio gravou uma música chamada "The Geek".

Como elaboração de *cinch* – aqui traduzido como "é batata" –, a frase *"lead-pipe cinch"*, que denota uma coisa garantida, existe desde o século XIX e ficaria em voga por mais um bom tempo. Ela pode ser encontrada em *O homem do braço de ouro* (1949), de Nelson Algren, e em uma reportagem de finanças de 1974 no *New York Times*.

Algumas das gírias fascinantes que Gresham usou parecem ter aparecido impressas pela primeira vez em *O beco das ilusões perdidas*. *Geek*, nesse sentido de atração de parque, pode ter sido uma delas. A primeira ocorrência encontrada até o momento na seção de parques itinerantes da *Billboard* aparece em um anúncio de 31 de agosto de 1946, depois que o livro estava pronto para venda: *"no geek or girl shows"* – "exceto selvagens e garotas" –, dizia a nota em que a Howard Bros. Shows buscava números e concessões. (Os anúncios à procura de *geeks* na seção de parques itinerantes da *Billboard* continuaram até pelo menos 1960. Um anúncio da Johnny's United Shows na edição de 17 de junho de 1957 era direto: "Procuro excelente *geek* para *Geek Show*. É necessário saber lidar com cobras".)

A frase *"cold reading"* – leitura a frio – quase certamente apareceu impressa pela primeira vez aqui, assim como a inesquecível expressão *"spook racket"* – farsa mediúnica. (Ficamos cientes do significado dessas gírias à medida que as encontramos. Gresham nunca se dobra a explicações por meio de diálogos forçados.)

Ambas as expressões aparecem a seguir, quase imediatamente e na mesma sentença, em *The Dead Do Not Talk* (1946), de Julien J. Proskauer, que foi recebido pela Biblioteca do Congresso quase quatro meses depois do romance de Gresham e registrado com um número de controle posterior. Após isso, o termo *"cold reading"* é encontrado no ano seguinte em *Mainly Mental*, guia das artes espirituais, autoimpresso e encadernado com espiral, de C. L. Boarde, e então passa a ser usado mais amplamente, enquanto *"spook racket"* parece desaparecer em seu merecido trono solitário atrás do véu.

A passagem em que *"cold reading"* aparece pela primeira vez, no quarto capítulo, "O Mundo", também contém um dos momentos críticos do romance, quando o personagem central da história, Stan, lendo o antigo caderno do adivinho Pete, que havia muito perdera sua grandeza, depara-se com as palavras "é possível controlar qualquer um descobrindo-se o que ele teme" e "o medo é a chave para a natureza humana".

[Stan] olhou além das páginas para o papel de parede extravagante e, através dele, para o mundo. O selvagem foi forjado pelo medo. Tinha medo de ficar sóbrio e sentir os horrores. Mas o que o tornou um bêbado? Medo. Descubra do que eles têm medo e venda a eles. Esta é a chave.

Aqui também, em "O Mundo", está a visão de linguagem de Stan, e Gresham, que fascina. À medida que Stan entra no sul remoto e repleto de pinheiros, onde a clarividente conseguia vender mais raízes de jalapa do que as cartas com horóscopo que oferecia no fim de sua apresentação:

A fala o fascinava. Seu ouvido captava o ritmo e ele registrava seu dialeto e depois aproveitava parte da linguagem em seu discurso. Havia encontrado o raciocínio por trás do vocabulário peculiar e arrastado dos velhos trabalhadores do parque – era uma combinação de todas as regiões espalhadas pelo país. Uma linguagem que parecia do sul aos que vinham do sul, do oeste aos que vinham do oeste. Era a fala do solo, e sua lentidão correspondia à agilidade dos cérebros que a proferiam. Era uma linguagem calma, iletrada e grosseira.

Essa é a linguagem de *O beco das ilusões perdidas*, e muitos críticos mais refinados da época a consideraram chocante e brutal. O lirismo ferino de Gresham é único: por vezes um letramento de sarjeta que investiga as estrelas; por vezes um letramento celestial que investiga a sarjeta.

O beco dos pesadelos para o qual William Lindsay Gresham nos conduz não é de depravação moral, pois os escrúpulos da moralidade nada têm a ver com isso.

O romance de Gresham é um conto sobre muitas coisas: a insensatez da fé e a perspicácia daqueles que a propagam; o alcoolismo e o terror destrutivo do *delirium tremens*; o baralho da fortuna, que atribui seus destinos fatais ao acaso. O que ele não é: uma história de crime e castigo, de pecado e punição. Vê-lo dessa forma é interpretá-lo mal. O que consideramos ser crime e pecado permeia esse beco, mas o castigo e a punição aqui parecem mais os ganhos da própria vida.

"Era o beco escuro mais uma vez", Stan diz a si mesmo em *O beco das ilusões perdidas*.

Desde criança, Stan tinha aquele sonho. Estava correndo por um beco escuro, com prédios vazios e ameaçadores de ambos os lados. Lá no fim, uma luz ardia; mas havia algo atrás dele, bem atrás, chegando mais perto, até que ele acordava tremendo e nunca alcançava a luz.

Stan reflete sobre seus alvos, sobre todos: "Eles também têm... um beco do pesadelo". Sim, como Stan – ou melhor, Gresham – observa em outro lugar, o medo é a chave para a natureza humana.

E Stan e Gresham eram, de fato, um só. Há uma estranha carta, desgastada e rasgada, preservada na coleção do Wade Center, do Wheaton College, escrita por Gresham em 1959, quando o fim estava próximo. Nela, ele escreveu: "Stan é o autor".

Quando foi publicado, em setembro de 1946, *O beco das ilusões perdidas* tornou-se um romance aclamado e de sucesso, e também condenado e proibido. Durante trinta anos após a primeira edição de 1946, todas as edições posteriores foram adulteradas e censuradas. Para citar apenas um exemplo, em vez de "damas da alta sociedade com gonorreia, banqueiros que davam a bunda", os leitores encontravam "damas da alta sociedade com doenças sexualmente transmissíveis, banqueiros com olhares suspeitos".

Em pouco menos de uma década, tudo isso foi quase completamente esquecido. Dezesseis outonos depois, em setembro de 1962, o corpo de Gresham foi encontrado, após seu suicídio, em um quarto de hotel próximo à Times Square. Ele havia completado cinquenta e três anos algumas semanas antes. E estava de posse de cartões de visita que diziam:

```
┌─────────────────────────────────────────────────┐
│                                                 │
│   SEM ENDEREÇO                  SEM TELEFONE    │
│                                                 │
│                                                 │
│                   APOSENTADO                    │
│                                                 │
│                                                 │
│   SEM TRABALHO                  SEM DINHEIRO    │
│                                                 │
└─────────────────────────────────────────────────┘
```

E assim o beco, a corrida e a luz além do alcance chegaram ao fim – para o homem que escreveu sobre aquele beco e mesmo para nós, que lemos sobre ele.

*Para*
JOY DAVIDMAN

Madame Sosostris, célebre vidente,
Contraiu incurável resfriado; ainda assim,
É conhecida como a mulher mais sábia da Europa,
Com seu trêfego baralho. Esta aqui, disse ela,
É tua carta, a do Marinheiro Fenício Afogado.
(Estas são as pérolas que foram seus olhos. Olha!)
Eis aqui Beladona, a Madona dos Rochedos,
A Senhora das Situações.
Aqui está o homem dos três bastões, e aqui a Roda da Fortuna,
E aqui se vê o mercador zarolho, e esta carta,
Que em branco vês, é algo que ele às costas leva,
Mas que a mim proibiram-me de ver. Não acho
O Enforcado. Receia morte por água...
— *A terra desolada*[1]

    Pois em Cumas vi, com os próprios olhos, a Sibila suspensa dentro de um frasco. E, quando os meninos lhe perguntaram "O que desejas, Sibila?", ela respondeu: "Eu desejo a morte".
— *Satíricon*

---

1. Tradução de Ivan Junqueira em *Poesia,* de T.S. Eliot (Rio de Janeiro: Nova Fronteira, 1981).

## CARTA I
# O LOUCO

*Caminha com trajes coloridos, de olhos fechados, à beira de um precipício no fim do mundo.*

STAN CARLISLE AFASTOU-SE DA ENTRADA DO CERCADO DE LONA, SOB A LUZ forte de uma única lâmpada, e observou o selvagem.

Era um homem magro que usava uma espécie de macacão de corpo inteiro tingido de um tom achocolatado. A peruca, preta, parecia um esfregão, e a maquiagem marrom no rosto macilento, escorrida e borrada pelo calor, tinha sido espalhada ao redor da boca.

Naquele momento, o selvagem estava apoiado na parede da jaula, enquanto ao seu redor havia algumas – bem poucas – cobras levemente enroladas, sentindo a noite quente de verão, morosamente incomodadas pela luz. Uma pequena e delgada cobra-de-leite tentava subir pela parede do cercado e caía para trás.

Stan gostava de cobras. A repulsa que sentia era por elas estarem confinadas com tal espécime de homem. Do lado de fora, o apresentador ia chegando ao clímax. Stan virou a bela cabeça loira na direção da entrada.

— ... De onde ele veio? Só Deus sabe. Foi encontrado em uma ilha deserta a oitocentos quilômetros da costa da Flórida. Meus amigos, nesse cercado, vocês verão um dos mistérios inexplicados do universo. Um homem ou uma fera? Vocês o verão vivendo em seu hábitat natural entre os répteis mais peçonhentos do mundo. Ora, ele acaricia aquelas serpentes como uma mãe acariciaria seu bebê. Ele não come, não bebe, mas vive inteiramente sobre a face da Terra. E vamos alimentá-lo mais uma vez! Será feita uma pequena cobrança adicional para essa atração, mas não é um dólar, não são vinte e cinco centavos... Apenas uma moedinha pequena e fria de dez centavos ou duas de cinco, um décimo de dólar. Corram, corram, corram!

Stan foi para trás do cercado de lona.

O selvagem remexeu sob um saco de aniagem e encontrou algo. Ouviu-se o som de uma rolha sendo retirada e de alguns goles curtos e rápidos e um suspiro.

Os "alvos" chegaram – jovens com chapéus de palha e casacos sobre o braço; aqui e ali, uma mulher gorda com olhos maliciosos. *Por que esse tipo sempre tem olhos maliciosos?*, Stan se perguntou. A mulher esquelética com a garotinha anêmica a quem prometera que veria tudo o que estava sendo exibido. O bêbado. Era como um caleidoscópio – o desenho sempre mudando, as partículas sempre as mesmas.

Clem Hoately, dono e apresentador do show de variedades, abriu caminho em meio à multidão. Tirou uma garrafa de água do bolso, tomou um gole para molhar a garganta e cuspiu no chão. Então subiu no degrau. De repente, sua voz tornou-se grave e coloquial e pareceu acalmar o público.

— Pessoal, peço que se lembrem de que essa apresentação está sendo feita visando apenas aos interesses da ciência e da educação. Essa criatura que estão vendo diante de seus olhos...

Uma mulher olhou para baixo e, pela primeira vez, avistou a pequena cobra-de-leite, ainda tentando escalar freneticamente para sair do buraco. Ela sibilou ao puxar o ar entre os dentes.

— ... essa criatura foi examinada pelos principais cientistas da Europa e dos Estados Unidos e considerada um homem. Quer dizer, ele tem dois braços, duas pernas, uma cabeça e um corpo, como um homem. Mas, dentro da cabeça cheia de cabelos, está o cérebro de uma fera. Veem como ele se sente mais à vontade com répteis da selva do que com a espécie humana?

O selvagem havia apanhado uma cobra preta, segurando bem atrás de sua cabeça para que ela não pudesse atacá-lo, e a balançava nos braços como um bebê, murmurando sons.

O apresentador esperou enquanto a multidão observava, boquiaberta.

— Vocês podem estar se perguntando como ele convive com serpentes venenosas sem se ferir. Ora, meus amigos, o veneno não tem efeito nenhum sobre ele. Mas, se ele resolvesse fincar os dentes na minha mão, nada neste mundo sagrado poderia me salvar.

O selvagem rosnou, piscando estupidamente para a luz da lâmpada pendurada. Stan notou, em um canto da boca dele, o leve brilho de um dente de ouro.

— Entretanto, senhoras e senhores, quando eu disse que essa criatura era mais fera que homem, não estava pedindo que acreditassem apenas em minha palavra. Stan... — Ele se virou para o jovem, cujos brilhantes olhos azuis não guardavam nenhum traço de revelação. — Stan, vamos alimentá-lo mais uma vez apenas para esse público. Me passe a cesta.

Stanton Carlisle se abaixou, pegou uma pequena cesta de mercado coberta e a jogou sobre a cabeça das pessoas na multidão. Todos se afastaram, apertando-se e empurrando-se. Clem Hoately, o apresentador, soltou um riso cansado.

— Está tudo bem, pessoal. Nada que já não tenham visto antes. Não, imagino que todos saibam o que é isso. — Da cesta, ele tirou uma galinha da raça legorne, não totalmente crescida, que resmungava. Então, levantou-a para que todos a pudessem ver. Com uma das mãos, pediu silêncio.

Os pescoços se inclinaram para baixo.

O selvagem havia avançado de quatro, boquiaberto, sem expressão. De repente, o apresentador jogou a franga no buraco, provocando uma revoada de penas.

O selvagem se aproximou dela, balançando a peruca de algodão preto que parecia um esfregão. Tentou agarrar a ave, mas ela abriu as asas curtas em um furor de sobrevivência e se esquivou. Ele rastejou atrás dela.

Pela primeira vez, o rosto pintado do selvagem mostrou alguma vida. Os olhos injetados de sangue estavam quase fechados. Stan viu seus lábios formarem palavras sem som. As palavras eram:

— Seu filho da puta.

Devagar, o jovem desvencilhou-se da multidão tensa que olhava para baixo. Caminhou com formalidade ao redor da entrada com as mãos no bolso.

Do buraco ouviu-se um cacarejo apavorado e a multidão perdeu o fôlego. O bêbado batia o chapéu de palha imundo nas grades.

— Pega lá a galinha, rapaz! Vai, pega lá a galinha!

Então uma mulher gritou e começou a pular para cima e para baixo em movimentos espasmódicos. A multidão murmurava coisas ininteligíveis, pressionando-se fortemente junto às paredes de tábua do buraco e esticando-se. O cacarejo foi interrompido e ouviu-se um bater de dentes e um grunhido de alguém fazendo esforço.

Stan enfiou as mãos mais fundo nos bolsos. Passou pela fenda que servia de entrada para o palco principal do show de variedades, atravessou até o portão e, do centro, ficou olhando para o parque itinerante. Quando tirou as mãos do bolso, uma delas segurava uma moeda brilhante de cinquenta centavos. Tentou alcançá-la com a outra mão, mas ela desapareceu. Então, com um sorriso interno, secreto, de desdém e triunfo, tateou o forro das calças brancas de flanela e tirou a moeda.

Contrastando com a noite de verão, as luzes da roda-gigante piscavam com a euforia de diamantes falsos, e o sopro do calíope soava como se os tubos de vapor estivessem cansados.

— Deus do céu, está quente, não está, garoto?

Clem Hoately, o apresentador, estava ao lado de Stan e secava o suor da faixa do chapéu-panamá com um lenço.

— Ei, Stan, corra até a barraca de sucos e me traga um refresco de limão. Aqui tem dez centavos. Compre um para você também.

Quando Stan voltou com as garrafas geladas, Hoately ergueu a sua em um gesto de agradecimento.

— Nossa, minha garganta está seca feito areia do deserto.

Stan tomava o refresco lentamente.

— Sr. Hoately?

— Quê?

— Como se faz para um homem virar um selvagem? Ou esse é o único? Quero dizer... o cara já nasce daquele jeito? Gostando de arrancar a cabeça de galinhas a dentadas?

Clem fechou um dos olhos devagar.

— Deixe-me dizer uma coisa, rapaz. No parque, você não pergunta nada. Assim ninguém te conta nenhuma mentira.

— Certo. Mas o senhor simplesmente encontrou esse sujeito... fazendo... fazendo isso atrás de algum celeiro e bolou a apresentação?

Clem puxou o chapéu para trás.

— Gosto de você, rapaz. Gosto muito. E só por isso vou te fazer um agrado. *Não* vou te dar um pé na bunda, entendeu? Esse é o agrado.

Stan sorriu, sem tirar nem por um instante os vivos olhos azuis do rosto do homem mais velho. De repente, Hoately abaixou a voz.

— Só porque sou seu amigo, não vou te enganar. Você quer saber de onde saem os selvagens. Bem, ouça... não é algo que se acha. É algo que se *cria*.

Ele esperou o jovem absorver a ideia, mas Stanton Carlisle não moveu um músculo.

— Certo. Mas como?

Hoately pegou o jovem pela frente da camisa e o puxou para mais perto.

— Ouça, rapaz. Eu vou ter que desenhar? Você pega um cara e ele não é um selvagem... é um bêbado. Um pau-d'água inveterado. Daí você diz o seguinte: "Tenho um trabalhinho para você. É um trabalho temporário. Temos que arrumar um novo selvagem. Então, até conseguirmos, você veste a fantasia de selvagem e finge. Você não precisa fazer nada. Vai ter uma lâmina de navalha na mão e, quando pegar a galinha, basta fazer um corte com a lâmina e fingir que está bebendo o sangue. A mesma coisa com ratos. Os alvos não vão saber a diferença.

Hoately passou os olhos pelo centro do parque, avaliando a multidão. Então se virou novamente para Stan.

— Bem, ele faz isso por uma semana e você não deixa faltar a bebida e um lugar para ele dormir até curar a bebedeira. Ele até gosta. Acha que é o paraíso. Então, depois de uma semana, você vai e fala para ele o seguinte, você diz: "Bem, preciso arrumar um selvagem de verdade. Você já pode ir". Ele se assusta com isso, porque nada assusta mais um verdadeiro beberrão do que a possibilidade de não molhar o bico e sentir os horrores da abstinência. Ele diz: "Qual é o problema? Não estou fazendo direito?". Daí você responde: "Está uma porcaria. Você não consegue atrair nenhuma multidão fingindo ser um selvagem. Devolva a fantasia. Já deu". E sai andando. Ele vem seguindo você, implorando por outra chance, e você diz: "Está bem. Mas só mais esta noite e depois você vai embora". Mas você entrega a bebida a ele. À noite, você arrasta o sermão e dá uma boa exagerada. O tempo todo que você está falando, ele está pensando em ficar sem a bebida e começar a sentir os tremores. Enquanto está falando, você dá a ele tempo para pensar. Então joga a galinha. E assim ele se transforma em um selvagem.

A multidão estava saindo da apresentação do selvagem, todos pálidos, apáticos e calados, à exceção do bêbado. Stan os observava com um sorriso estranho, doce e distante no rosto. Era o sorriso de um prisioneiro que havia encontrado uma serrinha dentro de uma torta.

## CARTA II
# O MAGO

*Aponta a varinha de fogo para o céu e a outra mão para a terra.*

— Se vierem por aqui, pessoal, quero chamar a atenção de vocês para a atração sendo apresentada na primeira plataforma. Senhoras e senhores, vocês estão prestes a testemunhar umas das performances mais espetaculares de força física que o mundo já viu. Alguns dos jovens aqui do grupo parecem bem fortes, mas quero dizer uma coisa, amigos, o homem que estão prestes a ver faz um ferreiro comum ou um atleta parecerem bebês de colo. O poder de um gorila africano no corpo de um deus grego. Senhoras e senhores, Herculo, o homem mais perfeito do mundo.

*Bruno Hertz*: Se pelo menos uma vez ela olhasse para cá quando estou sem o roupão, eu poderia cair morto no mesmo minuto. *Um Gotteswillen*, eu arrancaria meu coração e entregaria para ela em uma bandeja. Será que ela nunca vai perceber isso? Não consigo nem reunir coragem para pegar na mão dela no cinema. Por que os homens sempre têm que sentir isso por alguma mulher? Não posso nem dizer a Zeena como sou louco por ela, porque Zeena colocaria nós dois juntos e eu me sentiria um *dummkopf* por não saber como falar com ela. Molly –

um lindo nome *Amerikanische*. Ela nunca vai me amar. No fundo, eu sei. Mas eu poderia despedaçar qualquer um dos lobos desse show se fossem machucar aquela garota. Se um deles tentasse, talvez Molly pudesse ver. Talvez só então ela pudesse imaginar o que sinto e trocar uma palavra comigo para eu lembrar sempre. Para lembrar quando voltasse para Viena.

— ... bem aqui, pessoal. Podem chegar um pouco mais perto? Pois essa atração não é a maior coisa que já viram. O que acha, Major? Senhoras e senhores, agora apresento, para sua edificação e entretenimento, Major Mosquito, o menor ser humano de que se tem registro. Cinquenta centímetros, dez quilos e vinte anos. E ele tem muitas grandes ideias para sua idade. Se algumas das garotas aqui quiser sair com ele depois da apresentação, é só falar comigo que eu acerto tudo. O Major agora vai entretê-los com um pequeno número que é sua especialidade. Ele vai sapatear e cantar a velha e sublime canção "Sweet Rosie O'Grady". Vamos lá, Major.

*Kenneth Horsefield*: Se eu acender um fósforo e segurar bem perto daquele nariz de macaco enorme, será que vou ver os pelos daquelas narinas pegarem fogo? Nossa, que macaco! Queria que ele fosse amarrado com a boca aberta para que eu ficasse ali fumando meu charuto e arrancando-lhe os dentes um a um. Macacos. São todos macacos. Principalmente as mulheres com suas caras de lua cheia. Queria enfiar um martelo nelas e assistir enquanto se esparramassem feito abóboras. Com as bocas grandes e engorduradas abertas como túneis. Gordura e sujeira, todas elas.
Nossa, lá vai. Aquele mesmo deboche de sempre. Uma mulher cochicha com a outra por trás da mão. Se vejo aquela mão subindo e aquele gesto mais uma vez boto esse lugar abaixo aos gritos. Um milhão de vadias e é sempre o mesmo maldito deboche coberto pela mesma maldita mão, e a outra sempre mascando chiclete. Um dia vou acabar com elas. Não tenho aquele berro guardado no baú para bancar o bonzinho. E vai ser essa a vadia que vou arrebentar. Já devia ter feito isso antes. Só que eles iam rir de me ver segurando a coronha com uma mão e apertando o gatilho com a outra.

*Joe Plasky*: Obrigado, professor. Senhoras e senhores, sou conhecido como o Acrobata Incompleto. Como podem ver, minhas duas pernas estão aqui, mas não servem para muita coisa. Tive paralisia infantil, e elas simplesmente nunca cresceram. Então resolvi dar um nó nelas assim e esquecer que existem e seguir com a vida. É assim que subo as escadas. Eu me apoio nas mãos. Estabilizo. E lá vamos nós com um impulso, um pulo e um salto. Para descer, é só virar, fácil, fácil. Obrigado, pessoal.

"Agora, outro pequeno número que desenvolvi sozinho. Às vezes, no bonde lotado, não tenho espaço suficiente para me apoiar nas duas mãos. Então dou um impulso. Estabilizo. E fico apoiado em uma só! Muito obrigado.

"Agora, para meu próximo número, vou fazer uma coisa que nenhum outro acrobata no mundo jamais tentou. Um salto mortal completo, começando com uma parada de mãos e caindo sobre as mãos de novo. Estão todos prontos? Vamos lá. É um belo truque... se eu conseguir. Talvez seja melhor alguns de vocês aí da primeira fileira darem uns passos para trás. Não precisa. Estou só brincando. Até agora, nunca errei. Como podem ver, ainda estou na terra dos vivos. Certo, lá vamos nós... Para o alto e *vira*! Muito obrigado, pessoal.

"E agora, se puderem chegar um pouco mais perto, vou distribuir algumas lembrancinhas. Naturalmente, não dá para ficar rico distribuindo mercadorias, mas vou fazer o possível. Tenho aqui um pequeno livreto cheio de canções antigas, versos, piadas, histórias e jogos de salão. E não vou cobrar de vocês um dólar por ele, nem mesmo metade disso, mas apenas uma moedinha de dez centavos. É só o que custa, pessoal, dez centavos por uma noite inteira de diversão e fantasia. E, junto com ele, como um incentivo especial apenas nessa performance, essa pequena dançarina de papel. Segure um fósforo atrás do papel. Vocês verão a sombra dela, e é assim que a fazem balançar.

"Você quer uma? Obrigado, amigo. Aqui está, pessoal, repleto de poemas sortidos, leituras dramáticas e provérbios sagazes dos homens mais sábios do mundo. Por apenas dez centavos..."

Minha irmã me escreveu dizendo que as crianças estão de cama, com tosse comprida. Vou mandar uma caixa de tintas para ajudar a mantê-las quietas. Crianças adoram tinta. Vou mandar giz de cera também.

— Marinheiro Martin, a galeria de imagens viva. Senhoras e senhores, esse jovem que estão vendo diante de seus olhos foi para o mar muito novo. Sobreviveu a um naufrágio em uma ilha tropical em que havia apenas um outro habitante, um velho homem do mar que passou a maior parte da vida lá... um náufrago. Tudo o que havia conseguido salvar dos destroços de seu navio foi uma máquina de tatuagem. Para passar o tempo, ele ensinou a arte ao Marinheiro Martin, que praticou em si mesmo. A maioria dos padrões que estão vendo são o próprio trabalho. Vire-se, Marinheiro. Em suas costas, uma réplica daquela pintura mundialmente famosa, *Rock of Ages*. Em seu peito... Vire-se, Marinheiro... o encouraçado *Maine* explodindo no porto de Havana. Agora, se algum dos jovens da plateia quiser uma âncora, uma bandeira dos Estados Unidos ou as iniciais da namorada no braço, em três lindas cores, suba na plataforma e fale com o Marinheiro. Não é lugar para covardes.

*Francis Xavier Martin*: Rapaz, aquela morena fazendo o número da cadeira elétrica é uma belezura. O que eu tenho aqui a deixaria feliz e suplicando por mais! Só que Bruno viria para cima de mim como um gato selvagem. Será que vou ter notícias daquela ruiva de Waterville? Meu Deus, ainda não consegui me esquecer dela. Que corpo – e também sabe bem como usá-lo. Mas essa garota morena, a Molly, é o que há de melhor. Que belo par de peitos! Firmes e empinados – e não é a forma do sutiã, meu irmão. É obra de Deus.

Queria muito que aquele chucrute do Bruno estourasse uma veia qualquer dia desses, entortando aquelas ferraduras. Minha nossa, aquela Molly tem pernas como as de um cavalo de corrida. Talvez eu devesse dar um salto com ela e depois mandar tudo pelos ares. Meu Deus, valeria a pena correr esse risco.

— Por aqui, pessoal, bem ali. Nessa plataforma, vocês vão ver uma das mocinhas mais incríveis que esse mundão já conheceu. E, bem ao lado dela, temos uma réplica exata da cadeira elétrica da prisão de Sing Sing...

*Mary Margaret Cahill*: Não se esqueça de sorrir. Meu pai sempre dizia isso. Poxa, como eu queria que ele estivesse aqui. Se ao menos eu pudesse olhar para a plateia e o visse sorrindo para mim, tudo estaria numa boa. É hora de tirar o roupão e deixar que deem uma boa olhada. Meu pai querido, tome conta de mim...

O pai de Molly lhe ensinou uma porção de coisas maravilhosas durante a infância da filha, e também divertidas. Por exemplo, como sair de um hotel de maneira digna, com dois de seus melhores vestidos enrolados no corpo, debaixo daquele que estivesse vestindo. Eles tiveram que fazer isso uma vez em Los Angeles, e Molly conseguiu sair com todas as suas roupas. Só que quase pegaram seu pai, e ele teve que pensar rápido. Ele tinha uma ótima lábia e, sempre que se metia em apuros, Molly se contorcia por dentro de empolgação e divertimento, porque sabia que o pai sempre conseguia se safar justo quando os outros achavam que ele estava encurralado. Seu pai era incrível.

Ele sempre conhecia pessoas legais. Os homens às vezes eram meio bêbados, mas as mulheres que seu pai conhecia eram sempre belas e normalmente tinham cabelos ruivos. Molly sempre as achava maravilhosas, e elas lhe ensinaram a passar batom quando tinha onze anos. Da primeira vez que passou sozinha, colocou demais e seu pai caiu na gargalhada e disse que ela parecia ter saído de um bordel de menores de idade.

A moça com que seu pai tinha amizade na época – chamada Alyse – fez sinal para que ele se calasse e disse:

— Venha aqui, querida. Alyse vai te mostrar. Vamos tirar tudo isso e começar de novo. A ideia é que as pessoas nem percebam que você está de maquiagem... principalmente na sua idade. Agora, preste atenção. — Ela olhou com cuidado para o rosto de Molly e disse: — É por aqui que se começa. E não deixe ninguém te convencer a passar ruge em outro lugar. Você tem o rosto quadrado e a ideia é suavizá-lo e fazê-lo parecer redondo. — Ela mostrou a Molly exatamente como fazer e depois tirou tudo para que ela fizesse sozinha.

Molly queria que o pai a ajudasse, mas ele disse que não era sua praia. Tirar fazia mais seu tipo, principalmente dos colarinhos das camisas. Molly sentiu-se péssima ao ter que fazer aquilo sozinha, pois teve medo de não fazer direito. Por fim, chorou um pouco e seu pai a pegou no colo e Alyse lhe mostrou novamente e, depois disso, ela sempre usou maquiagem e ficou tudo bem... as pessoas nem notavam.

— Minha nossa, sr. Cahill, que criança adorável! É a imagem da saúde! Que lindas bochechas rosadas!

Ao que seu pai respondia:

— De fato, madame! Ela toma muito leite e vai cedo para a cama.

Então ele dava uma piscadinha para Molly, porque ela não gostava de leite e seu pai dizia que cerveja fazia o mesmo bem para a saúde, e ela também não gostava muito de cerveja, mas estava sempre geladinha e, além disso, vinha acompanhada de *pretzels*. Seu pai também dizia que era uma pena ir para a cama cedo e perder tudo, quando se podia dormir até tarde no dia seguinte para botar o sono em dia – a menos que fosse preciso estar na pista para um treino matutino, para cronometrar o tempo de um cavalo. Então era melhor ficar acordado e ir para a cama só depois.

Só que, quando seu pai ganhava uma bolada nas corridas de cavalo, ele sempre ficava bêbado. E, quando isso acontecia, sempre tentava mandá-la para a cama justo quando estava se divertindo, porque outras pessoas na multidão sempre ficavam tentando convencê-la a beber. Molly nunca ligou para bebida alcoólica. Uma vez, em um hotel em que estavam ficando, uma garota ficou terrivelmente embriagada e começou a tirar a roupa. Tiveram que colocá-la na cama, no quarto ao lado do de Molly. Muitos homens entraram e saíram a noite toda, e no dia seguinte a polícia chegou e prendeu a garota, e Molly ouviu pessoas falando sobre o ocorrido, e alguém disse depois que eles deixaram a garota ir embora, mas ela teve que ir ao hospital porque, de algum modo, havia sido ferida por dentro. Depois disso, Molly nunca suportou a ideia de ficar bêbada, pois qualquer coisa poderia acontecer, e nenhuma mulher devia deixar um homem fazer nada com ela a menos que estivesse apaixonada por ele. Era o que todos diziam, e pessoas que faziam amor sem nenhum amor de verdade envolvido eram chamadas de vagabundas. Molly conhecia várias moças que eram vagabundas e uma vez perguntou ao pai por que elas eram vagabundas, e ele respondeu o seguinte: porque deixavam qualquer um abraçá-las e beijá-las em troca de presentes ou dinheiro. Não se devia fazer isso a menos que o cara fosse excelente e que fosse improvável que se voltasse contra você ou que desse no pé caso você fosse ter um bebê. Seu pai dizia que nunca se devia deixar alguém fazer amor com você se também não pudesse usar a escova de dentes dele. Ele dizia que era uma regra segura que, se fosse seguida, não teria erro.

Molly podia usar a escova de dentes do pai, e o fazia com frequência, porque suas escovas viviam sendo esquecidas no hotel, ou às vezes seu pai precisava delas para limpar os sapatos brancos.

Molly costumava acordar antes do pai e às vezes corria e pulava em sua cama, então ele resmungava e fazia barulhos engraçados de ronco – só que eles eram ao mesmo tempo engraçados e terríveis – e fingia que achava que havia uma marmota na cama, e que reclamaria com o pessoal do hotel por deixar marmotas entrarem em suas dependências, e daí descobria que era Molly, e não uma marmota, e a beijava e pedia que se apressasse e se vestisse, pois eles iam descer para comprar um bilhete de apostas na tabacaria.

Certa manhã, Molly correu para a cama do pai e havia uma moça com ele. Era uma moça muito bonita, e estava sem camisola, assim como seu pai estava sem pijama. Molly sabia o que tinha acontecido: seu pai havia bebido na noite anterior e se esquecido de vestir o pijama, e a garota tinha bebido e ele a havia levado para o quarto para dormir, por estar embriagada demais para voltar para casa, e ele pretendia colocá-la para dormir com Molly, mas eles simplesmente haviam caído no sono antes. Molly levantou o lençol com muito, muito cuidado, e então descobriu como seria quando ficasse maior.

Então Molly se vestiu, desceu e comprou fiado o bilhete de apostas. Quando voltou, eles ainda estavam dormindo, só que a moça havia chegado mais perto de seu pai. Molly ficou em silêncio em um canto por um longo tempo, imóvel, esperando que eles acordassem e a encontrassem, e então ela correria até eles e gritaria "Buuu!" e os assustaria. Só que a moça fez um barulho baixo, como um gemido, e seu pai abriu um dos olhos e colocou os braços ao redor dela. Ela abriu os olhos e disse sonolentamente:

— Olá, docinho.

E então seu pai começou a beijá-la e ela acordou depois de um tempo e começou a beijá-lo também. Por fim, seu pai ficou sobre a moça e começou a se balançar para cima e para baixo na cama, e Molly achou aquilo tão engraçado que soltou uma gargalhada, e a moça gritou e disse:

— Tira essa criança daqui.

Seu pai foi maravilhoso. Ele olhou para trás, daquele seu jeito engraçado, e disse:

— Molly, que tal se você fosse sentar no saguão do hotel por uma meia hora e escolhesse alguns vencedores para mim naquele bilhete de apostas? Preciso ajudar a Queenie aqui a se exercitar. Não quero que ela se assuste e rompa um tendão. — Seu pai permaneceu imóvel até Molly sair, mas, assim que ela passou pela porta, pôde ouvir a cama balançando e ficou se perguntando se aquela moça poderia usar a escova de dentes de seu pai, e esperou que não, porque ela não queria ter que usá-la depois. Ela ficaria enjoada se a usasse.

Quando Molly tinha quinze anos, um dos auxiliares do estábulo a chamou para subir até o palheiro, e ela foi, e ele a agarrou e começou a beijá-la, e ela não gostava o suficiente dele para beijá-lo, e também foi tudo muito repentino, e ela começou a lutar com ele e, então, como o rapaz estava tocando nela, gritou:

— Papai! Papai! — E seu pai entrou no palheiro e acertou o garoto com tanta força que ele caiu sobre o feno como se estivesse morto, só que não estava. O pai colocou o braço ao redor de Molly e perguntou:

— Você está bem, querida? — E a beijou e a abraçou apertado por um minuto, depois disse: — Você precisa se cuidar, menina. Este mundo está cheio de lobos. Esse idiota não vai mais te incomodar. Apenas se cuide.

E Molly sorriu e disse:

— De qualquer modo, eu não poderia usar a escova de dentes dele.

Então seu pai sorriu e lhe deu uma batidinha de leve no queixo com o punho. Molly não estava mais com medo, só que nunca se afastava muito do pai ou das outras garotas. Foi horrível aquilo ter acontecido, pois ela não conseguia mais ficar à vontade perto de estábulos nem conversar com auxiliares ou jóqueis como antes, e, mesmo quando o fazia, eles sempre ficavam olhando para seus seios, e aquilo, de certo modo, fazia com que ela se sentisse fraca e amedrontada por dentro, mesmo quando eram educados.

No entanto, Molly ficou feliz quando seus seios começaram a crescer e se acostumou com os rapazes encarando-os. Ela costumava puxar a gola da camisola para baixo e fazer como as moças que usavam vestidos de festa, e então seu pai lhe comprou um vestido de festa. Era lindo e, quando visto de certa maneira, rosado, e, de outra, dourado, e tinha decote ombro a ombro e era maravilhoso. Só que aquele foi o ano em que a banca de apostas faliu e seu pai teve que honrar seus pagamentos e eles tiveram que vender tudo o que tinham para conseguir algum crédito. Foi quando voltaram a Louisville. Aquele foi o último ano.

Seu pai arrumou um emprego com um velho amigo que tinha uma casa de apostas perto do rio. Virou gerente e vestia smoking o tempo todo.

As coisas começaram a ir bem depois de um tempo, e, assim que o pai pagou algumas dívidas, matriculou Molly em uma escola de dança e ela começou a aprender acrobacias e sapateado. Ela se divertia muito e mostrava os passos a ele conforme ia aprendendo. O pai sabia dançar muito bem no estilo *soft-shoe*, mesmo sem ter feito nenhuma aula. Ele também queria que a filha fizesse aulas de música e de canto, só que ela nunca cantara bem – nisso, havia puxado à mãe. Quando a escola promoveu um recital, Molly fez um número havaiano com uma saia de hula-hula legítima que alguém havia mandado de Honolulu para seu pai e com os cabelos caindo sobre os ombros como uma nuvem negra, enfeitado com flores, e uma maquiagem escura. Todos aplaudiram e alguns dos rapazes assobiaram, deixando seu pai zangado. Ele achou que estavam se engraçando com ela, mas Molly amou, porque seu pai estava lá e, contanto que estivesse lá, ela não se importava com o que acontecia.

Estava com dezesseis anos, já crescida, quando as coisas degringolaram. Uns homens de Chicago haviam aparecido e criado confusão no lugar em que seu pai trabalhava. Molly nunca descobriu do que se tratava, apenas que uns homens enormes foram à sua casa uma noite, por volta das duas da madrugada, e Molly sabia que eram policiais e se sentiu muito fraca, achando que seu pai havia feito alguma coisa e que estavam atrás dele, mas ele sempre lhe havia ensinado que a forma de se lidar com policiais era abrindo um sorriso, fingindo-se de boba e chamando-os por algum nome irlandês.

Um deles disse:

— Você é a filha de Denny Cahill? — Molly respondeu que sim. Ele continuou: — Tenho uma notícia difícil para você, garota. É sobre seu pai.

Então Molly sentiu os pés deslizando sobre vidro, como se o mundo tivesse inclinado de repente e fosse de vidro escorregadio, e ela estivesse caindo para fora dele, para o meio da escuridão, e continuasse caindo e caindo para sempre, porque era infinito.

Ela apenas ficou ali parada e respondeu:

— Pode me contar.

O policial disse:

— Seu pai foi ferido, menina. Ficou muito machucado. — Ele não era mais um policial... Parecia mais um tipo de homem que podia ter uma filha. Ela se aproximou dele porque teve medo de cair.

— Meu pai está morto?

O policial fez que sim com a cabeça e colocou o braço ao redor dela, que não se lembrou de mais nada por um tempo, só que estava em um hospital, grogue e sonolenta, e achou que havia sido ferida e não parava de perguntar sobre o pai, e uma enfermeira disse que seria melhor ela ficar calma e então ela se lembrou de que seu pai estava morto e começou a gritar e era como uma gargalhada, só que a sensação era horrível e ela não conseguia parar e então vieram e a espetaram com uma pistola de tranquilizante e ela apagou de novo, e isso aconteceu algumas vezes e finalmente ela conseguiu parar de chorar e lhe disseram que ela tinha que sair porque outra pessoa precisava do leito.

O avô de Molly, o "juiz" Kincaid, disse que ela poderia morar com ele e a tia se fizesse um curso de Administração e arrumasse um emprego em um ano, e Molly tentou, mas aquilo não lhe entrava na cabeça de jeito nenhum, embora pudesse se lembrar muito bem de performances passadas de cavalos em corridas. O juiz olhava para ela de um jeito estranho, e várias vezes parecia prestes a se tornar amigável, mas logo voltava a ser frio. Molly tentava ser legal com ele e chamá-lo de vovô, mas ele não gostava daquilo. Uma vez, só para ver o que aconteceria, ela correu até o avô quando ele chegou em casa e jogou os braços em volta de seu pescoço. Ele ficou extremamente zangado e pediu à tia de Molly que a tirasse de casa, pois não suportava tê-la por perto.

Era terrível sem seu pai para lhe contar coisas e conversar, e Molly desejou ter morrido junto com ele. Finalmente, conseguiu uma bolsa de estudos na escola de dança e passou a trabalhar lá por meio período com as crianças mais novas, e a srta. La Verne, que dirigia a escola, deixou-a morar com ela. A srta. La Verne era muito boa no início, assim como seu namorado, Charlie, que era um homem de aparência engraçada, meio gordo, que costumava se sentar e ficar olhando para Molly. Ela achava que ele parecia um sapo quando separava os dedos das mãos sobre os joelhos, apontando para dentro, e arregalava os olhos.

Então a srta. La Verne ficou irritada e disse que era melhor Molly arrumar um emprego, mas Molly não sabia nem por onde começar e, por fim, a srta. La Verne perguntou:

— Se eu te arrumar um emprego, você aguenta ficar nele?

Molly prometeu que sim.

Era um trabalho em um parque de diversões itinerante. Havia uma apresentação de dança havaiana, que eles chamavam de show erótico – duas outras garotas e Molly. O sujeito que comandava tudo e fazia a apresentação se chamava Doc Abernathy. Molly não gostava nem um pouco dele, e ele estava sempre tentando seduzir as garotas. Só que Jeannette, uma das dançarinas, e Doc namoravam firme, e Jeannette tinha um ciúme louco das outras. Doc costumava infernizar a namorada fazendo gracinha com elas.

Molly sempre gostou de Zeena, que fazia o número de adivinhação no show de variedades no centro do parque. Zeena era extremamente gentil e sabia mais sobre a vida e sobre as pessoas do que qualquer um que Molly já tivesse conhecido, à exceção do pai. Zeena chamava Molly para dividir o quarto com ela quando ficava em hotéis, para lhe fazer companhia, porque seu marido dormia na tenda para tomar conta dos acessórios de palco, dizia ele. Na verdade, fazia isso porque era um bêbado e não conseguia mais fazer amor com Zeena. Molly e Zeena tornaram-se boas amigas, e Molly não desejou mais estar morta.

Então Jeannette começou a ficar cada vez mais irritada com o fato de Doc dar tanta atenção a Molly, e não acreditava que ela não o encorajava. A outra garota lhe disse:

— Com um chassi desse que tem a filha do Cahill, não é preciso fazer nada para encorajar.

Mas Jeannette achava Molly desprezível. Um dia, Doc sussurrou algo sobre Molly para Jeannette, que correu para cima da garota como um animal selvagem, arreganhando os dentes. Ela acertou Molly na cara e, antes que Molly pudesse entender o que estava acontecendo, Jeannette já tinha tirado o sapato e estava avançando nela, batendo-lhe no rosto com ele. Doc chegou às pressas e ele e Jeannette tiveram uma briga terrível. Ela xingava e gritava, e Doc lhe dizia para calar a boca ou ele lhe arrebentaria as tetas. Molly saiu correndo e foi até o show de variedades, e o chefe demitiu Doc do parque, e o show erótico voltou para Nova York.

— Quinze mil volts de eletricidade passam por seu corpo sem prejudicar um fio de cabelo dessa mocinha. Senhoras e senhores, Mamzelle Electra, a garota que, como Ajax das Escrituras Sagradas, desafia o raio...

Glória a Deus, espero que nada aconteça com aquela fiação. Quero meu pai. Meu Deus, como o queria aqui. Tenho que me lembrar de sorrir...

— Fique bem aqui, Teddy, e segure na mão da mamãe. Assim não vai ser pisoteado e pode ver. Aquilo lá é uma cadeira elétrica, igual às que eles têm na penitenciária. Não, eles não vão machucar a moça, não, pelo menos eu espero que não. Está vendo? Eles a amarram naquela cadeira, só que tem alguma coisa no corpo dela que não pega eletricidade. Do mesmo jeito que a chuva escorre e não molha as costas do velho ganso. Não precisa ter medo, Teddy. Não vai acontecer nada com ela. Está vendo como a eletricidade faz o cabelo dela ficar arrepiado? Um raio faz a mesma coisa, eu ouvi dizer. Ali. Está vendo? Ela está segurando uma lâmpada com uma mão e o fio com a outra. Está vendo a lâmpada acesa? Quer dizer que a eletricidade está passando por ela sem machucar nem nada. Queria que seu pai fosse assim com eletricidade. Ele teve uma queimadura feia no inverno passado, quando os fios estouraram e ele estava ajudando Jim Harness a limpar a estrada. Venha, Teddy. É só isso que vão ficar fazendo aqui.

Agora eu posso levantar. Marinheiro Martin está olhando para mim de novo. Não dá para ficar dizendo "não" toda vez que me chama para sair. Mas ele sempre consegue pensar mais rápido que eu. Só que não posso deixar, jamais. Não devo ser uma vagabunda. Não quero que seja desse jeito, a primeira vez. Pai...

*Stanton Carlisle*: O grande Stanton se levantou e sorriu, passando os olhos sobre o campo de rostos virados para cima. Ele respirou fundo.

— Bem, pessoal, em primeiro lugar, vou mostrar a vocês como ganhar dinheiro. Alguém da plateia está disposto a confiar em mim e me emprestar uma nota de um dólar? Ela será devolvida... se o voluntário conseguir correr bem rápido. Obrigado, amigo. Agora... nada nas mãos, nada nas mangas.

Mostrando as mãos vazias, exceto pela nota emprestada, Stan puxou as mangas. Nas dobras da manga esquerda havia um rolo de notas que ele havia adquirido com destreza.

— Agora, um dólar... Espere um minuto, amigo. Tem certeza de que me deu uma nota só? Está certo disso? Talvez seja tudo o que tem, não é? Mas aqui estão dois dólares... um e dois. Pode contar. É um bom truque, principalmente quando vai chegando o final da semana.

Qual deles vai rir da piada mais velha do mundo? Um em cada cinco. Lembre-se disso. Um em cada cinco nasce idiota.

Ele tirou as notas, uma atrás da outra, até ficar com um leque inteiro verde. Devolveu a nota ao rapaz. Ao fazê-lo, escondeu seu lado esquerdo da multidão e colocou um copo de metal na mão. Estava pendurado com um elástico na cintura.

— Elas saíram do nada. Vamos ver o que acontece se as enrolarmos. Uma, duas, três, quatro, cinco, seis. Todas exibidas e contadas. E fazemos um rolo... — Ele colocou as notas na mão esquerda, fazendo-as escorregarem para o copinho. — Eu assopro minha mão... — O copo, solto, bateu de leve em seu quadril sob o casaco. — Pasmem! Desapareceu!

Houve alguns aplausos dispersos. Como se estivessem envergonhados. Os idiotas.

— Para onde foram? Sabe que eu me faço essa pergunta todos os dias?

É essa a artimanha de Thurston. Por Deus, vou usá-la até ver um rosto – apenas um – no meio desses ignorantes que entenda a piada. Eles nunca entendem. Mas o truque com a nota de dólar continua. Aqueles cretinos empobrecidos – todos gostariam de saber fazer isso. Tirar dinheiro do nada. Só que não é assim que ganho o meu. Mas é melhor que investir em imóveis. Meu velho e seus negócios. Membro do conselho da igreja aos domingos, golpista no restante da semana. Dane-se ele, aquele cretino recitador da Bíblia.

— Agora, se puder ter a atenção de vocês por um instante. Tenho aqui algumas argolas de aço. Cada uma delas é uma argola de aço sólida e individual. Tenho uma, duas, três, quatro, cinco, seis, sete, oito. Certo? Agora, pego duas. Dou um tapinha nelas. Estão unidas! Poderia pegar isso, senhora, e me dizer se consegue encontrar alguma divisão ou sinais de abertura? Não? Obrigado. Tudo sólido. E, novamente, duas argolas separadas. Vamos lá! Unidas!

É melhor acelerar, eles estão ficando agitados. Porém, essa é a vida. Todos olhando para você. Como será que ele faz isso? Nossa, que agilidade! Tentando decifrar. Para eles, é mesmo mágica. Essa é a vida. Enquanto eles estão observando e ouvindo, é possível dizer qualquer coisa. Eles vão acreditar. Você é um mágico. Passa argolas sólidas umas pelas outras. Tira notas de dinheiro do nada. Mágica. Você é o maioral... enquanto continuar falando.

— E agora, pessoal, oito argolas individuais e distintas. E, com uma palavra mágica, vão se juntar e ficar intricadamente unidas em uma massa sólida. Lá vai! Agradeço a atenção de todos. Agora, tenho um livreto que vale seu peso em ouro. Aqui está uma seleção de truques de mágica que todos vocês podem fazer. Uma hora de apresentação em seu clube, na pousada, na reunião da igreja ou na própria sala de casa. Uma hora de prática, uma vida inteira de diversão, mágica e mistério. Esse livro era vendido por um dólar, mas hoje vocês poderão adquiri-lo por vinte e cinco centavos. Vamos nos apressar, pessoal, porque sei que todos vocês querem ver e ouvir a Madame Zeena, a clarividente, e sua apresentação não começa até todos os interessados pegarem seus livretos. Obrigado, senhor. E você. Alguém mais? Certo.

"Agora, pessoal, não vá embora. A próxima apresentação completa só começa em vinte minutos. Chamo atenção de vocês para a plataforma seguinte. Madame Zeena – a mulher mais milagrosa de todos os tempos. Ela vê, ela sabe, ela conta os segredos mais íntimos de seu passado, presente e futuro. Madame Zeena!"

Stan desceu da pequena plataforma, saltando levemente no meio da multidão, e foi até um palco em miniatura coberto de veludo marrom. Uma mulher havia saído de trás das cortinas. As pessoas foram todas para lá e ficaram esperando, olhando para ela, alguns dos rostos mastigando distraidamente, enfiando pipoca na boca.

A mulher era alta e usava uma túnica branca esvoaçante com símbolos astrológicos bordados na barra. Os cabelos loiros caíam em cascata sobre as costas, e uma faixa de couro dourado enfeitada com pedrinhas de vidro adornava-lhe a testa. Quando levantou os braços, as mangas amplas escorregaram para baixo. Ela tinha ossos largos, mas os braços eram pálidos e fortes, salpicado de algumas sardas. Seus olhos eram azuis. O rosto era redondo, e a boca, um tanto pequena demais, de modo que parecia um pouco uma boneca elaborada. Sua voz era grave, com um toque cordial.

— Aproximem-se e não se acanhem. Se algum de vocês quiser me fazer uma pergunta, o sr. Stanton agora está passando com cartõezinhos e envelopes. Escrevam a pergunta no cartão, mas cuidado para não deixar ninguém ver o que escreveu, porque é um assunto apenas seu. Não quero ninguém me perguntando sobre assuntos alheios. Cada um se preocupa com sua vida e não nos metemos em confusão. Quando escreverem as perguntas, assinem com suas iniciais ou coloquem seu nome como sinal de boa-fé. Depois entreguem o envelope lacrado para o sr. Stanton. Vocês vão ver o que eu vou fazer em seguida.

"Nesse meio-tempo, enquanto esperamos todos escreverem suas perguntas, já vou começar. Não é necessário que anotem nada, mas isso ajuda a fixar com firmeza na mente e impede que se distraiam, como acontece quando queremos lembrar o nome de alguém que acabamos de conhecer... Escrever em um papel ajuda, não é mesmo?"

Uma em cinco cabeças acenou positivamente, em transe, e o restante ficou olhando, algumas com olhos embotados, mas a maioria com perguntas escritas no próprio rosto.

Perguntas? Todos tinham perguntas, Stan pensou, passando cartões e envelopes. Quem não tinha? Responda a suas perguntas e os tenha nas mãos, de corpo e alma. Ou quase isso.

— Sim, a senhora pode perguntar qualquer coisa. As perguntas são confidenciais. Ninguém vai saber além da senhora.

— Em primeiro lugar — Zeena começou — há uma moça preocupada com a mãe. Ela está me perguntando mentalmente: "Minha mãe vai melhorar?". Não é isso? Onde está essa moça?

Timidamente, alguém levantou a mão. Zeena logo rebateu:

— Bem, senhora, eu diria que sua mãe teve muito trabalho na vida e muitos problemas, principalmente com dinheiro. Mas tem mais uma coisa que ainda não estou vendo com muita clareza. — Stan olhou para a mulher que havia levantado a mão. Esposa de fazendeiro. Roupa de domingo, fora de moda havia dez anos. Zeena poderia se esbaldar com ela, era uma idiota nata. — Eu diria, senhora, que sua mãe precisa de um bom e longo descanso. Veja, não estou dizendo como ela vai fazer isso... com os impostos, doença na família e despesas médicas se acumulando. Sei como é, porque já tive minha cota de problemas, assim como todos nós, até que aprendi a governar minha vida pelos astros. Mas acho que se você e seus irmãos... não, você tem duas irmãs, não é? Uma irmã? Bem, se você e sua irmã puderem pensar em uma forma de deixar sua mãe descansar por algumas semanas, acho que a saúde dela pode melhorar bem rápido. Mas basta continuar seguindo as recomendações médicas. Quer dizer, é melhor levarem ela a um médico. Não acho que essas beberagens vão fazer muito bem. Vocês precisam levá-la a um médico. Talvez ele aceite umas sacas de batata ou um leitão como parte do pagamento. De qualquer modo, acho que ela vai ficar bem se vocês tiverem fé. Se quiserem falar comigo logo depois da apresentação, talvez eu possa dizer mais. E seria bom observarem as estrelas para garantir que não vão fazer nada na época errada do mês.

"Estou vendo que o sr. Stanton conseguiu um bom punhado de perguntas, então, se ele puder trazê-las aqui para o palco, vamos continuar com as leituras."

Stan atravessou a multidão e foi até uma porta coberta por uma cortina de um dos lados do pequeno proscênio. Passou por ela. Lá dentro, havia um lance de escadas feitas com tábuas ásperas de madeira que levavam ao palco. Era escuro e cheirava a uísque barato. Sob os degraus, havia uma janela quadrada que dava para o compartimento inferior, em formato de caixa, abaixo do palco. Na janela, um rosto vago com a barba por fazer piscava sobre uma camisa branca imaculada. Uma das mãos segurava um monte de envelopes. Sem dizer uma palavra, Stan entregou ao homem os envelopes que havia recolhido, recebeu o montante de fachada e, em um segundo, estava no palco. Zeena foi para a frente de uma pequena mesa com uma tigela de metal e uma garrafa escura.

— Vamos pedir para o cavalheiro deixar todas as perguntas nessa tigela. Bem, as pessoas me perguntam se tenho auxílio espiritual para fazer o que faço. Sempre respondo que os únicos espíritos que controlo são os que estão nessa garrafa... os espíritos do álcool. Vou colocar um pouco em suas perguntas e jogar um fósforo aceso na tigela. Podem ver que estão queimando, da primeira à última. Então quem estava com medo de que alguém pudesse descobrir o que foi escrito, ou que eu abordaria sua pergunta, pode esquecer. Nem cheguei a tocar nelas. Não preciso porque tenho uma percepção imediata.

Stan havia se retirado para um canto do palco e observava o público em silêncio, enquanto esticavam os pescoços, atentos a cada palavra da clarividente. No chão, que ficava poucos centímetros acima do nível dos olhos de todos, havia um buraco quadrado. Zeena acariciou a testa, cobrindo os olhos com a mão. Na abertura, apareceu um bloco de papel, segurado por um polegar sujo, em que estava rabiscado em giz de cera: "O que fazer com o carro? J. E. Giles".

Zeena levantou os olhos, cruzando os braços de maneira decisiva.

— Estou recebendo uma visão... Está um pouco turva, mas ficando mais clara. Captei as iniciais *J*... *E*... *G*. Acredito que sejam de um cavalheiro. É isso mesmo? A pessoa com essas iniciais pode levantar a mão, por favor?

Um fazendeiro idoso ergueu um dedo e murmurou:

— Aqui, senhora.

— Ah, aí está. Obrigada, sr. *Giles*. Seu nome é Giles, não é?

A multidão ficou pasma.

— Foi o que pensei. Então, sr. Giles, está com um problema, não é?

O velho confirmou com a cabeça, solenemente. Stan notou as rugas profundas no pescoço vermelho. Velho roceiro. Roupas de domingo. Camisa branca, gravata preta. O que veste em funerais. Aquelas gravatas que já vêm com nó e apenas se prende no botão do colarinho. Terno de sarja azul – Sears, Roebuck ou alguma loja de roupas da cidade.

— Deixe-me ver — Zeena prosseguiu, voltando a colocar a mão sobre a testa. — Eu vejo... Espere. Vejo árvores verdes e um terreno gramado. É terra arada. Cercada.

O velho ficou de queixo caído, franzindo os olhos de tanta concentração, tentando não perder uma única palavra.

— Sim, árvores verdes. Provavelmente salgueiros perto de um riacho. E vejo algo sob essas árvores. Um... é um carro.

Observando, Stan o viu acenar com a cabeça. Arrebatado.

— Um carro antigo, azul, sob aquelas árvores.

— Por Deus, senhora, está lá agora mesmo.

— Foi o que pensei. Agora, você tem um problema na cabeça. Está pensando em uma decisão que precisa tomar, relacionada a esse carro, não é isso? Está pensando no que fazer com o carro. Bem, sr. Giles, quero lhe dar um conselho: não venda aquele carro azul.

O velho sacudiu a cabeça com firmeza.

— Não, senhora, não vou vender. Não pertence a mim!

Ouviu-se uma risada no meio da multidão. Um jovem gargalhava. Zeena abafou o riso com a própria gargalhada exagerada. Ela se recompôs.

— Era exatamente isso que eu queria fazer, meu amigo. Pessoal, aqui está um homem honesto, e é o único tipo de gente com quem gostaria de fazer qualquer negócio. É claro que ele nunca pensaria em vender o que não é dele, e fico muito feliz em ouvir isso. Mas deixe-me fazer apenas uma pergunta, sr. Giles. Tem algum problema com aquele carro?

— Quebrou uma mola debaixo do assento — ele murmurou, franzindo a testa.

— Bem, tenho a impressão de que está se perguntando se deve mandar consertar essa mola antes de devolver o carro ou se devolve com a mola quebrada e não diz nada. É isso?

— É isso mesmo, senhora! — O velho fazendeiro olhou ao seu redor de forma triunfante. Ele havia se justificado.

— Bem, eu diria que é melhor deixar sua consciência guiá-lo nessa questão. No seu lugar, eu conversaria com o homem de quem pegou o carro emprestado para descobrir se a mola já estava meio solta antes. Acho que vão conseguir chegar a um acordo.

Stan deixou o palco em silêncio e desceu as escadas atrás das cortinas. Espremeu-se sob os degraus e saiu embaixo palco. Grama morta e a luz que entrava pelas fendas das paredes apertadas, com o chão sob sua cabeça. Era quente, e o cheiro forte de uísque deixava o ar levemente enjoativo.

Pete estava sentado a uma mesinha de carteado sob o palco. Diante dele, os envelopes que Stan lhe havia passado antes de chegar à clarividente. Ele estava picotando as beiradas com uma tesoura com as mãos tremendo. Quando viu Stan, deu um sorriso envergonhado.

Acima deles, Zeena havia encerrado as "leituras" e começado a anunciar seus produtos:

— Então, pessoal, se quiserem mesmo saber como os astros afetam sua vida, não precisam pagar um dólar, nem mesmo cinquenta centavos. Tenho aqui um conjunto de leituras astrológicas desenvolvido para cada um de vocês. Basta me dizer sua data de aniversário e receberá uma previsão de acontecimentos futuros, complementada por uma leitura de personalidade, orientação vocacional, números da sorte, dias da semana da sorte e as fases da Lua mais propícias para a prosperidade e o sucesso. Meu tempo é limitado, pessoal, então não vamos atrasar. Custa apenas vinte e cinco centavos. Quem chegar primeiro leva. Só enquanto durar o estoque, que já está acabando.

Stan saiu daquela sauna, fechou as cortinas calmamente, foi para o ar comparativamente mais frio da tenda principal e se dirigiu à barraca de refrigerantes.

Mágica é bacana, mas se ao menos eu conhecesse a natureza humana como Zeena. Ela faz o tipo de mágica que pode levar alguém direto ao topo. É persuasivo... aquele número dela. Mas ninguém consegue fazer de uma hora para a outra. Leva anos para se aperfeiçoar naquela conversa sedutora, e ela nunca se enrola. Terei que tentar sondá-la e conseguir alguma orientação. Ela é uma mulher esperta, isso, sim. É uma pena estar amarrada a um beberrão como Pete, que não consegue nem mais fazer seu ruibarbo subir. Pelo menos é o que dizem. Ela não é uma mulher feia, apesar de ser um pouco velha. Espere um pouco, espere um pouco. Talvez esteja aqui o início de minha escalada...

## CARTA III
# A SACERDOTISA

*Rainha do crepúsculo que guarda um santuário entre os pilares Noite e Dia.*

Do outro lado do para-brisa molhado, a luz traseira do caminhão da frente tremeluzia avermelhada na escuridão. O toque-toque do limpador de para-brisa era hipnótico. Sentado entre as duas mulheres, Stan se lembrou do sótão de sua casa em um dia chuvoso – privado, isolado de olhos curiosos, fechado, abafado, íntimo.

Molly estava sentada ao lado da porta, à direita de Stan, com a cabeça apoiada no vidro. Seu casaco impermeável fazia barulho quando ela cruzava as pernas. No banco do motorista, Zeena inclinava-se para a frente, olhando entre as idas e vindas do limpador, seguindo cegamente o caminhão que levava a caixa com as cobras e o equipamento para a apresentação do selvagem, os pesos de Bruno e o material e o traje de tatuagens de Martin. O selvagem, com sua garrafa, havia se enfiado em uma pequena caverna formada pelo equipamento empilhado e a lona dobrada.

Iluminado pelos faróis do próprio carro, quando a procissão parou em um cruzamento, Zeena pôde ver a figura corpulenta de Bruno descer rapidamente da cabine e dar a volta até a carroceria para verificar o equipamento e garantir que os pesos estivessem bem presos. Então se aproximou e subiu no estribo. Zeena desceu o vidro do seu lado.

— Oi, grandalhão. Está molhado o bastante para você?

— Quase — ele respondeu em voz baixa. — Como vão as coisas aqui atrás? Como está o Pete?

— Bem atrás de nós, tirando uma soneca em cima das cortinas. Acha que vamos tentar armar tudo com esse tempo?

Bruno fez que não com a cabeça. Sua atenção passou por Zeena e Stan e, por um instante, seus olhos recaíram tristemente sobre Molly, que nem havia virado a cabeça.

— Só vim ver se estava tudo bem. — Ele se virou no meio da chuva, atravessando o feixe de luz dos faróis e desaparecendo na escuridão. O caminhão da frente começou a se mover; Zeena mudou a marcha.

— Ele é um bom rapaz — ela disse, por fim. — Molly, você devia dar uma chance ao Bruno.

— Não, obrigada. Estou bem assim. Não, obrigada — Molly respondeu.

— Vamos... você já é uma garota crescida. É hora de se divertir um pouco neste mundo. Ao que tudo indica, Bruno pode te tratar bem. Quando eu era nova, namorei um lenhador. Ele tinha mais ou menos esse corpo do Bruno. E... minha nossa!

Como se de repente tomasse ciência de que sua coxa estava encostada na de Stan, Molly se espremeu mais ainda para o canto.

— Não, obrigada. Já estou me divertindo.

Zeena suspirou bruscamente.

— Vá no seu ritmo, menina. Talvez só não tenha encontrado o cara certo ainda. E o Stan aqui deveria se envergonhar. Ora, eu e Pete nos casamos quando eu tinha dezessete anos. Pete não era muito mais velho que o Stan. Quantos anos você tem, Stan?

— Vinte e um — Stan respondeu em voz baixa.

Aproximando-se de uma curva, Zeena se preparou. Stan podia ver os músculos de sua coxa se contraírem enquanto ela virava o volante.

— Bons tempos aqueles. Pete fazia um número com uma bola de cristal no vaudeville. Nossa, ele era lindo. De trajes formais, parecia uns sessenta centímetros mais alto do que com as roupas do dia a dia. Usava uma barba curta, preta, e um turbante. Eu trabalhava no hotel quando ele chegou para se hospedar, e era tão ingênua que, quando fui levar as toalhas, pedi para ele ler minha sorte. Ninguém nunca havia lido minha sorte antes. Ele olhou minha mão e me disse que uma coisa muito empolgante ia acontecer envolvendo um homem alto e moreno. Eu ri. Mas só porque ele era muito bonito. Eu não era acanhada perto de homens. Nunca fui. Não pararia um minuto naquele emprego no hotel se fosse. Mas o máximo que eu esperava era fisgar alguém que apostasse em jogos ou corrida de cavalos... na esperança de que ele me ajudasse a chegar aos palcos.

De repente, Molly disse:

— Meu pai apostava em corridas de cavalos. Ele conhecia muito sobre cavalos. Não morreu sem nada.

— Ora, ora — Zeena disse, tirando os olhos do ponto de luz vermelha à sua frente por tempo suficiente para lançar um olhar carinhoso a Molly na escuridão. — Quem diria! Ah, os apostadores eram os verdadeiros xeiques na minha época. Qualquer garota que conseguisse um apostador estava no caminho certo. Começávamos com catorze, quinze anos. Minha nossa, isso foi quinze anos atrás! Às vezes parece que foi ontem e às vezes parece que já faz um milhão de anos. Mas os apostadores eram arrasadores de corações. Diga, querida... Aposto que seu pai era bonito, não era? Meninas geralmente saem parecidas com o pai.

— Sem dúvida. Meu pai era o homem mais bonito que já vi. Eu sempre disse que não me casaria até encontrar um homem tão bonito quanto meu pai... e tão gentil quanto ele. Ele era incrível.

— Humm. Alto, moreno e bonito. Acho que você já está fora, Stan. Não devido à altura. Você até que é alto. Mas Molly gosta dos morenos.

— Eu posso tingir o cabelo — Stan disse.

— Não. Não, não faça isso. Até poderia enganar o público, Cachinhos Dourados, mas nunca enganaria uma esposa. A menos que queira tingir todo o resto. — Ela jogou a cabeça para trás e riu. Stan acabou rindo também, e até Molly se juntou a eles. — Não — Zeena continuou. — Pete era moreno legítimo em todas as partes, e, nossa, como tinha amor para dar. Nos casamos na segunda temporada que viajei com ele. Ele me colocou para fazer a armação nos bastidores a princípio, com os envelopes, usando uniforme de arrumadeira. Depois criamos um número com duas pessoas. Ele ficava no palco com a bola de cristal e eu interagia com o público. No início, usávamos um código de palavras e ele costumava entrar nessa parte do número para ganhar tempo enquanto outra garota reproduzia as perguntas nos bastidores. Eu saía pelo meio das pessoas e pedia que me entregassem objetos, e Pete olhava na bola de cristal e os descrevia. Quando começamos, usávamos apenas umas dez coisas diferentes e era simples, mas na metade do tempo eu me enrolava e Pete tinha que apelar para o improviso. Mas eu aprendi. Vocês deviam ver nosso número na época em que estávamos trabalhando em Keith. Por Deus, podíamos praticamente enviar um telegrama, palavra por palavra, e ninguém conseguia perceber, de tão natural que era o que dizíamos.

— Por que não ficaram no vaudeville? — Stan perguntou com seriedade. De repente, soube que não devia ter perguntado aquilo, mas não havia como voltar atrás, então ficou quieto.

Zeena prestou muita atenção na estrada por um instante, mas logo se recompôs.

— Pete começou a ficar ruim dos nervos. — Ela se virou e olhou para a parte de trás da van, para a figura que dormia encolhida, coberta com um casaco impermeável. Então continuou, abaixando a voz: — Ele começou a errar o código e sempre precisava tomar umas doses antes de começar. Birita e adivinhação não se misturam. Mas ganhamos o mesmo no parque, se contar o lucro até o fim do ano. E não precisamos mostrar tanta elegância... morar em bons hotéis e tudo isso. Horóscopos são fáceis de vender, e mil cópias custam só vinte e cinco. E podemos pegar mais leve no inverno. Pete não bebe tanto nessa época. Temos uma casinha na Flórida e ele gosta de ficar por lá. Eu trabalho um pouco lendo a sorte em folhas de chá, e teve um inverno em que montei uma barraca de adivinhação em Miami. A quiromancia sempre faz sucesso em cidades como Miami.

— Eu gosto de Miami — Molly disse baixinho. — Meu pai e eu íamos para as corridas em Hialeah e no Tropical Park. É um lugar excelente.

— Qualquer lugar é excelente, contanto que você tenha uns cobres guardados — Zeena disse. — Olha, acho que chegamos. Eles estão virando. Vou dizer uma coisa, não vou dormir no carro hoje. A pequena Zeena vai arrumar um quarto com banheira, se houver algum nesta cidade. O que acha, menina?

— Para mim, qualquer coisa está bom — Molly respondeu. — Adoraria tomar um banho quente de banheira.

Stan teve uma visão da imagem de Molly na banheira. Seu corpo seria branquíssimo e longilíneo dentro da água, e um triângulo preto de sombra e seus seios com bicos rosados. Ele ficaria em pé, olhando para ela, e depois se curvaria e ela ergueria os braços ensaboados, mas ela teria que ser outra pessoa, e ele teria que ser outra pessoa, pensou com brutalidade, porque não tinha conseguido fazer aquilo ainda, e sempre havia alguma coisa que o impedisse, ou a garota parecia ficar paralisada, ou de repente ele não a desejava mais, uma vez que estava a seu alcance, e também nunca havia tempo, ou o lugar não era adequado, e era necessária muita grana e um carro e todo tipo de coisa, e depois elas ficavam esperando casamento logo em seguida e provavelmente teriam um filho logo de cara...

— Chegamos, crianças — Zeena disse.

A chuva havia diminuído e não passava de uma garoa. À luz dos faróis, os peões se ocupavam tirando lonas dos caminhões. Stan jogou a capa de chuva sobre os ombros e deu a volta para abrir a porta de trás da van. Engatinhou para dentro e sacudiu de leve o tornozelo de Pete.

— Pete, acorde. Chegamos. Temos que montar tudo.

— Ah, me deixa dormir mais uns cinco minutos.

— Vamos, Pete. Zeena disse que vai nos dar uma mão.

Pete de repente se livrou do casaco impermeável que o cobria e se sentou, tremendo.

— Só um segundo, garoto. Já te alcanço. — Ele arrastou o corpo duro para fora da van e ficou tremendo, alto e recurvado, no ar frio da noite. De um bolso, tirou uma garrafa, oferecendo-a a Stan, que negou com a cabeça. Pete deu um gole, depois outro, e fechou a garrafa. Então abriu de novo, bebeu tudo e a arremessou no meio da noite.

— Soldado morto.

Os holofotes estavam em pé e o chefe havia marcado o centro do parque com estacas. Stan separou tábuas que se encaixavam para montar o palco de Zeena e tirou um feixe delas da van.

A cobertura do show de variedades estava sendo armada. Stan deu uma mão no içamento, enquanto o amanhecer encharcado ia surgindo sobre as árvores e, em casas nos limites do terreno do parque itinerante, luzes começavam a se acender nos quartos e depois nas cozinhas.

Sob a luz lavanda do nascer do dia, o parque itinerante foi tomando forma. Tendas foram erguidas, e a cozinha disseminava o aroma de café pelo ar gotejante. Stan fez uma pausa. Sua camisa colava ao corpo devido ao suor, um brilho confortável nos músculos de seus braços e costas. E seu pai queria que entrasse no ramo imobiliário!

Dentro da tenda do show de variedades, Stan e Pete montavam o palco para o número de adivinhação. Penduraram as cortinas, levaram a mesinha de carteado e uma cadeira para baixo do palco e guardaram as caixas com os horóscopos.

Zeena voltou. À luz dourada e úmida da manhã, rugas apareciam ao redor de seus olhos, mas ela estava aprumada como um poste da tenda.

— Reservei uma suíte nupcial completa. Dois quartos e banheira. Apareçam por lá, vocês dois, para tomar um bom banho.

Pete precisava se barbear, e seu rosto esquelético e anguloso parecia muito esticado sobre os ossos.

— Gostaria muito, docinho. Só que tenho que fazer umas coisinhas na cidade primeiro. Vejo você depois.

— Fica na Locust Lane, número 28. Tem dinheiro suficiente?

— Você podia me dar uns dólares da tesouraria.

— Está bem, querido. Mas tome um café primeiro. Prometa a Zeena que vai tomar café da manhã.

Pete pegou o dinheiro e o guardou com cuidado na carteira.

— Provavelmente vou pedir um copo pequeno de suco de laranja, dois ovos quentes, torrada e café — ele disse com uma vibração repentina na voz. Depois pareceu esmorecer. Pegou a carteira e olhou dentro dela. — Preciso garantir que meu dinheiro fique seguro — ele disse em um tom singular, estranhamente infantil. Atravessou o terreno na direção de um barracão na divisa com o povoado. Zeena observou.

— Aposto que aquele casebre é um bar clandestino — ela disse a Stan. — Pete é um verdadeiro clarividente quando se trata de localizar tesouros perdidos... contanto que tenha som de líquido quando sacudido. Bem, você quer ir tomar um banho? Olhe só para você! Sua camisa está grudada no corpo de tanto suor!

Enquanto caminhavam, Stan respirava o ar da manhã. Havia névoa sobre as colinas atrás da cidade, e de uma encosta que saía do outro lado da estrada vinha o som suave da sineta de uma vaca. Stan parou e esticou os braços.

Zeena parou também.

— Nunca vemos nada parecido trabalhando duas sessões por dia. Sinceramente, sabe, Stan, eu fico com saudade de casa só de ouvir uma vaca mugir.

O sol nascente refletia sobre a chuva acumulada nos sulcos feitos pelos carros na estrada. Stan pegou no braço de Zeena para ajudá-la a passar pelas poças. Sob o tecido quente e emborrachado do casaco impermeável, ele pressionou o volume suave de seu seio. Ele pôde sentir o calor subindo pelo rosto dela, onde batia o vento frio.

— Você é uma pessoa terrivelmente agradável de se ter por perto, Stan. Sabia?

Ele parou de andar. Não dava mais para ver o parque. Zeena estava sorrindo para algo dentro de si. De maneira desajeitada, ele passou o braço ao redor dela e a beijou. Foi bem diferente de beijar as garotas da escola. A busca acalorada e íntima de sua boca o deixou fraco e zonzo. Eles se afastaram e Stan disse:

— Uau.

Zeena deixou por um instante a mão pressionada no rosto dele, depois se virou e eles continuaram andando, de mãos dadas.

— Onde está Molly? — ele perguntou depois de um tempo.

— Já está no décimo sono. Convenci a dona do lugar a nos dar dois quartos pelo preço de um. Enquanto esperava ela preparar o almoço do marido, dei uma olhada rápida na Bíblia da família e decorei todas as datas de nascimento. Disse logo de cara que ela era de Áries, 29 de março. Depois fiz uma leitura que a deixou abismada. Conseguimos um quarto muito bom. Vale a pena ficar de olhos bem abertos a todo instante... é o que sempre digo. Molly tomou um bom banho e foi direto para a cama. Ela está dormindo. É uma boa menina... Se ao menos pudesse crescer um pouco e parar de gritar pelo papai toda vez que tem uma unha encravada... Mas acredito que vai superar. Espere só até você ver o tamanho dos quartos.

O quarto fazia Stan se lembrar de casa. A velha casa na Linden Street e o grande estrado de metal da cama do quarto de seus pais, toda bagunçada, com cheiro de perfume no travesseiro da mãe e de restaurador capilar do lado do pai.

Zeena tirou o casaco, enrolou um jornal formando um canudo apertado, amarrado com barbante no meio, e pendurou o casaco em um cabideiro no armário. Tirou os sapatos e se esticou sobre a cama, abrindo bem os braços. Então tirou os grampos, e os cabelos claros, enrolados ao redor da cabeça, soltaram-se em rabos nas laterais. Rapidamente, ela os destrançou e os deixou cair ao redor de si, sobre o travesseiro.

— Acho que é melhor eu tomar aquele banho — Stan disse. — Vou ver se sobrou água quente. Ele pendurou o casaco e o colete nas costas de uma cadeira. Quando levantou os olhos, viu que Zeena olhava para ele. Suas pálpebras estavam parcialmente fechadas. Um dos braços estava dobrado sob a cabeça, e ela estava sorrindo. Era um sorriso doce e possessivo.

Ele foi até ela e se sentou ao seu lado, na beirada da cama. Zeena colocou a mão sobre a mão dele e, de repente, ele se inclinou e a beijou. Dessa vez, não havia motivo para pararem, e não pararam. A mão dela escorregou para dentro da camisa dele e sentiu o calor suave de suas costas com ternura.

— Espere, querido. Ainda não. Me beije um pouco mais.

— E se Molly acordar?

— Ela não vai acordar. Ela é jovem. É impossível acordar aquela garota. Não se preocupe com nada, querido. Apenas vá com calma e devagar.

Nenhuma das coisas que Stan havia se imaginado dizendo e fazendo em um momento como aquele se aplicava. Era empolgante e perigoso, e seu coração estava batendo tão forte que ele pensou que o sufocaria.

— Tire tudo, querido, e pendure na cadeira, direitinho.

Stan ficou pensando que não estava sentindo vergonha nenhuma, agora que aquilo estava acontecendo. Zeena tirou a meia-calça, abriu o vestido e o puxou sem pressa sobre a cabeça. Tirou a combinação em seguida.

Por fim, deitou-se de costas, com o braço dobrado sob a cabeça, e fez sinal para ele se aproximar.

— Agora, Stan, querido, você pode se soltar.


— Está ficando tarde.

— Está mesmo. Você precisa tomar seu banho e voltar. As pessoas vão pensar que Zeena o seduziu.

— E vão estar certos.

— Problema deles. — Ela se apoiou nos cotovelos, deixou os cabelos caírem de ambos os lados do rosto e o beijou de leve. — Se apresse. Dê o fora daqui, agora.

— Não dá. Você está me prendendo na cama.

— Tente sair.

— Não consigo. É muito peso.

— Veja se consegue se soltar.

Alguém bateu na porta. Uma batida leve, tímida. Zeena tirou os cabelos da frente dos olhos. Stan se assustou, mas ela lhe colocou o dedo diante dos lábios. Saiu da cama com elegância e puxou Stan pela mão. Então lhe entregou suas calças, cuecas e meias e o empurrou para o banheiro.

Atrás da porta do banheiro, Stan se abaixou e encostou o ouvido na madeira, com o coração acelerado de susto. Ouviu Zeena pegar o roupão em uma das malas e se demorar para atender a porta. Então abriu. Era a voz de Pete.

— Desculpa eu te acordar, docinho. É que... — Sua voz parecia arrastada. — É que eu tive que fazer umas compras... e acabei esquecendo de tomar café da manhã.

Stan ouviu uma bolsa sendo aberta.

— Aqui tem um dólar, querido. Dessa vez, prometa que vai gastar com comida.

— Prometo.

Stan ouviu os pés descalços de Zeena se aproximarem do banheiro.

— Stan — ela chamou. — Ande logo. Quero dormir um pouco. Saia dessa banheira e vista suas calças. — Para Pete, ela disse: — O rapaz teve uma noite difícil, descarregando e montando tudo naquela chuva. Acho que dormiu na banheira. Talvez seja melhor nem esperar por ele.

A porta se fechou. Stan se levantou. Ela não titubeou nem por um instante ao mentir a Pete sobre ele estar na banheira. *É natural para as mulheres*, Stan pensou. É como todas elas fazem quando têm coragem. É como todas gostariam de fazer. Ele notou que estava tremendo. Em silêncio, encheu a banheira com água quente.

Quando estava pela metade, entrou na banheira e fechou os olhos. Bem, agora ele sabia. Era por esse motivo que todos os assassinos passionais matavam e para isso que as pessoas se casavam. Era por esse motivo que os homens abandonavam suas casas, e mulheres ficavam malfaladas. Era esse o grande segredo. Agora eu sei. Mas não há nada de decepcionante na sensação. Está tudo bem.

Ele deixou as mãos se arrastarem pela água quente e criou pequenas ondas sobre o peito. Abriu os olhos. Tirando a mão do calor vaporoso, olhou para ela por um instante e, com cuidado, tirou do dorso dela um pelo dourado, como um fio minúsculo e enrugado. Zeena era loira natural.

As semanas se passaram. O Show de Horrores Ackerman-Zorbaugh arrastava-se de cidade em cidade. O desenho do céu ao redor do parque mudava, mas o mar de rostos virados para cima era sempre o mesmo.

A primeira temporada é sempre a melhor e a pior para um parque itinerante. Os músculos de Stan se fortaleceram e seus dedos desenvolveram maior segurança, e sua voz um maior volume. Ele incluiu em seu número alguns truques com moedas que nunca havia tido coragem de tentar em público antes.

Zeena lhe ensinou muitas coisas, algumas delas sobre mágica.

— A distração é quase todo o trabalho, querido. Você não precisa de caixas de produção sofisticadas, alçapões e mesas de truques. Sempre acreditei que um homem que usa seu tempo aprendendo a arte da distração pode simplesmente enfiar a mão no bolso e colocar algo dentro de uma cartola, depois tirar de novo e surpreender a todos, que vão ficar se perguntando de onde saiu aquilo.

— Você já fez mágica? — ele perguntou.

Zeena riu.

— De jeito nenhum. Há muito poucas garotas que trabalham com mágica. E há uma razão para isso. Uma mulher passa todo o tempo aprendendo como atrair atenção para si. Na mágica, ela tem que desaprender tudo isso e aprender como fazer o público olhar para outra coisa. É muita pressão. As bonecas nunca conseguem. Eu não conseguiria. Sempre me dediquei ao negócio da adivinhação. Não faz mal a ninguém… ganham-se muitos amigos, aonde quer que se vá. As pessoas estão sempre loucas para saber sua sorte. E, seja como for… Você as coloca para cima, dá algo para desejarem e esperarem. É o que o reverendo faz todo domingo. Para mim, não é muito diferente ser vidente e padre. Todos esperam o melhor e temem o pior, e o pior é o que geralmente acontece, mas isso não nos impede de ter esperança. Alguém que perde a esperança não está nada bem.

Stan concordou.

— Pete perdeu a esperança?

Zeena ficou em silêncio e seus olhos azuis infantis brilharam.

— Às vezes acho que perdeu. Pete tem medo de alguma coisa. Acho que ele ficou com medo de si mesmo há muito tempo. Foi o que o tornou o mago da bola de cristal por alguns anos. Ele desejou mais do que nunca realmente poder ler o futuro na bola. E, quando estava no palco, diante do público, realmente acreditava que estava fazendo isso. De repente, começou a ver que não havia magia em lugar nenhum a que pudesse recorrer, e que ele não tinha ninguém a quem recorrer além de si mesmo... nem a mim, nem a seus amigos, nem à Dona Sorte... apenas ele. E ficou com medo de decepcionar a si mesmo.

— E foi o que ele fez?

— Sim. Foi o que ele fez.

— O que vai acontecer com ele?

Zeena se enfureceu.

— Não vai acontecer nada com ele. Ele é um homem doce, lá no fundo. Enquanto ele durar, vou ficar ao lado dele. Se não fosse por Pete, eu provavelmente acabaria indo parar em um bordel. Agora tenho um bom trabalho que estará em alta enquanto existir uma alma no mundo preocupada com de onde tirar o aluguel do mês seguinte. Sempre vou poder me virar. E levar Pete comigo.

Do outro lado da tenda, o apresentador, Clem Hoately, havia montado a plataforma do Major Mosquito e iniciado a apresentação. O Major levantou um pezinho e mirou um chute com precisão fatal na canela de Hoately. Aquilo fez o apresentador gaguejar por um momento. O anão estava resmungando como um gato raivoso.

— O Major é um homenzinho asqueroso — Stan disse.

— É claro que é. Você gostaria de ficar preso em um corpo de criança daquele jeito? Com o público gritando com você? É diferente no seu número. Ficamos acima das pessoas. Somos melhores do que eles, e eles sabem. Mas o Major é uma aberração de nascença.

— E o Marinheiro Martin? Ele se tornou uma aberração.

Zeena riu.

— Ele não passa de um pênis carregando um homem em volta. Começou com um monte de âncoras e mulheres nuas tatuadas nos braços para mostrar às garotas como era durão ou algo do tipo. Depois fez aquele encouraçado no peito e ficou estranho. Ele ficou parecendo um jornal engraçado quando tirava a camisa e imaginou que poderia fazer sua pele trabalhar por ele. Se um dia esteve na Marinha, eu nasci em um convento.

— Ele não parece estar dando muito em cima de sua amiga da Cadeira Elétrica.

Os olhos de Zeena piscaram.

— É bom mesmo. Aquela menina não vai fazer nada até encontrar um cara que a trate bem. Eu vou garantir isso. Acabaria com a raça de qualquer metido a besta que ficasse com graça perto de Molly.

— Você e quem mais?

— Eu e Bruno.

Evansburg, Morristown, Linklater, Cooley Mills, Ocheketawney, Bale City, Boeotia, Sanders Falls, Newbridge.

Em breve: Show de Horrores Ackerman-Zorbaugh, Auspícios Cedros Altos de Sião, Fundo Comunitário de Caldwell, Filhas Pioneiras de Clay County, Corpo de Bombeiros Voluntários de Kallakie, Ordem do Bisão.

Poeira quando estava seco. Lama quando estava chuvoso. Xingando, apostando, suando, tramando, subornando, gritando, trapaceando, o parque itinerante seguia seu caminho. Chegava como um pilar de fogo à noite, levando empolgação e novidades a cidades soporíferas – luzes e barulho e a chance de ganhar uma manta indígena, andar na roda-gigante, ver o selvagem que afagava aqueles répteis como uma mãe afagava seus bebês. Então ele desaparecia na noite, deixando a grama pisada no campo e restos de caixas de pipoca e colheres de sorvete enferrujadas para mostrar onde esteve.

Stan estava surpreso e consumido pela frustração. Havia tido Zeena – mas eram mínimas as chances de tê-la novamente. Ela era a sábia, que dominava todos os assuntos do parque itinerante e de todos os outros lugares. Ela sabia. Ainda assim, no mundo pequeno do parque, Zeena podia encontrar pouquíssimas oportunidades de fazer o que seus olhos diziam uma dúzia de vezes por dia a Stan que teria prazer em fazer.

Pete estava sempre lá, sempre por perto, tímido, cabisbaixo, com as mãos trêmulas e cheiro de álcool, sempre uma lembrança do que havia sido.

Zeena negava um encontro com Stan para costurar um botão na camisa de Pete. Stan não conseguia entender; quanto mais pensava no assunto, mais ficava confuso e amargo. Zeena o estava usando para se satisfazer, ele ficava repetindo. Então lhe ocorreu que talvez Zeena estivesse jogando um jogo de falsidade com ele e realmente enxergasse sobre seu ombro uma sombra de Pete como costumava ser – belo e virtuoso, com sua barbinha preta.

A ideia lhe ocorria bem no meio de seu número, tornando seu discurso uma confusão.

Um dia, Clem Hoately estava esperando ao lado da plataforma quando Stan desceu após a última apresentação.

— O que quer que esteja te corroendo, rapaz, é melhor desligar quando estiver no palco. Se não consegue ser profissional, junte suas porcarias e dê no pé. Mágico se encontra em qualquer esquina.

Stan havia adquirido traquejo suficiente para estender o braço, tirar uma moeda de cinquenta centavos da lapela de Hoately e fazê-la desaparecer na outra mão antes de se afastar. Mas a reprimenda do homem mais velho o abalou. Nenhuma mulher ou homem de sua idade era capaz de fazer-lhe o sangue ferver daquele jeito. Só bastava um velho cretino, particularmente quando os pelos da barba eram brancos como fungo crescendo sobre um cadáver. O cretino.

Stan foi dormir aquela noite em seu catre na tenda do Show de Variedades, fantasiando Hoately sendo assado lentamente sobre uma fogueira, à moda da época da Inquisição.

No dia seguinte, quando estavam prestes a abrir, Hoately passou na plataforma de Stan enquanto ele abria uma caixa de livretos para vender.

— Mantenha os truques com a moeda de cinquenta centavos na apresentação, filho. Eles chamam atenção. O pessoal adora.

Stan sorriu e disse:

— Pode apostar.

Quando o primeiro grupo de pessoas começou a chegar, ele deu tudo de si. A venda dos livretos de mágica quase dobrou. Ele estava no topo do mundo aquele dia. Mas então veio a noite.

À noite, o corpo de Zeena atormentava-lhe os sonhos e ele ficava debaixo das cobertas, esgotado e com os olhos queimando de sono, lembrando e a possuindo repetidas vezes na memória.

Então, uma noite ele esperou até a hora de fechar. Entrou atrás das cortinas do pequeno palco dela. Zeena havia tirado a túnica de seda e estava prendendo os cabelos. Os ombros eram pálidos, arredondados e irresistíveis sobre a combinação. Ele a pegou bruscamente nos braços e a beijou, mas ela o empurrou.

— Dê o fora daqui. Preciso me vestir.

— Tudo bem. Está dizendo que não há nada entre nós? — ele perguntou.

A expressão de Zeena suavizou e ela colocou a palma da mão gentilmente sobre o rosto dele.

— Você precisa aprender a se expressar melhor, querido. Nós não somos casados. Precisamos ter cuidado. Sou casada apenas com uma pessoa, e essa pessoa é o Pete. Você é um ótimo rapaz, e eu gosto muito de você. Talvez até um pouco demais. Mas precisamos ser racionais. Agora, comporte-se. Vamos ficar juntos um dia desses... ou uma noite dessas. E vamos nos divertir. É uma promessa. Eu aviso imediatamente quando achar que vai ser possível.

— Queria poder acreditar.

Ela passou os braços ao redor do pescoço dele e lhe prometeu entre seus lábios, quentes, doces e penetrantes. O coração dele ficou acelerado.

— Hoje à noite?

— Veremos.

— Dê um jeito de ser hoje à noite.

Ela balançou a cabeça.

— Preciso fazer Pete escrever umas cartas. Ele não vai conseguir se ficar chumbado demais, e algumas delas precisam ser respondidas. Não se pode decepcionar os amigos no show business. Você vai descobrir isso quando ficar quebrado e tiver que entrar em contato com eles para pedir um empréstimo. Talvez amanhã à noite.

Stan se virou, rebelde e ferino, com a sensação de que toda a superfície de sua mente estava irritada. Ele odiava Zeena e seu Pete.

A caminho da cozinha para jantar, passou por Pete. Ele estava sóbrio e trêmulo e degradado. Zeena devia ter escondido a garrafa dele, pensando na sessão de escrita de cartas. Os olhos de Pete estavam ficando saltados.

— Tem um dólar sobrando aí, garoto? — ele sussurrou.

Zeena apareceu atrás deles.

— Vocês dois fiquem bem aí e jantem — ela disse, empurrando-os na direção da cozinha. — Tenho que encontrar uma farmácia que fique aberta até tarde nesta cidade. Não há nada como uma garota que gosta de cuidar da beleza, não é? Eu já volto, querido — ela disse a Pete, fechando um botão solto na camisa do marido. — Temos que colocar nossa correspondência em dia.

Stan comeu rapidamente, mas Pete só empurrou a comida pelo prato, limpou a boca no dorso da mão e limpou a mão com cuidado no guardanapo.

Amassou o guardanapo em uma bola e a arremessou nas costas do cozinheiro com um xingamento.

— Tem uma nota de cinco sobrando, garoto?

— Não. Vamos voltar para a tenda. Você tem a *Billboard* nova para ler. Zeena deixou embaixo do palco.

Eles voltaram em silêncio.

Stan armou seu catre e observou a tenda do Show de Variedades assentar para passar a noite. Sob o palco da astrologia, havia uma única luz acesa, piscando pelas fendas das tábuas. Lá dentro, Pete estava sentado à mesa, tentando ler a *Billboard*, passando repetidas vezes pelo mesmo parágrafo.

*Por que Zeena não quis que ele a acompanhasse até a farmácia?*, Stan ficou se perguntando. De repente, no caminho, as coisas poderiam esquentar entre eles e ela se esqueceria de Pete e das cartas que precisava escrever.

Zeena havia escondido a garrafa sob o assento da cadeira do Major Mosquito. Stan desceu da própria plataforma e atravessou a tenda calmamente. O pequeno catre do Major estava logo acima de sua cabeça; ele podia ouvir a respiração rápida, que parecia de um soprano. Sua mão encontrou a garrafa e a recolheu.

Restava apenas um ou dois dedos de bebida. Stan se virou e subiu os degraus do palco de Zeena. Alguns instantes mais tarde, desceu e se espremeu no compartimento sob o piso. A garrafa, agora cheia acima da metade, estava em sua mão.

— Que tal uma bebida, Pete?

— Glória a Deus! — A garrafa foi quase arrancada da mão de Stan. Pete puxou a rolha e ofereceu bebida a Stan automaticamente. No segundo seguinte, estava com ela na boca e seu pomo de Adão trabalhava sem parar. Ele secou o líquido e devolveu a garrafa. — Meu Deus todo-poderoso. Um amigo necessitado, como diz o ditado. Receio não ter deixado muito para você, Stan.

— Não faz mal. Não estou com vontade agora.

Pete balançou a cabeça e pareceu se recompor.

— Você é um bom rapaz, Stan. Apresenta um número bom. Nunca deixe ninguém te afastar do sucesso. Você tem futuro, Stan, se não tiver obstáculos. Você devia ter nos visto quando estávamos no auge. Isso aqui ficava lotado. O povo aguardava quatro apresentações só para nos ver. Nossa, eu me lembro de todas as vezes em que tivemos nossos nomes no letreiro no alto da marquise – sucesso de bilheteria – em todos os lugares. E também nos divertíamos bastante. Mas você… ora, rapaz, os maiores nomes do ramo começaram bem onde você está agora. Você é o rapaz mais sortudo do mundo. Tem um rosto bom, é um rapaz bonito pra caramba, e eu não mentiria para você. Você sabe falar. Sabe fazer ilusionismo. É o pacote completo. Vai ser um grande mágico um dia. Só não deixe o parque… — Seus olhos estavam ficando vidrados. Ele parou de falar e se sentou, rígido.

— Por que não apaga a luz e descansa um pouco até Zeena voltar? — Stan sugeriu.

Um resmungo foi sua única resposta. Então o homem se levantou e endireitou os ombros.

— Rapaz, você devia ter nos visto quando fizemos a temporada em Keith!

*Meu bom Deus, esse idiota nunca vai apagar?*, Stan pensou. Além das paredes de madeira do compartimento abaixo do palco e da lona da tenda, ouviu-se o ruído do motor de um carro, o zunido da ignição invadia a noite enquanto o motorista desconhecido dava a partida. O motor pegou e Stan ouviu o barulho das marchas.

— Sabe, rapaz... — Pete ergueu o corpo até a cabeça quase tocar as tábuas do teto. O álcool parecia fortalecer suas costas. O queixo se elevava de maneira impositiva. — Stan, um rapaz como você poderia ser um grande adivinho. Estude a natureza humana! — Ele tomou um longo e derradeiro gole, secando a garrafa. Um pouco oscilante, arregalou os olhos e engoliu. — Aqui... um acorde da orquestra, luz âmbar... e eu entro. Faço meu discurso de abertura, dou uma gargalhada, muito mistério. Então vou direto para a leitura. Aqui está minha bola de cristal. — Ele se concentrou na garrafa de uísque vazia e Stan o observou com desconforto. Pete parecia estar ganhando vida. Seus olhos tornaram-se quentes e determinados.

Então sua voz se alterou e ganhou profundidade e força. Ele passou a mão esquerda lentamente sobre a superfície da garrafa.

— Desde o surgimento da história... — ele começou a dizer, com as palavras retumbando na sala-caixa de madeira — a humanidade procurou enxergar por trás do véu que esconde o amanhã. E, através das eras, certos homens olharam dentro de cristal polido e o viram. Seria alguma propriedade do próprio cristal? Ou aquele que olha o usa meramente para voltar seus olhos para dentro? Quem pode dizer? Mas as visões vêm. Lentamente, de formas cambiantes, as visões vêm...

Stan notou que estava olhando para a garrafa vazia, no fundo da qual restava apenas uma única gota pálida. Ele não conseguia desviar os olhos de tão contagiante que era a concentração do outro.

— Espere! As formas cambiantes começaram a clarear. Vejo campos gramados e colinas verdejantes. E um garoto... um garoto correndo descalço pelos campos. Há um cachorro com ele. — Rápido demais para que sua mente cautelosa pudesse contê-lo, Stan sussurrou as palavras:

— Sim. Gyp.

Os olhos de Pete afundavam na grama.

— Havia felicidade nessa época... mas durou pouco. Agora há névoas escuras... tristeza. Vejo pessoas se movimentando... um homem se destaca... perverso... o garoto o detesta. Morte e desejo de morte...

Stan moveu-se como uma explosão. Tentou pegar a garrafa, mas ela escorregou e caiu no chão. Ele a chutou para um canto, com a respiração acelerada.

Pete ficou parado por um instante, olhando fixamente para a mão vazia, então abaixou o braço. Seus ombros afundaram. Ele desabou sobre a cadeira dobrável, apoiando os cotovelos na mesa de carteado. Quando levantou o rosto para Stan, seus olhos estavam vidrados e a boca, frouxa.

— Não foi de propósito, rapaz. Não está zangado comigo, está? Só estava brincando. Uma leitura genérica... serve para qualquer um. É só ir acrescentando coisas. — Sua língua havia engrossado e ele fez uma pausa, abaixou a cabeça e depois a levantou novamente. — Todo mundo tem algum problema. Alguém que deseja matar. Normalmente, para um garoto, é o próprio pai. O que é a infância? Feliz num minuto, desconsolada no outro. Todo garoto teve um cachorro. Ou o cachorro do vizinho...

Ele apoiou a cabeça nos braços.

— Sou só um velho bêbado. Apenas um beberrão. Meu Deus... Zeena vai ficar zangada. Não conte nada, filho, que me deu aquela bebidinha. Ela vai ficar zangada com você também. — Ele começou a chorar baixo.

Stan sentiu o estômago revirar de repulsa. Virou as costas sem dizer nada e saiu daquele compartimento abafado. Em comparação, o ar da tenda do Show de Variedades, já escura e silenciosa, parecia frio.

Parecia que metade da noite havia passado quando Zeena retornou. Stan a encontrou, sussurrando para não incomodar os outros na tenda, que roncavam pesadamente em suas camas.

— Onde está o Pete?

— Ele apagou.

— E onde ele arrumou bebida?

— Eu... eu não sei. Ele estava perto das coisas do selvagem.

— Que droga, Stan. Pedi para ficar de olho nele. Ah, bem, eu também estou exausta. É melhor deixar ele dormir para curar a bebedeira. Amanhã é um novo dia.

— Zeena.

— O que foi, querido?

— Me deixa te acompanhar?

— Não é longe e não quero que você comece a pensar bobagens. A proprietária daquele muquifo tem pavio curto. Não queremos arrumar confusão nesta cidade. Já tivemos problemas suficientes e quase proibiram as apostas nas roletas. Este lugar é muito puritano.

Eles haviam saído da tenda e o centro escurecido do parque estendia-se diante deles. Ainda havia luz saindo da cozinha.

— Eu vou te acompanhar — Stan afirmou. Ele estava com um peso no peito e se esforçava para se livrar dele. Entrelaçou os dedos nos dela, e ela não recolheu a mão.

À sombra das primeiras árvores na divisa do terreno, eles pararam e se beijaram, e Zeena o abraçou.

— Nossa, querido, senti muita falta de você. Acho que preciso de mais amor do que imaginava. Mas não no meu quarto. Aquela velha controladora está à espreita.

Stan pegou no braço dela e saiu pela estrada. A lua estava imóvel. Eles passaram por um campo em uma pequena subida, depois a estrada descia entre bancos de terra com campos acima do nível da estrada.

— Vamos até lá em cima — Stan sussurrou.

Eles escalaram o banco e estenderam os casacos sobre a grama.

Stan retornou à tenda do Show de Variedades pouco antes de amanhecer. Arrastou-se para a cama e apagou imediatamente. Então ouviu algo trilando em seu ouvido e puxando-lhe o ombro. Uma vozinha aguda atravessava as camadas de seu cansaço e o espaço que havia dentro dele por ter esvaziado os nervos.

— Acorda, cara! Acorda, seu idiota! — O som estridente ficou mais alto.

Stan resmungou e abriu os olhos. A tenda tinha um dourado fúlvido devido ao sol do lado de fora. A força importuna em seu ombro era o Major Mosquito, com os cabelos loiros cuidadosamente umedecidos e penteados sobre a saliente testa de bebê.

— Stan, levanta! Pete está morto!

— O quê?

Stan pulou da cama e tentou encontrar os sapatos.

— O que aconteceu com ele?

— Simplesmente bateu as botas, aquele velho beberrão. Mandou ver na garrafa de metanol que Zeena usa para queimar as perguntas falsas. Acabou tudo, ou quase tudo. E Pete está mortinho. Com a boca escancarada como uma caverna. Venha dar uma olhada. Chutei as costelas dele mais de dez vezes e ele nem se mexeu. Venha ver.

Sem dizer nada, Stan amarrou os sapatos, com cuidado, corretamente, esforçando-se ao máximo. Não parava de lutar contra um pensamento que não lhe saía da cabeça, mas que então lhe caiu como uma tempestade: *Vão me enforcar. Vão me enforcar. Vão me enforcar. Só que não foi minha intenção. Só queria que ele apagasse. Não sabia que era metanol... Vão me enforcar. Não foi minha intenção. Vão...*

Ele saltou da plataforma e se apertou em meio à aglomeração de pessoas ao redor do palco da clarividente. Zeena saiu e os encarou, aprumada e sem lágrimas nos olhos.

— Ele se foi. Era um bom homem e um excelente artista. Eu avisei que aquele álcool não fazia bem. Só que ontem à noite escondi a garrafa dele... — Ela fez uma pausa e de repente se voltou para trás das cortinas.

Stan se virou e atravessou a multidão. Saiu da tenda para o sol da manhã e seguiu até a divisa do terreno, onde os postes de telefone na lateral da estrada carregavam um labirinto de fios até se perder de vista.

Ele bateu o pé em alguma coisa brilhante e pegou uma lâmpada elétrica que estava nas cinzas de uma fogueira apagada havia muito tempo. Era iridescente e esfumaçada por dentro, escura como uma bola de cristal sobre um pedaço de veludo preto. Stan ficou com ela na mão, procurando uma pedra ou a madeira de uma cerca. Seu diafragma parecia estar pressionando-lhe os pulmões e impedindo-o de respirar. Em um dos postes de telefone havia um pôster listrado de propaganda eleitoral, com o rosto magro do candidato, cabelos brancos caindo sobre uma das sobrancelhas, rugas de trapaça e rapacidade ao redor da boca que o fotógrafo não conseguiu ocultar muito bem.

"Vote em MACKINSEN para XERIFE. HONESTO – INCORRUPTÍVEL – DESTEMIDO."

Stan jogou o braço para trás e mandou a lâmpada pelos ares.

— Seu putanheiro filho da puta!

Lentamente, como se pela própria intensidade de sua atenção ele tivesse desacelerado o tempo, a lâmpada acertou o rosto impresso e se estilhaçou. Os fragmentos brilhantes viajaram bem alto, reluzindo enquanto caíam.

Como se um abscesso dentro dele tivesse rompido, Stan conseguiu voltar a respirar e o nó de medo se desfez. Ele nunca mais poderia temer com aquela mesma agonia. Sabia disso. Nunca mais seria tão ruim. Sua mente, clara como o ar transparente que o cercava, assumiu o controle e ele começou a pensar.

## CARTA IV
# O MUNDO

*Dentro de uma guirlanda, uma garota dança; as bestas do Apocalipse observam.*

Desde aquela manhã, o cérebro de Stan estava cheio de engrenagens, analisando todas as respostas possíveis. Onde você estava quando ele passou perto das coisas do selvagem? Em minha plataforma, montando meu catre. O que você fez depois? Pratiquei um truque novo com cartas. Que truque? Frente-atrás-palma-da-mão. Para onde ele foi? Para debaixo do palco, eu acho. Você estava de olho nele? Só para ele não sair. Onde você estava quando Zeena voltou? Na entrada, esperando por ela...

A multidão começou a se dissipar. Do lado de fora, as estrelas estavam encobertas e havia um feixe de iluminação atrás das árvores. Às onze, Hoately interrompeu os chamarizes. Os últimos alvos saíram e os habitantes da tenda onde ficava o Show de Variedades fumavam enquanto se trocavam. Por fim, reuniram-se com rostos sérios ao redor de Hoately. Apenas o Major Mosquito não parecia abalado. Ele começou a assobiar alegremente, e alguém lhe disse para moderar o tom.

Quando todos ficaram prontos, saíram em fila e entraram nos carros. Stan foi com Hoately, o Major, Bruno e o Marinheiro Martin para o centro da cidade, onde ficava a funerária.

— Demos sorte de o velório ser em uma noite de pouco movimento — disse o Marinheiro. Ninguém respondeu.

Então, o Major Mosquito pipiou:

— Onde está, ó morte, o teu aguilhão? Onde está, ó inferno, a tua vitória? — ele reclamou. — Por que precisam de toda essa enrolação? Por que simplesmente não enterram as pessoas e deixam elas se decomporem?

— Cale essa boca! — Bruno exclamou com firmeza. — Você fala demais para alguém tão pequeno.

— Vai se ferrar.

— Pobre Zeena — Bruno disse aos outros. — Ela é uma boa pessoa.

Clem Hoately, dirigindo sem muito cuidado, apenas com uma das mãos no volante, disse:

— Ninguém vai sentir falta daquele pau-d'água. Nem mesmo Zeena, depois de um tempo. Mas faz a gente refletir muito. Eu me lembro daquele cara quando era o maioral. Já faz um ano que não bebo uma gota e nem pretendo. Já vi muito disso.

— Quem vai fazer o número com Zeena? — Stan perguntou, depois de um tempo. — Ela vai mudar o número? Poderia cuidar ela mesma das perguntas e já trabalhar em uma de antemão?

Hoately coçou a cabeça com a mão livre.

— Isso não dá tão certo hoje em dia. Ela não precisa mudar o número. Você poderia fazer a parte secreta. Eu assumo a coleta dos envelopes. Colocamos a Garota Elétrica entre o seu horário e o de Zeena para você ter tempo de entrar lá e se acomodar.

— Posso fazer isso.

Ele que disse, Stan repetiu várias vezes. Não foi ideia minha. O Major e o Bruno também ouviram. Foi ele que disse.

A rua estava vazia e a luz da funerária criava um triângulo dourado na calçada. Atrás deles, chegou outro carro. Dele saíram o velho Maguire, bilheteiro do Show de Variedades e tocador de realejo, depois Molly, e então Joe Plasky balançou o corpo para fora do carro, apoiando-se nas mãos, e atravessou a calçada. Para Stan, ele parecia um sapo movimentando-se deliberadamente.

Zeena os encontrou na porta. Estava usando uma roupa preta nova, um vestido com flores enormes bordadas com contas de azeviche.

— Vamos entrar. Eu... eu pedi para deixarem o Pete bem bonito. Acabei de telefonar para um reverendo e ele está vindo. Achei que seria melhor arrumar um reverendo, se fosse possível, mesmo que Pete não fosse muito de igreja.

Eles entraram. Joe Plasky tirou um envelope do bolso e o entregou a Zeena.

— Cada um contribuiu com um pouco para uma lápide, Zeena. Os rapazes sabiam que você não precisava do dinheiro, mas quiseram fazer alguma coisa. Escrevi para a *Billboard* hoje à tarde. Eles vão publicar uma nota de falecimento. Disse apenas: "Com o pesar de seus muitos amigos do show business".

Ela se abaixou e deu um beijo nele.

— Isso foi... isso foi muito gentil da parte de todos. Acho que é melhor entrarmos na capela. Parece que o reverendo está chegando.

Eles se acomodaram em cadeiras dobráveis. O clérigo era um homenzinho velho, modesto e tedioso, parecia sonolento. E constrangido também, Stan imaginou. Como se o pessoal do parque não fosse exatamente humano... como se todos estivessem sem calças, e ele fosse educado demais para deixar transparecer que havia notado.

Ele colocou os óculos.

— ... não trazemos nada a este mundo e certamente não podemos levar nada dele. O Senhor deu, e o Senhor tirou...

Stan, sentado ao lado de Zeena, tentou se concentrar nas palavras e adivinhar o que o reverendo diria em seguida. Qualquer coisa que o impedisse de pensar. Não é culpa minha ele estar morto. Eu não queria matá-lo. Eu o matei. Já vai começar isso de novo, e o dia todo eu não estava sentindo nada e pensei que tinha enlouquecido.

— Mostra-me, Senhor, o fim da minha vida e o número dos meus dias para que eu saiba o quanto me resta para viver...

Pete nunca conheceu seu fim. Pete morreu feliz. Eu fiz um favor a ele. Ele estava morrendo havia anos. Ele tinha medo de viver e estava tentando se libertar, eu só tinha que ir lá e matá-lo. Eu não o matei. Ele se matou. Mais cedo ou mais tarde, ele arriscaria beber aquele álcool. Eu só ajudei um pouco. Nossa, vou ter que pensar nesse maldito acontecimento pelo resto da minha vida?

Stan virou a cabeça lentamente e olhou para os outros. Molly estava sentada com o Major entre Bruno e ela. Na última fileira, Clem Hoately estava de olhos fechados. O rosto de Joe Plasky ostentava a sombra de um sorriso tão profundamente entranhado que nunca desaparecia completamente. *Era o tipo de sorriso que Lázaro deve ter dado depois*, Stan pensou. O Marinheiro Martin estava com um dos olhos fechados.

Avistar o Marinheiro fez Stan voltar ao normal. Ele mesmo já tinha feito aquilo centenas de vezes, sentando atrás de seu pai no banco duro da igreja, vendo sua mãe de sobrepeliz branca no coro com as outras mulheres. Forma-se um ponto cego quando se fecha um dos olhos e então deixa o olhar do outro viajar em linha reta, chegando a um dos lados da cabeça do padre até um momento em que ela parece desaparecer e ele fica lá, pregando sem cabeça nenhuma.

Stan olhou para Zeena ao seu lado. A mente dela estava em algum lugar bem distante. O reverendo acelerou.

— O homem, nascido da mulher, é de poucos dias e farto de inquietação. Sai como a flor e murcha; foge também como a sombra e não permanece. No meio da vida estamos na morte...

Atrás deles, o Major Mosquito deu um suspiro agudo e ficou se mexendo, fazendo a cadeira ranger.

— Shhhhh! — Bruno disse.

Quando chegaram ao pai-nosso, Stan encontrou sua voz com alívio. Zeena precisava ouvi-la. Se a ouvisse, não poderia suspeitar que ele tivesse algo a ver com... Stan abaixou a voz e as palavras vieram automaticamente. Ela nunca poderia pensar... E ainda assim havia olhado feio para ele quando dissera que Pete estava perto do selvagem. Ela não podia pensar. E ele não podia exagerar. Droga, aquela era a hora da distração, se é que havia alguma.

— ... e não nos deixeis cair em tentação, mas livrai-nos do mal.

— Amém.

O agente funerário foi silencioso e rápido. Retirou a tampa do caixão e a colocou atrás dele. Zeena levou o lenço ao rosto e se virou. Todos fizeram uma fila e foram passando.

Clem Hoately foi o primeiro, sem demonstrar emoção alguma no rosto enrugado. Então Bruno, carregando o Major Mosquito no braço para que ele pudesse ver. Molly chegou em seguida e o Marinheiro

Martin foi logo depois dela, chegando bem perto. Depois o Velho Maguire, com o chapéu amassado na mão. Joe Plasky foi saltando pelo chão, empurrando uma das cadeiras dobráveis. Quando chegou sua vez de se aproximar dos restos mortais, colocou a cadeira perto da ponta do caixão e se balançou para cima do assento. Olhou para baixo e o sorriso ainda estava ao redor de seus olhos, embora a boca estivesse séria. Sem pensar, ele fez o sinal da cruz.

Stan engoliu em seco. Era sua vez e não tinha como fugir daquilo. Joe havia saltado para o chão e empurrado a cadeira para perto da parede. Stan afundou as duas mãos no bolso e se aproximou do caixão. Ele nunca tinha visto um cadáver; seu couro cabeludo formigava só de pensar.

Respirou fundo e se forçou a olhar.

A princípio, parecia uma figura de cera vestindo terno. Uma das mãos repousava tranquilamente sobre o colete branco, enquanto a outra estava ao lado do corpo e segurava uma bola de vidro transparente e redonda. O rosto estava rosado – o agente funerário havia preenchido as bochechas murchas e pintado a pele até brilhar com um efeito encerado de vida. Mas havia algo mais atingindo Stan como um golpe entre as costelas. Confeccionada minuciosamente com pelos de crepe de lã e coladas ao queixo, havia uma realista barbinha preta, perfeitamente aparada.

— Para a última apresentação, Mamzelle Electra vai fazer um número jamais tentado desde que Ben Franklin atraiu o raio com a linha de sua pipa. Segurando os dois filamentos de uma lâmpada de arco de carbono, ela vai deixar a corrente fatal atravessar seu corpo...

Stan entrou discretamente no compartimento sob o palco de Zeena, a Mulher que Tudo Sabe. Não cheirava mais a uísque. Stan havia instalado um pedaço de lona como forro e aberto canais de ventilação nas laterais do pequeno cômodo em forma de caixa. Sobre a mesa de carteado, e em três de suas laterais, construiu um escudo de papelão para que pudesse abrir os envelopes e copiar as perguntas no bloco usando a luz de uma lanterna.

O arrastar de pés movimentando-se ao redor do palco, depois a voz de Zeena em sua fala de abertura. Stan pegou um monte de perguntas falsas – cartões em branco em envelopes pequenos – e esperou perto da janela, onde Hoately passaria atrás das cortinas.

Elas se abriam na lateral do palco. A mão de Hoately apareceu. Rapidamente, Stan pegou as perguntas coletadas e colocou o lote de envelopes falsos na mão, que desapareceu rumo ao palco. Stan ouviu o ranger das tábuas sob os pés. Sentou-se à mesa, acendeu a lanterna sombreada, ajeitou o conjunto de envelopes e cortou as laterais com um único picote de tesoura. Rapidamente, tirou os cartões e os organizou diante de si sobre a mesa.

Pergunta: "Onde está meu filho?". Caligrafia antiquada. Mulher acima dos sessenta, ele julgou. Boa para abrir o número – a assinatura estava clara e escrita por extenso: sra. Anna Briggs Sharpley. Stan procurou mais dois nomes completos. Um deles assinava uma pergunta pretensiosa, que ele deixou de lado. Pegou um giz de cera preto e o bloco e escreveu: "Onde filho?", acrescentou o nome rapidamente, mas de forma clara, e levantou o bloco no buraco no palco, aos pés de Zeena.

— Estou recebendo a visão da inicial *S*. Há alguma sra. Sharpley aqui?

Stan notou que estava ouvindo as respostas como se fossem revelações.

— Você pensa em seu menino ainda como uma criança pequena, como era quando chegava pedindo um pedaço de pão com açúcar por cima...

De onde Zeena tirava tudo aquilo? Era tão telepata quanto a garota Molly era à prova de eletricidade. A Cadeira Elétrica era falsa, como tudo no parque. Mas Zeena...

— Minha cara senhora, é preciso se lembrar de que ele agora é um homem adulto e provavelmente tem os próprios filhos para cuidar. Quer que ele escreva para você. Não é isso?

Era excepcional como Zeena conseguia pescar coisas só de olhar para o rosto da pessoa. Stan sentiu um temor repentino. De todas as pessoas no mundo, ele tinha que esconder algo justamente de uma que era capaz de ler mentes? Ele riu um pouco, apesar da ansiedade. Mas havia algo que o puxava na direção de Zeena e era mais forte do que o medo de que ela descobrisse e o transformasse em assassino. Como alguém consegue saber tanto a ponto de descobrir o que as pessoas estão pensando só de olhar para elas? Talvez seja necessário nascer com esse dom.

— Clarissa está aqui? Clarissa, levante a mão. É uma boa moça. Bem, Clarissa quer saber se o jovem com quem está saindo é o homem certo para se casar. Veja, Clarissa, acho que vai se decepcionar, mas tenho que dizer a verdade. Você não vai querer que eu minta. Não acho que esse seja o rapaz certo para o casamento. Ele pode muito bem ser, e não duvido que seja, um bom jovem. Mas algo me diz que, quando o rapaz certo aparecer, você não vai me perguntar, não vai perguntar a ninguém... simplesmente vai se casar com ele.

Aquela pergunta já tinha aparecido antes, e Zeena quase sempre a respondia da mesma forma. Stan de repente percebeu que não se tratava de genialidade, afinal. Zeena conhecia pessoas. Mas as pessoas eram muito parecidas. O que se dizia a uma podia ser dito a nove entre dez. E havia uma em cada cinco que acreditaria em qualquer coisa que lhe fosse dita e diria *sim* a qualquer pergunta que lhe fosse feita porque era o tipo de alvo incapaz de dizer *não*. Minha nossa, Zeena está trabalhando por migalhas! Em alguma parte dessa profissão, há uma mina de ouro!

Stan pegou outro cartão e escreveu no bloco: "Conselho passo doméstico importante, Emma". Por Deus, se ela conseguir responder a essa, deve ser leitora de mentes. Ele levantou o papel pela abertura e se pôs a escutar.

Zeena balbuciou um pouco, pensando, e então levantou a voz e bateu o pé de leve. Stan abaixou o bloco e soube que aquela seria a última pergunta e ele poderia relaxar. Depois, ela começaria a promover os itens para venda.

— Tenho tempo apenas para mais uma pergunta. E é uma pergunta que não vou pedir para ninguém assumir. Tem uma moça aqui, cujo primeiro nome começa com *E*. Não vou dizer o nome completo porque é uma pergunta muito pessoal. Mas vou pedir que *Emma* pense sobre o que está tentando me dizer mentalmente.

Stan desligou a lanterna, saiu do compartimento sob o palco e subiu na ponta dos pés as escadas atrás das cortinas laterais. Abrindo-as cuidadosamente com os dedos, colocou o olho na fresta. Os rostos eram uma massa de círculos pálidos. Mas, à menção do nome "Emma", ele viu um rosto – uma mulher pálida e magra, que parecia ter quarenta anos, mas podia ter trinta. Os lábios se entreabriram e os olhos reagiram por um instante. Então os lábios se apertaram, resignados.

Zeena abaixou a voz.

— Emma, você tem um problema sério. E ele diz respeito a alguém muito próximo e querido. Ou alguém que costumava ser muito próximo e querido, não é?

Stan viu a mulher confirmar involuntariamente com a cabeça.

— Está diante de um passo sério... se deve ou não deixar essa pessoa. E acho que é seu marido.

A mulher mordeu o lábio inferior. Seus olhos logo ficaram úmidos. *Esse tipo começa a chorar em um piscar de olhos*, Stan pensou. *Se ao menos tivesse um milhão de dólares em vez de uma moeda velha de vinte e cinco centavos.*

— Bem, há duas linhas de vibração ao redor desse problema. Uma delas diz respeito a outra mulher. — A tensão deixou o rosto da moça, tomado por um olhar aflito de decepção. Zeena mudou o curso. — Mas agora a visão está ficando mais forte e posso ver que, embora possa ter havido alguma mulher no passado, no momento o problema é outro. Vejo cartas... cartas de baralho caindo sobre uma mesa... mas não, não é o seu marido que está jogando. É o lugar... agora estou vendo, claro como a luz do dia. É a sala dos fundos de um bar.

A mulher começou a chorar, e as pessoas viraram em sua direção ao ouvir aquilo; mas Emma estava observando atentamente a clarividente, sem se preocupar com os outros.

— Minha cara amiga, você tem uma cruz muito pesada para carregar. Sei muito bem como é, não pense que não sei. Mas o dilema que se apresenta a você é um problema com muitos lados. Se seu marido estivesse por aí com outras mulheres e não a amasse, seria uma coisa. Mas tenho uma forte impressão de que ele a ama... apesar de tudo. Ah, sei que ele às vezes é muito desagradável, mas você se pergunta se parte da culpa não é sua. Pois uma coisa que você nunca deve esquecer é que um homem, quando bebe, bebe porque está infeliz. Não tem nada no álcool que faça mal a um homem. Um homem feliz pode tomar uma bebida com os amigos no sábado à noite e voltar para casa com o dinheiro do pagamento no bolso. Mas, quando um homem está infeliz com alguma coisa, bebe para esquecer, e uma dose não basta. Ele toma mais uma, e logo o pagamento da semana já se foi todo, ele chega em casa, fica sóbrio, e sua mulher começa a reclamar com ele, e ele fica mais deprimido do que estava antes e então seu primeiro pensamento é se embebedar de novo, e isso acaba virando um ciclo infinito.

Zeena havia se esquecido dos outros clientes, havia se esquecido das vendas. Estava falando por experiência própria. O público sabia e se apegava a cada palavra, fascinado.

— Antes de dar esse passo — ela continuou, voltando de repente à apresentação —, você precisa ter certeza de que fez todo o possível para fazer aquele homem feliz. Talvez não consiga saber o que o incomoda. Talvez nem ele mesmo saiba. Mas tente descobrir. Porque, se o deixar, vai ter que dar um jeito de se sustentar e cuidar de seus filhos. Bem, e por que não começar hoje? Se ele chegar em casa bêbado, coloque-o na cama. Tente conversar com ele de forma amigável. Quando um homem está embriagado, fica muito parecido com uma criança. Trate-o como um filho e não saia criticando. Amanhã de manhã, diga que compreende e aja um pouco como mãe. Pois se aquele homem a ama... — Zeena pausou para retomar o fôlego, mas logo continuou: — Se aquele homem a ama, não importa se ele ganha ou não dinheiro. Não importa se fica ou não sóbrio. Se tiver um homem que realmente a ama, agarre-o com unhas e dentes, custe o que custar. — Havia urgência em sua voz, e por um longo instante o silêncio pairou no ar sobre a multidão. — Não o deixe escapar... porque nunca vai se arrepender tanto disso quanto se arrependeria de ter se afastado dele. Então, pessoal, se quiserem mesmo saber como os astros afetam sua vida não precisam pagar um dólar nem mesmo cinquenta centavos tenho aqui um conjunto de leituras astrológicas desenvolvido para cada um de vocês basta me dizerem sua data de aniversário e receberão uma previsão de acontecimentos futuros complementada por uma leitura de personalidade, orientação vocacional, números da sorte...

Para as distâncias maiores, o Show de Horrores Ackerman-Zorbaugh usava a estrada de ferro. Com os caminhões em vagões abertos e as pessoas acomodadas em velhas cabines, o trem retumbava pela escuridão – cruzando cidadezinhas solitárias sem graça, passando por ramais de descarga de trens, sobre passagens e pontes ferroviárias onde os rios correm iluminados pela paisagem rural de estrelas encobertas.

No vagão-bagageiro, entre pilhas de lona e equipamentos, uma luz brilhava na parede. Havia uma caixa grande, com buracos nas laterais para entrada de ar, no meio de um espaço aberto. De dentro vinham rangidos intermitentes. Em uma ponta do vagão, o selvagem estava deitado sobre uma pilha de lona, com os joelhos cobertos pelo macacão esfarrapado e colados ao queixo.

Ao redor da caixa de cobras, homens deixavam o ar cinzento com fumaça.

— Eu fico. — A voz do Major Mosquito tinha a insistência do estrilo de um grilo.

O Marinheiro Martin retorceu o lado direito do rosto devido à fumaça de seu cigarro e deu as cartas.

— Estou dentro — Stan disse. Ele tinha um valete fechado. A maior carta aberta era um dez, na mão do Marinheiro.

— Estou com você — Joe Plasky disse, com o sorriso de Lázaro imutável.

Atrás de Joe estava o enorme Bruno, com os ombros saltados sob o casaco. Ele observava com atenção, abrindo a boca enquanto se concentrava na mão de Joe.

— Também estou dentro — Martin disse. Ele deu as cartas. Stan recebeu outro valete e aumentou três fichas.

— Vai ter que aumentar a aposta — ele disse casualmente.

Martin havia recebido outro dez.

— Vou aumentar.

Major Mosquito, com sua cabeça de bebê perto do alto da caixa, deu mais uma olhada em todas as cartas.

— Está louco!

— Acho que vai ficar entre vocês dois, cavalheiros — Joe disse placidamente.

Bruno, atrás dele, disse:

— É. Deixem os dois disputarem. Vamos pegar leve dessa vez.

Martin deu as cartas. Duas cartas baixas caíram entre eles. Stan apostou mais fichas. Martin cobriu a aposta e aumentou duas.

— Eu pago.

O Marinheiro virou a carta. Um dez. Estendeu a mão na direção do pote.

Stan sorriu e contou suas fichas. O Major fez um ruído e todos saltaram.

— Ei! — Ele soou como um violino desafinado.

— O que há com você, Barulhento? — Martin perguntou, sorrindo.

— Quero ver esses dez! — O Major alcançou o centro da caixa de cobras com suas mãos de criança e puxou as cartas para si. Examinou os versos.

Bruno levantou e se aproximou atrás do anão. Pegou uma das cartas e a inclinou na direção da luz.

— O que deu em vocês, rapazes? — Martin perguntou.

— Uma mancha! — Major Mosquito resmungou, pegando o cigarro da beirada da caixa e dando um trago rápido. — As cartas estão marcadas com cera. Ela serve como indicador. Dá para ver, se souber onde olhar.

Martin pegou uma e a examinou.

— Droga! Você tem razão.

— As cartas são suas — o Major continuou em seu falsete acusatório.

Martin se irritou.

— Como assim, minhas cartas? Alguém deixou esse baralho na cozinha. Se eu não tivesse pensado em trazer, nem ia ter jogo.

Stan pegou o baralho e o embaralhou usando o polegar. Depois embaralhou novamente, jogando as cartas viradas para a mesa. Quando as desvirou, eram todas cartas altas, figuras e dez.

— Estão marcadas, com certeza — ele disse. — Vamos arrumar um baralho novo.

— É você que trabalha com cartas — Martin disse em tom agressivo. — O que sabe sobre isso? A cera é usada para marcar as cartas dos outros durante o jogo.

— Sei o suficiente para não usar — Stan respondeu de imediato. — E eu não dou as cartas. Nunca dou as cartas. E, se quisesse trapacear, eu as colocaria no monte até deixar o par que me interessasse na parte de cima, cortaria e colocaria a carta de cima na primeira metade, embaralharia, tiraria uma e embaralharia mais uma vez. Depois cortaria até onde estava a outra…

— Vamos arrumar outro baralho — Joe Plasky disse. — Ninguém aqui vai ficar rico discutindo sobre como as cartas foram marcadas. Quem tem um baralho?

Todos ficaram em silêncio, ouvindo as juntas de dilatação dos trilhos estalarem sob eles. Então Stan disse:

— Zeena tem um baralho de cartas de adivinhação. Podemos jogar com ele. Vou lá pegar.

Martin pegou o baralho marcado, foi até a porta parcialmente aberta e jogou as cartas ao vento.

— Talvez o baralho novo mude minha sorte — ele disse. — Todas as minhas mãos foram ruins, menos a última.

O vagão balançava pela escuridão. Atrás da porta aberta, dava para ver as colinas encobertas e uma fatia de lua escondendo-se atrás delas com um punhado de estrelas.

Stan voltou e junto com ele veio Zeena. Seu vestido preto estava realçado por um bracelete de gardênias artificiais e os cabelos estavam presos no alto da cabeça com uma séries de grampos diferentes.

— Olá, rapazes. Pensei em jogar uma rodada também, se não for atrapalhar. Está um tédio lá atrás, na cabine. Acho que já li todas as revistas de cinema que encontrei. — Ela abriu a bolsa e colocou um baralho sobre a caixa. — Agora, deixem-me ver suas mãos. Estão limpas? Porque não quero que estraguem essas cartas com sujeira. São muito difíceis de conseguir.

Stan pegou o baralho com cuidado e o abriu em leque. As imagens eram uma conglomeração estranha de figuras. Uma delas mostrava um homem morto, com as costas perfuradas por dez espadas. Outra tinha a imagem de três mulheres com túnicas antigas, cada uma segurando uma taça. Uma mão saindo de uma nuvem, em outra carta, segurava um bastão do qual brotavam folhas verdes.

— Como se chamam essas coisas, Zeena? — ele perguntou.

— É o Tarô — ela respondeu de maneira notável. — O tipo mais antigo de cartas do mundo. Surgiu no Egito, alguns dizem. E é mesmo uma maravilha para fazer leituras particulares. Sempre que tenho algo para decidir ou não sei que caminho tomar, tiro as cartas para mim mesma. Sempre recebo algum tipo de resposta que faz sentido. Mas dá para jogar pôquer com elas. São quatro naipes: bastões equivalem a ouros, taças a copas, espadas a paus e moedas a espadas. Esse monte de figuras aqui são os Arcanos Maiores. São só para ler a sorte. Mas tem um... se eu conseguir encontrar... que podemos usar como curinga. Aqui está. — Ela pegou a carta e guardou as outras na bolsa.

Stan pegou o curinga. À primeira vista, não conseguiu entender qual ponta era a parte de cima. A carta mostrava um jovem suspenso pelo pé, de cabeça para baixo, em uma cruz em forma de T, mas a cruz era de madeira viva, com brotos verdes. As mãos do jovem estavam amarradas atrás das costas. Um halo de luz dourada brilhava ao redor de sua cabeça e, virando a carta, Stan viu que sua expressão era de paz – como a de um homem que levantou dos mortos. Como o sorriso de Joe Plasky. O nome estava impresso na parte de baixo da carta em letras antigas. *O Enforcado.*

— Minha nossa, se essas malditas cartas não mudarem minha sorte, nada vai mudar — disse o Marinheiro.

Zeena pegou uma pilha de fichas com Joe Plasky, fez sua aposta, depois embaralhou e distribuiu as cartas fechadas, viradas para baixo. Levantou um pouco as suas e franziu a testa. O jogo começou. Stan recebeu um oito de taças e pediu para sair. Nunca fique se não tiver um valete ou uma carta maior, no escuro, e sempre saia quando uma carta maior que um valete aparecer na mesa. A menos que tenha a diferença na mão.

Zeena franziu ainda mais a testa. A batalha era entre ela, o Marinheiro Martin e o Major. Então o Marinheiro saiu. O Major mostrou uma trinca de cavaleiros. Pagou para ver. Zeena tinha um *flush* de moedas.

— Você é mesmo boa de blefe — o Major silvou com rispidez. — Franzindo a testa como se não tivesse nada e escondendo um *flush*.

Zeena balançou a cabeça.

— Eu nem pretendia blefar. Eu estava franzindo a testa para a carta virada, o ás de moedas, o que chamam de pentagrama. Sempre leio isso como "mágoa causada por um amigo de confiança".

Stan descruzou as pernas e disse:

— Talvez as cobras tenham algo a ver com isso. Estão se esfregando debaixo da tampa como se estivessem desconfortáveis.

O Major Mosquito cuspiu no chão, depois enfiou o dedo em um dos buracos da caixa. Chiando, retirou-o. No buraco, movia-se uma fita bifurcada cor-de-rosa. O Major afastou os lábios de seus dentinhos e rapidamente tocou a brasa acesa do cigarro na língua da cobra. Ela voltou rapidamente para dentro da caixa e houve um alvoroço de espirais se contorcendo e chicoteando do lado de dentro.

— Jesus! — Martin disse. — Você não devia ter feito isso, seu idiota. Essas coisas malditas vão ficar irritadas.

O Major jogou a cabeça para trás.

— Ho, ho, ho, ho, ho! Da próxima vez vou fazer isso com você. Vou acertar o encouraçado Maine.

Stan se levantou.

— Para mim já deu, rapazes. Mas não parem o jogo por minha causa.

Equilibrando-se no balanço do trem, Stan atravessou pelo meio da lona empilhada até a plataforma do outro vagão. Escorregou a mão esquerda sob a barra do colete e soltou uma caixinha de metal minúscula, do tamanho e formato de uma moeda de cinco centavos. Soltou a mão e o recipiente caiu entre os vagões. Havia deixado uma mancha escura em seu dedo. Por que eu tenho que ficar mexendo com essa merda? Eu não quero as moedas deles. Só queria ver se conseguia enganá-los. Jesus, a única coisa com que podemos contar é nosso cérebro!

Na cabine, sob luzes turvas, a multidão de funcionários do parque tomava conta, todos amontoados, uns com a cabeça no ombro dos outros; alguns deitados sobre jornais nos corredores. No canto de um assento, Molly dormia com os lábios levemente entreabertos e a cabeça apoiada no vidro da janela preta.

Como todos pareciam indefesos na feiura do sono. Um terço da vida passado inconsciente como um cadáver. E alguns, a grande maioria, arrastavam-se quando acordados, pouca coisa mais despertos, indefesos diante do destino. Vagavam por um beco escuro rumo à própria morte. Mandavam exploradores para a luz, conheciam o fogo e se recolhiam novamente na escuridão de seu tateio cego.

Ao sentir um toque no ombro, Stan se virou. Era Zeena. Ela estava com os pés separados, equilibrando-se facilmente no ritmo do trem.

— Stan, querido, não vamos deixar o que aconteceu nos desanimar. Deus sabe que me senti mal pelo que aconteceu com Pete. E acho que você também se sentiu mal. Todos se sentiram. Mas isso não pode nos impedir de viver. E andei pensando… ainda gosta de mim, não é, Stan?

— É claro… É claro que gosto, Zeena. Só pensei que…

— Está certo, querido. O velório e tudo o mais. Mas não posso ficar de luto por Pete para sempre. Minha mãe, bem… ela ficou de luto mais ou menos por um ano, mas o que estou dizendo é que logo mais todos vamos bater as botas. Temos que nos divertir um pouco. Vou dizer uma coisa… Quando pararmos na próxima cidade, vamos largar o resto do pessoal para lá e fazer uma festa.

Stan passou o braço ao redor dela e a beijou. No balanço do trem, seus dentes se chocaram e eles se afastaram, rindo um pouco. Ela acariciou o rosto dele.

— Senti demais a sua falta, querido. — Ela enterrou o rosto no espaço entre o pescoço e o torso dele.

Acima do ombro de Zeena, Stan olhou para o vagão de adormecidos. Seus rostos haviam mudado, haviam perdido a horrorosidade. A garota Molly havia acordado e comia uma barra de chocolate. Havia uma mancha de chocolate em seu queixo. Zeena não suspeitava de nada.

Stan levantou a mão esquerda e a examinou. Na ponta do dedo anelar, havia uma faixa escura. Cera. Encostou a língua naquilo e depois pegou no ombro de Zeena, limpando a mancha em seu vestido preto.

Eles se afastaram e foram para o fim do corredor, onde havia uma pilha de malas sobre as quais conseguiram se sentar. No ouvido dela, Stan disse:

— Zeena, como funciona um número com duas pessoas? Um número bom, do tipo que você e Pete faziam. — Público com roupa de gala. Ingressos caros. Em grande estilo.

Zeena chegou mais perto e respondeu com a voz repentinamente rouca:

— Espere até chegarmos à cidade. Não consigo pensar em nada além de você neste instante, querido. Um dia eu conto. Tudo o que quiser saber. Mas agora quero pensar no que me espera embaixo dos lençóis. — Ela segurou no dedo dele e apertou.

No vagão-bagageiro, Major Mosquito virou sua carta fechada.

— Três dois de espadas à mostra e mais um curinga formam uma quadra. Ha, ha, ha, ha. *O Enforcado!*

Quando Stan acordou, ainda estava escuro. A placa luminosa com o nome da Loja de Departamentos de Ayres, que ficava piscando com uma regularidade ofuscante, finalmente havia aquietado e a vidraça suja estava escura. Algo o havia acordado. O colchão era duro e afundado; junto às costas, sentia o calor do corpo de Zeena.

Silenciosamente, a cama balançou, e a garganta de Stan ficou apertada com um reflexo de medo do desconhecido e da escuridão, até que sentiu o movimento outra vez e abafou um suspiro. Zeena estava chorando.

Stan se virou, passou o braço em volta dela e lhe cobriu o seio com a mão. Ela precisava ser mimada quando ficava daquele jeito.

— Stan, querido...

— O que foi, meu amor?

Zeena virou o corpo de uma vez e encostou o rosto úmido no peito desnudo de Stan.

— Comecei a pensar em Pete.

Não havia nada a ser dito sobre aquilo, então Stan a abraçou com mais força e ficou quieto.

— Sabe, hoje eu estava olhando umas coisas no bauzinho de metal... coisas do Pete. Seus materiais de divulgação antigos, cartas e esse tipo de coisa. E encontrei um caderno que ele tinha. Onde ele começou o código do nosso número. Pete inventou aquele código e nós dois éramos os únicos que sabíamos seu significado. Pete recebeu uma oferta de mil dólares por ele, de Allah Kismet – que era Syl Rappolo. Ele era um dos maiores do país no trabalho com bola de cristal. Mas Pete apenas riu da cara dele. Aquele velho caderno era como uma parte de Pete. Ele tinha uma caligrafia tão bonita naquela época...

Stan não disse nada, mas virou o rosto para cima e começou a beijá-la. Já estava totalmente acordado e podia sentir o pulso saltando na garganta. Era melhor não parecer muito ansioso. Melhor fazer amor com ela primeiro, até o fim, se conseguisse novamente.

Descobriu que conseguia.

Foi a vez de Zeena ficar quieta. Finalmente, Stan perguntou:

— O que vamos fazer com seu número?

De repente, o tom de voz dela pareceu agitado.

— O que tem meu número?

— Achei que talvez estivesse pensando em mudá-lo.

— Para quê? Não estamos conseguindo vender mais produtos do que nunca? Veja, querido, se achar que deve ganhar uma porcentagem maior, não se acanhe...

— Não é disso que estou falando — ele a interrompeu. — Neste maldito estado, ninguém sabe escrever. Toda vez que coloco cartão e lápis debaixo do nariz de um alvo, ele pergunta: "Pode escrever para mim?". Se eu conseguisse me lembrar de tudo o que dizem, poderia deixar que ficassem com os cartões no bolso.

Zeena espreguiçou-se devagar, fazendo a cama ranger.

— Não se preocupe com a Zeena, querido. Quando eles não sabem escrever o próprio nome, são ainda mais receptivos às respostas. Ora, eu poderia até deixar a parte de perguntas e respostas de fora da apresentação e simplesmente subir lá e discursar, depois ir direto para as vendas e ainda assim convencê-los.

Um tremor de choque tomou conta dos nervos de Stan só de pensar que Zeena seria capaz de se virar sem ele antes que ele pudesse se virar sem ela.

— Mas quero dizer... não poderíamos fazer um número com código? Você ainda sabe fazer, não sabe?

Ela riu.

— Ouça, malandrinho, sei fazer até dormindo. Mas dá muito trabalho decorar todas as listas e aprender todas as coisas. E já se passou mais da metade da temporada.

— Eu poderia aprender.

Ela pensou por um instante, depois disse:

— Por mim, tudo bem, querido. Está tudo anotado no caderno do Pete. Mas não perca aquele caderno ou Zeena corta suas orelhas fora.

— Você está com ele aqui?

— Espere um minuto. Onde é o incêndio? É claro que estou com ele aqui. Você logo vai ver. Não precisa de tanto fogo no rabo.

Mais silêncio. Por fim, Stan se sentou e colocou os pés no chão.

— É melhor eu voltar para aquele quarto que alugaram para mim que mais parece uma despensa. Não queremos que os moradores locais especulem mais do que já estão especulando. — Ele acendeu a luz e começou a se vestir. Sob a luz forte, Zeena parecia cansada e abatida, como uma boneca de cera velha. O lençol cobria-lhe metade do corpo, mas os seios estavam caídos por cima. Os cabelos estavam trançados dos dois lados, mas as pontas eram desiguais e espigadas. Stan vestiu a camisa e deu o nó na gravata. Colocou o casaco.

— Você é um rapaz engraçado.

— Por quê?

— Se arruma todo para caminhar menos de dez metros pelo corredor de uma pocilga como esta às quatro da manhã.

De algum modo, Stan sentiu que aquilo era um reflexo de sua coragem. Seu rosto ficou quente.

— Não há nada como fazer as coisas direito.

Zeena deu um bocejo cavernoso.

— Acho que você está certo, garoto. Vejo você amanhã. E obrigada pela festa.

Ele não se mexeu para apagar a luz.

— Zeena, aquele caderno... Posso ver?

Ela se descobriu, levantou e agachou para abrir a mala. Stan se perguntou se toda mulher parece mais nua depois que já foi possuída. Zeena remexeu na mala e tirou um caderno com capa de lona que dizia "Livro contábil".

— Agora vá, querido. Ou volte para a cama. Decida-se.

Stan enfiou o caderno debaixo do braço e apagou a luz. Tateou o caminho até a porta e, com cuidado, puxou o ferrolho. A luz amarela do corredor cortou o papel de parede remendado quando ele abriu a porta.

Ele ouviu um sussurro vindo da cama.

— Stan...

— O que foi?

— Venha dar um beijo de boa-noite em sua velha amiga.

Ele foi até lá, deu um beijo no rosto dela e saiu sem dizer mais nada, fechado a porta com delicadeza.

A fechadura da própria porta pareceu um tiro de fuzil.

Ele olhou para os dois lados no corredor, mas não viu nenhum movimento.

Lá dentro, tirou as roupas, foi até a pia e se lavou, depois se jogou na cama, apoiando o caderno na barriga descoberta.

As primeiras páginas estavam tomadas por números e anotações.

"Evansport. 20 de julho. Livros – US$ 33 recebido. Pago – plantas a US$ 2 – US$ 6. Plantas: Sra. Jerome Hotchkiss. Leonard Keely, Josiah Boos. Todos bons. Antigos falsos médiuns. Boos parece um padre. Sabe atuar um pouco. Descobriu o anel encontrado no forro do casaco..."

"Falsos médiuns" deve se referir aos aliados locais empregados pelos médiuns itinerantes. Rapidamente, Stan virou as páginas. Mais despesas: "Acerto acusação Adiv. Chefe Pellett. US$ 50". Deve ter sido uma detenção por praticar adivinhação.

Stan se sentiu como Ali Babá na caverna de riquezas deixada pelos Quarenta Ladrões.

Impacientemente, foi para o fim do caderno. Nas últimas páginas havia um título: "Perguntas comuns". Abaixo dele, uma lista com números.

"Meu marido é fiel? 56, 29, 18, 42."

"Minha mãe vai melhorar? 18, 3, 7, 12."

"Quem envenenou nosso cachorro? 3, 2, 3, 0, 3." Ao lado dessa, havia uma anotação: "Nada muito grande, mas constante. Em todo público. Posso usar como leitura a frio na parte do número em que é preciso enrolar um pouco".

Os números, então, eram um registo do número de perguntas similares recolhidas no mesmo público. A pergunta: "Minha esposa é fiel?" tinha apenas um terço da ocorrência da mesma pergunta sobre o marido.

— Os idiotas — Stan sussurrou. — Ou acanhados demais para perguntar, ou burros demais para suspeitar. — Mas ansiosos para descobrir, todos eles. Como se se sexo não fosse o que todos querem, os malditos hipócritas. Todos querem. Só que mais ninguém pode ter. Ele virou a página.

"Há um padrão recorrente seguido pela pergunta feita. Para cada pergunta incomum, haverá cinquenta que já foram feitas antes. A natureza humana é a mesma em qualquer lugar. Todos têm os mesmos problemas. É possível controlar qualquer um descobrindo-se o que ele teme. Funciona em números com resposta a perguntas. Pense em coisas que a maioria das pessoas temem e acerte-as bem onde são mais vulneráveis. Saúde, Riqueza, Amor. E Viagem e Sucesso. Todos têm medo de não ter saúde, da pobreza, do tédio, do fracasso. O medo é a chave para a natureza humana. Elas têm medo..."

Stan olhou além das páginas para o papel de parede extravagante e, através dele, para o mundo. O selvagem foi forjado pelo medo. Tinha medo de ficar sóbrio e sentir os horrores. Mas o que o tornou um bêbado? Medo. Descubra do que eles têm medo e venda a eles. Essa é a chave. A chave! Ele soube disso quando Clem Hoately lhe contou como se criavam os selvagens. E lá estava Pete dizendo a mesma coisa:

Saúde. Riqueza. Amor. Viagem. Sucesso. "Alguns têm a ver com problemas domésticos, sogros, filhos, animais de estimação. E assim por diante. Há alguns espertinhos, mas é possível livrar-se deles facilmente. Ideia: combinar número de perguntas e resposta e número com código.

Resposta vaga no início, chegando a algo mais definido. Se der para ver o rosto do espectador e deduzir quando o está atingindo."

Nas páginas seguintes, havia uma lista de perguntas numerada. Eram exatamente cem. A primeira era: "Meu marido é fiel?". A segunda, "Vou arrumar emprego logo?".

Do lado de fora, a fachada da Loja de Departamento de Ayres havia ficado rosada com o nascer do sol. Stan não deu atenção. O sol ascendeu, o som de pneus sobre o concreto dizia que a cidade acordava. Às dez, alguém bateu na porta. Stan ficou agitado.

— Pois não?

Era a voz de Zeena.

— Acorde, dorminhoco. É hora de levantar.

Ele destrancou a porta e a deixou entrar.

— Por que a luz está acesa? — Ela apagou a luz e então viu o caderno. — Minha nossa, garoto, você não dormiu nem um pouco?

Stan esfregou os olhos e se levantou.

— Diga um número. Qualquer número de um a cem.

— Cinquenta e cinco.

— Minha sogra sempre vai morar conosco?

Zeena se sentou ao lado dele e passou os dedos em seus cabelos.

— Sabe o que acho, garoto? Que você sabe ler mentes.

O parque seguia para o sul e os pinheiros começavam a pontuar estradas arenosas. Cigarras ciciavam pelo ar de verão tardio e as multidões de pessoas estavam abatidas, com os rostos repletos de desolação, os lábios frequentemente manchados de rapé.

Por toda parte, os rostos radiantes e escuros da outra nação do sul eram acentuados pelo sol. Com uma admiração silenciosa, observavam o parque ser montado sob a luz enevoada da manhã. No Show de Variedades, sempre ficavam às margens da multidão, um cordão invisível mantendo todos no lugar. Quando um dos brancos se viravam bruscamente e os empurravam, as palavras "me desculpe" caíam deles como moedas equilibradas sobre os ombros.

Stan nunca havia estado tão ao sul, e algo no ar o deixava agitado. Aquela era terra escura e sangrenta, onde uma guerra oculta viajava como um milhão de minhocas sob o gramado.

A fala o fascinava. Seu ouvido captava o ritmo e ele registrava seu dialeto e depois aproveitava parte da linguagem em seu discurso. Havia encontrado o raciocínio por trás do vocabulário peculiar e arrastado dos velhos trabalhadores da feira – era uma combinação de todas as regiões espalhadas pelo país. Uma linguagem que parecia do sul aos que vinham do sul, do oeste aos que vinham do oeste. Era a fala do solo, e sua lentidão correspondia à agilidade dos cérebros que a proferiam. Era uma linguagem calma, iletrada e grosseira.

O parque mudava seu ritmo. Os apresentadores de fora falavam mais devagar.

Zeena abaixou o preço dos horóscopos para dez centavos, mas vendia "raiz de jalapa" junto com eles por quinze centavos. Era uma massa seca de raízes retorcidas que, supostamente, atraíam boa fortuna quando carregadas em um saquinho pendurado no pescoço. Zeena as comprava no atacado de um estabelecimento em Chicago, que mandava a encomenda pelo correio.

A venda de livretos de mágica de Stan teve uma queda repentina e Zeena sabia o motivo.

— Esse pessoal aqui do sul não sabe nada sobre prestidigitação, querido. Metade deles acha que você está fazendo mágica de verdade. Bem, você tem que arrumar alguma coisa ligada a superstições para vender.

Stan encomendou vários livretos em brochura: "Mil e um sonhos interpretados". Acrescentou, como brinde, uma moeda da sorte gravada com o Selo do Amor do Sétimo livro de Moisés, à qual se atribui o poder de atrair o amor dos outros e confundir os inimigos. Suas vendas aumentaram em grande estilo. Ele aprendeu a girar três moedas da sorte sobre os dedos de uma só vez. A cascata de metal brilhante parecia fascinar os alvos, e os livros de sonhos vendiam rápido.

Ele havia aprendido o código verbal para as perguntas bem a tempo, pois as pessoas não sabiam escrever ou eram tímidas demais para tentar.

— *Você* poderia, *por gentileza*, responder à pergunta dessa moça *logo*? — Stan dizia para indicar a pergunta: "Minha filha está bem?".

A voz de Zeena havia adquirido um profundo tom fanhoso do sul:

— Bem, estou com a impressão de que a moça está preocupada com alguém próximo e querido, alguém de quem não tem notícias há muito tempo, estou certa? Me parece que é uma jovem... Está pensando em sua filha, não está? É claro. E quer saber se ela está bem e feliz e se vai voltar a vê-la logo. Bem, acredito que vai receber notícias dela por meio de uma terceira pessoa antes do fim do mês...

Havia uma pergunta que aparecia com tanta frequência que Stan bolou um sinal silencioso para ela. Ele simplesmente virava a cabeça na direção de Zeena. Da primeira vez que o usou, a pergunta tinha vindo de um homem – enorme e desconjuntado, com olhos cristalinos ardendo em um belo rosto cor de ébano. "Algum dia vou fazer uma viagem?"

Zeena captou o código.

— Tem um homem ali que está se perguntando se algo vai acontecer com ele, e quero dizer aqui e agora que acredito que seu desejo vai ser realizado. E acho que tem alguma coisa a ver com viagem. Você quer viajar para algum lugar. Não é isso? Bem, vejo alguns problemas na estrada e vejo uma multidão de pessoas... são homens fazendo muitas perguntas. Mas vejo a viagem realizada depois de um tempo, não tão logo quanto você gostaria, mas depois de um tempo. E tem um trabalho esperando por você no fim dela. Um trabalho com bom salário. Em algum lugar ao norte. Estou muito confiante.

Era infalível. *Todos queriam ir para o norte*, Stan pensou. Era o beco escuro mais uma vez. Com uma luz em seu fim. Desde criança, Stan tinha aquele sonho. Estava correndo por um beco escuro, com prédios vazios e ameaçadores de ambos os lados. Lá no fim, uma luz ardia; mas havia algo atrás dele, bem atrás, chegando mais perto, até que ele acordava tremendo e nunca alcançava a luz. Eles também têm... um beco do pesadelo. O norte não é o fim. A luz apenas vai para mais longe. E o medo vai chegando mais perto. Brancos e negros, não fazia diferença. O selvagem e sua garrafa de bebida fugindo da coisa que viria depois.

No sol quente do meio-dia, o hálito frio podia atingir seu pescoço. Ao ter uma mulher, os braços dela eram uma barreira. Mas, depois que ela adormecia, as paredes do beco se fechavam no próprio sono e os passos perseguiam.

O próprio campo fervia com violência, e Stan olhou com inveja para os músculos esculpidos de Bruno Hertz. Não valia a pena o tempo gasto e o esforço extenuante necessários para ficar daquele jeito. Devia haver uma forma mais fácil. Uma espécie de sistema como o jiu-jítsu em que um homem podia usar o cérebro e a agilidade. Nunca havia tido um quebra-pau no Show de Horrores Ackerman-Zorbaugh desde a entrada de Stan, mas a mera possibilidade corroía sua paz de espírito como um verme. O que ele faria em uma grande briga? O que fariam com ele?

Então o Marinheiro Martin quase precipitou uma.

Era um dia muito quente de fim de verão. O sul havia comparecido em massa: mulheres de olhos fundos com crianças nos braços e agarradas nas saias, homens de queixo quadrado, extremamente quietos.

Clem Hoately havia subido na plataforma onde Bruno calmamente se abanava com um leque de folha de palmeira.

— Se vierem por aqui, pessoal, quero chamar sua atenção para um dos homens mais maravilhosos de todos os tempos... Herculo, o homem mais forte do mundo.

Stan olhou para o fundo da tenda. No canto, perto do cercado do selvagem, o Marinheiro Martin estava com alguns jovens locais entretidos com uma faixa na boca do barril. Ele pegou uma faixa de couro, dobrou ao meio, depois a enrolou no alto de uma barrica de pregos. Colocou o próprio dedo em um dos dois laços no centro e puxou a faixa. Seu dedo ficou preso no único laço de verdade. Depois apostou com um dos alvos que ele não conseguiria acertar qual era o verdadeiro laço na faixa. O alvo apostou e ganhou a aposta, e o Marinheiro lhe entregou uma moeda de prata.

Zeena abriu as cortinas do pequeno palco e saiu pela lateral. Tirou um lenço do meio dos peitos e secou a testa com ele.

— Nossa, hoje não está um forno? — Ela acompanhou o olhar de Stan até o fundo da tenda. — É melhor o Marinheiro pegar leve. Hoately não gosta que ninguém aborde os alvos em paralelo aqui no sul. Não podemos culpá-lo. A probabilidade de acabar em confusão é muito grande. É o que eu digo, se você não consegue se sustentar com suas vendas após a apresentação, não deve fazer parte de nenhum Show de Variedades decente. Eu poderia ganhar vários dólares honestamente se resolvesse promover leituras privadas especiais, remover influências malignas e essa coisa toda. Mas isso só causa confusão.

Ela parou de falar e apertou o braço de Stan.

— Stan, querido, é melhor você ir até lá e ver o que está acontecendo.

Stan não deu sinal de que iria. Sobre a plataforma, era rei; os alvos, em sua massa anônima, ficavam abaixo dele e sua voz os prendia, mas, descendo ao mesmo nível deles, apertado no meio de seu peso coletivo, sentia-se sufocado.

De repente, um dos jovens levantou o pé e chutou a barrica de pregos sobre a qual Martin havia enrolado a faixa com o laço enganoso. O Marinheiro elevou a voz apenas uma fração acima do nível normal e parecia estar falando com o alvo quando disse, em alto e bom som:

— Quebra-pau!

— Vamos, Stan. Depressa. Não deixe que comecem.

Como se tivesse uma arma apontada para as costas, Stan atravessou a tenda até onde a confusão estava se formando. De canto de olho, viu Joe Plasky descer com as mãos os degraus de sua plataforma e seguir para o mesmo canto. Pelo menos ele não estaria sozinho.

Plasky chegou lá primeiro.

— Olá, rapazes. Sou um dos donos do estabelecimento. Está tudo bem por aqui?

— Muito pelo contrário — vociferou um dos alvos. Um jovem fazendeiro, Stan imaginou. — Esse filho da puta todo tatuado me tirou cinco dólares trapaceando. Já vi essa enganação aqui com a faixa antes. Quero meu dinheiro de volta.

— Se há qualquer dúvida quanto à legitimidade de qualquer jogo de azar do parque, tenho certeza de que o Marinheiro vai devolver tudo o que apostou. Estamos todos aqui para nos divertir, senhor, e não queremos que ninguém guarde qualquer ressentimento.

O outro homem se manifestou. Era um roceiro alto e magro, cronicamente boquiaberto, mostrando longos dentes amarelados.

— Eu também já vi esse truque aqui antes, senhor. Você não pode me enganar. Não dá para ninguém acertar aquele laço do jeito que esse sujeito desenrola. Uma vez me mostraram como funciona. É mesmo enganação.

O sorriso de Joe Plasky estava mais largo do que nunca. Ele tirou do bolso um rolo de notas e pegou uma de cinco. Estendeu-a ao fazendeiro.

— Aqui está o dinheiro, do meu bolso, filho. Se não sabe perder, não pode apostar. Só estou devolvendo seu dinheiro porque queremos que todos se divirtam e não guardem ressentimentos. Agora é melhor vocês irem.

O jovem enfiou a nota de cinco no bolso da calça e os dois saíram vagarosamente. Plasky se virou para o Marinheiro. Seu sorriso ainda estava lá, mas uma luz dura e firme brilhava em seus olhos.

— Seu cretino! Esta cidade é violenta. Todo este estado é violento. E você não pensa duas vezes antes de iniciar um quebra-pau. Pelo amor de Deus, tome cuidado! E me dê os cinco dólares.

O Marinheiro Martin cuspiu na terra.

— Eu ganhei aqueles cinco dólares e podia ter dado um jeito nos dois idiotas. Quem elegeu você como o salvador da pátria por aqui?

Plasky colocou os dedos na boca e deu um único assobio. O público que visitava a última plataforma estava de saída e Hoately se virou. Joe fez um sinal com a mão para ele, e Hoately sinalizou em resposta e baixou a lona que fechava a entrada principal. Do lado de fora, Maguire começou a tocar o realejo, tentando reunir mais um grupo de pessoas e segurá-las até as apresentações recomeçarem.

Bruno desceu de sua plataforma e se aproximou. Stan sentiu Zeena chegando atrás dele. Major Mosquito estava correndo com suas pernas de criança, gritando algo incoerente.

Joe Plasky disse com firmeza:

— Marinheiro, você vem deixando um rastro de corações e cabaços partidos pelo caminho. Agora vai me entregar aquela nota de cinco e arrumar suas coisas. Está fora do show. Hoately vai me apoiar.

Os joelhos de Stan ficaram vacilantes. A mão de Zeena estava sobre seu braço, apertando-o com os dedos. Será que ele teria que enfrentar o Marinheiro? Joe era aleijado, Bruno era um super-homem. Stan era mais largo e mais pesado que o Marinheiro, mas só a ideia de uma briga o deixava com náuseas. Ele nunca sentiu que punhos eram bons o bastante. Já tinha pensado em andar armado, mas dava muito trabalho e ele tinha medo de matar alguém.

Martin olhou para o grupo. Bruno estava quieto no fundo.

— Eu não brigo com aleijados, polaco. E não te devo nenhuma nota de cinco. — Os lábios do Marinheiro estavam pálidos e os olhos, ardentes.

O acrobata incompleto estendeu o braço e o pegou pela mão, agarrando todos os dedos e os entortando de modo que o homem tatuado logo caiu de joelhos.

— Ei, me solte, seu cretino!

Em silêncio e sem nenhuma expressão no rosto, Plasky cruzou os braços. Soltou a mão de Martin e o pegou pelo colarinho com as duas mãos. Então nivelou os pulsos, forçando o dorso das mãos no pescoço do Marinheiro. Martin estava preso em um tornilho humano. Sua boca ficou aberta. Ele arranhava freneticamente os braços cruzados do meio-homem, mas, quanto mais ele puxava, mais eles o esmagavam. Seus olhos começaram a ficar saltados e os cabelos caíram sobre eles.

O Major Mosquito ficou pulando para cima e para baixo, fazendo movimentos de briga e de boxe.

— Mate ele! Mate ele! Mate ele! Sufoque-o até ele morrer! Mate esse grande macaco! — Ele correu para perto e começou a bater no rosto espantado do Marinheiro com os punhos minúsculos. Bruno o levantou, contorcendo-se, e o segurou pela gola do casaco.

Joe começou a sacudir o tatuador, devagar no início e depois com mais força. A letalidade calma daquele golpe engenhoso e indestrutível encheu Stan de terror e de uma euforia selvagem.

Clem Hoately chegou correndo.

— Está bem, Joe. Acho que ele já aprendeu. Vamos acabar com isso. Temos um bom público esperando.

Joe abriu seu sorriso de alguém que levantou dos mortos. Soltou o Marinheiro, que ficou esfregando o pescoço com a respiração ofegante. Plasky enfiou a mão no bolso dele e encontrou um maço de notas, tirou uma de cinco e devolveu o resto.

Hoately puxou o Marinheiro e o pôs em pé.

— Pode ir embora, Martin. Vou te pagar o mês inteiro. Junte suas coisas e vá para onde quiser.

Quando Martin conseguiu falar, sua voz não passava de um sussurro rouco.

— Tudo bem. Eu já vou. Posso levar minhas agulhas para qualquer barbearia e ganhar mais dinheiro do que neste parque medíocre. Mas tomem cuidado, todos vocês.

Meio da noite e um bom público. Atrás da lona e das extravagantes faixas pintadas, a voz de Hoately era áspera.

— Olá, vejam! Olá, vejam! Olá, vejam! Vejam aqui o agrupamento monstruoso de erros da natureza, novos entretenimentos e o mundialmente renomado museu de aberrações, maravilhas e curiosidades. Apresentando Mamzelle Electra, a mocinha que desafia o raio.

Stan olhou para Molly Cahill. Quando ela juntava as pontas do arco faiscante, sempre hesitava. No último dia ou dois, sempre que via aquilo, era tomado por certa excitação. Agora ela se inclinava e colocava o estojo de pó de arroz atrás da cadeira elétrica. Ao se curvar, esticava os shorts de lantejoulas sobre a bunda.

*É engraçado como é possível ver uma garota todos os dias durante meses e não a ver de verdade,* Stan pensou. Então alguma coisa acontece – como a forma como Molly pressiona os lábios quando segura as pontas do arco e o fogo começa a voar. Daí você a vê de uma maneira totalmente diferente.

Ele afastou os olhos da garota. Do outro lado da tenda, o peito gigantesco de Bruno Hertz estava rosado de suor enquanto ele flexionava os músculos dos braços, que ondulavam sob a pele, e as pessoas esticavam o pescoço no meio da multidão para olhar.

Molly estava sentada discretamente em uma cadeira de madeira ao lado da pesada e quadrada ameaça cheia de fios enrolados, faixas e a arrepiante sugestão de morte que era tão falsa quanto todas as outras coisas do parque. Estava analisando um bilhete de apostas verde. Concentrada, abaixou o braço para coçar o tornozelo e Stan sentiu a onda subir por suas costas novamente.

Os olhos de Molly estavam sobre a folha de apostas de corrida de cavalos, mas ela já não olhava mais para ela, e sim através dela, com a mente no sonho que sempre sonhava.

Havia um homem nele, e seu rosto estava sempre oculto. Era mais alto que ela e sua voz era grave e intensa, e as mãos morenas e poderosas. Eles caminhavam devagar, bebendo no verão refletido em todas as folhas de grama, brilhando em todas as pedrinhas nos campos que ecoavam esse verão. Uma velha cerca e, depois dela, um campo que se estendia como uma onda, um gramado onde os olhos das margaridas olhavam para um sol tão azul que chegava a doer.

O rosto dele ainda estava oculto quando a envolveu furtivamente com os braços. Ela pressionou as mãos contra seu peito firme, mas sua boca encontrou a dela. Ela tentou virar a cabeça, mas seus dedos já estavam acariciando os cabelos dela, seus beijos recaindo sobre o vão do pescoço enquanto a outra mão encontrava seu seio...

— Por aqui, pessoal, bem aqui. Nessa plataforma temos uma mocinha que é uma das maravilhas e mistérios dessa era... Mamzelle Electra!

Stan subiu as escadas atrás da plataforma de Joe Plasky e se sentou na beirada.
— Como estão as coisas?
Joe sorriu e continuou a reunir as quinquilharias em seus livretos de piadas, incluindo brindes entre as páginas.
— Não posso reclamar. Hoje à noite o público foi bom, não foi?
Stan se movimentou com agitação.
— Fico imaginando... Será que o Marinheiro não vai tentar fazer alguma sujeira com a gente?
Joe se aproximou, apoiando-se sobre os ossinhos calejados das mãos, e disse:
— Não sei dizer. Mas acho que não. Afinal, ele trabalhava no parque. Ele é um merda também. Mas não custa ficarmos de olhos abertos. Não acho que ele vai tentar me chamar para a briga... não depois que sentiu o *nami juji*.
Stan franziu o cenho.
— Sentiu o quê?
— *Nami juji*. É o nome japonês daquele golpe de asfixia com as mãos cruzadas que dei nele. Isso costuma fazer as pessoas abaixarem a bola.
A cabeça loira de Stan ficou alerta.
— Joe, o que você fez foi incrível. Como raios conseguiu aprender aquilo?
— Um japona me mostrou. Tinha um malabarista japonês quando eu trabalhava no Keyhoe Shows. Não é difícil. Ele me ensinou muita coisa de jiu-jítsu, e esse é um dos melhores golpes.
Stan chegou mais perto.
— Me mostre como se faz.
Plasky esticou o braço e passou a mão direita pela lapela do casaco de Stan até agarrar o colarinho na lateral de seu pescoço. Cruzou o braço esquerdo sobre o direito e agarrou o lado esquerdo do colarinho.

De repente, Stan sentiu a garganta presa em uma cunha de ferro. Ele afrouxou imediatamente, Plasky soltou as mãos e sorriu. Os joelhos de Stan estavam tremendo.

— Deixe-me ver se consigo fazer.

Ele segurou o suéter de gola alta de Plasky com uma das mãos.

— Mais para cima, Stan. Você precisa agarrar bem em frente à artéria grande do pescoço... aqui. — Ele mudou a mão do homem mais jovem levemente de lugar. — Agora, cruze os antebraços e agarre o outro lado. Certo. Agora, então, dobre os pulsos e force o dorso das mãos sobre meu pescoço. Isso corta a circulação de sangue para o cérebro.

Stan sentiu uma onda de poder nos braços. Não percebeu, mas seus lábios haviam se retraído sobre os dentes. Plasky rapidamente lhe deu um tapa no braço e ele o soltou.

— Minha nossa, garoto. Você precisa ter cuidado! Se apertar por um segundo além da conta, fica com um cadáver nas mãos. E precisa praticar para ser mais rápido. É um pouco difícil acertar, mas, quando consegue, o outro cara não consegue se soltar... a menos que conheça as verdadeiras técnicas japonesas.

Os dois homens levantaram os olhos quando Maguire, o bilheteiro, correu na direção deles.

— Xiiiiooo muu-osss-caaa! — Ele passou por eles e foi direto para onde estava Hoately na plataforma da Garota Elétrica.

O sorriso de Plasky cresceu, como sempre acontecia diante de problemas.

— "Xô, mosca", garoto. Polícia. É só ficar na boa e vai dar tudo certo. Chegou a hora de Hoately gastar sua lábia. E o molha-mão vai ter que fazer valer seu pagamento. Eu já esperava que eles acabassem com a companhia toda um dia desses.

— E o que vai acontecer com a gente? — A boca de Stan tinha ficado seca.

— Se todo mundo ficar de cabeça fria, nada. Nunca discuta com um policial. É para isso que se paga um advogado. Trate-os com educação, concorde com tudo e mande chamar um advogado. Nossa, Stan, você ainda tem muito o que aprender sobre a vida no parque.

Ouviu-se um apito na entrada. Stan virou a cabeça na direção dele.

Lá estava um homem grande, de cabelos brancos, com um distintivo preso à camisa de sarja. O chapéu estava inclinado para trás e ele estava com os polegares enganchados no cinto. Um coldre com um revólver pesado pendia de um cinto mais solto, inclinado. Hoately levantou a voz, sorrindo para o público diante da plataforma de Molly.

— E isso encerra nossa apresentação por enquanto, pessoal. Agora imagino que estejam todos com sede e adorariam uma bela bebida gelada, então chamo sua atenção para a barraca bem ali em frente, no centro do parque, onde podem tomar todo o refrigerante que conseguirem. Por ora é só, pessoal. Voltem amanhã à noite e teremos algumas surpresas para vocês... coisas que não viram hoje.

Os alvos começaram a sair ordenadamente da tenda e Hoately se aproximou do gambé.

— Como posso ajudá-lo, chefe? Meu nome é Hoately e sou o dono desta atração. Eu o convido a inspecionar todos os centímetros daqui e fornecerei toda a cooperação necessária. Não fazemos nenhuma apresentação erótica com garotas e nem temos jogos de habilidade ou de azar.

Os pequenos e duros olhos sem cor do velho repousaram sobre Hoately da mesma forma que fariam com uma aranha no canto de um galpão.

— Fique aqui.

— Você que manda.

O homem percorreu com o olhar a tenda do Show de Variedades. Apontou para o cercado do selvagem.

— O que você tem ali?

— O encantador de serpentes — Hoately disse casualmente. — Quer ver?

— Não foi o que eu fiquei sabendo. Me disseram que você tem uma atração imprópria e ilegal aqui, incluindo crueldade com animais. Uma reclamação foi registrada esta noite.

O apresentador pegou uma caixa de tabaco e papel e começou a enrolar um cigarro. Com uma leve torção da mão esquerda, o cigarro estava pronto. Passou a língua sobre o papel e acendeu um fósforo.

— Por que não fica como meu convidado e assiste à apresentação completa, chefe? Seria um prazer...

A boca larga do homem ficou tensa.

— Tenho ordens do meu superior para fechar o estabelecimento. E deter todos que julgar apropriado. Vou deter você e... — Ele passou os olhos pelas atrações: Bruno, plácido em seu uniforme azul; Joe Plasky, sorridente, guardando sua mercadoria de venda; Stan, fazendo uma moeda de cinquenta centavos desaparecer e reaparecer; Molly, ainda sentada na Cadeira Elétrica, com as lantejoulas do minúsculo corpete cintilando conforme seus seios levantavam e abaixavam. Ela estava sorrindo com nervosismo. — E vou levar aquela mulher ali... por exposição indecente. Temos mulheres decentes nesta cidade. E temos filhas, meninas em fase de crescimento. Não permitimos nenhuma mulher pelada desfilando por aí e fazendo exposição de sua figura. Os outros podem ficar bem aqui, caso alguém precise de esclarecimentos. Certo, vocês dois, venham comigo. Coloquem um casaco naquela garota primeiro. Ela não está decente para ir para o xadrez desse jeito.

Stan notou que os pelos curtos de barba no queixo do policial eram brancos como um fungo branco sobre um cadáver, ele pensou bruscamente. Molly estava com os olhos arregalados.

Hoately pigarreou e respirou fundo.

— Veja, chefe, aquela garota nunca recebeu nenhuma reclamação. Ela tem que usar aquela fantasia porque lida com fios elétricos e os tecidos comuns podem pegar fogo e...

O policial esticou o braço e pegou Hoately pela camisa.

— Cale a boca. E nem tente me subornar. Não sou como seus policiais ladrões do norte, beijando os pés do reverendo aos domingos e desesperados para colher os frutos do suborno nos outros seis dias da semana. Sou diácono da igreja e pretendo manter esta cidade limpa nem que tenha que botar todas essas depravadas para correr.

Os olhinhos dele estavam fixos nas coxas desnudas de Molly. Ele levantou um pouco o olhar para incluir os ombros e a dobra entre seus seios. Os olhos ficaram quentes e a boca escancarada se elevou nos cantos. Ao lado da plataforma da Garota Elétrica, ele notou um jovem polido com cabelos amarelos dizendo algo à garota, que fez um gesto positivo com a cabeça e depois voltou sua atenção novamente ao policial.

Ele se aproximou, arrastando Hoately junto.

— Mocinha, saia desse aparelho. — Ele estendeu a mão vermelha na direção de Molly. Stan estava do outro lado da plataforma, tateando em busca do interruptor. Ouviram-se zumbidos e estalos ameaçadores: os cabelos negros de Molly ficaram em pé, como um halo ao redor da cabeça. Ela uniu a ponta dos dedos. Um fogo azul fluiu entre eles. O policial parou, duro como pedra. A garota estendeu a mão e faíscas saltaram em um fluxo chispante de seus dedos para os do policial. Com um grito, ele se afastou, soltando Hoately. O zumbido do gerador de estática parou e uma voz lhe chamou a atenção; era o jovem loiro.

— Pode ver o motivo, policial, da fantasia de metal que a jovem é obrigada a usar. A eletricidade incendiaria qualquer tecido comum, e apenas usando muito pouca cobertura ela evita ficar em chamas. Milhares de volts de eletricidade cobrem seu corpo como um manto. Desculpe, policial, mas parece que várias notas de dólar estão caindo de seu bolso.

Involuntariamente, o policial olhou para onde Stan apontava. Não viu nada. Stan estendeu o braço e, uma após a outra, cinco notas dobradas apareceram no bolso de sua camisa de sarja. Ele as enrolou e as colocou na mão do velho.

— Quase perdeu seu dinheiro, policial.

Os olhos do policial estavam semicerrados, repletos de descrença e de uma desconfiança hostil. Mas ele enfiou o dinheiro no bolso da camisa.

Stan continuou:

— E estou vendo que comprou alguns lenços de seda de presente para sua esposa. — Da cartucheira, Stan puxou lentamente um lenço de seda verde-clara, depois outro roxo. — São muito bonitos. Tenho certeza de que sua esposa vai gostar. E aqui tem um bem branquinho... para sua filha. Ela tem uns dezenove anos, não é, policial?

— Como sabe que tenho uma filha?

Stan fez uma bola com os lenços e eles desapareceram. Seu rosto estava sério; os olhos azuis, intensos.

— Sei muitas coisas, policial. Não sei exatamente como, mas não há nada de sobrenatural nisso. Minha família era escocesa, e os escoceses costumam ser dotados de poderes que os antigos costumavam chamar de "sexto sentido".

A cabeça branca, juntamente com o rosto grosseiro e avermelhado, acenou involuntariamente.

— Por exemplo — Stan continuou —, posso ver que vem carregando no bolso uma peça ou algum tipo de objeto raro há quase vinte anos. Provavelmente uma moeda estrangeira.

A mão grande fez um movimento na direção do bolso da calça. Stan sentiu o próprio pulso acelerar com triunfo. Mais dois acertos e ele o teria nas mãos.

— Já perdeu esse amuleto da sorte várias vezes, mas sempre o reencontrou; e ele significa muito para você, e você nem sabe exatamente por quê. Diria que o carrega consigo sempre.

Os olhos do policial haviam perdido um pouco do brilho.

De canto de olho, Stan viu que a Cadeira Elétrica estava vazia; Molly havia desaparecido. Assim como todos os outros, à exceção de Hoately, que estava um pouco atrás do homem, acenando prudentemente com a cabeça a cada palavra do mágico.

— Agora, isso não é da minha conta, policial, porque sei que é um homem totalmente capaz de cuidar dos próprios assuntos e tudo mais que possa aparecer. Mas meu sangue escocês está trabalhando neste exato momento e me diz que há algo em sua vida que o preocupa, e é algo com que tem dificuldade de lidar. Porque toda sua força e sua coragem e sua autoridade na cidade parecem não servir de nada. Isso parece lhe escapar entre os dedos como água...

— Espere um minuto, meu jovem. Do que está falando?

— Como eu disse, isso não é da minha conta. E você é um homem no auge da vida e tem idade suficiente para ser meu pai, e o certo seria você estar me dando bons conselhos, e não o contrário. Mas, nesse caso, posso ser capaz de ajudar. Sinto que há influências antagônicas o cercando. Alguém próximo está com inveja de você e de sua capacidade. E, enquanto uma parte se estende a seu trabalho como guardião da ordem e seus deveres no cumprimento da lei, há outra parte que tem a ver com sua igreja...

O rosto havia mudado. As linhas selvagens haviam se aplainado e agora era simplesmente o rosto de um homem velho, cansado e desnorteado. Stan se apressou em continuar, com pavor de que o tênue encanto se rompesse, mas empolgado com o próprio poder. Se eu não souber ler um diácono de igreja recitador de Bíblia, putanheiro, bruto e hipócrita, sou um fraco. O velho filho da puta.

Os olhos de Stan se obscureceram como se tivessem se voltado para dentro. A voz ficou mais insinuante.

— Tem alguém que você ama muito. Mas existe um obstáculo no caminho de seu amor. Você se sente limitado e aprisionado por ele. E através disso tudo pareço ouvir a voz de uma mulher, uma doce voz, cantando. Ela está cantando um belo hino antigo. Espere um instante. É "Jesus, Savior, Pilot Me".

O policial ficou boquiaberto, e seu enorme peito subia e descia com a respiração.

— Vejo uma manhã de domingo em uma igrejinha bonita e tranquila. Uma igreja na qual colocou sua energia e seu trabalho. Trabalhou duro na vinha do senhor, e seu trabalho frutificou no amor de uma mulher. Mas vejo os olhos dela cheios de lágrimas, e de certa forma seu coração é tocado por elas...

Minha nossa, até onde vou ousar seguir com isso? Stan pensou por trás do balbuciar contínuo de suas palavras.

— Mas sinto que tudo vai dar certo para você. Pois tem força. E vai conseguir mais. O Senhor vai lhe dar força. E as más línguas estão prontas para prejudicá-lo. E prejudicar essa boa mulher, se puderem. Pois são como túmulos brancos, que parecem belos por fora, mas estão repletos de ossos de homens e toda sua impureza e...

O olhos do diácono ardiam novamente, mas dessa vez não para Stan. Havia também uma expressão assombrada neles conforme o jovem prosseguia.

— E o espírito de nosso Senhor e Salvador, Jesus Cristo, brilhou sobre eles, mas em vão, porque eles veem através de um vidro, no escuro, e o escuro não passa de um reflexo de nossa obscuridade e pecado e hipocrisia e inveja. Mas, lá no fundo, encontrará o poder para combatê-los. E derrotá-los. E o fará com a ajuda do Deus em que crê e a quem adora.

"E, embora eu sinta o espírito falando diretamente comigo, como um pai a um filho, devo dizer que há uma questão de dinheiro se aproximando de você que vai causar certa decepção e atraso, mas você vai receber. Posso ver que as pessoas desta cidade foram bastante cegas no passado, mas algo vai ocorrer no futuro próximo que fará com que acordem e percebam que você é um homem mais valioso do que jamais admitiriam. Há uma surpresa para você – mais ou menos nessa mesma época, no ano que vem ou um pouco depois. Digamos... perto de novembro. Algo que deseja há muito tempo, mas vai se realizar se você confiar nos pressentimentos que tem e não deixar ninguém o dissuadir de seguir o próprio julgamento, que até agora nunca o decepcionou... sempre que o deixou correr solto."

Hoately havia evaporado. Stan se virou e começou a se movimentar lentamente na direção do portão. Do lado de fora, o centro do parque estava agitado com pequenos grupos de conversa. Todo o parque havia sido esvaziado e os policiais tinham tirado os cidadãos do terreno. Stan caminhou rapidamente, ainda falando em voz baixa, para dentro. O velho o acompanhava, olhando fixamente para a frente.

— Estou muito feliz de tê-lo conhecido, policial. Porque espero voltar aqui algum dia e gostaria de ver se meu sangue escocês estava dizendo a verdade, como seguramente está. Tenho certeza de que não se importa de um jovem como eu ousar lhe dizer essas coisas, porque, afinal, não estou fingindo um aconselhamento. Sei que já viveu muito mais do que eu e tem mais conhecimento de mundo do que jamais terei. Mas, quando o vi pela primeira vez, pensei comigo mesmo: "Aqui está um homem, e um servo da lei, que está profundamente perturbado". E então vi que não tinha motivos para isso, pois as coisas vão sair exatamente do jeito que quer, apenas haverá um pequeno atraso...

*Como raios devo encerrar essa conversa?*, Stan se perguntou. *Se eu não parar de falar, posso me enrolar cada vez mais.*

Eles chegaram à entrada e Stan fez uma pausa. O policial virou o rosto vermelho e sério para ele; o silêncio parecia recair sobre Stan e o sufocar. Era aquele o desfecho e ele desanimou. Não havia mais nada a ser dito. Ali era onde começava a ação. Stan se sentiu fora de seu campo de atuação. Então, de repente soube que tipo de coisa daria certo, se fosse para dar. Virou as costas para o velho homem. Tentando parecer o mais espiritual possível, ergueu a mão e a apoiou com cuidado, em um gesto de paz e confiança, junto à lona furada. Foi o ponto-final no fim de uma frase.

O policial soltou um longo suspiro, enganchou os polegares no cinto e ficou parado de frente para o centro do parque, que escurecia. Depois se virou novamente para Stan e sua voz era apenas a voz normal de um velho.

— Meu jovem, queria ter te conhecido há muito tempo. Peça aos outros que peguem leve nesta cidade, porque queremos mantê-la limpa. Mas, por Deus, quando... se algum dia eu virar delegado, vocês não vão ter com o que se preocupar, contanto que façam uma apresentação boa e limpa. Boa noite, filho.

Ele caminhava lentamente, com os ombros alinhados, no escuro. A autoridade batia em sua coxa na forma de uma cartucheira carregada.

O colarinho de Stan estava apertado com o sangue que pulsava sob ele. Sua cabeça estava leve, como se tivesse febre.

O mundo é meu, caramba! O mundo é meu! Tenho todos nas mãos e posso arrancar o que quiser deles. O selvagem tem seu uísque. Os outros bebem outras coisas: eles bebem promessas. Eles bebem esperança. E eu tenho isso para entregar a eles. Posso conseguir tudo o que eu quiser. Se consegui fazer uma leitura a frio desse velho e me safar, posso fazer o mesmo com um senador! Posso fazer o mesmo com um governador!

Então ele se lembrou onde havia dito para ela se esconder.

No espaço onde os caminhões estavam estacionados, a van de Zeena estava atrás das outras, escura e silenciosa. Ele abriu a porta da cabine com cuidado e entrou, com o sangue martelando nas veias.

— Molly!

— Oi, Stan. — O sussurro veio da caverna escura atrás do assento.

— Está tudo bem, garota. Eu me livrei dele. Ele já foi.

— Ah, Stan, nossa, você é ótimo. Você é ótimo.

Stan engatinhou para trás do assento e sua mão tocou um ombro macio e quente. Estava tremendo. Stan colocou o braço sobre ele.

— Molly!

Lábios encontraram os dele. Ele pressionou as costas dela sobre uma pilha de cobertores.

— Stan, você não vai deixar nada acontecer comigo... vai?

— É claro que não. Nada vai acontecer com você enquanto eu estiver por perto.

— Ah, Stan, você é tão parecido com o meu pai.

Os ganchos que fechavam o corpete de lantejoulas abriam-se sob os dedos trêmulos de Stan. Os seios firmes da garota eram macios sob suas mãos, e sua língua adentrou os lábios dela.

— Não me machuque, Stan, querido. Não. — O colarinho o sufocava e o sangue pulsava em seu pescoço. — Ah, Stan... me machuque, me machuque, me machuque...

## CARTA V
# A IMPERATRIZ

*Senta-se na poltrona de Vênus, em meio aos grãos que amadurecem e rios da terra.*

A NOITE ESTAVA FINALMENTE SILENCIOSA, APENAS COM O SOM DOS GAFANHOtos. A roda-gigante vazia parecia um esqueleto diante das estrelas; as luzes da cozinha eram solitárias no escuro.

Stan desceu da van e estendeu a mão para ajudar Molly. A palma da mão dela estava quente e úmida. Quando parou ao lado dele, abraçou-o por um instante e encostou a testa em seu rosto. Eram quase da mesma altura. Os cabelos dela tinham um perfume doce e faziam cócegas nos lábios dele. Ele balançou a cabeça com impaciência.

— Stan, querido, você me ama... não ama?

— É claro que sim, meu bem.

— E não vai contar para ninguém. Prometa que não vai contar. Porque nunca deixei nenhum homem fazer isso comigo antes. De verdade.

— Tem certeza? — Stan se sentia estimulado pelo poder que tinha sobre ele. Queria ouvir o medo em sua voz.

— Tenho, de verdade. Tenho. De verdade. Você me machucou demais no início. Sabe...

— Sim.

— Querido, se eu já tivesse feito isso antes, você não teria me machucado. Só que estou feliz por ter me machucado, meu bem, estou feliz. Porque você foi o primeiro.

O ar estava frio; ela começou a tremer. Stan tirou o casaco e o colocou sobre os ombros de Molly.

— Como você me trata bem, Stan.

— E sempre vou tratar.

— Sempre? — Molly parou e se virou para ele, apoiando as duas mãos em seus antebraços. — Como assim, Stan?

— Apenas sempre.

— Esse *sempre* é até o fim da temporada, quando vamos todos nos separar? — Seu tom de voz continha uma pergunta mais profunda.

Stan havia decidido. Em sua mente, via o brilho da ribalta e ele ali. No comando. Molly estava na plateia, de vestido de gala, caminhando lentamente até o palco. Os alvos – o público – esticavam o pescoço para olhar para ela. Ela era um colírio para os olhos. Os letreiros de cada lado do palco diziam, simplesmente, STANTON. O maioral.

— Molly, você gosta do show business, não gosta?

— Ora, é claro que gosto, Stan. Meu pai sempre quis me ver no show business.

— Bem, o que eu quis dizer é... Ora, vamos caminhar para o sucesso. Juntos.

Ela envolveu a cintura dele com o braço e eles continuaram andando, bem devagar.

— Querido, isso é maravilhoso. Estava esperando que me dissesse isso.

— Estou falando sério. Juntos, podemos chegar ao topo. Você tem classe e boa aparência. Quero dizer... é bonita. E podemos bolar um número de duas pessoas com linguagem em código que vai deixar todos de queixo caído.

Molly o abraçou com mais força.

— Stan, isso é o que eu sempre quis. Meu pai ficaria extremamente orgulhoso de nós. Sei que ficaria. Ele ficaria louco por você, Stan. O modo como sabe sair de uma situação difícil na base da conversa. Era o que ele mais admirava em qualquer pessoa. Isso e nunca ser desleal com um amigo. Meu pai disse que queria escrito em sua lápide: "Aqui jaz Denny Cahill. Ele nunca foi desleal com um amigo".

— E isso foi feito?

— Não. Meu avô não quis saber. A lápide diz apenas "Dennis Cahill" com as datas de nascimento e falecimento embaixo. Só que uma noite, antes de eu ir embora de Louisville, saí e escrevi aquilo embaixo das datas com giz. Aposto que ainda não deve estar totalmente apagado.

Eles chegaram à tenda do Show de Variedades. Lá dentro, uma única lâmpada brilhava. Stan espreitou.

— Tudo limpo, menina. Vá fazer suas coisas. Onde será que estão os outros?

Enquanto Molly se vestia atrás das cortinas do palco de Zeena, Stan foi até a cozinha e encontrou o cozinheiro limpando as cafeteiras.

— Onde está todo mundo?

— Espalhados. A polícia pegou um pessoal na roleta e nos jogos. Cismaram até com o jogo de pontaria. O molha-mão vai lá soltar eles amanhã. E eu tenho que colocar um tonel de água para ferver para eles poderem matar as pulgas das roupas. Quer uma xícara de café?

— Não, obrigado. Quero encontrar meus colegas. Faz ideia de onde estão?

O cozinheiro limpou as mãos e acendeu um cigarro.

— Hoately subiu a estrada para ir até um trailer de comida ou algo assim. Fica na beira da estrada. É fácil de achar. Disse que não queria ficar perto do terreno hoje à noite. Ninguém pode culpá-lo. Parece que alguém fez uma reclamação na polícia sobre o número do selvagem que vocês têm ali. E sobre as roletas. Pelo que ouvi, aquele cara tatuado que participava do Show de Variedades e se meteu na briga com Plasky estava pela cidade tagarelando sem parar.

— O Marinheiro Martin?

— Esse filho da puta mesmo. Pelo que ouvi, ele falou com os locais e convenceu alguém a fazer a reclamação na polícia. Consegue imaginar um colega de parque fazendo isso? Alguém tem que enfiar um facão no traseiro dele e ainda arrancar o cabo.

Stan ouviu um assobio baixo vindo de fora e se despediu do cozinheiro. Molly estava à sombra da tenda, toda arrumada, com um conjunto escuro e uma blusa de seda branca. Ele pegou no braço dela e eles saíram pela estrada.

Era uma barraca que vendia frango. Lá dentro havia vozes e risadas. Ele empurrou a porta de tela.

A uma mesa com toalha xadrez vermelha, o grupo estava reunido. Copos de uísque entremeavam pratos com ossos de frango. Hoately estava falando:

— ... e no instante em que ouvi o garoto começar com aquela conversa mole de Jesus, soube que estava tudo certo. Vou dizer uma coisa para vocês, foi bonito de ver. O queixo daquele velho quase bateu no chão... absorvendo todas as palavras que o rapaz dizia.

Ele fez uma pausa e soltou um grito quando viu Stan e Molly.

Os outros os cumprimentaram; Zeena se levantou e abraçou e beijou Molly.

— Minha nossa, querida, estou feliz em te ver. Venha aqui se sentar do lado da Zeena. Para onde raios fugiu? Sabíamos que nem você nem o Stan tinham sido pegos, porque o Clem ficou por lá e viu. Mas fiquei te procurando por toda parte.

— Eu me escondi dentro da van — Molly disse. Olhou para bolsa e passou o dedo sobre o fecho.

— E Stan! — Zeena o envolveu em um abraço e o beijou calorosamente na boca. — Stan, garoto, você foi magnânimo. Sempre soube que você era um adivinho. Imagine só... fazer uma leitura a frio para um policial e se safar! Ah, eu simplesmente te amo.

A voz áspera e aguda do Major Mosquito a interrompeu:

— Venham tomar uma bebida. Por conta do Hoately. Venham. Já estou ficando bêbado.

Eles se sentaram e um jovem desengonçado com cabelos espetados levou mais dois pratos de frango.

— Cuidado com a bebida, pessoal. A polícia desta cidade é um inferno.

Stan e Molly se sentaram juntos. Estavam famintos e devoraram o frango.

Joe Plasky disse:

— Bom trabalho, rapaz. Você manteve a calma. É um verdadeiro integrante do parque, não há dúvidas.

Bruno não disse nada. Estava prestes a partir para o quarto prato de frango, mas ele permanecia à sua frente, desprezado. Molly apertou a mão de Stan sob a tolha de mesa. Eles trocaram um rápido olhar.

Zeena se serviu uma dose e a secou em dois goles.

— A bebida aqui é terrível, Clem. Tão ruim que quase deixei um pouco... como dizem os escoceses.

Clem Hoately estava palitando os dentes com um palito de fósforo afiado.

— Não tive tempo de me informar. Perguntei para um dos policiais... um jovem que parecia aceitável... onde eu podia tomar uma dose. Ele me mandou para o estabelecimento do cunhado. A cidade até que é razoável, se olharmos com atenção. Não devemos ter mais problemas depois de hoje. Aquele velho filho da puta que quis nos interditar era o mais durão que eles tinham. Vamos abrir amanhã à noite e o show vai lotar. Foi a melhor divulgação do mundo.

Molly parecia assustada.

— Eu... eu achei que seria seguro.

Hoately sorriu.

— Você pode usar botas de montaria e calças. Vai dar tudo certo. Vai ficar bonito no seu corpo. Não se preocupe.

Zeena tirou um osso de frango da boca e disse:

— Acho que Stan merece nossos aplausos. Podíamos ter nos metido em grandes problemas se não fosse por ele. Sempre digo, não há nada como o sexto sentido. Qualquer um que souber fazer uma boa leitura nunca vai morrer de fome. Só que... nossa. — Ela se virou para Stan. — Nunca soube que você sabia citar a Bíblia do jeito que Clem contou. — Ela fez uma pausa, mastigando, e depois continuou: — Stan, confesse. Você era padre?

Ele balançou a cabeça e linhas duras se formaram nos cantos de sua boca.

— Já foi da vontade do meu velho me transformar em um. Só que aquilo nem me passava pela cabeça. Então ele quis que eu fosse para o mercado imobiliário. Mas também não deu em nada. Eu queria ser mágico. Mas o velho era muito bom em citar as escrituras. Acho que grande parte acabou passando para mim.

Major Mosquito, segurando um copo com as duas mãos, levantou-o.

— Um brinde ao Grande Stanton, provedor de diversão, mágica, mistério e papo furado! Ele é um bom companheiro, ele é um bom companheiro...

Bruno Hertz disse:

— Cale a boca. Você fala demais para um rapaz tão pequeno. — Seus olhos tristes estavam sobre Molly. De repente, ele soltou: — Molly, você e Stan vão se casar?

O salão ficou em silêncio como se a agulha da vitrola tivesse sido tirada de um disco. Molly engasgou e Zeena lhe deu um tapa nas costas. Seu rosto estava vermelho quando ela disse:

— Por quê? O que faz você pensar...

Bruno, ousado e desesperado, continuou:

— Você e Stan ficaram juntos. Vão se casar ou não?

Stan levantou a cabeça e olhou bem nos olhos do fortão.

— Para falar a verdade, Molly e eu vamos para o vaudeville. Já pensamos em tudo. No teatro de variedades, ninguém vai reclamar que ela está usando pouca roupa.

Zeena colocou o copo sobre a mesa.

— Ora, ora... Eu acho simplesmente esplêndido. Clem, ouviu isso? Eles vão tentar os palcos do teatro. Eu acho ótimo. Acho maravilhoso. — Ela apertou Molly com outro abraço. Depois esticou o braço e bagunçou os cabelos de Stan.

— Stan... você... você é bem espertinho! E todo esse tempo fingindo que nunca... nunca havia notado essa menina na face da Terra. — Ela serviu mais uísque no copo e disse: — Certo, pessoal, um brinde aos noivos. Que tenham uma vida longa e poucos problemas... Não é, Molly?

Hoately ergueu a xícara de café. O Major Mosquito disse:

— Viva! Me deixem ficar escondido embaixo da cama na noite de núpcias. Eu fico quietinho. Deixem...

Bruno Hertz se serviu de um pouco de bebida, olhou para Molly por sobre o copo e disse:

— *Prosit, Liebchen*. — E, em voz baixa, murmurou: — É melhor desejar sorte. Vocês vão precisar de sorte. Talvez algum dia vão precisar...

O sorriso de Lázaro de Joe Plasky estava radiante como uma lâmpada.

— Tudo de bom, meninos. Fico feliz. Vou escrever uma carta para alguns agentes de Nova York.

Zeena tirou os pratos e copos de sua frente de maneira desajeitada. Abriu a bolsa e tirou um maço de cartas.

— Vamos lá, meninos. É uma boa hora para ver o que o tarô tem a dizer a vocês. O tarô sempre tem uma resposta. — Ela embaralhou. — Vamos lá, querida. Corte. Vamos ver o que vai sair.

Molly cortou as cartas e Zeena as pegou e virou sobre a mesa.

— Bem, o que temos aqui... A Imperatriz! É ela, querida. Veja, está sentada em uma poltrona com o sinal de Vênus. Significa amor. E tem estrelas nos cabelos. São todas as coisas boas que seu marido vai te dar.

O Major Mosquito soltou uma risada aguda e Bruno fez sinal para ele se calar.

— A Imperatriz é uma carta que representa sorte no amor, querida. Não podia ser melhor, porque significa que vai receber o que mais deseja. — Ela embaralhou novamente e estendeu as cartas a Stan, que havia se levantado e estava atrás da cadeira de Molly. Ela havia agarrado a mão dele e a segurava perto do rosto.

— Vamos, Stan. Corte e vamos ver o que vai sair.

Stan soltou a mão de Molly. Na pilha de cartas, a beirada de uma delas estava mais escura que as outras devido ao manuseio, e Stan cortou bem ali sem pensar, virando sua metade do baralho para cima.

O Major Mosquito deu um berro. Zeena derrubou a garrafa e Hoately a pegou antes que derramasse. O rosto impassível de Bruno se iluminou com algo parecido com triunfo. Molly parecia confusa, e Stan riu. O anão, do outro lado da mesa, batia na toalha com uma colher e gritava em seu êxtase embriagado:

— Ha, ha, ha, ha. *O Enforcado!*

CARTA VI

# O JULGAMENTO

*Ao chamado de um anjo com asas ardentes, túmulos se abrem, caixões arrebentam e os mortos estão nus.*

— ... POSSO VER, SENHORA, QUE HÁ MUITAS PESSOAS À SUA VOLTA COM INVEJA de sua felicidade, sua cultura, sua sorte e, sim, devo ser franco, sua beleza. Eu aconselharia, senhora, que seguisse o próprio caminho e fizesse o que acha, no fundo do coração, que é certo. E tenho certeza de que seu marido, sentado a seu lado na plateia neste momento, vai concordar comigo. Não há arma que se possa usar contra a inveja maliciosa, a não ser a confiança de que seu estilo de vida é moral e correto, independentemente do que dizem os invejosos. E foi um deles, senhora, e acredito que saiba de quem estou falando, que envenenou seu cachorro.

Os aplausos se iniciaram lentamente. Eram abafados, respeitosos. Então começaram nos fundos do teatro e seguiram para a frente. As pessoas que haviam sussurrado perguntas a Molly e aquelas cujas perguntas foram respondidas por ele aplaudiram por último. Foi uma tempestade de som. E Stan, ouvindo tudo através das pesadas cortinas, respirou aquilo como se fosse o ar fresco das montanhas.

As cortinas se abriram para o segundo agradecimento. Ele se curvou devagar, depois estendeu a mão e Molly saiu da coxia, que havia acessado pelos bastidores. Eles agradeceram juntos, de mãos dadas, e então as cortinas se fecharam novamente e os dois saíram pela coxia, subindo os degraus de concreto que davam para os camarins.

Stan abriu a porta do camarim, deixou Molly entrar primeiro e depois entrou e fechou a porta. Sentou um pouco no sofá de vime e então tirou a gravata branca, desabotoou o colarinho da camisa engomada e acendeu um cigarro.

Molly havia tirado o vestido longo e justo que estava usando e o pendurado em um cabide. Ficou um instante nua, coçando as costelas sob os braços. Então vestiu um roupão, prendeu os cabelos e começou a passar creme demaquilante no rosto.

Finalmente, Stan disse:

— Duas noites seguidas é demais.

Ela parou de movimentar a mão e a pressionou junto ao queixo. Estava de costas para ele.

— Desculpe, Stan. Acho que estava cansada.

Ele se levantou e se aproximou, olhando para ela.

— Depois de cinco anos, você ainda erra. Meu Deus, o que tem no lugar do cérebro? Qual é a oitenta e oito?

Seus olhos grandes e acinzentados brilhavam com as lágrimas.

— Stan, eu... eu preciso pensar. Quando você pergunta de repente desse jeito, eu preciso pensar. Eu... simplesmente preciso pensar. — Ela encerrou a frase de maneira desajeitada.

Ele continuou com frieza:

— Oitenta e oito!

— Organização! — ela disse, abrindo um sorriso rápido. — Devo entrar para algum clube, fraternidade ou organização? É claro. Eu não tinha esquecido, Stan. De verdade, querido.

Ele voltou para o sofá e se recostou.

— Vai repetir de trás para a frente, cem vezes, antes de dormir hoje. Está bem?

— É claro, Stan.

Ela se iluminou, aliviada porque a tensão havia passado. A toalha saiu de seu rosto toda manchada de maquiagem rosa. Molly aplicou um pouco de pó sobre a testa e começou a passar batom. Stan tirou a camisa e jogou um roupão sobre os ombros. Com poucos movimentos hábeis, ele desmaquilou o rosto, franzindo a testa para o próprio reflexo. Os olhos azuis tinham ficado encanecidos. Havia linhas de expressão, fracas, nos cantos da boca. Elas sempre apareciam quando ele sorria, mas agora estava notando pela primeira vez que permaneciam quando seu rosto estava relaxado. O tempo estava passando sobre sua cabeça.

Molly estava fechando os botões de pressão da saia.

— Meu Deus do céu, como estou cansada. Hoje eu só quero ir para a cama. Poderia dormir por uma semana.

Stan ficou olhando para o reflexo no espelho, endurecido pelas luzes que brilhavam nos cantos. Ele era como um estranho para si próprio. Ficou se perguntando o que acontecera por trás daquele rosto familiar, o queixo quadrado, os cabelos loiros. Era um mistério, até para si mesmo. Pela primeira vez em meses, pensou em Gyp e pôde vê-lo nitidamente através da névoa dos anos, correndo pelos campos viçosos, com as ervas daninhas esquecidas do fim do verão.

— Bom garoto — ele murmurou. — Você é um bom garoto.

— O que foi, querido? — Molly estava sentada no sofá de vime, lendo uma revista de cinema, enquanto esperava Stan se vestir.

— Nada, menina — ele disse, olhando para trás. — Estou apenas pensando com meus botões.

Quem envenenou nosso cachorro? Pessoas à sua volta com inveja de você. Número catorze. Um: *vai*. Quatro: *dizer*. Você *vai dizer* a essa moça o que ela está pensando?

Stan balançou a cabeça e esfregou o rosto com a toalha. Pendurou a casaca e vestiu as calças de tweed. Passou um pente nos cabelos e deu o nó na gravata.

Do lado de fora, caía um pouco de neve, que pousava sobre a superfície escura da janela suja do camarim.

Na porta do teatro, o inverno os recebeu com um hálito congelante. Chamaram um táxi e entraram no carro. Molly entrelaçou o braço com o dele e apoiou o rosto em seu ombro, permanecendo assim.

— Chegamos, amigo. Hotel Plymouth.

Stan entregou um dólar ao motorista e ajudou Molly a descer.

Passaram pela porta giratória e chegaram ao saguão quente, e Stan parou no balcão da tabacaria para comprar cigarros. Levantou os olhos até a recepção e parou. Molly, virando-se para ver se ele estava vindo, apressou-se. Ela colocou a mão no braço dele.

— Stan, querido. O que está acontecendo? Nossa, você está horrível. Está doente, amor? Responda. Está doente? Não está zangado comigo, está, Stan?

Abruptamente, ele deu meia-volta e deixou o saguão, saindo ao vento pela noite de inverno. A sensação do ar frio era boa, e seu rosto e pescoço necessitavam do frio. Ele se virou para a garota.

— Molly, não me faça perguntas. Acabei de ver uma pessoa que estou tentando evitar. Suba e faça as malas. Vamos embora deste hotel. Você tem dinheiro? Bem, feche a conta e peça para o carregador trazer as coisas para fora. — Sem perguntar nada, ela concordou e entrou.

Quando Molly desceu, a mulher do balcão, a atendente da noite, sorriu para ela como se tivesse saído de uma história de detetive.

— Pode fechar minha conta, por favor? Sr. e sra. Stanton Carlisle.

A mulher sorriu novamente. Ela tinha cabelos brancos, e Molly se perguntou por que tantas mulheres de cabelos brancos insistiam em usar batom de cores chamativas. *Ficam tão ridículas*, pensou. *Se algum dia eu tiver cabelos brancos, nunca vou usar nada mais escuro do que lilás. Mas aquela deve ter sido uma bela mulher quando jovem*, Molly julgou. E havia vivido. Tinha algo nela que dava a impressão de que havia trabalhado no show business. No entanto, muitas pessoas bonitas tinham feito isso na juventude, e aquilo não significava nada. Era permanecer no show business e ficar no topo que contava. Nunca virar alguém esquecido e fracassado. Só que era preciso guardar muito dinheiro no tempo de vacas gordas. E, hospedando-se nos melhores lugares e pagando jantares e drinques para empresários, jornalistas e outras pessoas, eles pareciam nunca ter muita coisa no fim de uma temporada na estrada. Ou seja, quanto mais o número tinha valor, mais parecia ser necessário para vendê-lo.

— São dezoito dólares e oitenta e cinco centavos — a mulher disse. Ela ficou olhando minuciosamente para Molly. — O... o seu marido vai voltar ao hotel?

Molly pensou rápido.

— Não. Por sinal, ele já está me esperando no centro. Temos que pegar um trem.

O rosto da mulher não estava mais sorridente. Tinha uma expressão assombrada e esperançosa, que ao mesmo tempo era também estranhamente ávida. Molly não gostou nem um pouco daquilo. Pagou e saiu.

Stan estava andando de um lado para o outro com brutalidade. Um táxi aguardava com o taxímetro ligado. Eles colocaram a bagagem no porta-malas e partiram.

Todos os hotéis eram iguais, Molly pensou depois, deitada ao lado de Stan na penumbra. Por que sempre há postes de luz em frente às janelas e linhas de bonde na rua e elevadores na parede que fica bem ao lado de sua cabeça e pessoas no andar de cima que derrubam coisas? Mas, de qualquer modo, era melhor do que nunca viajar e não conhecer nada.

Ver Stan se despir havia mexido com ela e a feito se lembrar de muitos momentos bons, e ela esperava que ele se sentisse da mesma forma mesmo quando ambos estivessem feito dois cães cansados. Ele andava tão zangado ultimamente, e eles sempre pareciam estar cansados quando iam para a cama. Com um leve pânico, ela ficou pensando se não estaria perdendo a beleza ou algo do tipo. Stan podia ser tão maravilhoso. Só de pensar nisso, ela ficava agitada e assustada por dentro. Nossa, era algo pelo qual valia a pena esperar – quando ele realmente queria uma festa. Mas então ela se lembrou de uma outra coisa e começou a dizer a si mesma:

— Oitenta e oito... organização. Devo entrar para algum clube, sindicato, fraternidade ou organização? Devo entrar para algum clube, sindicato, fraternidade ou organização? — Ela repetiu três vezes antes de pegar no sono com os lábios entreabertos, o rosto sobre a palma da mão e os cabelos negros espalhados sobre o travesseiro.

Stan esticou o braço e tateou a mesa de cabeceira em busca de seus cigarros. Encontrou um e riscou o fósforo. Lá embaixo, um bonde noturno rangia ao longe e o som era carregado pelos trilhos de aço. Uma lembrança estava voltando. Um dia quando ele tinha onze anos de idade.

Era um dia como outros do início do verão. Começou com o zizio de gafanhotos nas árvores em frente à janela do quarto. Stan Carlisle abriu os olhos e o sol brilhava com ardor.

Gyp estava na cadeira ao lado da cama, ganindo de leve e tocando o braço do garoto com a pata.

Stan esticou o braço preguiçosamente e acariciou a cabeça do vira-lata, enquanto o cão contorcia-se de felicidade. Em um instante, já havia pulado na cama, abanando o rabo com alegria. Então Stan acordou totalmente e se lembrou. Tirou Gyp da cama e começou a esfregar violentamente as manchas de barro seco deixadas nos lençóis pelas patas do cachorro. Sua mãe sempre ficava zangada com o Gyp Pulava.

Stan correu para a porta, mas a porta do quarto de seus pais, do outro lado do corredor, ainda estava fechada. Voltou na ponta dos pés e começou a vestir devagar a cueca e o calção de veludo cotelê. Enfiou um livreto dentro da camisa e amarrou os sapatos.

No quintal, viu as portas da garagem abertas. Seu pai havia saído para o trabalho.

Stan desceu as escadas. Tomando cuidado para não fazer barulho, tirou uma garrafa de leite da geladeira, pegou um filão de pão e um vidro de geleia. Gyp ganhou pão e leite em um pires, no chão.

Enquanto Stan sentava-se no silêncio do início da manhã na cozinha vazia, cortando fatias de pão e as enchendo de geleia, leu o catálogo:

— ... um conjunto realmente profissional, adequado para teatro, clube ou reuniões sociais. Uma hora de apresentação. Com belo livro de instruções encadernado em tecido. Diretamente conosco ou em sua loja de brinquedos e presentes. US$ 15.

Depois da oitava fatia de pão com geleia, guardou o que restou do café da manhã e saiu para a varanda dos fundos com o catálogo. O sol estava ficando mais quente. A claridade da manhã de verão o preenchia com uma tristeza agradável, como se fosse a lembrança de algo nobre e mágico que tivesse acontecido no passado, nos tempos dos cavaleiros e das torres solitárias.

No andar de cima, ouviu as batidas de pequenos saltos sobre o piso, e o ruído da água na banheira. Sua mãe havia acordado cedo.

Stan subiu as escadas correndo. Sobre o fluxo da água, podia distinguir a voz de soprano de sua mãe cantando:

— Oh, meu rapaz, meu rapaz, eu amo o cajado que carrega. Eu amo sua boina com a fivela prateada...

Ele ficou incomodado e tinha raiva daquela música. Normalmente, ela cantava depois que ele ia para a cama, quando a sala de visitas estava cheia de pessoas e Mark Humphries, o homem grande e moreno que dava aulas de canto, tocava o acompanhamento enquanto seu pai ficava na sala de jantar, fumando um charuto e conversando em voz baixa sobre negócios com um de seus amigos. Era parte do mundo dos adultos, com seus segredos, suas mudanças confusas de humor sem aviso prévio. Stan odiava aquilo.

Ele entrou no quarto, que sempre cheirava a perfume. A cama de metal brilhava muito sob o feixe de luz do sol que entrava pelas venezianas. A cama estava desarrumada.

Stan afundou o rosto no travesseiro que estava com leve aroma de perfume, respirando fundo várias vezes. O outro travesseiro cheirava a tônico capilar.

Ele se ajoelhou ao lado da cama, pensando em Elaine e Lancelot... Nela flutuando em um barco e Lancelot à margem do rio, olhando para ela e lamentando sua morte.

O barulho da água corrente no banheiro havia dado lugar ao som de respingos e trechos de cantoria. Depois o som do tampão sendo puxado e da água escoando.

Do outro lado da janela, cuja sombra deixava o quarto frio e escuro, uma cigarra cantava, começando devagar, depois mais alto, até desaparecer. Sinal de que tempos quentes viriam.

Stan cheirou o travesseiro mais uma vez, empurrando-o ao redor do rosto para abafar o som e todo o resto, exceto sua maciez e doçura.

Ouviu-se o clique da fechadura da porta o banheiro. O menino ajeitou rapidamente o travesseiro, deu a volta na grande cama de metal e saiu para o corredor, atravessando até o seu quarto.

No andar de baixo, ouviu o passo lento de Jennie na varanda dos fundos e o rangido da cadeira da cozinha quando jogou todo seu peso sobre ela para descansar antes de tirar o chapéu e seu vestido bom. Era dia de Jennie lavar roupa.

Stan ouviu a mãe saindo do banheiro; depois ouviu a porta do quarto se fechar. Saiu com cuidado no corredor e parou do lado da porta.

Lá dentro, ouviu o som de pés descalços sobre o chão e o trinco da porta do quarto sendo fechado. Os adultos estavam sempre se trancando nos lugares. Stan sentiu um arrepio repentino de mistério e euforia. Começou na lombar e foi subindo até as escápulas.

Atrás da porta fechada escutou o leve tilintar de um frasco de perfume sendo colocado sobre a penteadeira e o arrastar dos pés da cadeira. A cadeira rangeu um pouquinho; raspou no chão novamente; o frasco tiniu quando a tampa foi colocada.

Quando ela saísse, estaria toda arrumada e pronta para ir para o centro da cidade e lhe daria várias tarefas para fazer enquanto estivesse fora – como arrumar o armário de seu quarto ou cortar a grama do pátio.

Ele percorreu o corredor furtivamente e abriu a porta que dava para as escadas do sótão, fechou-a com cuidado e subiu. Sabia quais degraus faziam barulho e os pulou. O sótão era quente e tinha um cheiro forte de madeira e seda antiga.

Stan se esticou sobre uma cama de ferro coberta com uma colcha de retalhos de seda. Era feita de tiras de seda costuradas em quadrados, cada lado de uma cor diferente, com um quadrado preto no centro de cada um. A vovó havia feito no inverno anterior a seu falecimento.

O garoto deitou com o rosto para baixo. Os sons da casa chegavam a ele de longe. Os arranhões e ganidos de Gyp, banido à varanda dos fundos. Jennie no porão e o barulho da nova máquina de lavar roupa. O ruído brusco da porta de sua mãe se abrindo e o bater dos saltos sobre os degraus. Ela chamou seu nome uma vez em voz alta e depois gritou algo para Jennie lá embaixo.

A voz de Jennie saiu pela janela do porão, lamentosa e forte.

— Sim, sra. Carlisle. Eu aviso ele se o vir.

Por um instante, Stan teve medo de que a mãe resolvesse sair pela porta dos fundos e Gyp Pulasse e a deixasse zangada, e depois começasse a falar sobre se livrar dele. Mas ela saiu pela porta da frente. Stan ouviu o barulho da caixa de correio. Então ela desceu as escadas.

Ele se levantou e correu para a janela do sótão, de onde podia ver o gramado da frente por entre as copas das árvores de bordo.

Sua mãe estava andando rapidamente na direção da linha de bonde.

Ela ia para o centro da cidade, para as aulas de canto com o sr. Humphries. E demoraria bastante para voltar. Parou diante da placa de vidro no gramado da igreja. Lá estava escrito sobre o que o dr. Parkman pregaria no domingo seguinte, mas era bem escuro, e tinha o vidro na frente, então servia como espelho. Sua mãe parou, como se estivesse lendo sobre o sermão do domingo seguinte; virando a cabeça primeiro para um lado, depois para o outro, puxou o chapéu um pouco mais para a frente e ajeitou os cabelos.

Então continuou, andando devagar. O garoto a observou até perdê-la de vista.

No alto de cada colina e subida, Stan se virava e olhava para trás, através do campo. Podia ver o telhado de sua casa entre o verde das árvores de bordo.

O sol arrefecia.

O ar tinha o perfume adocicado das ervas de verão. Gyp corria pelas colinas, quase desaparecendo de vista e depois voltando.

Stan subiu em uma cerca, atravessou o pasto e escalou um muro de pedra, carregando Gyp. Do outro lado do muro, os campos tinham vegetação mais fechada com galhos, pequenos arbustos e pinheiros. Depois deles, havia o bosque.

Quando adentrou sua calma escura, sentiu novamente aquele tremor involuntário, em parte prazer, em parte apreensão, subir por entre suas escápulas. O bosque era um lugar para matar inimigos. Você lutava com eles com um machado de guerra e estava nu e ninguém ousava dizer nada sobre isso porque você estava com o machado sempre preso ao pulso com uma tira de couro. Então havia um castelo antigo no meio da floresta. Ele tinha musgo verde nas rachaduras entre as pedras e um fosso cheio de água em volta e ele ficava lá, profundo e imóvel como a morte, e do castelo nunca saía nenhum som ou sinal de vida.

Stan agora andava com cuidado, prendendo a respiração, atento ao silêncio verde. As folhas eram macias sob seus pés. Ele passou sobre uma árvore caída, depois olhou para cima, por entre os galhos, onde o sol refletia e os fazia brilhar.

Começou a sonhar. Ele e Lady Cynthia cavalgavam pela floresta. Cynthia era o nome de sua mãe, só que Lady Cynthia não era como sua mãe, exceto pela aparência. Era apenas uma moça bonita sobre um palafrém branco, com cabresto enfeitado com pedras preciosas e joias que brilhavam sob a luz matizada que passava entre os galhos. Stan estava de armadura e seus cabelos eram longos e retos; seu rosto era moreno e sem sardas. Sua montaria era um enérgico cavalo de batalha escuro como o céu à meia-noite. Este era seu nome – Meia-noite. Ele e Lady

Cynthia haviam ido até a floresta em busca de aventura, pois a floresta era um velho mago muito poderoso.

Stan saiu em uma estrada de terra havia muito abandonada, onde escapou do sonho, pois se lembrou de que haviam estado ali para um piquenique. Foi quando fizeram um passeio com o sr. e a sra. Morris, e Mark Humphries levou Stan, sua mãe e seu pai de carro com a capota abaixada. Transportaram a comida em cestas.

De repente, foi tomado pela raiva quando lembrou que seu pai havia estragado o dia discutindo com sua mãe sobre alguma coisa. Ele falou em voz baixa, mas então sua mãe respondeu:

— Stan e eu vamos fazer uma caminhada, só nós dois. Não vamos, Stan? — Ela estava sorrindo para os outros como sempre fazia quando havia algo errado. Stan havia sentido aquele tremor delicioso subir entre suas escápulas.

Foi quando eles encontraram a Clareira.

Era uma fenda profunda em uma encosta, impossível de ser avistada, a menos que desse de cara com ela. Ele havia voltado lá outras vezes, mas naquele dia sua mãe estava lá e, de repente, como se sentisse a magia do local, ajoelhou e o beijou. Ele se lembrava do perfume que ela estava usando. Ela o afastara um pouco e estava realmente sorrindo dessa vez, como se sorrisse para algo dentro de si mesma, e disse:

— Não conte para ninguém. Este lugar é um segredo só nosso.

Ele ficou feliz durante todo o caminho, até voltarem para onde estavam os outros.

Aquela noite, quando retornaram para casa e ele foi para a cama, o som da voz de seu pai, raspando e retumbando através das paredes, deixou-o extremamente revoltado. Por que ele sempre tinha que ficar discutindo com sua mãe? Então a lembrança da Clareira, e de como ela estava quando o beijou, fez com que ele se contorcesse de felicidade.

Mas, no dia seguinte, tudo aquilo desapareceu e ela não parava de gritar com ele e arrumar tarefas para ele fazer.

Stan seguiu pela estrada de terra. Em uma área úmida, abaixou-se e se ajoelhou como um explorador examinando um rastro. Pelo local passava um pequeno riacho. Do outro lado dele, havia rastros de pneus, e suas marcas nítidas e ímpias começavam a se encher de água.

Stan os odiava – os adultos estavam por todas as partes. Acima de tudo, odiava suas vozes.

Com cuidado, atravessou a estrada, chamando Gyp para impedir que se enfiasse no meio dos arbustos. Segurou a coleira do cachorro e seguiu em frente, cuidando para não pisar em nenhum galho seco. A Clareira devia ser acessada com a reverência do silêncio. Ele subiu a última ribanceira apoiado nas mãos e nos joelhos e então, ao olhar para o cume, ficou paralisado.

Vozes saíam da Clareira.

Ele espiou mais adiante. Duas pessoas deitadas sobre uma manta indígena. Sentindo uma onda quente, Stan soube que eram um homem e uma mulher, e que era aquilo que homens e mulheres faziam juntos em segredo, e sobre o que todo mundo parava de falar quando ele chegava, só que alguns adultos jamais falavam sobre aquilo. A curiosidade reverberava dentro dele ao pensar em espioná-los sem que soubessem que ele estava ali. Estava vendo tudo – tudo mesmo – aquilo que fazia bebês crescerem dentro de um mulher. Ele mal podia respirar.

O rosto da mulher estava escondido pelo ombro do homem – apenas as mãos podiam ser vistas apertando as costas dele. Depois de um tempo, ficaram imóveis. Stan se perguntou se estariam mortos – se as pessoas podiam morrer fazendo aquilo e se aquilo as machucava, mas tinham que fazer mesmo assim.

Por fim, eles se mexeram e o homem se virou e deitou de costas. A mulher se sentou, levando as mãos aos cabelos. Sua risada ecoou na lateral da Clareira, um pouco dura, mas ainda nítida.

Os dedos de Stan pressionaram a grama da colina sob sua mão. Então se virou, arrastando Gyp pela coleira, e desceu a encosta até a estrada, tropeçando, escorregando e esbarrando. Ele correu com a respiração queimando a garganta, os olhos ardendo devido às lágrimas. Correu até voltar para casa, depois subiu para o sótão, deitou sobre a cama de ferro e tentou chorar, mas não conseguiu.

Ouviu a mãe entrar depois de um tempo. A luz do lado de fora começou a escurecer e as sombras ficaram mais longas.

Então ele ouviu um carro chegando. Seu pai saiu. Pelo modo como ele bateu a porta do carro, Stan sabia que estava zangado. No andar de baixo, ouviu a voz do pai ecoando no assoalho, e a voz da mãe alterada, do jeito que falava quando estava exasperada.

Stan desceu as escadas, um degrau de cada vez, escutando.

A voz de seu pai vinha da sala.

— ... não quero ouvir mais uma de suas mentiras. Estou dizendo, a sra. Carpenter viu vocês dois virando na estrada que dá para o bosque Mills. Ela reconheceu você e viu Mark e reconheceu o carro.

O tom de sua mãe era sensível.

— Charles, achei que você teria uma pouco mais de... *orgulho*, por assim dizer, para não acreditar na palavra de alguém tão malicioso e vulgar quanto sua *amiga*, a sra. Carpenter.

Seu pai estava martelando com o punho sobre a moldura da lareira; Stan podia ouvir o barulho da peça de metal que cobria a abertura.

— Chapéus de Nova York! Uma preta para limpar a casa! Máquinas de lavar! Aulas de música! Depois de tudo o que te dei, você faz uma coisa dessas comigo. Você! Eu devia chicotear aquele traidor até a vida dele ficar por um fio!

A mãe falou bem devagar:

— Eu acho que Mark Humphries sabe se cuidar. Na verdade, gostaria muito de ver você chegar para ele no meio da rua e dizer as coisas que está dizendo para mim. Porque ele diria que você é um mentiroso. E você vai arrumar exatamente o que está pedindo; exatamente o que está pedindo. Além do mais, Charles, você tem a mente suja. Não devia julgar os outros por você, querido. Afinal, é perfeitamente possível que uma pessoa com boa educação desfrute de um passeio de carro com um amigo e nada mais. Mas se você e... Clara Carpenter, digamos...

Seu pai produziu um ruído que parecia ao mesmo tempo um rugido e um gemido de choro.

— Pelo Pai Eterno, eu jurei nunca dizer o nome do Senhor em vão, mas você consegue acabar até com a paciência de um santo. *Maldita* seja! Está me ouvindo? *Maldita seja você...*

Stan chegou ao andar de baixo e ficou passando os dedos para cima e para baixo no pilar do corrimão da escadaria, observando por meio das amplas portas duplas que davam para a sala. A mãe estava sentada com o corpo ereto no sofá, sem recostar. O pai estava em pé ao lado da lareira, com uma das mãos no bolso e batendo com a outra contra a madeira. Quando levantou os olhos e viu Stan, parou imediatamente.

Stan quis dar meia-volta e sair correndo pela porta da frente, mas os olhos do pai o mantiveram colado ao chão. A mãe virou a cabeça e sorriu quando o viu.

Então o telefone tocou.

Seu pai se assustou e logo foi para o corredor para atender. O "alô!" selvagem estourou como fogos de artifício no espaço estreito.

Stan movimentou-se com aflição, como se caminhasse sobre melaço. Atravessou a sala e se aproximou da mãe, cujo sorriso havia endurecido e ficado com aspecto doentio. Ela sussurrou:

— Stan, o papai está chateado porque fui passear com o sr. Humphries. Queríamos ter levado você junto, mas Jennie disse que você não estava em casa. Mas, Stan, vamos fingir que você foi junto. Da próxima vez você vai. Acho que o papai vai se sentir melhor se achar que você estava junto.

Do corredor, a voz de seu pai retumbava:

— Pelo Pai Eterno, e por que tiveram que contar para aquele palhaço? Fui contra dizer a ele. É papel do Conselho votar de acordo com a recomendação do comitê. Estávamos com tudo nas mãos, garantido. Agora todo idiota da cidade vai saber exatamente onde as ruas serão cortadas e o valor daquelas propriedades já vão estar nas alturas amanhã de manhã...

Quando a mãe se aproximou de Stan, ele sentiu o perfume em seus cabelos. Sempre usava perfume quando ia para as aulas de canto no centro. Stan sentiu-se frio e vazio por dentro. Mesmo quando ela o beijou.

— Quem é meu garotinho, Stan? Você é o garotinho da mamãe, não é, querido?

Ele assentiu e caminhou, meio desajeitado, até a porta. Seu pai estava voltando.

Ele pegou Stan bruscamente pelo ombro e o empurrou na direção da porta de casa.

— Vá dar uma volta. Sua mãe e eu estamos conversando.

A mãe estava ao lado dele.

— Deixe-o ficar, Charles. Por que não pergunta ao Stanton... o que ele fez hoje à tarde?

Seu pai ficou olhando para ela com a boca bem fechada. Ainda estava segurando Stan pelo ombro. Devagar, virou a cabeça.

— Stan, do que sua mãe está falando?

Stan engoliu em seco. Ele detestava aquela boca frouxa e os pelos curtos, amarelo-claros, no queixo de seu pai quando ele passava muitas horas sem se barbear. Mark Humphries fazia um truque com quatro bolinhas de jornal e um chapéu e havia ensinado Stan como fazer. E costumava fazer charadas.

Stan disse:

— Fomos passear de carro com o sr. Humphries.

Sobre o braço do pai, que ainda o segurava, Stan viu o rosto da mãe fazer um pequeno sinal para ele, como se beijasse o ar.

Seu pai continuou, em um tom de voz calmo e perigoso:

— Aonde foram com o sr. Humphries, filho?

A língua de Stan parecia grossa. O rosto da mãe tinha ficado pálido, até mesmo a boca.

— Nós... nós fomos para onde fizemos aquele piquenique uma vez.

Os dedos do pai se afrouxaram e Stan se virou e saiu correndo pelo anoitecer. Ouviu a porta da frente se fechar.

Alguém acendeu a luz da sala. Depois de um tempo, seu pai saiu, entrou no carro e seguiu na direção do centro. Sua mãe havia deixado frios, pão e manteiga sobre a mesa da cozinha e Stan comeu sozinho, lendo o catálogo. Só que tudo havia perdido o sabor e parecia haver algo terrivelmente triste no prato azul com desenho de folhagens e no garfo e faca velhos. Gyp gania sob a mesa. Stan deu a ele todos os seus frios e passou um pouco de geleia no pão. Sua mãe estava no andar de cima, no quarto extra, com a porta trancada.

No dia seguinte, sua mãe preparou o café da manhã para ele. Stan não disse nada, nem ela. Mas ela não era mais adulta. Ou ele não era mais criança. Não havia mais adultos. Eles mentiam quando ficavam com medo, como qualquer um. Todo mundo era igual, só que alguns eram maiores. Ele comeu muito pouco, limpou a boca e disse educadamente:

— Com licença.

Sua mãe não pediu para ele fazer nenhuma tarefa. Ela não disse uma palavra.

Ele amarrou Gyp na casinha e foi para o bosque, no trecho cortado pela velha estrada de terra. Caminhava sem se dar conta e o brilho do sol parecia estar contendo seu calor. Chegando à Clareira, ele parou e escorregou com obstinação pela encosta. Ao redor, as árvores erguiam-se eretas e inocentes no sol, e o som de um pica-pau as atravessava. A grama estava esmagada em um local; ali perto, Stan encontrou um lenço com um "C" bordado no canto.

Olhou para ele com uma espécie de fascinação, depois cavou um buraco no chão e o enterrou.

Quando voltou para casa, viu-se pensando nas coisas como se nada tivesse acontecido e então parava e a onda de desolação tomava conta dele.

A mãe estava no quarto dela quando ele subiu as escadas.

Mas havia algo grande e quadrado sobre a cama dele. Ele entrou correndo.

Lá estava. O conjunto "Número 3" – Mágico Marvello. Uma hora inteira de entretenimento, adequado para o palco, clube ou reuniões sociais, US$ 15. A tampa era alegre, com uma imagem de Mefistófeles fazendo cartas voarem de um cálice de vidro. Na lateral da caixa havia uma etiqueta de papel que dizia "Myers Brinquedos e Presentes" e um endereço no centro. Os cantos da caixa eram brilhantes, com imitações de guarnições de metal impressas sobre o papel.

Stan se ajoelhou ao lado da cama, olhando fixamente para o objeto. Então envolveu a caixa com os braços e bateu a testa em um dos cantos pontiagudos até sair sangue.

Do lado de fora, o bonde se aproximava e passava sob a janela do hotel, rangendo por seu caminho solitário noite adentro. Stan estava tremendo. Ele se livrou das cobertas, acendeu a luz sobre a cama e cambaleou até o banheiro. De um estojo, tirou um frasco e jogou um comprimido branco sobre a mão. Pegou um copo, engoliu o comprimido com um gole de água morna.

Quando voltou para a cama, o sedativo levou vários minutos para começar a fazer efeito, e ele sentiu o estupor de tranquilidade tomando conta de seu cérebro.

— Nossa, por que tive que ficar pensando naquilo? — ele disse em voz alta. — Depois de todos esses anos, por que tive que vê-la? E falta apenas uma semana para o Natal.

## CARTA VII
# O IMPERADOR

*Entalhado em seu trono, o nome do poder e, em seu cetro, o símbolo do poder.*

— Stan, querido, estou com medo.

Ele diminuiu a velocidade do automóvel e se inclinou para ver as placas da estrada. Sherwood Park – treze quilômetros.

— Estamos quase chegando. Está com medo por quê? Porque essa gente é cheia da grana? Assobie os oito compassos do nosso tema de abertura e vai se acalmar.

— Já tentei isso, Stan. É só que... Minha nossa, é uma bobagem. Como vou saber qual garfo pegar? O jeito que arrumam a mesa nesses jantares grã-finos parece a vitrine da Tiffany.

O Grande Stanton pegou uma saída da estrada. A luz do fim de uma tarde de verão tomava o céu; os faróis iluminavam a pálida face inferior das folhas que ficavam para trás enquanto o carro rasgava a viela. De ambos os lados, olmos se erguiam como colunas de dignidade.

— Não tem segredo. Observe a senhora na cabeceira da mesa. Fique só enrolando até ela atacar o prato que ela dá a deixa de como usar os talheres. Os parentes da minha mãe já tiveram grana aos montes.

A velha sabia se virar. É o que costumava dizer para o meu pai sempre que iam a algum lugar.

A casa despontou em meio ao crepúsculo por trás de um gramado enorme como um campo de golfe. Na porta, um mordomo negro com minúsculos botões de metal disse:

— Deixe-me guardar o casaco e o chapéu, senhor.

— Meu nome é Stanton. Stanton, o Adivinho.

— Ah. A *sinhora* Harrington disse para eu subir com vocês até o andar de cima. Disse que iam querer jantar lá em cima, senhor.

Stan e Molly o seguiram. Por um corredor, dava para ver mulheres com vestido de festa. Um homem de smoking encostado em uma lareira escura, gigantesca. Ele tinha uma taça de coquetel, que segurava pela base, não pela haste.

A sala ficava no último andar, aos fundos; teto inclinado.

— O jantar logo será servido, senhor. Se precisar de qualquer coisa, é só pegar o telefone e apertar o botão oito na caixa. É a sala do mordomo.

Quando ele fechou a porta, Stan a trancou.

— Relaxe, garota — ele disse com ironia —, vamos comer a sós. Mas primeiro vamos nos equipar e testar as pilhas.

Ele abriu as bolsas de viagem. Molly tirou o vestido pela cabeça e pendurou em um armário. De uma das bolsas, sacou um vestido de noite preto coberto de lantejoulas.

— Segure os fios, querido, para não engancharem no meu cabelo.

Habilidoso, Stan passou o vestido pela cabeça dela. Era fechado atrás, com babado. Ele pegou uma tira de metal curvada presa a um fone de ouvido achatado e encaixou na cabeça dela, enquanto a garota segurava o cabelo para a frente. Quando o jogou para trás, o cabelo lhe cobriu as orelhas, de modo que o compacto fone ficou completamente escondido. Stan levou a mão ao vértice do decote em V, encontrou um plugue em miniatura e conectou o fone. De sua mala, tirou um fraque e começou a colocar abotoaduras na camisa.

— Vá devagar com essa maquiagem, garota. Lembre-se... não está trabalhando na ribalta agora. E nada de dar solavancos ou rebolar enquanto deveria estar hipnotizada.

De cuecas, ele vestiu um colete de linho com bolsos parecidos com os de um casaco de caça. Estavam estufados com pilhas de lanterna.

Um fio pendia; prendendo-o na perna em três lugares, ele o levou até embaixo e calçou uma meia de seda preta, passando o fio por um buraco minúsculo. Depois veio o sapato, e então o fio conectado a um soquete na lateral do sapato. Por fim, vestiu a camisa. Umedeceu os dedos e os esfregou em um lenço; tirou de um envelope de papel encerado uma gravata branca impecável e deu o nó franzindo as sobrancelhas para o espelho da penteadeira. Em seu casaco, havia uma teia de arame fino costurada no forro como uma antena; outro plugue a conectava ao colete oculto, onde estava o transmissor.

O Grande Stanton ajustou os suspensórios, depois abotoou o colete; retocou o cabelo com um pente e entregou a Molly uma escova de roupa para que ela limpasse os ombros para ele.

— Nossa, querido, você está lindo.

— Considere-se muito bem beijada. Não quero me sujar. Pelo amor de Deus, tire um pouco desse batom.

Debaixo dos dedos do pé esquerdo estava a tranquilizadora saliência da chave de contato. Stan pôs a mão por baixo do colete branco e acionou um interruptor invisível. Ele caminhou pelo cômodo.

— Ouve algum sinal?

— Ainda não.

— E agora? — Ele pressionou com força os dedos dentro do sapato, mas Molly não esboçou reação. — Droga! Se tivesse conseguido alguma dica de quem estaria nesta festa, eu teria preparado um bom e velho número de bola de cristal. Muitas coisas podem se soltar nesta maldita engenhoca sem fio. — Ele passou a mão pelo vestido da garota, verificando. Então, disse: — Segure os cabelos para cima. — O conector do fone de ouvido havia escapado. Stan abriu as extremidades diminutas dos fios com a ponta de uma lixa de unha e depois as lixou com golpes impacientes. Ele o conectou e Molly arrumou os cabelos.

Do outro lado da sala, ele pressionou novamente os dedos do pé esquerdo.

— Deu certo, querido. Está bem nítido. Agora ande um pouco para ver se aparece algum barulho fora de hora.

Stan ficou andando de um lado para o outro, tirando o peso dos dedos do pé, e Molly disse que não estava ouvindo nenhum barulho, exceto quando ele mexia os dedos e estabelecia o contato.

— Certo. Estou em outro cômodo. Quais são os testes?

— Uma carta, uma cor e um estado.

— Certo. Qual é este?

Molly fechou os olhos. Do fone de ouvido veio um leve zunido, três vezes – espadas. Depois uma campainha longa e três mais curtas – cinco mais três é oito.

— Oito de espadas.

— Certo.

Uma batida na porta fez Stan pedir silêncio a ela.

— O jantar está servido, senhor. A sinhora Harrington manda seus cumprimentos. Ela vai avisar pelo telefone quando chegar a hora de descerem. É melhor me deixar abrir essa garrafa agora, senhor. Estamos muito ocupados lá embaixo. — Ele tirou a rolha com seus polidos dedos escuros que contrastavam com o guardanapo.

Stan tateou o bolso em busca de uma moeda, mas se conteve a tempo. O mordomo se curvou e saiu.

— Olha só, Stan! Champanhe!

— Uma taça para você, Cahill. Estamos trabalhando. Se encher a cara disso, vai acabar chamando a velhinha de "minha querida".

— Ahhh, Stan.

Ele serviu, colocou algumas gotas na própria taça, depois levou a garrafa para o banheiro e esvaziou o restante, que desceu borbulhando alegremente pelo ralo da pia.

Vista por trás, a sra. Bradburn Harrington parecia uma garotinha, mas, *minha nossa, que velhota quando vista de frente*, Stan pensou. Ela tocou um gongo de metal até o burburinho cessar.

— Agora tenho um presente para nós. O sr. Stanton, que certamente muitos de vocês já viram no teatro, vai nos mostrar coisas maravilhosas. Não sei exatamente o que vão fazer, então vou deixar o próprio sr. Stanton explicar.

Stan estava ao lado de Molly no salão. Ele respirou fundo e ajeitou os cabelos com as duas mãos. O mordomo apareceu de repente ao seu lado, segurando uma bandeja de prata. Sobre ela havia um pedaço de papel dobrado.

— A *sinhora* Harrington me pediu para entregar ao senhor.

Stan pegou o bilhete, desdobrou-o habilmente com uma das mãos e leu o que estava escrito. Amassou-o e o guardou no bolso. Seu rosto ficou obscurecido. Molly sussurrou:

— Qual o problema, querido? O que aconteceu?

— Nada! — ele respondeu com brutalidade. — Está no papo.

Da sala, a voz da sra. Harrington continuava:

— ... e vai ser muito empolgante, tenho certeza. Eu lhes apresento, sr. Stanton.

Stan respirou fundo e entrou. Cumprimentou a anfitriã com uma reverência e fez o mesmo com os convidados.

— Senhoras e senhores, o que estamos prestes a fazer pode ter muitas explicações. Não darei nenhuma. No campo da mente humana, a ciência mal arranhou a superfície. A maioria de seus mistérios ainda estão ocultos. Mas, no decorrer dos anos, certas pessoas têm demonstrado dons incomuns. Não tenho mérito nenhum pelo meu. — Dessa vez, o cumprimento não passou de um baixar de olhos. O público era a elite. Aquilo era classe. Com um lampejo de choque, Stan reconheceu um famoso escritor, alto, levemente recurvado, meio careca. Uma das debutantes da temporada, que já tinha ido parar nos jornais devido a um caso envolvendo um nobre exilado, estava sentada discretamente, segurando um uísque com soda sobre o joelho. Seu vestido branco era tão decotado que Stan achou que podia ver as aréolas de seus mamilos.

"Minha família é de origem escocesa, e dizem que os escoceses têm aptidões peculiares. — Um velho juiz de rosto sério acenou positivamente com a cabeça grisalha. — Meus ancestrais costumavam chamar esse dom de "sexto sentido". Eu chamo simplesmente de... capacidade de adivinhação. É um fato bem conhecido que a mente de duas pessoas pode estabelecer uma comunicação mais próxima do que aquela feita com palavras. Uma *afinidade*. Descobri uma pessoa assim há vários anos. Senhoras e senhores, permitam-me apresentar minha assistente, a srta. Cahill."

Molly entrou sorrindo, a passos largos, e apoiou a mão de leve sobre o antebraço de Stan. A debutante se virou para um jovem que estava sentado no braço da poltrona.

— É sua amiga, Diggie? — Ele fechou os lábios dela com a mão, olhando com fascinação para Molly.

Os olhos dela estavam semicerrados, os lábios levemente entreabertos. O velho juiz tirou os óculos de leitura em silêncio.

— Se não for incômodo, gostaria de colocar a srta. Cahill deitada naquela sofá.

Houve uma movimentação de pessoas tentando encontrar outros assentos e um homem soltou uma gargalhada abafada. Stan acompanhou Molly até o sofá e ajeitou uma almofada atrás dela. Ela levantou os pés e ele ajeitou as dobras do vestido de lantejoulas que arrastavam no chão. Do bolso do colete, tirou uma bola de cristal do tamanho de uma bolinha de gude e a segurou acima do nível dos olhos dela.

— Concentre-se. — A sala finalmente ficou em silêncio. — Suas pálpebras estão ficando pesadas. Pesadas. Pesadas. Você não consegue abrir os olhos. Está adormecendo. Durma. Durma...

Molly soltou um longo suspiro e as linhas de expressão ao redor de sua boca relaxaram. Stan pegou a mão dela e a colocou sobre seu colo. Ela estava mole. Ele se virou para o público.

— Eu a deixei em estado de hipnose profunda. É o único modo que conheço para garantir a telepatia. Agora vou passar entre vocês e pedir que me mostrem alguns objetos, como joias, ingressos de teatro, o que quiserem.

Ele se virou novamente para a garota deitada.

— Srta. Cahill, vou tocar em alguns objetos nesta sala. Conforme eu for tocando, você deve descrevê-los. Fui claro?

Ela acenou com a cabeça. Sua voz era um sussurro.

— Sim. Objetos. Descrever...

Stan atravessou a sala, e o velho juiz estava mostrando uma caneta-tinteiro de ouro. Stan a segurou, concentrando sua atenção sobre ela, arregalando os olhos. Estava de costas para Molly e a cabeça dela estava virada para as costas do sofá. Ela não podia ver nada. Mas sua voz chegou como se viesse de longe, nítida o suficiente para eles ouvirem se prestassem atenção.

— Uma caneta. Uma caneta-tinteiro. Ouro. E algo... gravado. *A... G... K.*

Uma onda de aplausos, que Stan interrompeu levantando a mão.

A anfitriã apontou para as orquídeas marrons que usava como enfeite. A voz de Molly prosseguiu, bem distante.

— Flores... belas flores... são... são... or... quídeas, eu acho.

A multidão perdeu o fôlego.

A debutante de lábios vermelhos e vestido decotado fez sinal para Stan. Quando ele chegou perto, ela enfiou a mão no bolso do jovem que estava ao seu lado e tirou uma bolsinha dourada. Ao abri-la, segurou-a de modo que apenas Stan pudesse ver seu conteúdo. Ele franziu a testa e ela riu.

— Vamos, sr. Telepata. Leia minha mente.

Stan ficou imóvel. Respirou fundo e, forçando o ar contra a garganta, obrigou seu rosto a recuperar a cor.

— Veja. Ele também fica envergonhado — disse a garota.

O Grande Stanton nem se mexeu, mas a voz de Molly continuou:

— Algo... algo... eu tenho que dizer o que é?

Olhando para trás, Stan disse calmamente:

— Não, deixe para lá.

A garota fechou a bolsinha e a colocou de volta no bolso do homem.

— Você venceu, irmão. Você venceu. — Ela engoliu o restante da bebida.

O Grande Stanton se curvou.

— Para não ser acusado de trapaça ou algum tipo de comunicação com a srta. Cahill, gostaria que um grupo de pessoas me acompanhasse até outro cômodo por alguns instantes. Cinco ou seis pessoas bastam. E devo pedir que alguém aqui pegue um pedaço de papel e registre o que a srta. Cahill diz enquanto estou fora da sala.

A anfitriã se ofereceu para acompanhá-lo, e três casais seguiram Stan pelo corredor até a biblioteca. Quando entraram, ele fechou a porta. Algo frio lhe tocou a mão, fazendo Stan dar um salto. Os convidados riram. Ao seu lado, estava um dogue alemão malhado, olhando para cima com olhos firmes que transmitiam domínio e também uma estranha solidão. O cachorro cutucou a perna de Stan com a pata e o adivinho começou a acariciar suas orelhas devagar, enquanto conversava com os outros.

— Gostaria que um de vocês escolhesse uma carta entre as cinquenta e duas do baralho.

— Dois de paus.

— Ótimo. Memorize sua escolha. Agora, alguém pode escolher uma cor?

— Verde-limão.

— É um pouco difícil de visualizar, mas vamos tentar. E uma das moças pode pensar em um estado... qualquer estado da união.

— Esse é fácil — a moça disse com sotaque arrastado. — Só há um estado em que vale a pena pensar. Alabama.

— Alabama. Excelente. Não vai mudar de ideia?

— Não, de jeito nenhum. É Alabama mesmo.

Stanton se curvou.

— Podemos nos juntar aos outros?

Ele segurou a porta e todos saíram. Stan ajoelhou e encostou o rosto no rosto do dogue alemão.

— Oi, lindo. Aposto que queria ser meu cachorro, não é?

O cão choramingou de leve.

— Não deixe ninguém te deixar triste, garoto. Morda a bunda gorda deles.

Ele se levantou, limpou a lapela e voltou para as luzes e para as vozes.

Molly ainda estava deitada no sofá, parecendo uma princesa adormecida aguardando o beijo de um salvador. A sala estava tumultuada.

— O dois de paus! E a cor... eles escolheram verde-limão e ela não conseguia se decidir se era verde ou amarelo! É incrível! E Alabama!

— Gostaria que ele fosse seu marido, querida? Alguém que eu conheço teria que correr de volta para Cannes.

— Extraordinário. Simplesmente extraordinário.

Stan se sentou ao lado de Molly, pegou na mão dela e disse:

— Acorde! Vamos, acorde!

Ela se sentou e passou o dorso da mão sobre os olhos.

— Ora... o que aconteceu? Ah! Eu fui bem?

— Você foi esplêndida — ele disse, olhando nos olhos dela. — Todos os testes foram perfeitos.

— Ah, fico muito feliz.

Ainda segurando na mão de Molly, ele a ajudou a se levantar. Eles foram até a porta, viraram-se, curvaram-se rapidamente e saíram acompanhados por aplausos.

— Stan, não vamos ficar para a festa? Quero dizer... para o resto dela?

— Cale a boca!

— Mas... Stan...

— Eu disse para calar a boca! Conto depois. Suba rápido. Eu vou daqui a pouquinho e vamos dar o fora daqui.

Obedientemente, ela subiu, comprimindo os lábios, combatendo o impulso de chorar. Aquilo não havia passado de mais um show; ela esperava que houvesse uma festa depois, dança e mais champanhe.

Stan foi até a biblioteca e o cachorro o recebeu, pulando. Sem se preocupar com a camisa engomada, Stan permitiu.

— Você reconhece um amigo, não é, garoto?

— Sr. Stanton...

Era o velho que parecia um juiz.

— Não poderia deixar que fosse embora sem dizer como seu trabalho é extraordinário.

— Obrigado.

— Estou falando sério, rapaz. Receio que não esteja se dando conta do que acabou de acontecer aqui. É mais profundo do que imagina.

— Não tenho nenhuma explicação para isso — Stan disse abruptamente, ainda acariciando atrás da orelha do cachorro.

— Mas acho que sei seu segredo.

Silêncio. Stan podia sentir o sangue tomando conta de seu rosto. Minha nossa, outro mágico amador, ele pensou, irritado. Tenho que me livrar dele. Mas primeiro preciso que ele esteja do meu lado. Por fim, disse, sorrindo:

— Talvez o senhor tenha a solução. Poucas pessoas de rara inteligência e conhecimento científico podem ser capazes de adivinhar o princípio essencial.

O velho assentiu com prudência.

— Eu adivinhei, meu rapaz. Adivinhei. Não se trata de um número com código.

O sorriso de Stan era íntimo e seus olhos dançavam com camaradagem. Meu Deus, lá vem. Mas vou dar um jeito nele.

— Sim, meu rapaz. Eu sei. E não julgo você por guardar segredo. É a mocinha.

— É?

O juiz abaixou a voz.

— Sei que não é telepatia. Vocês têm *auxílio espiritual*!

Stan sentiu vontade de gritar. Em vez disso, fechou os olhos. A sombra de um sorriso passou sobre sua boca.

— Eles não compreendem, meu rapaz. Eu sei por que você tem que apresentar como um número de sexto sentido. Eles não estão prontos para lidar com a gloriosa verdade da sobrevivência. Mas nosso dia vai chegar, meu rapaz. Vai chegar. Desenvolva seu dom... a mediunidade da mocinha. Valorize-o, pois é como um frágil botão de flor. Mas como é edificante! Ah, pensar nisso... no precioso dom da mediunidade, essa ponte dourada entre nós e aqueles que já se juntaram ao rol dos libertados, que residem nos ascendentes planos da vida espiritual...

A porta se abriu e os dois homens se viraram. Era Molly.

— Ah. Desculpe. Não sabia que estava ocupado. Ei, Stan...

— Srta. Cahill, gostaria que conhecesse o juiz Kimball. *É o juiz Kimball, tenho certeza, embora não me lembre de já ter visto sua fotografia.*

O velho homem confirmou, sorrindo como se ele e Stan compartilhassem um segredo. Ele pegou na mão de Molly.

— É um grande dom, minha cara menina, um grande dom.

— Sim, é mesmo um dom, juiz. Bem, acho que vou voltar lá para cima.

Stan segurou as duas mãos dela e balançou.

— Você foi esplêndida hoje, minha querida. Esplêndida. Agora, pode ir, eu vou em seguida. É melhor se deitar e descansar uns minutos.

Quando a soltou, Molly disse:

— Ops. — E olhou para a mão esquerda; mas Stan a empurrou na direção da porta, fechando-a com cuidado quando ela saiu. Ele se virou novamente para o juiz.

— Devo confessar, juiz. Mas... — Ele apontou com a cabeça na direção da sala que ficava do outro lado do corredor. — ... eles não entenderiam. Foi por isso que passei aqui por um momento. Tem alguém aqui que entende. — Ele olhou para o cachorro. — Não é, garoto? — O dogue alemão ganiu baixinho e se aproximou. — Sabe, juiz, eles são capazes de sentir coisas que estão além de toda a percepção humana. Podem ver e sentir presenças que jamais detectamos. — Stan havia chegado perto de uma luminária ao lado de uma poltrona. — Por exemplo, tive uma levíssima mas nítida impressão agora mesmo de que alguém do Outro Lado está nesta sala. Tenho certeza de que é uma garotinha, e que ela está tentando chegar a nós. Mas não sei dizer mais nada sobre ela; não posso vê-la. Se ao menos nosso belo amigo aqui pudesse falar, poderia nos contar.

O cachorro olhava fixamente para um canto escuro do cômodo repleto de livros. Ele rosnou de maneira inquisitiva. Então, enquanto o homem mais velho observava, fascinado, o dogue alemão deu um pulo e foi para o canto, ficando ali, alerta e imóvel, olhando para cima.

O adivinho colocou a mão discretamente no bolso da calça.

— Eles sabem, senhor. Eles podem ver. E agora... eu lhe desejo uma boa noite.

Para o velho juiz, a casa ficou repleta de presenças invisíveis. Ao pensar em algumas que poderiam estar perto dele naquele momento, seus olhos ficaram marejados. Lenta e elegantemente, com os ombros retos, o Grande Stanton subiu as escadas com o passo de um imperador, e o juiz observou sua partida. Um belo jovem.

No quarto de teto inclinado, Molly estava deitada sobre a cama de sutiã e calcinha, fumando um cigarro. Sentou-se, abraçando os joelhos.

— Stan, por favor, me diga por que ficou tão zangado quando eu quis ficar para a festa! Nos outros eventos particulares, sempre ficamos e nos divertimos, e eu não fico bêbada com três taças de champanhe. De verdade, não fico, querido. Você acha que não sei me comportar!

Ele enfiou as mãos no bolso, tirou um pedaço de papel e o amassou, jogando-o em um canto da sala. Falou com um sussurro brusco:

— Pelo amor de Deus, não comece a choramingar até sairmos daqui. Eu disse *não* porque não era lugar para isso. Já demos o suficiente a eles. Sempre é bom deixar que desejem mais. Nós nos estabelecemos e não vejo sentido em retroceder. Por Deus, nós proporcionamos um maldito milagre a eles! Vão ficar falando sobre isso pelo resto da vida. E vão transformar em algo melhor toda vez que contarem a história. E o que ganhamos com isso? Míseros trezentos dólares e ainda fomos tratados como se fôssemos mais um escurinho que contrataram para servir bebida. Alto nível? Até parece. Você consegue ter seu nome nos luminosos e então vem para uma dessas reuniões e o que recebe? Um prato de comida como se fosse um mendigo pedindo na porta dos fundos.

Sua respiração estava pesada, o rosto, vermelho e a garganta, irritada.

— Eu vou fazer com que paguem. Aquele velho lá embaixo me deu uma ideia. Vou tirar um monte de dinheiro deles. Vão me implorar para ficar por uma semana. Vou fazer com que fiquem se perguntando por que faço as refeições no meu quarto. E vai ser porque não são dignos de minha companhia para jantar... cretinos. Fui louco de não pensar nessa abordagem antes, mas, a partir de agora, já sei como enganá-los. Dei a eles um espetáculo de adivinhação e trataram como se fosse o show de um cachorro andando sobre duas pernas. Certo. Eles estão pedindo. Então lá vai.

Ele parou e ficou olhando para a garota perplexa, cujo rosto estava pálido ao redor dos lábios.

— Você foi bem, menina. — Ele sorriu com um canto da boca. — Aqui está seu anel, querida. Precisei dele para um truque.

Ainda de cenho franzido, Molly colocou o anel de diamante novamente no dedo e viu pequenas manchas de luz refletidas nele pontuarem o canto escuro do teto inclinado.

Stan soltou os fios com cuidado e tirou a roupa. Entrou no banheiro e Molly ouviu a trinca sendo fechada.

Nunca dava para saber por que Stan fazia as coisas. Lá estava ele, mais zangado do que uma galinha molhada, sem dizer o motivo, e ela nem havia feito nada de errado; apenas havia sorrido, falado baixo e fingido estar cansada por ter sido hipnotizada. Não tinha errado nenhum sinal. O que tinha dado nele?

Ela levantou e pegou o papel amassado no chão. Aquele havia sido o início de tudo, quando o garçom negro o entregou a Stan pouco antes de começarem. Seus dedos tremiam quando ela o abriu.

*"Favor não socializar com os convidados."*

CARTA VIII

# O SOL

*Sobre um cavalo branco, o filho do sol, com chamas no lugar dos cabelos, carrega o estandarte da vida.*

— Não vou acender a luz porque não vamos discutir a noite toda de novo. Estou dizendo... não tem nem um pingo de diferença entre isso e os truques de adivinhação. Não passa de nosso antigo número um pouco enfeitado para impressionar as pessoas. De verdade.

— Querido, não gosto disso.

— Por Deus, qual é o problema?

— Bem, e se existir... E se as pessoas realmente voltam? Quero dizer, bem, elas podem não gostar. Não sei explicar. Estou com medo.

— Ouça, amor. Já pensei nisso uma centena de vezes. Se alguém resolver voltar, não vai se zangar porque fingimos um pouco. Faremos um favor para os alvos. Vamos deixá-los bem felizes. Afinal, suponha que achasse que poderia realmente falar com seu pai agora. Isso não a deixaria feliz?

— Ai, meu Deus, eu gostaria muito de poder falar com ele. Talvez seja porque já desejei tanto isso e esperei que talvez um dia fosse possível.

— Eu sei, menina. Sei como é. Talvez exista algo aí. Eu não sei. Mas conheci meia dúzia de falsos médiuns no ano passado e são vigaristas, todos eles. Estou dizendo, não passa de show business. As pessoas acreditam que podemos ler mentes. Tudo bem. Acreditam quando eu digo a elas que "a ação judicial vai dar certo". Não é melhor dar esperança a elas? O que um pastor comum faz todo domingo? Só que ele faz apenas promessas. Nós fazemos mais do que isso. Nós oferecemos provas!

— Eu... querido, eu simplesmente não posso.

— Mas você não precisa fazer *nada*! Vou cuidar de todos os efeitos. Tudo o que precisa fazer é entrar em um gabinete, e pode até dormir, se quiser. Deixe todo o resto comigo.

— Mas e se formos pegos? Não posso evitar... acho muita maldade. Lembra quando eu contei, na noite em que você... você me pediu para ser sua parceira... sobre ter escrito com giz na lápide do meu pai "Ele nunca foi desleal com um amigo"? Eu estava morrendo de medo no cemitério e fiquei com medo o tempo todo até tocar na lápide do meu pai. E daí comecei a chorar e repeti o nome dele várias vezes, como se ele pudesse me ouvir, e então, de certo modo, senti que ele realmente podia. Estava certa de que podia.

— Tudo bem. Pensei que fosse mesmo filha dele. Pensei que tivesse coragem suficiente para fazer algo que te daria o tipo de vida que ele gostaria que tivesse. Com alguns anos nesse ardil e apenas um trabalho grande, já podemos parar. Parar de viajar pelo país todo com essa armação e sossegar. E vamos... vamos nos casar. E ter uma casa. Alguns cachorros. Vamos... ter um filho.

— Não minta, querido.

— Estou falando sério. Não acha que quero um filho? Mas é preciso ter dinheiro. Muito dinheiro. E depois Flórida no inverno e a criança sentada no meio de nós na tribuna principal, enquanto as outras pessoas saem correndo e brigam para ficar na frente quando as portas se abrirem. É o tipo de vida que eu quero e já planejei minhas estratégias para conseguir, todas elas. Recebi meu certificado de ordenação hoje. Amor, você está na cama com um sacerdote oficial. Aposto que nunca pensou que um dia se deitaria com um reverendo! Semana passada, encomendei uma roupa no alfaiate – preta, de tecido de lã. Comprei um colarinho clerical e tudo. Posso usar um par de luvas pretas e um capuz preto e trabalhar sob uma luz vermelha, com uma daquelas lâmpadas de câmara escura – e ninguém vai ver nada. Comprei até botões de tecido para não refletirem luz. Vou dizer uma coisa, a estrutura está perfeita. Sabia que um suposto médium nunca vai preso? Se é detido, os idiotas o cercam e começam a inventar todo tipo de álibi. Acha que sou trouxa de sair brincando com comitês científicos ou quaisquer outros homens inteligentes que possam estragar meu trabalho? Escolha bem o público e poderá vender qualquer coisa. E tudo que *você* vai ter que fazer é ficar lá parada, com as senhoras te admirando e agradecendo no final por todo o consolo que trouxe a elas. Mas, se vai amarelar, posso fazer sozinho. Você pode voltar para o parque itinerante, encontrar outro show erótico e começar tudo de novo.

— Não, querido. Eu não quis dizer...

— Bem, pois estou falando sério. Estou falando muito sério. Um caminho leva a muita grana e classe e um filho e roupas que vão te fazer parecer uma estrela de cinema. O outro caminho leva ao parque itinerante, a ficar rebolando e mostrando a bunda para um bando de grosseirões por mais alguns anos. E depois o quê? Você sabe o quê. Decida-se.

— Apenas me deixe pensar um pouco. Por favor, querido.

— Você já pensou. Não me obrigue a fazer nada que não quero fazer. Veja, querida, eu te amo. Você sabe disso. Não, não se afaste. Fique quieta. Eu disse que te amo. Quero um filho seu. Entendeu? Coloque o outro braço em volta de mim. Como nos velhos tempos, não é, menina? Isso. Está gostando? Sei que está. Isso é o paraíso, menina. Não estrague tudo.

— Ah, querido, querido, querido.

— Assim está melhor. E você vai fazer o que pedi? Diga que vai. Diga que sim, amor.

— Sim. Sim... faço qualquer coisa.

Na antiga casa de pedras cinza próxima à Riverside Drive, Addie Peabody (sra. Chisholm W.) abriu, ela mesma, a porta. Tinha dado a noite de folga a Pearl, que havia saído de bom grado, tendo em vista o que aconteceria.

Os primeiros a chegar foram o sr. e a sra. Simmons, e a sra. Peabody os levou para a sala de visitas.

— Sinceramente, estava louca para conversar com alguém. Achei que a tarde não passaria nunca. Pensei em ir à matinê, mas sabia que não conseguiria prestar atenção a nada de tão empolgada que estava com a noite de hoje. Dizem que essa médium nova é simplesmente excelente... e também muito jovem. Dizem que ela não tem um pingo de educação formal, é tão espontânea e natural, e ouvi dizer que trabalhava como dançarina, mas isso não importa. Uma das coisas mais estranhas é que esse dom recai sobre pessoas de todos os tipos e, com frequência, entre os mais humildes. Tenho certeza de que nenhum de nós jamais desenvolveria o potencial total, embora digam que o reverendo Carlisle é simplesmente maravilhoso nessas sessões de desenvolvimento. Tenho uma amiga que está fazendo o desenvolvimento com ele há quase um ano e notou alguns fenômenos surpreendentes na própria casa, quando não havia uma única alma além dela ali. Ela é simplesmente louca pelo sr. Carlisle. Diz que é muito sincero e receptivo.

Chegando em grupos de dois e três, o restante dos convidados se reuniu. O sr. Simmons fez uma ou duas piadas, apenas para animar um pouco o ambiente, mas foram todas de bom gosto e nada ofensivas, pois, afinal, deve-se acessar uma sessão espírita com alegria no coração, e todas as pessoas precisam estar em sintonia, ou é provável que os fenômenos sejam escassos e um tanto quanto decepcionantes.

A campainha tocou com uma nota firme, insistente, repleta de autoridade. A sra. Peabody se apressou, dando uma olhada rápida no espelho da entrada e ajeitando a cinta antes de abrir a porta. Do lado de fora, a luz sobre a porta iluminava a cabeça de duas pessoas. A primeira era uma mulher alta, de aparência dramática e vinte e poucos anos, vestida de forma um tanto quanto chamativa. Mas o olhar da sra. Peabody passou rapidamente por ela e pousou sobre o homem.

O reverendo Stanton Carlisle tinha cerca de trinta e cinco anos. Segurava um chapéu preto, e a luz lhe conferia aos cabelos um brilho dourado – como o sol, ela pensou. Para ela, Carlisle parecia Apolo.

A sra. Peabody notou de imediato que ele vestia roupas de clérigo, com um colete preto e colarinho clerical. Era o primeiro sacerdote espírita que ela via usando trajes clericais, mas ele tinha uma aparência tão distinta que não pareceu nem um pouco ostentoso; qualquer um o tomaria por episcopal.

— Ah, sr. Carlisle, sabia que eram vocês. Tive essa impressão assim que tocaram a campainha.

— Estou certo de que vamos estabelecer uma excelente harmonia vibracional, sra. Peabody. Deixe-me apresentar nossa médium, Mary Margaret Cahill.

Dentro da casa, a sra. Peabody apresentou os dois aos outros. Serviu chá, e era tudo tão inglês – como receber o vigário em casa, ela pensou. A srta. Cahill era uma garota de aparência doce, afinal algumas pessoas não tinham culpa de nascer em situações menos privilegiadas. Ela provavelmente fez o melhor que pôde com o que tinha. Mesmo parecendo um pouco vulgar, era muito bonita e tinha uma expressão peculiar, abatida, que tocou o coração da sra. Peabody. A mediunidade exige tanto deles – temos uma dívida tremenda com todos.

O sr. Carlisle era charmoso e havia algo em sua voz que mexia com as pessoas, como se ele estivesse falando apenas com você mesmo quando se dirigia aos outros. Ele era muito compreensivo.

Finalmente, a sra. Peabody se levantou.

— Devo tocar algo? Sempre digo que não há nada como ter um órgão antigo na família. Eles têm um som tão melodioso, muito mais agradável que o do piano.

Ela se sentou diante do instrumento e tocou um acorde. Tinha que mandar lubrificar os pedais; o esquerdo estava rangendo um pouco. A primeira peça que tocou foi "The Old Rugged Cross", e, um por um, os convidados foram se juntando a ela. O sr. Simmons revelou-se um belo barítono.

O reverendo Carlisle pigarreou.

— Sra. Peabody, será que se lembra daquele hino esplêndido chamado "On the Other Side of Jordan"? Era o preferido de minha santa mãe, e eu adoraria ouvi-lo.

— Claro que me lembro. E está no hinário.

O sr. Simmons se ofereceu para liderar, posicionado ao lado do órgão, com os outros cantarolando:

*On the other side of Jordan*
*In the sweet fields of Eden*
*Where the Tree of Life is blooming*
*There is rest for me.*

*There is rest for the weary,*
*There is rest for the weary,*
*On the other side of Jordan*
*There is rest for me.*²

Os olhos da sra. Peabody ficaram marejados quando o hino terminou, e ela soube que aquele era o momento oportuno. Ficou em silêncio sobre o banco, então fechou os olhos e deixou os dedos encontrarem os acordes. Todos cantaram com delicadeza.

*Shall we gather by the river,*
*The beautiful, the beautiful river.*
*Yes, we shall gather by the river*
*That flows by the throne of God.*³

Ela tocou os acordes do "Amém" suavemente, esticando-os, e depois se virou para o reverendo Carlisle. Seus olhos estavam fechados; ele estava sentado com as costas eretas e rígidas e as mãos apoiadas sobre os joelhos das calças de tecido de lã preta. Quando falou, manteve os olhos fechados.

— Nossa anfitriã nos ofereceu um ótimo gabinete. O nicho entre o órgão e a parede vai servir muito bem. E acredito que possamos fechar algumas cortinas. Vamos todos nos recompor com humildade no coração, em silêncio, e na presença de Deus, que ocultou essas coisas dos sábios e prudentes e as revelou aos ingênuos. Eu evoco o Espírito de Luz Eterna, que alguns chamam de Deus Pai e outros chamam de Espírito Santo; que, segundo a crença, viveu no mundo físico como nosso Senhor e Salvador, Jesus Cristo; que falou com Gautama sob a Árvore de Bodhi e lhe deu a iluminação, cujo louvor foi ensinado pelo último dos grandes santos da Índia, Sri Ramakrishna. Não se espantem com o que vamos tentar fazer, pois está chegando a hora em que todos que estão

---

2. Em tradução livre: Do outro lado do rio Jordão/ Nos agradáveis campos do éden/ Onde a Árvore da Vida floresce/ Eu poderei repousar./ Os combalidos poderão repousar,/ Os combalidos poderão repousar,/ Do outro lado do Rio Jordão/ Eu poderei repousar. (N.T.)
3. Em tradução livre: Devemos nos reunir às margens do rio,/ Do belo, belo rio./ Sim, devemos nos reunir às margens do rio./ Que corre perto do trono de Deus. (N.T.)

nas covas vão ouvir a voz dele e aparecer. Muitos dos que dormem debaixo da terra devem acordar, mas alguns que fizeram o mal em seus dias sobre a terra devem renascer e permanecer entre os vivos para mais um ciclo de existência. Nenhum espírito que já retornou fala do fogo do inferno, mas sim de renascimento e uma nova chance. E, quando um homem praticou muito o mal, ele não desce em um poço de tormento eterno, mas fica vagando entre os mundos, nem terreno, nem libertado; pois o Senhor, sendo cheio de compaixão, perdoa suas iniquidades. Ele se lembra de que eles não passavam de carne e osso, um vento que passou e não volta mais até que as preces e a fé dos libertados e dos vivos causem sua absorção pela Alma Universal de Deus, que está em todas as coisas e do qual tudo é feito. Pedimos que o Grande Doador de Amor entre em nossos corações e nos transforme em criancinhas, pois sem inocência não podemos admitir aquelas presenças que se aproximam de nós, ansiosas para falar conosco e ter sua proximidade notada. Pois está escrito: "Ele abriu os céus e desceu; nuvens escuras estavam sob seus pés. Montou um querubim e voou, deslizando sobre as asas do vento". Amém.

Ele abriu os olhos e a sra. Peabody notou que nunca havia visto olhos tão azuis ou um olhar tão parecido com o de uma águia. Ele emanava potência espiritual, dava para sentir.

O espírita continuou:

— Deixe a sra. Simmons sentar mais perto do gabinete, do outro lado. Sra. Peabody, do lado oposto, diante do órgão que toca tão belamente. Eu vou sentar aqui, ao lado dela. O sr. Simmons, ao lado de sua esposa.

Uma poltrona foi levada para o nicho para a srta. Cahill se sentar com a coluna reta, os joelhos bem próximos e os dedos das mãos entrelaçados. O reverendo Carlisle entrou no nicho.

— Tem certeza de que se sente bem para isso esta noite, minha querida?

A srta. Cahill sorriu corajosamente para ele e fez que sim com a cabeça.

— Pois bem. Está entre amigos. Ninguém aqui vai romper o círculo. Não há céticos para colocar sua vida em perigo inundando-a repentinamente com luz. Ninguém vai se mexer da cadeira, uma vez que isso é perigoso para as linhas de vibração. Quaisquer emanações ectoplásmicas vindas de seu corpo serão cuidadosamente observadas, mas não tocadas, então você não tem nada a temer. Está perfeitamente confortável?

— Sim. Confortável. Bem.

— Muito bem. Gostaria de música?

A srta. Cahill fez que não com a cabeça.

— Não. Eu me sinto tão... tão sonolenta.

— Relaxe, cara amiga.

Ela fechou os olhos.

A sra. Peabody saiu na ponta dos pés, apagando todas as lâmpadas, exceto uma.

— Devo fechar as cortinas do gabinete?

Carlisle fez que não com a cabeça.

— Vamos primeiro tê-la conosco. Sem ninguém entre nós. Vamos formar o círculo.

Em silêncio, todos foram para os seus lugares. Minutos se passaram; uma cadeira rangeu e um carro passou na rua. Atrás das cortinas de veludo que bloqueavam a luz de fora, ele soou fora do tom e impertinente. O reverendo Carlisle parecia em transe.

Toc!

Todos se surpreenderam e então sorriram e acenaram com a cabeça.

Toc!

Carlisle perguntou:

— Ramakrishna?

Três batidas rápidas foram a resposta.

— Nosso querido professor... nosso amado *guru* que nunca nos deixou em espírito... nós o saudamos no amor de Deus, que você disseminou tão divinamente enquanto esteve na Terra. Poderia falar conosco pelos lábios de nossa querida médium, Mary Cahill?

A srta. Cahill se movimentou na poltrona e sua cabeça caiu para trás. Os lábios se abriram e a voz saiu com suavidade, como se viesse de muito longe.

— O corpo de um homem é uma cidade para a alma, contendo o palácio do coração que, por sua vez, contém o lótus da alma. Dentro de suas flores estão contidos o céu e a terra, o fogo e a água, o Sol e a Lua, os raios e as estrelas.

A voz dela tornou-se monótona, como se fosse a transmissora das palavras de outrem.

— Ele, cuja visão é obnubilada pelos véus de maia, vai perguntar a esta cidade: "O que resta dela quando a velhice a cobrir e dispersar; quando se desfizer em pedaços?". A que o iluminado responde: "Na velhice do corpo, a alma não envelhece; com a morte do corpo, ela não é morta". Há um vento soprando entre as palavras, espalhando as pétalas da flor de lótus pelas estrelas.

Ela parou e soltou um longo suspiro, pressionando as mãos nos braços da poltrona e depois as deixando cair sobre as pernas.

— Nosso guia falou — Carlisle disse calmamente. — Podemos esperar muita coisa da noite de hoje, estou certo disso.

A srta. Cahill abriu os olhos, depois pulou da cadeira e começou a andar pela sala, tocando nos móveis e as paredes com a ponta dos dedos. Ela se virou para o reverendo Carlisle.

— Importa-se se eu vestir algo mais confortável?

O reverendo assentiu com a cabeça.

— Meus amigos, sempre foi meu objetivo apresentar testes de mediunidade sob condições tais que a mínima suspeita de fraude seja impossível. Devemos encarar a verdade: há médiuns fraudulentos que se aproveitam das mais nobres e puras emoções conhecidas pelo homem. E eu insisto que os dons de Mary Cahill sejam retirados da categoria de mediunidade ordinária. Ela é capaz, às custas de sua força, é verdade, de trabalhar sob uma luz fraca. Gostaria que algumas das mulheres aqui presentes a acompanhassem enquanto ela troca de roupa para garantir que não haja nenhuma chance de fraude ou trapaça, que não haja nada escondido. Sei que vocês não cultivaram esse tipo de pensamento nem por um instante, porém, para espalhar a palavra do espiritismo, devemos ser capazes de dizer ao mundo, e a nossos críticos mais hostis, eu *vi*. E foi testado e comprovado.

A sra. Peabody e a sra. Simmons se levantaram, e a srta. Cahill sorriu para elas e aguardou. Carlisle abriu uma pequena valise e tirou uma túnica de seda branca e um par de chinelos brancos. Entregou-os à médium e as mulheres saíram.

A sra. Peabody mostrou o caminho para o próprio quarto.

— Aqui, querida. Troque de roupa aqui dentro. Vamos esperar lá embaixo.

A srta. Cahill fez que não com a cabeça.

— O sr. Carlisle quer que vocês fiquem. Eu não me importo nem um pouco.

As mulheres se sentaram, completamente mudas devido ao constrangimento. A médium tirou lentamente o vestido e a combinação. Desenrolou as meias de seda e as colocou ao lado dos sapatos, de maneira ordenada. Quando ela se despiu totalmente diante das duas, sacudindo a túnica sem pressa, uma tristeza tomou conta da sra. Peabody, profunda e inominada. Ela viu a mulher nua, sem nenhuma vergonha, na castidade repleta de babados do próprio quarto, e um nó se formou em sua garganta. A srta. Cahill era tão linda e tão inocente, e estava ali parada com sua mente, ou certamente parte de sua mente, bem distante, naquela terra misteriosa para onde foi viajar. Foi com arrependimento e uma sensação que tivera quando era uma garotinha e a última cortina se fechava em uma peça que ela observou a srta. Cahill finalmente se cobrir com a túnica e amarrar o cordão, deixando-o um pouco frouxo. Ela calçou os chinelos e sorriu para as duas mulheres. A sra. Peabody se levantou, alisando o vestido.

— Minha querida, que bom que veio até nós. Ficamos muito gratos.
— Ela acompanhou as outras até o andar de baixo.

Na sala, todas as luzes estavam apagadas, exceto por uma lamparina a óleo com vidro em um tom de vermelho que o clérigo havia levado. Ela fornecia luz suficiente apenas para cada pessoa enxergar o rosto das outras.

O reverendo Carlisle pegou a médium pela mão e a conduziu até a poltrona que estava no nicho.

— Vamos tentar primeiro sem fechar as cortinas.

Eles formaram o círculo, aguardando com paciência e devoção. Mary Cahill estava de olhos fechados. Ela gemeu e afundou na cadeira, contorcendo-se de modo que sua cabeça ficou apoiada no encosto. Um lamento baixo veio bem do fundo dela, que se contorceu novamente e iniciou uma respiração pesada. O cordão da túnica branca se soltou e as pontas adornadas com franjas caíram sobre o tapete. De repente, seu corpo se arqueou e a túnica se abriu.

Com um rápido suspiro, todos os presentes se inclinaram para a frente.

— Sra. Peabody, importa-se? — A voz do reverendo era como uma bênção.

Ela se apressou, sentindo o calor no rosto, e fechou a túnica, amarrando o cordão com firmeza. Não resistiu e deu uma batidinha terna na mão da garota, mas a médium parecia inconsciente.

Quando ela voltou para sua cadeira, olhou para o reverendo Carlisle. Ele estava sentado com a coluna ereta, os olhos fechados e as mãos imóveis sobre os joelhos. Na penumbra da luz vermelha, seu rosto, sobre o colarinho sério, parecia pairar no ar; suas mãos estavam tão inertes que pareciam feitas de papel machê. Salvo o círculo indistinto de rostos, a única outra coisa visível na sala era a médium de túnica branca. Seus cabelos eram parte da escuridão.

Lenta e calmamente, sons de espíritos começaram a surgir. Batidas rápidas, depois pancadas mais altas. Algo fez os cristais do lustre tilintarem e suas vozes musicais continuaram por alguns minutos, como se uma mão fantasmagórica estivesse brincando com eles – como uma criança poderia brincar com eles se pudesse flutuar até o teto.

A sra. Simmons falou primeiro, em um tom de voz abafado e surpreso:

— Estou vendo uma luz.

Estava lá. Uma fagulha esverdeada pairou próxima ao chão, ao lado da sra. Peabody, e depois desapareceu. A sra. Peabody sentiu uma brisa – a brisa psíquica sobre a qual *Sir* Oliver Lodge havia escrito. Então, movimentando-se mais acima, no ar, pela sala, outra luz. Ela inclinou um pouco os óculos para ter uma visão mais focada. Era uma mão com o dedo indicador em riste, como se apontasse para o céu. Ela desapareceu.

As sombras agora pareciam se movimentar com luzes, mas algumas, ela sabia, estavam nos próprios olhos. Na vez seguinte, no entanto, todos viram. Pairando próximas ao chão, diante da médium, havia uma massa brilhante que parecia vir do nada. Ela tomou forma e cresceu diante dela e, por um instante, lhe obscureceu o rosto.

Ela ficou mais brilhante e a sra. Peabody distinguiu as feições de uma garotinha.

— Caroline! *Carol*, querida… é você?

O sussurro era calmo e terno:

— Mãe. Mãe. Mãe.

E se foi. A sra. Peabody tirou os óculos e secou os olhos. Finalmente Caroline havia se manifestado para ela. A imagem perfeita da menina! Eles pareciam permanecer da idade que tinham quando fizeram a passagem. Dessa forma, Caroline ainda teria dezesseis anos, bendita seja.

— Carol... não vá embora! Não vá, querida! Volte!

Escuridão. A lamparina falhou, a chama se apagou e a escuridão total os envolveu. Mas a sra. Peabody nem notou. Seus olhos estavam bem fechados para conter as lágrimas.

O reverendo Carlisle falou:

— Alguém pode acender as luzes?

O brilho alaranjado destacou-se de maneira radiante, mostrando o reverendo ainda sentado com as mãos sobre os joelhos. Ele se levantou e se aproximou da médium. Com um lenço, limpou-lhe o canto dos olhos e dos lábios. Ela abriu os olhos e se levantou, cambaleante, sem dizer nada.

O espírita firmou o braço dela e então ela sorriu uma vez para os presentes.

— Deixe-me ir lá para cima — ela disse, ofegante.

Quando ela subiu, as pessoas se reuniram ao redor do reverendo Stanton Carlisle, apertando sua mão e falando todas ao mesmo tempo para liberar a tensão.

— Meus caros amigos, esta não é nossa última noite. Vejo muitas outras no futuro. Devemos, de fato, explorar o Outro Lado juntos. Agora, preciso ir assim que a srta. Cahill estiver pronta. Temos que cuidar de nossa médium. Vou encontrá-la lá em cima agora e devo pedir que permaneçam aqui e não se despeçam. Ela esteve sob uma tensão tremenda. Vamos sair em silêncio.

Ele sorriu para eles e fechou a porta discretamente. Sobre a mesa havia um envelope azul: "Para nossa médium, como sinal de nossa apreciação". Em seu interior, um cheque da sra. Peabody no valor de setenta dólares.

— Dez paus por cabeça — Stan disse para si mesmo e amassou o envelope. — Prepare-se, senhora, você ainda não viu nada.

No andar de cima, ele entrou no quarto da sra. Peabody e fechou a porta. Molly estava vestida, penteando os cabelos.

— Bem, menina, nós os impressionamos. E com a luz acesa o tempo todo e a médium visível. Aquela coisa da túnica foi excelente. Nossa, que distração! Eles não conseguiriam desviar os olhos nem se soubessem o que eu estava fazendo.

Do colete, ele tirou duas réplicas em papel machê de mãos masculinas e duas luvas pretas. De um bolso grande no interior do casaco, saiu um pedaço de cartolina preta, na qual estava colada a foto de uma atriz de cinema recortada da capa de uma revista e coberta de tinta luminosa. Da manga, tirou um bastão retrátil de aço. Embrulhando todo o equipamento com a túnica branca, ele guardou tudo na valise que havia levado para cima. Depois levantou o sapato, tirou uma tachinha de cabeça iluminada do peito do pé, jogou-a lá dentro e fechou a mala.

— Está pronta, menina? É melhor endossar esse cheque antes que eu esqueça. São só setenta mangos, mas, querida, estamos apenas começando. Já deixei tudo combinado para descermos e sairmos sem muitos cumprimentos e essas baboseiras. Amor, da próxima vez, vamos mandar ver na velhota.

Os lábios de Molly estavam tremendo.

— Stan, a sra. Peabody é extremamente gentil. Eu... eu não posso continuar com esse tipo de coisa. Simplesmente não posso. Ela quer tanto falar com a filha, e tudo o que você pôde fazer foi sussurrar algumas palavras para ela.

O reverendo Stanton Carlisle era um sacerdote espírita ordenado. Havia começado enviando dois dólares e uma declaração juramentada, dizendo que recebera mensagens de espíritos, à Aliança Espírita Unida, e assim ganhado um certificado de médium. Para tirar o certificado de sacerdote, havia enviado cinco dólares e sido entrevistado por um sacerdote ordenado que entregou sua tribuna ao Candidato Carlisle por alguns minutos em uma noite de quinta-feira. As mensagens foram afáveis e o novo sacerdote do evangelho espírita foi ordenado. Ele agora podia celebrar casamentos, conduzir cerimônias religiosas e enterrar os mortes. Ele jogou a cabeça para trás e riu em voz baixa.

— Não se preocupe, menina. Ela vai ter notícias da filha. E vão ser mais que sussurros. E vai vê-la também. Esse esquema com as luzes acesas e a médium à vista o tempo todo foi só para convencê-los. Da próxima vez que trabalharmos com esse grupo, vai ser em uma sessão espírita escura regular ou com uma cortina sobre o gabinete. E sabe quem vai proporcionar à sra. Peabody a grande emoção de falar com a filha? Veja se consegue adivinhar.

— Não. Eu não, Stan. Eu não posso.

Ele ficou muito sério de repente.

— Não quer que eu conte para todas aquelas boas pessoas que estão lá embaixo que fui enganado por uma médium fraudulenta, quer, docinho? Eles estão comendo na sua mão, minha pequena dançarina burlesca. E, quando chegar a hora, você vai ser um fantasma que fala. Vamos, menina. Vamos dar o fora daqui. Quanto antes eu me livrar desta mala de equipamentos, mais cor-de-rosa a vida vai ficar. Acha que é a única nesse espetáculo que fica com medo?

Os convidados ficaram até mais tarde para jantar. A sra. Peabody havia se recuperado do choque de reconhecer sua filha e estava desfiando elogios à nova médium e seu mentor, o reverendo Stanton Carlisle.

— Sabe, tive um nítido pressentimento no momento em que aquele homem tocou a campainha, no instante exato. E, quando abri a porta, lá estava ele com a luz brilhando sobre os cabelos... exatamente como um halo no sol, o efeito de um halo perfeito. Ele parece Apolo, eu disse a mim mesma. Foram exatamente essas as palavras.

Quando os outros foram embora, Addie Peabody estava agitada demais para dormir. Por fim, vestiu um penhoar e desceu, sentindo constantemente a presença de Caroline ao seu lado. Diante do órgão, deixou as mãos recaírem sobre o teclado, e os acordes soaram muito espirituais e inspirados. Certamente havia uma nova qualidade em sua música. Então, sob seus dedos, uma melodia tomou forma e ela tocou com os olhos fechados, de memória:

*On the other side of Jordan*
*In the sweet fields of Eden*
*Where the Tree of Life is blooming*
*There is rest for me.*

CARTA IX

# O SACERDOTE

*Eles ajoelham diante do sacerdote, portador da coroa tripla e das chaves.*

O rosto flutuava no ar, etéreo em seu esplendor esverdeado, mas era o rosto de uma garota e, quando ele falava, Addie podia ver os lábios se moverem. Logo os olhos se abriram, dolorosamente escuros e vazios. Então as pálpebras reluzentes voltaram a se fechar; veio a voz:

— Mãe... Eu te amo. Quero que saiba.

Addie engoliu em seco e tentou controlar sua garganta.

— Eu sei, querida. Carol, meu amor...

— Pode me chamar de Caroline... agora. Foi o nome que me deu. Deve ter amado esse nome um dia. Fui tão tola em querer um nome diferente. Entendo tantas coisas agora.

A voz foi ficando mais fraca conforme o rosto recuava no escuro. Então seu brilho mudou e diminuiu até virar uma poça de luz perto do chão. E desaparecer.

A voz sussurrou novamente, dessa vez amplificada pela trombeta de metal que havia sido colocada no gabinete com a médium.

— Mãe... tenho que voltar. Tome cuidado... Há forças do mal aqui também. Nem todos nós somos bons. Alguns são perversos. Eu os sinto à minha volta. Forças perversas... Mãe... Adeus.

A trombeta bateu no suporte para partituras do órgão e caiu no chão. Rolou até o pé da cadeira de Addie e parou. Tateando, ela a pegou com avidez, mas estava silenciosa e fria, exceto pela parte mais estreita, onde estava morna devido aos lábios de Caroline.

As batidas que os havia perturbado nas duas últimas noites tiveram início e saltavam das paredes, do órgão, do encosto da própria cadeira, do chão, de todos os lados. Batiam em cadências e ritmos ridículos, os mesmos usados por crianças mal-educadas para atormentar o professor.

Um vaso caiu da prateleira sobre a lareira e estilhaçou sobre os ladrilhos. Addie gritou.

Os sons do reverendo Carlisle vinham da escuridão próxima a ela.

— Tenhamos paciência. Peço à presença que aqui compareceu espontaneamente que me ouça. Não somos hostis a você. Não lhe desejamos mal. Estamos aqui para ajudá-la a conseguir a libertação por meio de orações, se puder ouvi-las.

Uma batida no encosto da cadeira dele foi sua resposta.

A sra. Peabody sentiu a trombeta ser arrancada de suas mãos. Ela bateu no teto sobre sua cabeça, então uma voz saiu dela e as batidas e farfalhadas cessaram. A voz era baixa e vibrante, com um sotaque pronunciado.

— A forma como Deus se manifesta pela Ioga do Amor. — Era Ramakrishna, o espírito-guia. — Vocês, pequenos e maliciosos, dos planos mais baixos, ouçam nossas palavras de amor e cresçam em espírito. Não nos atormente, nem nossa médium, nem o doce espírito da garota que visitou sua mãe e foi afastada por vocês. Ouçam ao amor em nossos corações, que são cachoeiras vertendo seu amor para o mar distante que o grande coração de Deus. *Hari Om!*

Com a queda da trombeta no chão, a sala ficou imóvel.

Não porta, enquanto se despedia, o reverendo Carlisle segurou a mão de Addie com firmeza entre as suas.

— Temos que ter fé, sra. Peabody. Interferências de poltergeist não são fenômenos infrequentes. Às vezes é possível para nós, e nossos entes queridos desencarnados, superarmos tudo isso por meio da oração. Eu vou orar. Sua garotinha, Caroline, pode não ser capaz de nos auxiliar muito, mas tenho certeza de que ela vai tentar... desde seu lado do rio. E, agora, tenha coragem. Estarei ao seu lado mesmo depois que tiver ido embora. Lembre-se disso.

Addie fechou a porta da frente morrendo de medo da ampla casa vazia que tinha atrás e acima de si. Se ao menos arrumasse uma garota para dormir no emprego. Mas Pearl tinha ido embora, e então o casal norueguês e, depois deles, a velha sra. Riordan. Era impossível. E o sr. Carlisle disse que não seria bom ir para um hotel; os elementos se apegavam a pessoas e não a casas, e aquilo seria terrível. Em um hotel, na frente das arrumadeiras e dos carregadores e de todo mundo.

Além disso, aquela havia sido a casa de Caroline quando todos estavam vivos... *na vida terrena*, ela se corrigiu. Eles haviam comprado a casa quando Caroline tinha três anos. Pouco antes do Natal. E ela havia enfeitado a árvore de Natal no nicho em que a srta. Cahill sempre ficava durante as sessões espíritas. Addie tirou um lenço de *chiffon* da cintura e assoou o nariz. Era terrível que tudo aquilo tivesse que acontecer justo quando Caroline tinha começado a se manifestar tão maravilhosamente.

A poltrona ainda estava no nicho e Addie se sentou com cautela. Aquele canto já pertencia à srta. Cahill; ela o havia santificado por meio de seus sacrifícios e seu sofrimento apenas para permitir que Caroline falasse com eles e aparecesse por inteiro. Addie afundou mais o corpo na poltrona, tentando afastar a sensação de que aquela não era mais a *sua* casa. Tentou se lembrar do terceiro Natal de Caroline e dos presentes. Havia um pequeno telefone de madeira, ela recordou, e Caroline tinha passado o dia de Natal inteiro "telefonando".

Agora a casa não parecia mais um lar – pertencia a um estranho aterrorizante. Um espírito tolo, invejoso e rude, que quebrava coisas e batia nas vidraças até Addie achar que enlouqueceria. Estava por todo lado; não havia escapatória. Mesmo quando saía para fazer compras ou ver um filme, parecia sentir coisas rastejando sob sua pele. Ela havia tentado dizer a si mesma que eram apenas seus nervos, mas o sr. Carlisle havia mencionado uma vez um caso que tinha ajudado a exorcizar – em que o poltergeist realmente assombrava a pele de um homem. E agora ela tinha certeza. Teve um ataque de choro que fez as laterais de seu corpo doerem. Mas era um alívio. Era impossível se sentir pior, e aquilo, de certa forma, era um alívio.

A casa estava silenciosa, mas, durante a longa caminhada até o andar de cima, ela se sentiu observada. Não era algo que tivesse olhos, mas uma inteligência perversa que *via* sem olhar.

Addie Peabody trançou os cabelos às pressas e jogou um pouco de água no corpo, esfregando-o algumas vezes com uma toalha.

Na cama, tentou ler um dos livros que o reverendo Carlisle lhe havia dado sobre Ramakrishna e a Ioga do Amor, mas as palavras se misturavam e ela se via tendo que ler a mesma frase repetidas vezes, esperando que as batidas não começassem novamente. Eram apenas pancadas na vidraça, e, da primeira vez que aconteceram, ela correu e abriu a janela, achando que garotos estavam jogando pedrinhas. Mas não havia ninguém ali; as pensões do outro lado da rua estavam todas escuras e adormecidas, com janelas pretas como cavernas e as cortinas de renda encardidas de uma ou duas delas esvoaçando para fora com o vento da noite. Isso havia acontecido quase uma semana antes.

Toc!

Addie deu um salto e olhou no relógio sobre a mesa de cabeceira. Uma e dez. Apagou a luz de leitura e deixou aceso o abajur, com sua luminosidade opaca e a luz que brilhava através de delicadas letras recortadas: "Deus é amor".

Toc!

Addie acendeu a luz e olhou no relógio. Uma e vinte. Pegou o relógio compacto com estojo de couro nas mãos, forçando os olhos até ver que o ponteiro dos minutos estava realmente se movendo, lenta e inevitavelmente, como a própria vida passando. Largou o relógio, agarrou a colcha com as duas mãos e esperou. Uma e meia. Talvez não acontecesse de novo. Ah, por favor, Deus, eu tenho fé; tenho fé de verdade. Não deixe que...

Toc!

Ela vestiu o penhoar e correu para o andar de baixo, acendendo todas as luzes ao passar. Então o vazio da casa iluminada lhe causou arrepios. Apagou as luzes do andar de cima usando o interruptor do corredor, e a escuridão escadaria acima pareceu sufocá-la.

Na cozinha, Addie encheu uma chaleira, derramando água na manga, e a colocou sobre o fogão para fazer um chá. Um barulho na despensa a fez puxar o penhoar até o pescoço.

— Meu caro... — Ela se dirigiu ao ar, esperando, desejando que a ouvissem. — Não sei quem você é, mas deve ser um garotinho. Um garotinho malcriado. Eu... não quero puni-lo, meu caro. Deus... Deus é amor.

Um ruído no porão fez o chão sob seus pés tremerem. Ela estava com muito medo para descer e confirmar, mas sabia que a pá grande que ficava perto do aquecedor havia caído. Então, no silêncio da casa que estava com as luzes acesas no meio da cidade que dormia, ela ouviu outro ruído vindo de baixo; um som que fez com que cobrisse os ouvidos e corresse de volta para o andar de cima, deixando a chaleira apitando sobre o fogão.

Do porão, veio o arrastar metálico da pá de carvão, raspando no concreto em pequenos pulos, como se tivesse criado pernas como um caranguejo. Um centímetro por vez. Raspando. Raspando.

Dessa vez, ela pegou o telefone e conseguiu discar um número. A voz que atendeu estava abafada e indistinta, mas era como um xale quente jogado sobre seus ombros.

— Sinto muito por ouvir isso, sra. Peabody. Vou iniciar uma meditação intensiva agora mesmo, passar a noite em oração silenciosa, mantendo o pensamento. Acredito que os fenômenos não vão mais incomodá-la. Pelo menos esta noite.

Addie pegou no sono assim que voltou para a cama. Havia preparado uma xícara de chá e, por um instante, achou que tivesse ouvido um som vindo do porão, mas, mesmo que fosse verdade, não teria medo, pois o reverendo Carlisle agora estava com ela, em espírito.

Se ao menos ela pudesse convencê-lo a passar alguns dias na casa... Ela perguntaria mais uma vez.

A antiga casa de pedras cinza estava tão escura e silenciosa quanto as casas vizinhas. Um leiteiro, dirigindo em sua rota solitária, viu um homem de sobretudo escuro puxando o que parecia uma bela extensão de linha de pesca pela janela de um porão. Perguntou-se se não deveria chamar a polícia, mas o cara devia ser apenas um doido. Havia muitos deles naquela área.

A luz estava começando a aparecer na janela quando Molly Cahill se virou e encontrou Stan subindo na cama ao seu lado. Ela enterrou o rosto em seu pescoço por um instante e logo voltou a dormir. Sempre dá para sentir o perfume neles se estiveram com outra mulher. Era o que as pessoas diziam.

Addie Peabody acordou tarde e ligou para o reverendo Carlisle, mas ninguém atendia. Teve a estranha sensação de que o mesmo toque que ouviu em seu telefone também vinha de uma das pensões do outro lado da rua, mas atribuiu a seu estado de nervos. De qualquer modo, ninguém atendeu.

Um pouco mais tarde, quando abriu o armário de remédios para pegar o creme dental, encontrou lá dentro uma daquelas baratas marrons enormes, de quase oito centímetros, que voou em sua direção. Ela teve certeza de que o poltergeist a havia colocado ali só para infernizá-la.

No café da manhã, o leite estava com gosto de alho, e aquilo ela sabia que havia sido obra do poltergeist, porque eles sempre azedavam leite ou deixavam o leite de vaca com gosto de alho. E era um leite certificado da melhor marca. Ela se vestiu rapidamente e saiu. No salão de beleza, as conversas sobre a srta. Greenspan e sobre a secadora que estava superaquecendo foram tranquilas e calmantes. Addie se deu de presente um tratamento facial, fez as unhas e se sentiu melhor. Fez algumas compras e viu parte de um filme, até ficar agitada demais e ter que sair.

Era fim de tarde quando voltou. Mal havia guardado as coisas quando sentiu um cheiro de fumaça. Por um instante, ficou paralisada, sem saber se tentava descobrir o que estava pegando fogo ou se ligava para os bombeiros, e ficou entre as duas ideias por vários segundos, enquanto o cheiro se intensificava. Então viu que algo estava queimando no porta-guarda-chuva que ficava no corredor – muita fumaça e um cheiro horrível. Não estava causando nenhum dano, apenas soltando fumaça, e Addie levou o suporte de metal para o quintal. O odor era parecido com o de palitos de fósforo antigos. Era por isso que os antigos sempre diziam que o coisa-ruim aparecia em um estouro de fogo e enxofre – incêndios de poltergeist tinham cheiro de fósforo.

Minuto a minuto, a noite se aproximou. O fogo havia deixado seus nervos à flor da pele novamente; ela sempre teve um medo mortal de incêndios. E então as batidas começaram nas janelas e até no vitrô sobre a porta da frente.

Que alívio sentiu quando ouviu a campainha tocar e soube que eram o sr. Carlisle e a srta. Cahill. O casal Simmons não compareceria aquela noite e, com uma pequena pontada de culpa, Addie pensou naquilo com euforia – ela teria o sr. Carlisle apenas para si. Aquilo sempre parecia gerar os melhores resultados. Era difícil ter bons resultados com tantos conjuntos de vibração, mesmo sendo os Simmons tão queridos e devotos quanto quaisquer outros espíritas que ela conhecia.

A srta. Cahill parecia ainda mais cansada e abatida do que nunca, e Addie insistiu em lhe servir um copo de leite quente com Ovomaltine antes da sessão, mas aquilo não pareceu fortalecê-la. Pelo contrário, as linhas ao redor de sua boca ficaram ainda mais profundas.

Depois que ela tocou "On the Other Side of Jordan", o sr. Carlisle perguntou se Caroline tinha um hino preferido. Ela teve que dizer a verdade, que Caroline não era uma menina religiosa. Ela cantava hinos nas aulas de catecismo, é claro, mas nunca havia cantado nenhum em casa.

— Sra. Peabody, o que ela cantava em casa? Quer dizer... quais músicas de natureza séria? Uma antiga canção de amor, talvez?

Addie parou para pensar. Era incrível o que conseguia lembrar quando Carlisle estava lá; era como estar mais perto de Caroline só de conversar com ele. E então se lembrou.

— "Hark, Hark! The Lark at Heaven's Gate Sings"!

Ela se virou e tocou a música, calmamente no início e depois de maneira mais vibrante, preenchendo a sala de tal modo que até um prato de metal balançou em assonância. Tocou a canção várias vezes, ouvindo a voz jovem de Caroline, fina, mas afinada, por meio da explosão do órgão. Doíam-lhe as pernas de tanto apertar os pedais, até que ela parou.

O sr. Carlisle já tinha apagado todas as luzes e fechado as cortinas diante do gabinete. Ela assumiu seu lugar na cadeira de encosto reto ao lado dele, e ele apagou a última luz e deixou a escuridão fluir ao redor deles.

Addie se assustou quando ouviu o tilintar da trombeta, que estava sendo levitada. Então, bem de longe, veio um apito agudo e melodioso – como um pastor tocando flauta.

— ... *And Phoebus'gins arise, His steeds to water at those springs...*

Uma brisa fria soprou-lhe o rosto e então algo material lhe acariciou os cabelos. Do escuro, onde ela sabia que estava o gabinete, surgiu uma mancha de luz esverdeada. Ela tremia e saltava como uma bola sobre uma fonte, aumentando de tamanho, até que parou e se desdobrou como uma flor desabrochando. Depois ficou maior e tomou forma, parecendo tirar um véu do rosto. Era Caroline, pairando no ar, a alguns centímetros do chão.

A luz verde que era seu rosto ficou mais clara, até Addie conseguir distinguir suas sobrancelhas, a boca e as pálpebras. Os olhos estavam abertos, o vazio escuro e profundo desconjuntou o coração de Addie.

— Caroline, meu amor, fale comigo. Você está feliz? Você está bem, querida?

Os lábios se afastaram.

— Mãe... eu... preciso confessar uma coisa.

— Querida, não há nada para confessar. Eu te repreendi algumas vezes, mas não... Por favor, me perdoe.

— Não... eu preciso confessar. Não estou... não estou completamente liberta. Eu tinha pensamentos egoístas. Eu tinha pensamentos perversos. Sobre você. Sobre outras pessoas. Eles me mantêm em um plano mais baixo... onde as piores influências podem me atingir e me causar problemas. Mãe... me ajude.

Addie tinha levantado da cadeira. Ela cambaleou na direção da forma materializada, mas a mão do reverendo Carlisle segurou rapidamente seu pulso. Ela mal notou.

— Caroline, meu amor! Eu faço qualquer coisa... me diga o que fazer!

— Esta casa... seres perversos tomaram conta dela. Eles a tiraram de nós. Me leve embora.

— Querida... mas como?

— Vá para bem longe. Vá para um lugar quente. Para a Califórnia.

— Sim. Sim, querida. Fale para a mamãe.

— Esta casa... peça para o sr. Carlisle entregá-la para a igreja. Não vamos viver aqui nunca mais. Me leve para a Califórnia. Se você for, eu vou junto. Eu vou junto com você. E vamos ser felizes. Só quando esta casa for uma igreja eu vou poder ser feliz. Por favor, mãe.

— Ah, querida, é claro. Qualquer coisa. Por que não me pediu isso antes?

A forma estava ficando turva. Ela afundou, tremeluzindo, e a luz se extinguiu.

O casal no táxi era o de sempre: não paravam de falar. Nossa, que piada.

— ... e viveram felizes para sempre.

O taxista entrou entre um sedã e um ônibus, ralando o carro e fazendo o motorista resmungar, assustado.

— Sai da frente, seu idiota, filho da puta — ele gritou em resposta.

O casal começou a falar sem parar novamente e ele ficou ouvindo, só para rir.

— Estou dizendo, já estamos quase lá. Não percebe, querida? É aí que tudo começa. Com essa casa, posso armar efeitos do porão ao sótão. Posso organizar a segunda vinda de Cristo se eu quiser. E você foi ótima, meu amor, excelente.

— Stan, tire as mãos de mim.

— O que deu em você? Controle-se, menina. Que tal uma bebida antes de você ir para a cama?

— Eu disse para tirar as mãos de mim! Não aguento mais! Não aguento mais! Me deixe sair deste carro! Eu vou a pé. Está me ouvindo? Me deixe sair!

— Amor, é melhor se acalmar.

— Não vou me acalmar. Não vou subir lá com você. Não me toque.

— Ei, motorista, nós vamos descer. Bem ali, na esquina. Em qualquer lugar.

O taxista deu uma olhada rápida pelo retrovisor. Antes de assumir o controle do volante, quase bateu em um poste. Meu deus, o rosto da moça estava brilhando em verde-claro bem lá dentro de seu táxi!

Da coluna de Ed Wolfehope, "A artéria endurecida":

"[...] É uma viúva que tinha uma bela mansão antiga nos arredores da Riverside Drive. Sua única filha faleceu anos atrás e ela permaneceu na casa devido às lembranças. Recentemente, uma dupla de falsos médiuns 'materializou' a filha e ela disse para a mãe dar a casa para eles e se mudar para a Costa Oeste. Ninguém sabe quanto em dinheiro tiraram da viúva primeiro. Mas ela partiu em sua jornada radiante e corada – e se despediu com beijos dos dois vigaristas na estação de trem. E homens vão para a cadeia por não pagar pensão! [...]"

Do *The Trumpet Voice*:

"Ao editor:

"Um amigo me enviou recentemente a matéria de um colunista da Broadway sobre mim e o reverendo Stanton Carlisle; uma mentira do início ao fim. Quero dizer que não pode ter sido um engraçadinho com uma pistola de ar que provocou as batidas em minha janela. Estive de olhos abertos o tempo todo. E qualquer um que conheça qualquer coisa sobre Fenômenos Paranormais sabe tudo sobre incêndios causados por poltergeist.

"A srta. Cahill e o reverendo Carlisle são duas das pessoas mais queridas que já tive o privilégio de conhecer, e posso atestar que todas as sessões espíritas que conduziram foram sob condições rigidamente monitoradas, e nenhuma pessoa decente jamais sonharia em suspeitar de fraude. Na primeiríssima sessão, reconheci minha amada filha Caroline, que 'morreu' aos dezesseis anos, poucos dias antes de se formar no secundário. Ela voltou repetidas vezes em outras sessões e quase pude tocar seus cabelos dourados, penteados no mesmo estilo que ela usava quando faleceu. Tenho uma fotografia dela, tirada do anuário da escola, que mostra seus cabelos penteados daquela forma, e era algo que ninguém além de mim poderia saber.

"O reverendo Carlisle nunca disse uma palavra pedindo minha casa. Foi Caroline que me disse para entregá-la a ele, e na verdade tive dificuldade para convencê-lo a aceitar, de modo que Caroline teve que voltar e implorar a ele, até que ele cedeu. E estou feliz em dizer que aqui, na Califórnia, sob a orientação da reverenda Hallie Gwynne, Caroline está comigo quase diariamente. Ela não é mais tão jovem quanto era em Nova York, e sei que isso significa que ela está refletindo meu crescimento espiritual [...]"

O sol batia nos toldos listrados enquanto, seis andares sob eles, as ruas de Manhattan ziguezagueavam no calor que levantava do asfalto. Molly saiu da cozinha com três latas de cerveja gelada, e Joe Plasky, sentado no sofá exageradamente estofado, com as pernas amarradas em um nó diante do corpo, estendeu a mão calejada para pegar a bebida e sorriu.

— Isso é mesmo engraçado... nós vadiando no meio da temporada. Mas assim é o Hobart... muita gente metendo a mão na grana. O show é suspenso bem no meio da temporada.

Zeena ocupava uma poltrona ao lado da janela, abanando-se calmamente com uma cópia da *Variety*. Havia tirado a cinta e estava vestindo um antigo quimono de Molly que mal fechava no meio.

— Ufa! Não está um forno? Sabe, essa é a primeira vez que venho a Nova York no verão. Não invejo vocês aqui. Não é tão ruim em Indiana. Diga, Molly... — Ela tomou o último gole da cerveja e limpou a boca com o dorso da mão. — Se algum dia eles organizarem essa bagunça, por que não vem com a gente e fica até o fim da temporada? Você falou que Stan está trabalhando sozinho no número novo.

Molly se sentou ao lado de Joe e esticou as longas pernas; depois as encolheu debaixo do corpo e acendeu um cigarro, deixando o fósforo tremer um pouco. Estava vestindo um macacão velho e parecia uma criança, Zeena notou com certa tristeza.

— Stan está extremamente ocupado na igreja — disse Molly. — O pessoal é louco por ele. Ele faz leituras toda noite. Eu costumava ajudar com isso, mas ele diz que uma abordagem direta, usando truques de antecipação, é suficiente. E ele tem aulas de desenvolvimento todas as tardes. Eu... eu só fico numa boa.

Zeena apoiou a lata vazia no chão e pegou a cheia que Molly tinha colocado no parapeito da janela.

— Querida, você precisa se divertir. Por que não se arruma e vem com a gente? Conseguimos uma companhia para você. Conheço um rapaz ótimo que está trabalhando no Hobart Shows essa temporada... um apresentador interno. Vamos alugar um carro, chamar ele e jantar em algum lugar. Ele é um belo dançarino, e Joe não se importa de sair com um casal, não é, benzinho?

O sorriso de Joe Plasky, ao se virar para Zeena, aumentou. Seu olhar ficou mais suave.

— Grande ideia. Vou ligar para ele agora mesmo.

— Não, por favor, não se incomode — Molly disse rapidamente. — Eu estou bem. Não estou com vontade de sair nesse calor. Sério, estou bem.

Ela olhou para o pequeno relógio portátil de couro sobre a prateleira da lareira, presente de Addie Peabody. Então ligou o rádio. Quando os tubos se aqueceram, a voz ficou mais nítida. Era uma voz familiar, porém mais forte e grave do que Zeena jamais havia escutado.

— ... portanto, meus caros amigos, vocês podem ver que nossas alegações de evidências de sobrevivência são atestadas e baseadas em provas. Homens do calibre de *Sir* Oliver Lodge, *Sir* Arthur Conan Doyle, Camille Flammarion e *Sir* William Crookes não dedicaram suas vidas a um sonho, a uma quimera, a uma ilusão. Não, meus amigos ocultos, ouvintes de rádio, as provas gloriosas da sobrevivência recaem sobre nós em cada uma das mãos.

"Nós, da Igreja da Mensagem Divina, estamos satisfeitos e seguros em nossa fé. E é com a mais profunda gratidão que lhes agradeço, esplêndidos homens e mulheres de nossa congregação, por sua generosidade, que me permitiu trazer a vocês essa mensagem de domingo à tarde durante tantas semanas.

"Algumas pessoas pensam na 'nova religião do espiritismo' como uma seita fechada. Elas me perguntam: 'Posso acreditar no poder que nossos entes queridos têm de voltar e ainda assim não ir contra a fé de meus pais?'. Meus caros, as portas da Verdade Espiritual estão abertas a todos – é algo para cultivar perto do coração, *dentro* da igreja, da própria fé. Seja qual for sua crença, ela simplesmente será fortalecida, esteja você acostumado a adorar a Deus em uma assembleia, catedral ou sinagoga. Ou se você for um dos muitos que diz 'eu não sei' e então segue adorando inconscientemente, sob os arcos cobertos de folhas da grande Igreja do Ar Livre do Criador, tendo como coro apenas as notas nítidas do canto do pardal, o zizio de gafanhotos entre os galhos.

"Não, meus caros amigos, a verdade da sobrevivência está aberta a todos. É água fresca e pura que vai jorrar da rocha proibida da realidade ao toque de um cajado – a própria disposição para acreditar na evidência dos próprios olhos, dos próprios sentidos concedidos por Deus. Somos nós, da fé da sobrevivência, que podemos dizer com alegria e *certeza* em nosso âmago: 'Onde está, ó morte, o teu aguilhão? Onde está, ó inferno, a tua vitória?'."

O sorriso de Joe Plasky agora não passava de uma impressão muscular fraca em seu rosto; nada mais. Ele se inclinou diante de Molly e desligou o rádio com cuidado.

— Tem um baralho aí, menina? — ele perguntou, com o rosto voltando a ficar iluminado. — Um baralho que seja seu... do tipo com que seu pai jogaria. Do tipo que se lê de um lado só.

## CARTA X
# A LUA

*Sob sua luz fria, uivam
o cão e o lobo. E criaturas
rastejantes saem do lodo.*

No beco escuro com uma luz no fim, os passos o seguiam, chegando mais perto; eles o seguiam, e então sentiu o pânico de parar o coração quando algo lhe agarrou o ombro.

— ... mais ou menos daqui a quinze minutos. Pediu que eu o acordasse, senhor. — Era o assistente de vagões, sacudindo-o.

Stan se sentou como se uma corda o tivesse puxado, ainda com o pulso acelerado. Na luz do início da manhã, ficou vendo os campos passarem, tentando recuperar o fôlego, esquecer o pesadelo.

A cidade parecia menor, as ruas, mais estreitas e pobres, as construções, mais sujas. Havia novas placas luminosas, apagadas naquele amanhecer, mas as castanheiras na praça estavam exatamente iguais. A terra não envelhece tão rápido quanto as coisas feitas pelo homem. A cúpula do tribunal estava mais verde e as paredes haviam sido pintadas de um cinza mais escuro.

Stanton Carlisle atravessou lentamente a praça e entrou no hotel Mansion House, onde o Velho Woods dormia em um sofá de couro atrás do quadro de chaves. Bater no balcão fez com que despertasse, piscando os olhos. Ele não reconheceu o homem de ombros arrogantes e frios olhos azuis. Enquanto o reverendo Carlisle assinava o registro, ficou se perguntando se alguém o reconheceria. Fazia quase dezessete anos.

Do melhor quarto, com vista para a praça onde ficava o tribunal, Stan observou a cidade acordar. Pediu ao funcionário que levasse uma bandeja com bacon e ovos ao quarto e comeu devagar, olhando para a praça.

A Drogaria Marston estava aberta; um garoto saiu e esvaziou um balde de água suja na sarjeta. Stan ficou imaginando se seria o mesmo balde, depois de todos aqueles anos – seu primeiro emprego, durante as férias do secundário. Aquele garoto não havia nem nascido naquela época.

Ele tinha voltado, afinal. Poderia passar o dia vagando pela cidade, visitando os antigos cenários, e pegar o trem noturno e nunca se aproximar do velho.

Servindo-se de uma segunda xícara de café, o reverendo Carlisle olhou para o próprio rosto na superfície polida do bule prateado. Os cabelos estavam afinando nas têmporas, dando-lhe um "bico de viúva" que todos diziam que lhe conferia um ar distinto. Rosto mais cheio ao redor do queixo. Ombros mais largos, cobertos com tweed importado. Camisa cor-de-rosa, com abotoaduras feitas com antigos brincos de opala. Gravata de tricô preta. Eles só se lembrariam de um garoto de calças cáqui e jaqueta de couro, que ficava atrás da caixa-d'água esperando aparecer um vagão de carga com a porta aberta.

Dezessete anos. Stan tinha caminhado muito sem olhar para trás.

Que diferença fazia para ele se o velho estava vivo ou morto, se tinha se casado ou sofrido ou estourado uma artéria? Por que ele estava ali?

— Vou dar uma olhada rápida e depois dar o fora daqui hoje à noite mesmo — ele disse, vestindo o sobretudo. Pegando o chapéu e as luvas, desceu as escadas, uma antiga marcenaria escura com partes desgastadas nos degraus de mármore. Na varanda do Mansion House, parou para tirar um cigarro do estojo, protegendo a chama do isqueiro do vento de outubro.

As folhas de castanheira eram como uma chuva dourada sob o sol da manhã, caindo sobre a grama do parque, onde a fonte havia sido desligada até o fim do inverno. No centro, um garoto de bronze manchado, debaixo de seu guarda-chuva de bronze, sorria para a chuva que não caía.

Stan seguiu pelo sul do parque e pegou a Main Street. A Myers Brinquedos e Presentes havia se expandido para a loja ao lado. Na vitrine havia kits de construção de aviões com motores que funcionavam com elásticos. Tratores mecânicos. Uma fantasia que parecia um macacão vermelho, com uma pistola de brinquedo. Uma nova geração de brinquedos.

A loja de doces Leffert estava fechada, mas o caramelo continuava dourado sobre bandejas de metal na vitrine, com amêndoas prensadas, formando o desenho de pétalas de flores. O Natal era a época para comprar os caramelos da Leffert, não o outono. Exceto no outono em que ganharam da Childers Prep e ele levou um saco cheio deles para o jogo.

O vento soprava pela rua, fazendo as placas da lojas rangerem no alto. Os outonos estavam mais frios do que costumavam ser, mas já não caía tanta neve no inverno.

No limite da cidade, Stan olhou o campo verde. Antes havia uma casa de fazenda nas colinas. Deve ter sido incendiada ou derrubada. Escuro em contraste com o céu, o bosque Woods ficava depois da subida, longe demais para ir a pé; e qual seria o propósito de passar por tudo aquilo de novo? Ela já devia estar morta. Não importava. E o velho estava morrendo.

Stan avaliou se conseguiria pegar um ônibus para sair da cidade antes do horário do trem noturno. Ou poderia comprar várias revistas para ler no hotel. Já passava do meio-dia, mas ainda restava muito tempo.

Então, uma rua lateral o levou a caminhos familiares; aqui e ali, um terreno vazio, com um porão aberto onde costumava haver uma casa.

Ele não se deu conta de que estava andando tão rápido até que a visão da escola o fez parar de repente. Em um país de caixas de tijolos quadradas, algum gênio, já morto havia muito tempo, do conselho escolar havia decidido que a construção daquela escola seria diferente: pedra cinza e janelas grandes, como uma escola particular ou um colégio inglês. O gramado ainda era verde, e a hera sobre a passagem arcada tinha ficado vermelha com o passar do tempo.

Era uma noite fria de junho e Stan vestia um casaco azul e calças brancas; um cravo-branco na lapela. Sentado sobre a plataforma, ele observava o público enquanto o apresentador falava em um tom monótono. Seu pai estava lá, umas dez fileiras para trás. E sozinho. Havia casais por todos os lados, mas apenas seu pai, ao que parecia, estava sozinho.

— ... e, para Stanton Carlisle, a medalha Edwin Booth por excelência em leitura dramática.

Ele estava diante deles, mas não registrou os aplausos; não conseguia escutá-los. A empolgação sob as costelas era agradável. O poder dos olhares sobre ele o retirava do vazio escuro em que passara a noite afundado. Então, ao se virar, de repente ouviu os aplausos e viu seu pai, radiante, batendo as mãos com força, lançando olhares rápidos para a esquerda e para a direita, desfrutando do aplauso dos outros.

— Táxi! — Stan viu a antiga limusine se aproximar e fez sinal para ela. O motorista era Abe Younghusband, que não o reconheceu até ele passar o endereço.

— Ah, você deve ser o filho de Charles Carlisle, não é? Faz tempo que não te vejo por aqui.

— Dezesseis... quase dezessete anos.

— É mesmo? Bem, acho que muitas coisas melhoraram depois que você partiu. Ouvi dizer que agora você é pastor. Não é verdade, é?

— Mais o menos. Sou mais como um conferencista.

Eles saíram da estrada e entraram na rua familiar, com as árvores de bordo avermelhadas sob os raios do sol vespertino.

— Sempre achei que acabaria no palco. Ainda me lembro da apresentação que fez no Odd Fellows' Hall, quando pegou emprestado o relógio do chefe Donegan e fingiu que estava destruindo ele inteiro. O chefe ficou com uma cara impagável. Mas imagino que deve ter se cansado daquele tipo de coisa depois de um tempo. Meu garoto é muito bom com truques. Está sempre me pedindo para comprar umas coisas. Bem, aqui estamos. Ouvi dizer que Charlie está bem instável ultimamente. Parece que piorou na semana passada.

A casa parecia minúscula e deteriorada. Uma escadaria de madeira tinha sido construída em uma das laterais, e uma porta dava para o sótão. O pátio estava feio, com áreas sem grama; as árvores de bordo que costumavam encobrir a casa haviam sido cortadas. Ainda havia um retângulo no chão onde ficava a casinha de Gyp. A terra demora a esquecer.

A mulher que abriu a porta era robusta e tinha cabelos brancos. As linhas ao redor de sua boca lhe conferiam um ar petulante. Era Clara Carpenter; mas como tinha ficado gorda!

— Como vai, sra. Carpenter?

— Sra. *Carlisle*. Ah... — Seu rosto perdeu um pouco da cautela. — Você deve ser Stan Carlisle. Venha, entre. Seu pai já perguntou mais de dez vezes quando você chegaria. — Ela abaixou a voz. — Ele não está nada bem, e não consigo fazer com que ele fique na cama. Talvez você consiga convencê-lo a ir com calma. É problema no coração, sabe. — Ela gritou para o andar de cima: — Charlie, tem alguém aqui para ver você. — Para Stan, ela disse: — Acho que você sabe o caminho. Ele está no quarto grande. Eu subo daqui a pouco.

As escadas, o pular, os dois vasos ridículos sobre a prateleira, vistos através das portas duplas. A peça de metal que cobria a abertura da lareira. O papel de parede era outro e o corredor de cima parecia um pouco diferente, mas ele não parou para descobrir o que era.

O velho estava sentado em uma poltrona perto da janela, com uma manta de tricô sobre os joelhos; rosto enrugado, pescoço magro. Os olhos pareciam assustados e tristes.

— Stanton? — Charlie Carlisle movimentava-se com dificuldade, segurando com força nos braços da poltrona. — Stanton, venha até aqui e me deixe ver você de perto. Nossa, você... você não está tão diferente assim, filho. Só engordou um pouco. Você... você está muito bem, filho.

Stan tentou jogar os ombros para trás. Mas um peso os pressionava, um peso mortal que fazia seus joelhos tremerem. A vida parecia estar se esvaindo dele, vazando para o tapete sob os pés. Sentou-se em uma cadeira do outro lado da janela e se recostou, respirando fundo para tentar combater a exaustão excruciante.

— Eu não sabia que você tinha se casado com a Clara — Stan finalmente disse, pegando um cigarro e o acendendo. Ofereceu um ao pai, que recusou.

— O médico me fez diminuir o cigarro a só um por dia. Sim, eu fiquei um bom tempo solteiro depois que você foi embora. Eu... sempre achei que você entraria em contato, garoto, e então contaria. Clara é uma boa moça. Tem notícias da sua mãe?

As palavras saíram com muita dificuldade, de tão cansados que seus lábios estavam.

— Não. Nunca tive.

— Não estou surpreso. Acho que ela não nos achava interessantes o bastante. Como é que dizem hoje em dia? Glamour? Era isso que Cynthia queria. Glamour. Bem, se o encontrou, acho que não deve ter sobrado muito. — A boca se movia com rugas de amargura. — Mas me conte o que anda fazendo, Stan. Eu disse a Clara... é claro que ele vem. Contei que tivemos nossas diferenças, que está ocupado seguindo o próprio caminho. Eu disse "sei que ele vem se eu disser que não estou bem". Estou me sentindo muito melhor hoje, contudo. Disse ao médico que voltaria a trabalhar em um mês. Estou me sentindo muito melhor. Ouvi dizer que você é pastor, Stan. Clara escutou você falando no rádio um dia, ela disse. Foi assim que soubemos para onde enviar aquele telegrama.

O reverendo Carlisle descruzou as pernas e bateu as cinzas do cigarro em um vaso com samambaia.

— Sou mais como um conferencista. Mas tenho certificado de sacerdote.

O rosto do Carlisle mais velho se iluminou.

— Filho, fiquei mais feliz em ouvir isso de você, acredite, do que quaisquer notícias que ouvi em todos os domingos do mês. Você estudou no seminário? Ora, filho, eu queria que você estudasse. Estava disposto a desembolsar uma boa grana para pagar seus estudos. Você sabe disso. Só que, na época, você não conseguia enxergar esse caminho. Estava sempre mexendo com aquela baboseira de mágica. Fico feliz por você finalmente ter deixado aquilo de lado. Foi sua mãe que colocou aquelas ideias na cabeça ao comprar aquela caixa de truques. Nunca esqueci. Mas não sei nem sua denominação.

O reverendo Carlisle fechou os olhos. Seu tom de voz soava monótono aos próprios ouvidos.

— Não é uma igreja grande ou rica, pai. A Aliança Espírita Unida é dedicada a pregar a palavra de que a lama sobrevive à morte terrena, e que aqueles que ainda estão presos ao mundo material podem receber informações... daqueles que passaram às esferas mais elevadas.

— Está me dizendo que você é espírita? Acredita que os mortos retornam?

Stan forçou um sorriso, passando os olhos pelo teto, onde rachaduras formavam o contorno do rosto de um velho. O sol entrava pela janela e a noite se aproximava, mas não rápido o suficiente. Ele voltou com um impulso.

— Não vou tentar converter você, pai. Estou seguro de minha fé. Muitos outros compartilham da minha visão, mas não sou proselitista.

Seu pai ficou em silêncio por um tempo, um pouco incomodado. Parecia acenar de leve com a cabeça para a frente e para trás, uma fração de centímetro, um aceno rápido, rítmico, involuntário de fraqueza.

— Bem, cada um tem direito à própria fé. Não aprovo muito o espiritismo. Mas, se você está convencido, é isso que importa. O mercado imobiliário está arruinado aqui nesta cidade, filho. Se eu fosse mais novo, mudaria de área. A cidade está morrendo. Venho tentando convencer o Comitê de Aprimoramento Municipal a iniciar uma pequena campanha... transformar isso aqui em uma cidade boa, com contratação desvinculada de sindicatos, mais sensata. Para atrair a indústria. Mas eles não querem ouvir. Os valores das propriedades caíram... Ah, lá vem a Clara. Acho que já está quase na hora do jantar. Ficamos conversando demais.

— Vou lavar as mãos e já desço — Stan disse. A carga de exaustão... Havia um lugar em que ele podia deixá-la, em que ela podia escoar dele como um peso arrancado de seu pescoço.

No corredor, virou à esquerda e estava tentando alcançar a fechadura quando, em um lampejo repentino, ele se deu conta de que estava de frente para uma parede lisa, coberta com papel. A porta do sótão não estava lá! Olhando para baixo, ele viu um único degrau no pé da parede. Então era isso – as escadas do lado de fora. Era um apartamento independente agora, sem ligação com o restante da casa. Estranhos moravam ali, sob o teto inclinado, ao redor da chaminé de tijolos. A cama de ferro, a colcha de retalhos, o cheiro de cânfora e seda e madeira e a rede de folhas de bordo abaixo, vista pelas janelas estreitas, de onde era possível ver o quadro de avisos sobre o gramado da igreja. A casa também estava morrendo.

Stan fechou e trancou a porta do banheiro. As mesmas torneiras na pia, embora as paredes estivessem pintadas de uma cor diferente. E a mistura estranha de ladrilhos no chão, onde ele costumava identificar algumas peças pela metade e contá-las. A banheira antiquada com pés altos; o gabinete com tampo de mármore e gavetas de mogno antigas; o kit de barbear com o estojo circular e um espelho suspenso, onde seu pai mantinha o pincel para barba, a caneca e o sabão e a pedra de amolar.

Stan se perguntou se a água da banheira ainda faria o mesmo gorgolejo agudo quando o tampão era puxado – como acontecia quando sua mãe terminava de tomar banho e cantar para si mesma. Ele se lembrou do dia em que caiu da árvore e sua mãe o pegou no colo e o carregou para o andar de cima, sangrando em toda a parte da frente de seu vestido. Ela não se importou com o vestido sujo. Ele tinha feito perneiras de papelão corrugado, como as que os exploradores usam na selva. Uma delas tinha ficado ensanguentada. Depois que o médico lhe suturou a testa, sua mãe o despiu, tirando as perneiras de papelão com cuidado. Ela as colocou sobre o tampo de mármore do gabinete. Elas ficaram lá por um bom tempo, até as manchas de sangue ficarem pretas. Jennie, por fim, jogou-as no lixo – disse que lhe causavam agonia.

Se ao menos pudessem ter ficado juntos mais alguns anos. Se sua mãe não tivesse se incomodado com a cidade. Se seu pai sempre tivesse sido tão fraco e amigável quanto era agora que estava morrendo. Se ele estivesse morrendo há vinte anos, Stan podia tê-lo amado. Agora não havia nada além de velharias, e elas estavam passando por ele e logo desapareceriam.

Ele se recompôs e tentou novamente endireitar os ombros. Não posso me esquecer de perguntar ao velho sobre a igreja, e como fazer para vendê-la quando chegar a hora de cair fora. Mas a Igreja da Mensagem Divina parecia distante demais para se importar com ela no momento. O velho estava indo para um buraco escuro, onde a queda é infinita, porque ele não tem fundo. Estamos todos rastejando na direção dele, alguns devagar, outros, como o velho, equilibrando-se na beirada. E depois? Como uma lufada de vento que passa por uma bala de revólver, provavelmente, para todo o sempre. Gyp estava morto durante todos aqueles anos. Até mesmo as lembranças dele estavam mortas e esquecidas, exceto em uma mente. E, quando aquela mente se fosse, Gyp seria completamente esquecido. Quando o velho estivesse morto e enterrado, Stan poderia perdoá-lo.

Gyp nem viu o que o atingiu. Disseram que o veterinário apenas colocou clorofórmio em um pano e jogou dentro da caixa.

Mas aquele pedaço de corda amarrada ao pé da bancada da garagem... tinha sido cortado quando Stan voltou da escola. Por que eles amarraram Gyp ali se queriam se livrar dele? Não havia eles. Apenas ele. Gyp tinha uma corrente na casinha. Para que a corda?

Ah, meu Deus, é melhor eu dar o fora daqui. Mas a voz que havia dito "filho" o impediu. A casa o estava engolindo. E eles haviam lacrado a porta do sótão; não tinha jeito. Todos os anos foram desaparecendo, dilacerando com eles seu equilíbrio, tão cuidadosamente construído, tom a tom. Eles tinham tirado sua perspicácia, seu sorriso, seu olhar hipnótico, deixando-o impotente e preso dentro das paredes da antiga familiaridade.

Ele tinha voltado porque seu pai estava morrendo e sua mãe tinha ido embora e as árvores de bordo tinham sido cortadas, o quadrado onde ficava a casinha de Gyp ainda estava visível, e o kit de barbear, em seu pilar de madeira, ainda estava no mesmo lugar de sempre e ainda deslizava sob sua mão, com o perfume delicado do sabão de barbear.

O afiador de couro.

Estava pendurado no gancho de metal, onde sempre havia estado. Era macio, preto devido à manipulação e ao óleo, brilhante.

A garagem à noite, com a luz da lua criando barras prateadas sobre o chão, prateando a bancada, cintilando sobre balcão do tornilho e sobre as latas de café cheias de pregos e parafusos. Brilhando azul e fria sobre o piso de concreto. E as sombras escondendo temor e vergonha.

— Tire as calças.

Aquilo completava a vergonha: nudez.

Stan tateou o cinto do calção, demorando-se por uma fração de segundos.

— Rápido. Eu disse para tirar.

Seu calção caiu sobre os pés, na altura dos tornozelos. Ele não podia fugir. Tinha que aguentar.

— Agora curve-se.

A mão sobre seu ombro o empurrou para a mancha de luar, onde sua nudez podia aparecer. Stan viu a sombra do afiador de couro sendo erguido e se preparou. A dor subia até seu cérebro em ondas e ele mordia o lábio, recuperando o fôlego no fundo dos pulmões. Ele enfiou a mão na boca para ninguém o ouvir na casa vizinha. A luz da lua era um borrão indistinto de lágrimas; e o afiador, ao bater na curvatura de sua carne desnuda, fazia um barulho que lhe atingia o cérebro antes da pontada de dor – e a ponta da corda, amarrada ao pé da bancada com cheiro de óleo e gasolina no dia em que o sol se apagou.

No andar de baixo, Charlie Carlisle não parava de mexer no guardanapo, voltando para a cadeira, apoiando as mãos nos braços polidos.

— Minha nossa, Clara, o que você acha que o garoto está fazendo lá em cima? Ah, aí está você, filho. Sente logo.

Quando Charlie levantou os olhos para o homem que havia entrado na sala de jantar, assustou-se com algo que viu. Era Stan, quase com a mesma aparência de antes. Talvez com o rosto recém-lavado e o cabelo um pouco umedecido. Mas, na área dos ombros, havia algo estranho. E, quando o velho Charlie olhou nos olhos do filho, eram do azul mais penetrante que já havia visto, duro como um lago congelado.

O Grande Stanton puxou uma cadeira e se sentou com rapidez e graça, abrindo o guardanapo com um único movimento. A sra. Carlisle trouxe uma bandeja de frango. Quando chegaram o arroz e o molho, Charlie disse:

— Sente-se, Clara. Chega de correr de um lado para o outro. Stan vai fazer a oração de agradecimento.

O reverendo Carlisle passou as mãos nos cabelos e respirou fundo. Sua voz era ressonante:

— Deus todo-poderoso, nosso pai divino, agradecemos do fundo do coração pelo que estamos prestes a receber. Chegamos ao Senhor impregnados de pecado e corrupção, com o coração escuro pela culpa, sabendo que no rio de Seu perdão, eles serão lavados e ficarão brancos como a neve.

Seu pai colocou a mão cheia de veias aparentes sobre os olhos.

— Ele, que vê a queda do pardal, vai nos segurar na palma de sua mão até o fim de nossos dias, na terra e além...

Clara franzia o cenho de perplexidade ou preocupação com o frango que esfriava.

— ... em nome de seu filho, nosso Senhor e Salvador, Jesus Cristo, nós suplicamos. Amém.

— Amém — o velho disse, abrindo um sorriso fraco para a esposa.
— Independentemente da denominação, Clara, é um dia de orgulho quando podemos ter um filho fazendo a oração à mesa, e ele é um sacerdote. Passe o arroz para o Stan.

Clara não era de comer em silêncio. Começou a contar uma breve história da comunidade durante os últimos dezesseis anos, repleta de verões quentes, invernos rigorosos, nascimentos, casamentos e desastres.

Stan comeu rápido e se serviu de uma segunda porção de tudo. Por fim, empurrou o prato e acendeu um cigarro. Olhou para Clara Carpenter Carlisle por um longo minuto; o penetrante olhar azul a deixou com vergonha do avental velho sobre o vestido de sair.

— Minha cara, já pensou que essas pessoas cujas mortes lamentou jamais vão morrer?

Sob aquele olhar brilhante, ela começou a sorrir com a afetação e teve dificuldade para controlar as mãos.

— Ora, Stan, eu... eu sempre *acreditei*. Mas acho que é uma daquelas coisas que é preciso sentir. Nunca prestei muita atenção. Tomei como certa a existência do paraíso.

O reverendo Carlisle limpou os lábios com o guardanapo e tomou um gole de água.

— Vi provas magníficas de que o espírito não perece até o Dia do Julgamento. Os espíritos dos desencarnados estão à nossa volta a todo momento. Com que frequência não dizemos, em aflição: "Se ao menos eu pudesse falar com ele de novo... E sentir o toque de sua mão".

Mas os Carlisle mais velhos pareciam constrangidos, trocaram olhares e então cada um tomou um gole de café.

A voz suave de Stan prosseguiu:

— Sim. E a gloriosa verdade é que isso pode ser feito. Os espíritos dos libertados estão à nossa volta até mesmo agora, enquanto conversamos. — Seus olhos ainda estavam sobre Clara; ele abaixou o tom de voz. — Sinto uma presença ao meu lado agora, distinta. Insistente. Tentando se comunicar.

No rosto do pai havia a sugestão de um sorriso irônico.

— É um ser que me amava em sua existência terrena. Mas não é humano.

Eles ficaram olhando fixamente para Stan.

— Um espírito pequeno, uma presença humilde. Mas repleto de devoção e lealdade. E acredito que seja o espírito de meu antigo cachorro, Gyp. — Charles Carlisle havia se inclinado para a frente, com os braços diante do corpo, sobre a toalha de mesa, mas naquele momento endireitou o corpo, e as linhas amargas ao redor de sua boca ficaram mais profundas e mordazes.

— Filho, você não acredita nisso! É uma blasfêmia! Não pode estar falando sério... sobre um cachorro ter alma, como um homem.

Stan sorriu.

— Como já disse antes, não vou tentar te converter, pai. Só aqueles que fizeram a passagem para a vida de espírito podem fazer isso. Mas eu me comuniquei com Gyp... não com palavras, naturalmente, pois Gyp não falava com palavras. Mas esta casa está cheia de sua presença. Ele falou comigo, tentando me dizer alguma coisa. — Observando o pai com muita atenção, Stan notou um pequeno vislumbre de alarme no rosto arruinado. Ele cobriu os olhos com a mão, vendo as mãos do pai sobre a toalha, e continuou:

— Algo sobre seu último dia na terra. Eu me lembro que me disse, quando cheguei da escola, que pediu para um veterinário anestesiar Gyp com clorofórmio. Mas tem uma contradição aqui. Estou tendo outra impressão...

Os batimentos começaram a acelerar no pulso encolhido.

— Gyp está tentando me dizer alguma coisa... espere um minuto... a garagem!

As mãos do pai se cerraram em punhos e então soltaram a toalha de mesa que estavam agarrando.

— É isso... vejo claramente agora. Gyp está amarrado ao pé da bancada da garagem. Vejo algo subindo e descendo... com raiva... cada vez mais rápido.

O barulho de um garfo caindo no chão fez Stan levantar os olhos. O rosto do velho estava pálido; ele não parava de balançar a cabeça, tentando falar.

— Não. Não, filho. Não.

— Foi no dia... no dia que minha mãe foi embora. Com Mark Humphries. Você chegou em casa e encontrou o bilhete dela. Gyp estava no caminho. Você teve que descarregar a raiva em alguma coisa.

Se eu estivesse em casa, a surra teria sido em mim. Mas foi em Gyp. Ele morreu.

O velho Carlisle havia se levantado, agarrando o próprio colarinho com uma das mãos. Stan se virou, cambaleando um pouco, e caminhou rigidamente, passando pelas portas da sala e atravessando o corredor. Quando pegou o chapéu e o casaco, seus braços pareciam dormentes e pesados. Um último vislumbre de Clara tirando comprimidos de um frasco e segurando um copo de água; o velho engolindo o remédio em aflição.

Os degraus de concreto iluminados pela rua davam para o pátio, onde a grama estava cheia de falhas. Stan sentiu as pernas duras ao descer para a rua, onde as árvores de bordo arqueadas se fechavam sobre ele, deixando o luar cair entre suas folhas, agora pretas como a noite. Um som saiu da casa que ele havia deixado, o choro cansado de um velho.

Em uma área prateada, o reverendo Carlisle parou e levantou o rosto para a lua cheia, que permanecia ali, desolada, agonizantemente brilhante – uma coisa morta olhando para a terra moribunda.

CARTA XI

# OS ENAMORADOS

*Eles estão sob as árvores do Éden; o Amor alado paira acima, enquanto a Sabedoria enrola-se como uma serpente sobre o solo.*

Quando Molly acordou pela terceira vez, Stan estava se vestindo. Ela olhou para o relógio: quatro e meia.

— Aonde está indo?

— Vou sair.

Ela não o questionou, mas ficou acordada, observando. Os movimentos de Stan estavam tão tensos ultimamente que ninguém ousava falar com ele, por medo que lhe arrancasse a cabeça a dentadas. Ele andava dormindo cada vez pior, e Molly se preocupava com o fato de estar tomando tantos comprimidos para dormir de uma só vez. Eles não faziam mais efeito, ao que parecia, e seu temperamento ficou pior e ele estava com uma aparência péssima. Ela começou a chorar baixinho e Stan parou de abotoar a camisa e se aproximou.

— O que foi agora?

— Nada. Nada. Está tudo bem.

— O que deu em você, menina?

— Stan... — Molly se sentou, segurando as cobertas na frente do corpo para se aquecer. — Stan, vamos largar tudo e voltar ao número antigo.

Ele continuou a abotoar a camisa.

— E onde vamos nos apresentar? Nas esquinas? O vaudeville já era. Sei o que estou fazendo. Basta um otário cheio da grana e estamos feitos.

Ela puxou mais as cobertas.

— Querido, você está péssimo. Por que não vai ao médico? Para... tomar alguma coisa para os nervos ou algo assim. Sério, estou morrendo de preocupação que você possa ter um colapso nervoso ou coisa parecida.

Ele esfregou os olhos.

— Vou sair para dar uma volta.

— Está nevando.

— Preciso sair, está ouvindo? Vou até a igreja dar uma olhada nos acessórios. Tive uma ideia e quero testar. Volte a dormir.

Não adiantava. Ele simplesmente continuaria até cair duro, e Molly rezava para que não acontecesse no meio de uma leitura – ou de uma sessão espírita, onde poderia atrapalhar todo o esquema. Se alguém denunciasse, a polícia a levaria junto com Stan, e, no estado em que Stan estava, ele não conseguiria se livrar na base da lábia, por pior que fosse a situação. Molly estava morrendo de preocupação e tomou meio comprimido para dormir quando ele saiu.

Era cedo demais para sair e comprar um bilhete de apostas em corridas de cavalo, todas as revistas eram velhas e não tinha nada no rádio, exceto programas de música, e eles a faziam se sentir muito solitária – canções sendo dedicadas aos rapazes da Lanchonete do Ed, que estavam na estrada. Ela desejava estar na lanchonete com os motoristas de caminhão, rindo um pouco.

Stan entrou na antiga casa da sra. Peabody. Ficou feliz por ter acendido o aquecedor na noite anterior; lá embaixo, acrescentou mais carvão. Logo o fogo estava ardendo e ele ficou ali parado, com o calor no rosto, observando as chamas azuladas subirem pelo carvão preto.

Depois de um instante, ele suspirou, sacudiu o corpo e destrancou um velho armário de metal que antes servia para guardar tinta e verniz. Dentro dele havia um fonógrafo, o qual ele ligou, colocando um braço com a agulha sobre o disco de alumínio. Então subiu as escadas.

O amplo cômodo que costumava ser uma sala de estar e de jantar antes de ele ter derrubado a divisória ainda estava gelado. Stan acendeu as luzes. As cadeiras vazias estavam organizadas em fileiras, esperando que algo acontecesse com ele – que algo desse errado. Aproximando-se de uma luminária com a lâmpada queimada, ele tocou no interruptor, dando aos tubos amplificadores um minuto para se aquecerem, depois atravessou até a mesa, onde normalmente ficava a trombeta nas aulas de desenvolvimento e nas sessões espíritas com trombeta.

Perto do órgão, seu pé, por hábito, encontrou a tábua solta sob o tapete, e ele apoiou todo o peso do corpo sobre ela. De maneira fantasmagórica, com o som de uma voz por meio de um tubo de metal, vieram os tons graves de Ramakrishna, seu guia espiritual.

— *Hari Om*. Saudações, meus caros *chelas*, meus discípulos da vida terrena. Vocês, reunidos aqui esta noite. — A voz parou; Stan sentiu um medo rastejante sobre o couro cabeludo. Os fios deviam ter se rompido novamente. E não havia tempo para arrancar. Ou teria sido o alto-falante? Ou o motor? Ele correu até o porão; mas o disco ainda estava girando. Devia ser o amplificador. Não havia tempo para consertar. A sessão espírita estava agendada para aquela noite. Ele sempre podia colocar a culpa na situação; uma sessão sem nenhum fenômeno era comum e acontecia com todos os médiuns. Mas a sra. Prescott levaria dois amigos de confiança, ambos da alta sociedade. Ele havia pesquisado tudo sobre eles e a gravação estava pronta. Depois podiam não voltar. Podiam ser responsáveis por trazer o otário endinheirado que ele estava esperando.

Stan tirou o casaco e vestiu uma bata velha; verificou os tubos, os fios. Então voltou para o andar de cima e começou a desencaixar o painel. Os conectores do alto-falante estavam bem apertados. Onde estava o defeito? E não havia tempo, não havia tempo, não havia tempo. Pensou em dezenas de desculpas para contar a um técnico de rádio, mas descartou todas. Se deixasse qualquer pessoa saber que a casa estava equipada, estava perdido. Pensou em chamar um técnico de Newark ou de algum outro lugar. Mas não podia confiar em ninguém.

A solidão tomou conta dele, como uma avalanche de neve. Estava sozinho. Onde sempre havia desejado estar. Só se pode confiar em si mesmo. Existe um traidor enterrado bem no âmago de todas as pessoas, e elas vão traí-lo se pressionadas o bastante. Cada novo rosto que aparecia nas sessões agora parecia carregado de desconfiança e maldade e dissimulação. Poderia haver uma conspiração se formando contra ele na igreja?

Furiosamente, ligou novamente o fonógrafo e pisou sobre a tábua.

— *Hari Om*. Saudações, meus caros *chelas*, meus discípulos da vida terrena... — Não estava quebrado! Da última vez, ele deve ter tirado o peso inconscientemente da tábua solta que fechava o circuito. Interrompeu aquilo, com um temor arrepiante de que as palavras seguintes que a voz, sua voz, dissesse não fossem as palavras que ele havia gravado no alumínio – de que o disco se voltasse contra ele com uma vida malévola própria.

No silêncio, a casa estava se fechando sobre ele. As paredes não tinham se mexido, nem o teto; não quando ele olhava diretamente para eles. Passou as mãos sobre os cabelos uma vez e respirou fundo. Cantarole os primeiros oito compassos do nosso tema de abertura. Mas não adiantava. Do lado de fora, depois do quintal, um cachorro latiu.

— Gyp!

A própria voz o assustou. Então começou a rir.

Ele ria enquanto caminhava pelo corredor, gargalhando pelas escadas e entrando nos quartos, agora totalmente vazios. No quarto onde acontecia a sessão espírita no escuro, ele acendeu a luz. Paredes brancas sem nada. Ainda gargalhando e rindo, apagou a luz e tateou em busca do painel no rodapé, onde escondia o projetor.

Apontou-o para a parede; e lá estava, pulando para cima e para baixo loucamente, enquanto sua mão tremia de tanto rir – a imagem turva de uma velha. Ele girou um botão e ela desapareceu. Mais um giro e apareceu um bebê dentro de um halo de névoa dourada, pulando loucamente à medida que sua mão tremia de tanto rir.

— Dance, seu cretininho. — Sua voz ecoou nas paredes.

Ele girou o projetor portátil até o bebê flutuar de ponta-cabeça e caiu na gargalhada. Caiu no chão, rindo, e apontou o feixe de luz para o teto, vendo o bebê voar até o canto da parede e parar no alto, ainda com um sorriso turvo. Tentando abafar o riso, Stan começou a bater com o projetor na parede; algo estalou e a luz se apagou.

Ele se levantou com dificuldade e não conseguia encontrar a porta, então parou de rir, tateando o caminho. Contou nove cantos. Começou a gritar e então achou a passagem e saiu, pingando de suor.

Em seu escritório, o dia nascia nublado pela veneziana. A luminária da mesa não quis acender e ele a pegou, puxou o fio da parede e atirou em um canto. As venezianas se enroscaram com o fio; ele juntou tudo nos braços e puxou; toda a estrutura caiu em cima dele, que lutou para se desvencilhar. Por fim, o porta-cartões.

R. R. R. Maldição. Quem tinha roubado os Rs? Raphaelson, Randolph, Regan – aqui estava. *Psicóloga, mencionada pela sra. Tallentyre. Supostamente interessada em ciências ocultas. Recomendou que seus pacientes fizessem exercícios de ioga.* Mas o telefone, Deus do céu, não estava lá. Apenas o nome – Dra. Lilith Ritter. Tente a lista telefônica. R. R. R.

A voz que atendeu o telefone era calma, grave e competente.

— Pois não?

— Meu nome é Carlisle. Estou tento problemas para dormir...

A voz o interrompeu:

— Por que não consulta o seu médico? Não exerço a medicina, sr. Carlisle.

— Estou tomando remédio, mas não parecem estar ajudando. Ando trabalhando muito, dizem. Quero me consultar com a senhora.

Ficaram em silêncio por um longo momento; então a voz calma respondeu:

— Posso atendê-lo depois de amanhã, às onze da manhã.

— Não pode atender antes?

— Não posso atender antes.

Stan bateu com o punho uma vez sobre o tampo da mesa, fechando bem os olhos. Depois disse:

— Muito bem, dra. Ritter. Às onze, terça-feira.

Independentemente da aparência, a dama tinha uma bela voz. E ele deve tê-la acordado de um sono profundo. Mas terça-feira... O que ele deveria fazer até lá? Jogar conversa fora?

A casa ficou mais quente. Stan foi até a janela e encostou a testa na vidraça fria. Na rua, uma garota de casaco de pele e sem meia-calça levava um setter irlandês para passear. Os olhos de Stan acompanharam a curva das pernas descobertas, imaginando se ela estaria usando alguma coisa embaixo do casaco de pele. Algumas saem assim – nuas sob os casacos – para comprar cigarros, ou água com gás, ou uma ducha higiênica.

No apartamento, Molly estaria esparramada na cama com os cabelos presos no alto da cabeça com um único grampo. Estaria usando a camisola preta de *chiffon*, mas também poderia estar vestindo um penhor de calicô. Não havia ninguém para olhar para ela.

A garota com o setter irlandês se virou, segurando a guia com firmeza, e o casaco de pele se abriu, revelando uma combinação cor-de-rosa. Com um resmungo de frustração, Stan saiu da frente da janela. Sentou à mesa e pegou a agenda. Cerimônia de mensagens aquela noite, às oito e meia. Segunda de manhã, aula de desenvolvimento de mediunidade de transe e a Ciência da Respiração Cósmica. Meu Deus, que manada de hipopótamos. A Ciência da Respiração Cósmica: inspire pela narina esquerda contando até quatro. Prenda a respiração e conte até dezesseis. Expire pela narina direita contando até oito. Calcule a contagem repetindo *Hari Om, Hari Om.*

Segunda à tarde, conferência sobre o Significado Esotérico dos Símbolos do Tarô.

Stan pegou o baralho de tarô da gaveta lateral e, lentamente, seus dedos começaram a se lembrar; o frente-atrás-palma-da-mão, fazendo as cartas desaparecerem no ar e as tirando de trás do joelho. Ele parou em uma carta e a virou à sua frente, apoiando a cabeça nas mãos, analisando-a. Os Enamorados. Eles estavam nus, no Éden, com a cobra sobre o solo, pronta para instruí-los. Sobre suas cabeças, havia a figura de um anjo com as asas abertas sobre as árvores da Vida e da Sabedoria. *Where the Tree of Life is blooming, there is rest for me.*

Os enamorados estavam nus. Uma onda de formigamento surgiu do nada e subiu até o alto de sua cabeça e, conforme ele observava, os quadris arredondados e a barriga da mulher pareceram girar. Jesus, se eu quisesse isso, podia ter ficado no Show de Variedades do Palco e apresentar o show erótico! Tem um cara que sempre se dá bem.

Ele jogou as cartas no chão, puxou o telefone em sua direção e discou. Dessa vez, a voz disse:

— Sim, senhor. Vou verificar se a sra. Tallentyre está.

Ela estava para o reverendo Carlisle.

— Sra. Tallentyre, passei a maior parte da noite em meditação. E, de minha meditação, veio um pensamento. Devo fazer três dias de silêncio. Infelizmente, não posso ir ao Himalaia, mas acho que as Catskills vão servir. Tenho certeza de que a senhora entende. Gostaria muito que assumisse a cerimônia de hoje à noite e notificasse aos alunos o meu chamado. Apenas diga que fui em busca de Silêncio. Devo retornar, sem falta, no terceiro dia.

E foi isso. Agora trancar tudo. Trancar a porta do escritório – e depois organizar toda aquela confusão. Deixar a agenda no andar de baixo, sobre a mesa do corredor. A sra. Tallentyre tinha a chave da porta externa. Deixar a porta interna destrancada.

Ele vestiu o casaco e, alguns minutos depois, estava correndo pela neve fofa.

— Nossa, querido, que bom que voltou! Você está bem?
— Sim. Estou. Quantas vezes tenho que dizer que sei me cuidar?
— Quer uns ovos? Estou faminta. Deixe que eu faço para você. O café já está pronto.

Stan ficou na porta da cozinha, observando-a. Ela usava a camisola preta de chiffon; contra a luz da manhã de inverno que entrava pela janela, era como se não estivesse vestindo nada. Quem fazia roupas femininas entendia muito bem do riscado. O que a fazia parecer tão longe e de um passado tão distante? A única mulher que não era um desafio para ele. E seu corpo ainda era algo que só se costumava ver sobre um palco ou em revistas.

Stan passou as mãos nos cabelos e disse:
— Vem cá.

Eles ficaram se olhando por um tempo, e ele a viu respirar fundo. Então ela desligou o fogo sob a frigideira, aproximou-se e jogou os braços ao redor do pescoço dele.

Era como beijar o dorso da própria mão, mas ele a pegou nos braços e a carregou para o quarto. Ela se pendurou nele e escorregou a mão sob sua camisa, e ele abriu a camisola dela e começou a beijar seu ombro, mas não adiantou.

E agora ela estava chorando, olhando para ele com reprovação enquanto ele vestia o casaco.

— Desculpe, menina. Tenho que ir. Volto na terça-feira. Eu preciso... preciso respirar.

Depois que ele jogou algumas coisas em uma maleta trancada com chave e saiu às pressas, Molly se cobriu, ainda chorando, e encolheu os joelhos. Depois de um tempo, levantou, vestiu um penhoar e fritou um ovo. Parecia não conseguir colocar sal o suficiente nele e, no meio do café da manhã, ela de repente pegou o prato e o jogou no chão da cozinha.

— Ah, droga, o que deu nele? Como posso saber como satisfazê-lo se não sei qual é o problema?

Depois de um tempo ela se vestiu e saiu para arrumar os cabelos. Primeiro, foi à barbearia falar com Mickey, que lhe entregou dezesseis dólares. A corrida de cavalos tinha rendido sete para um.

Com o ruído das rodas girando sob ele, Stan sentiu-se um pouco melhor. As Palisades tinham dedos de neve apontando para seus cumes, e o rio parecia áspero devido ao gelo quebrado, sobre o qual gaivotas passeavam e descansavam. Ele lia superficialmente *Um novo modelo do universo*, de Ouspensky, procurando frases de efeito que pudesse usar, fazendo anotações nas margens para uma possível aula sobre imortalidade na quarta dimensão. A imortalidade era o que eles queriam. Se achavam que podiam encontrá-la na quarta dimensão, ele lhes mostraria como. E quem sabia o que era a quarta dimensão, afinal de contas? Idiotas. Otários.

Uma garota estava com dificuldade de tirar a mala do bagageiro e Stan levantou para ajudar. Desceria em Poughkeepsie. Sua mão tocou a dela perto da alça da mala e ele sentiu o sangue subir para o rosto. A garota era atraente; seus olhos a seguiram enquanto caminhava recatadamente pelo vagão, carregando a mala na frente. Ele atravessou o trem e ficou olhando para ela, já na plataforma.

Quando ele chegou a Albany, pegou um táxi para o hotel, parando para comprar clandestinamente uma garrafa de uísque em um bar.

O quarto tinha um bom tamanho e era mais limpo do que a maioria.

— Faz tempo que não aparece, sr. Charles. Mudou de território?

Stan confirmou, jogando o chapéu na cama e tirando o casaco.

— Traga um pouco de água com gás. E bastante gelo.

O garoto pegou uma nota de cinco e piscou.

— Gostaria de companhia? Temos umas garotas excelentes. São novas, não estavam aqui da última vez em que o senhor veio. Conheço uma loirinha que está com tudo em cima. Tudo mesmo.

Stan deitou na outra cama e acendeu um cigarro, colocando as mãos atrás da cabeça.

— Morena.

— O senhor é quem manda.

Ele estava fumando quando o garoto saiu. Nas rachaduras do teto, dava para distinguir o perfil de um velho. Alguém bateu na porta – era a água com gás e o gelo. O garoto removeu o lacre da garrafa de uísque.

Silêncio novamente. Na vastidão impessoal e vazia do hotel, Stan ouvia os barulhos que vinham da rua. O ruído do elevador, parando em seu andar; passos suaves no corredor. Ele levantou da cama.

A garota era baixa e morena. Vestia um casaco bege, sem chapéu, mas com uma gardênia artificial enfeitando o cabelo, acima da orelha.

Ela entrou. Tinha o nariz e as bochechas rosados devido ao frio.

— Olá, mocinho! — disse. — Annie me mandou aqui. Ah... e como sabe que eu bebo uísque?

— Eu leio mentes.

— Nossa, só pode ser.

Ela serviu dois dedos em um copo e ofereceu a Stan, que recusou.

— Eu não bebo. Mas não deixe isso te impedir.

— Certo, mocinho. Isso vai te deixar mais viril. — Quando ela terminou, serviu-se de mais uma dose e disse: — É melhor me dar os cinco agora, antes que eu esqueça.

Stan entregou-lhe uma nota de dez e ela disse:

— Nossa, obrigada. Você não teria duas de cinco?

Silêncio. Ela disse:

— Veja... tem rádio em todos os quartos! Isso é novidade neste muquifo. Ei, vamos ouvir Charlie McCarthy. Se importa?

Stan estava olhando para as pernas esguias dela. Enquanto ela pendurava o casaco com cuidado no armário, ele viu que seus seios eram minúsculos. Estava usando um suéter largo e uma saia. Elas costumavam parecer putas. Agora pareciam colegiais. Todas queriam parecer colegiais. Então por que não iam para o colégio? Não seriam diferentes das outras. Ninguém nunca notaria. Nossa, este mundo está cada vez mais maluco.

Ela estava se divertindo ouvindo piadas no rádio e o uísque a havia deixado mais solta. Tirando os sapatos, encolheu as pernas sob o corpo. Depois, fazendo sinal para Stan jogar um cigarro, tirou as meias de seda e esquentou os pés com as mãos, mostrando a calcinha a ele ao mesmo tempo.

Quando o programa terminou, ela abaixou um pouco o rádio, alongando-se. Tirou o suéter, com cuidado para não bagunçar a gardênia, e o esticou sobre o encosto da cadeira. Era magra, com escápulas pronunciadas; a clavícula era bem saltada. Quando deixou cair a saia, ficou um pouco melhor, mas ainda não muito boa. Em uma das coxas, uniformemente espaçados, havia quatro hematomas do tamanho dos dedos de um homem grande.

Ela ficou ali fumando, sem nada no corpo além da gardênia artificial, e Stan deixou seus olhos retornarem ao rosto do velho no teto.

Sair às pressas da cidade, viajar durante horas, hotel, comprar bebida, e para isso. Ele suspirou, levantou e tirou o casaco e o colete.

A garota cantarolava uma música para si mesma e tinha começado a fazer um passo de *soft-shoe*, com as mãos na altura do rosto, girando, e depois cantou o refrão da música que saía do alto-falante. Sua voz era rouca e agradável, com uma potência controlada.

— Você também canta? — Stan perguntou com indiferença.

— Ah, sim. Essas festinhas aqui eu só faço para completar o orçamento. Canto com uma banda, às vezes. Estou estudando canto. — Ela jogou a cabeça para trás e vocalizou cinco notas.

— Ah... ah... AH... ah... ah.

O Grande Stanton parou com a camisa aberta pela metade, olhando fixamente para a garota. Então a pegou e a jogou sobre a cama.

— Ei, preste atenção, querido, não tão rápido! Ei, pelo amor de Deus, tenha cuidado!

Ele enroscou a mão nos cabelos dela. A garota o encarou com o rosto branco, pálido e franzido.

— Devagar, querido. Não. Ouça, Ed McLaren, o segurança do hotel, é meu amigo. Então vá com calma... o Ed acabaria com qualquer um que fizesse isso.

O rádio permanecia ligado.

— ... levando a você a música de Phil Requete e seus Swingstars diretamente da Sala Zodíaco do Hotel Teneriffe. E agora nossa charmosa vocalista, Jessyca Fortune, assume o microfone com um olhar antiquado, enquanto balança o corpo e canta aquela antiga canção do sempre popular Bobbie Burns, "Oh, Whistle and I'll Come to You, My Lad".

Gelo no rio, acumulado junto aos píeres dos clubes náuticos, um canal escuro no meio. E sempre o clique das juntas de dilatação da estrada de ferro abaixo. Norte sul leste oeste – frio primavera calor outono

– amor desejo cansaço ausência – casar brigar partir odiar – dormir acordar comer dormir – criança garoto homem cadáver – toque beijo língua seio – despir agarrar apertar jorrar – lavar vestir pagar sair – norte sul leste oeste...

Stan sentiu novamente o formigamento no couro cabeludo. A velha casa estava esperando por ele e os gordos com pincenês e dentes falsos; aquela médica devia ser um deles, pela voz melodiosa e calma, a fala lenta. O que ela poderia fazer por ele? O que qualquer um poderia fazer por ele? Por qualquer um? Todos estavam presos, todos correndo pelo beco, rumo à luz.

A placa com o nome dizia: "Dra. Lilith Ritter, Psicóloga Clínica. Entre".

A sala de espera era pequena, decorada em tons de cinza-claro e cor-de-rosa. Atrás da janela, a neve caía devagar, em flocos enormes. No parapeito, havia um cacto em um vaso rosado, um cacto com pelos longos e brancos, como um velho. Aquela visão percorreu os nervos de Stan como mil formigas. Ele tirou o casaco e o chapéu e olhou rapidamente atrás de um quadro de conchas desenhado em pastel. Sem ditafone. Do que ele tinha medo? Mas aquele seria um belo lugar para plantar uma escuta se alguém quisesse se aproveitar das conversas da sala de espera quando a secretária da médica chegasse.

Será que ela tinha secretária? Se ele conseguisse entender a mulher, poderia descobrir algo sobre essa médica, ou seja lá o que fosse, descobrir até onde ia seu entusiasmo com o ocultismo. Ele poderia trocar aulas de desenvolvimento pelo que ela dava aos pacientes – algum tipo de conselho? Ou será que interpretava sonhos ou algo assim? Ele acendeu um cigarro, que queimou seus dedos quando bateu as cinzas. Ao abaixar para pegá-lo, derrubou um cinzeiro. Ficou de quatro para pegar as bitucas e estava desse jeito quando aquela voz calma disse:

— Entre.

Stan levantou os olhos. A mulher não era gorda, não era alta, não era velha. Os cabelos claros eram lisos e ela os usava presos em um coque na altura da nuca. Brilhavam como uma pedra de quartzo limão. Uma mulher modesta, de idade indefinida, porém jovem, com enormes olhos acinzentados, um pouco oblíquos.

Stan pegou o cinzeiro e o colocou na beirada da mesa. O objeto voltou a cair, mas ele nem notou. Estava olhando fixamente para a mulher que segurava a porta que dava para a outra sala. Ele conseguiu se levantar, cambaleando ao se aproximar dela. Então sentiu seu perfume. Os olhos acinzentados pareciam grandes como pires, como os olhos de um gatinho, quando visto tão de perto a ponto de o focinho estar tocando-lhe o nariz. Ele olhou para a boca pequena, o lábio inferior carnudo, cuidadosamente realçado, mas não pintado. Ela não disse nada. Quando foi passar por ela, teve a sensação de estar caindo; viu seu braço em volta dela e se segurou, sabendo que era um tolo, sabendo que algo terrível o mataria, sabendo que ele queria chorar, esvaziar a bexiga, gritar, ir dormir, refletindo enquanto apertava os braços ao redor dela...

Stan estava deitado no chão. Ela havia torcido seus ombros, virando-o até ele ficar de costas para ela, e então plantou um dos pés atrás do joelho dele. Agora ela estava ajoelhada ao lado dele sobre o tapete, agarrando-lhe a mão direita com as duas mãos, forçando-a na direção do pulso e mantendo-o na horizontal pela ameaça de dor do tendões tensionados. A expressão dela não tinha mudado.

— Reverendo Stanton Carlisle, creio eu — ela disse. — Pastor da Igreja da Mensagem Divina, professor de simbolismo do tarô e respiração iogue, produtor de fantasmas com gaze... ou talvez use uma pequena lanterna mágica? Agora, se eu deixar você se levantar, promete cooperar?

Stan havia colocado um braço sobre os olhos e sentiu as lágrimas escorrerem pelo rosto, entrando nos ouvidos. Conseguiu responder:

— Prometo.

As mãos hábeis o soltaram e ele se sentou, escondendo o rosto, pensando em um travesseiro sobre o qual alguém tivesse dormido e deixado seu perfume, tomado pela vergonha, a luz forte mais para seus olhos, e as lágrimas que não paravam de correr. Algo em sua garganta parecia estrangulá-lo por dentro.

— Aqui. Beba isto.

— O... o que é isso?

— É só um pouquinho de conhaque.

— Nunca bebi.

— Estou dizendo para beber. Rápido.

Sem enxergar, tateou em busca do copo, prendeu a respiração e bebeu, tossindo ao sentir a garganta queimar.

— Agora, levante-se e sente-se nessa cadeira. Abra os olhos e olhe para mim.

Dra. Lilith Ritter olhava para ele de trás de uma grande mesa de mogno. Ela prosseguiu:

— Achei que me procuraria, Carlisle. Você nunca serviu para comandar sozinho uma farsa mediúnica.

## CARTA XII
## A ESTRELA

*Brilha sobre uma garota nua que, entre terra e mar, derrama águas misteriosas de seus cântaros.*

— Deite no divã.
— Não sei sobre o que falar.
— Você diz isso toda vez. Em que está pensando?
— Em você.
— O que a meu respeito?
— Desejando que estivesse sentada onde eu pudesse ver. Quero olhar para você.
— Quando você deita no divã, pouco antes de recostar, você passa as mãos nos cabelos. Por que faz isso?
— É meu gesto de preparação.
— Explique.
— Todo ator do teatro de variedades tem um gesto assim… algo que faz na coxia pouco antes de entrar.
— Por que você faz isso?
— Sempre fiz. Eu tinha um tufo de cabelo que sempre ficava em pé quando era criança, e minha mãe estava sempre me dizendo para ajeitá-lo.

— É a única razão?

— Que diferença isso faz?

— Pense. Conheceu alguém que fazia isso? Outra pessoa do teatro?

— Não. Vamos falar de outra coisa.

— Em que está pensando agora?

— Pianos.

— Prossiga.

— Pianos. Pessoas tocando pianos. Para outras pessoas cantarem. Minha mãe cantando. Quando ela cantava, meu velho ia para a sala de jantar e ficava conversando em voz baixa com um de seus amigos. O restante ficava na sala ouvindo minha mãe.

— Ela mesma tocava o piano?

— Não. Mark tocava. Mark Humphries. Ele se sentava e olhava para ela como se estivesse vendo através de suas roupas. Ele passava as mãos nos cabelos uma vez...

— É mesmo?

— Mas isso é loucura! Por que eu desejaria roubar um gesto daquele cara? Depois que ela fugiu com ele, fiquei acordado durante várias noites pensando em formas de matá-lo.

— Acho que você o admirava.

— Eram as mulheres que o admiravam. Era um cara grande, com um vozeirão. As mulheres ficavam loucas por ele.

— Esse tal Humphries bebia?

— É claro. De vez em quando.

— Seu pai bebia?

— De jeito nenhum. Ele era abstêmio.

— A primeira vez que você veio aqui, eu te ofereci um copo de conhaque para ajudar a se recompor. Você disse que nunca tinha bebido.

— Que droga, não distorça tudo para fazer parecer que eu quero ser como o meu velho. Ou Humphries. Eu odiava eles... os dois.

— Mas você não quis beber.

— Isso foi outra coisa.

— O quê?

— Não é da sua... eu... é algo que não posso dizer.

— Estou sendo paga para ouvir. Não precisa ter pressa. Você vai me dizer.

— Aquilo me lembrou do cheiro de metanol. Agora não mais, mas daquela primeira vez.

— Você já bebeu metanol?

— Por Deus, não, foi o Pete.

— Que Pete?

— Nunca soube o sobrenome dele. Foi em Burleigh, Mississippi. Tinha um cara no parque itinerante que se chamava Pete. Um bêbado. Uma noite ele encheu a cara de metanol e bateu as botas.

— Ele tinha voz grave?

— Sim. Como você sabia?

— Não importa. O que ele era para você?

— Nada. Isso é...

— Em que está pensando?

— Droga, pare de me infernizar.

— Não tenha pressa.

— Ele... era casado com Zeena, que vendia horóscopo. Eu estava... eu estava... eu estava trepando com ela às escondidas e queria descobrir como ela e Pete tinham feito o número de adivinhação no vaudeville e queria uma mulher e fiquei com ela e Pete estava sempre por perto e eu dei o álcool para ele apagar eu não sabia que era metanol ou tinha esquecido ele morreu eu fiquei com medo de colocarem a culpa em mim mas depois passou. É isso. Está satisfeita?

— Prossiga.

— Isso é tudo. Eu passei muito tempo com medo de ser acusado de assassinato, mas depois passou. Zeena nunca suspeitou de nada. E depois Molly e eu nos juntamos e saímos do parque e tudo aquilo ficou parecendo apenas um sonho ruim. Só que eu nunca esqueci.

— Mas se sentiu tão culpado que nunca bebeu.

— Por Deus... Não dá para trabalhar com adivinhação e beber! É preciso estar alerta o tempo todo.

— Vamos voltar a Humphries. Antes de ele fugir com sua mãe, preferia ele ao seu pai?

— Temos que falar disso de novo? É claro, quem não preferiria? Mas não depois...

— Prossiga.

— Eu peguei ele...

— Você pegou ele fazendo amor com sua mãe? É isso?

— Na Clareira. Que tínhamos encontrado, juntos. Então fui até lá. E vi. Estou dizendo, eu vi. Vi tudo. Tudo o que fizeram. Eu queria matar o meu velho. Ele a levou até o Humphries, eu pensei. Eu queria... eu queria...

— Sim.

— Eu queria que ela tivesse me levado com eles! Mas não levou, aquela maldita. Ela me deixou com aquele velho filho da puta para apodrecer naquela cidadezinha jeca. Eu queria ir embora com ela e conhecer alguma coisa e talvez entrar para o show business. Humphries havia estado no show business. Mas eu fui deixado lá para apodrecer com aquele velho cretino recitador de Bíblia.

— Então se tornou um sacerdote espírita?

— Eu sou um vigarista, droga. Você entende isso, sua vagabunda sem expressão? Estou ganhando dinheiro. Nada importa nesse maldito hospício lunático que chamamos de mundo além da bufunfa. Quem entende isso pode dar as ordens. Quem não tem grana fica sempre no fim da fila, só se ferra. Eu vou conseguir, nem que tenha que quebrar todos os ossos da cabeça no processo. Vou explorar aqueles idiotas e arrancar até o ouro de seus dentes. E não ouse me denunciar, porque, se disser alguma coisa sobre mim, todos os seus outros clientes vão ficar com medo de falar e você não vai mais conseguir vinte e cinco paus por cabeça. Você tem o suficiente nesses seus arquivos para acabar com eles. Sei o que você tem ali... damas da alta sociedade com gonorreia, banqueiros que davam a bunda, atrizes que vivem à base de ópio, pessoas com filhos retardados. Tem tudo anotado. Se eu tivesse aquelas coisas, faria leituras a frio que deixaria essas pessoas se arrastando de joelhos diante de mim. E você fica aí sentada, bela e formosa, com essa cara inexpressiva, ouvindo os idiotas vomitando até as tripas, dia após dia, por migalhas. Se eu soubesse tanta coisa, pararia quando ganhasse um milhão de dólares e nem um minuto antes. Você também é uma idiota, loirinha. São todos otários. Estão pedindo por isso. Bem, e eu estou aqui para dar. E, se alguém resolver abrir a boca e me dedurar para a polícia, posso contar para alguns caras que conheço. Eles não cairiam nos seus golpes de jiu-jítsu.

— Já gritaram comigo antes, sr. Carlisle. Mas você não conhece nenhum gângster. Teria medo deles. Assim como tem medo de mim. Está cheio de raiva, não está? Sente que me odeia, não sente? Queria sair desse sofá e me bater, não queria? Mas não pode. Você é impotente diante de mim. Sou uma pessoa que você não consegue prever. Não pode me enganar com fantasmas de gaze; não pode me impressionar com falsa ioga. É tão impotente diante de mim quanto se sentiu ao ver sua mãe fugindo com outro homem, quando queria ir com ela. Acho que você foi com ela. Você fugiu, não fugiu? Entrou para o show business, não entrou? E, quando inicia seus números, passa as mãos nos cabelos, exatamente como Humphries. Ele era um homem grande, forte, atraente. Acho que você se transformou em Humphries... dentro de sua mente.

— Mas ele... ele...

— Exatamente. Acho que você desejava sua mãe da mesma forma.

— Maldita seja sua alma, isso é...

— Volte a deitar no divã.

— Eu poderia te matar...

— Deite no divã.

— Eu poderia... Mãe. Mãe. Mãe.

Ele estava de joelhos, batendo nos olhos com uma da mãos. Arrastou-se até ela e jogou a cabeça em seu colo, enterrando-a ali. A dra. Lilith Ritter, olhando para aqueles cabelos loiros desgrenhados, sorriu de leve. Colocou a mão na cabeça de Stan, passando os dedos gentilmente sobre seus cabelos, dando-lhe tapinhas reconfortantes na cabeça enquanto ele chorava e ofegava, enterrando os lábios no colo dela. Então, com a outra mão, ela alcançou o bloco de anotações sobre a mesa e anotou de forma abreviada: "Burleigh, Mississippi".

Na escuridão da primavera, o obelisco estava preto em contraste com o céu. Não havia nuvens e apenas uma única estrela. Não, um planeta; Vênus, piscando como se mandasse um sinal para a Terra em um código cósmico que os mundos usavam entre si. Ele mexeu um pouco a cabeça, até o planeta frio e brilhante parecer descansar sobre a ponta de bronze da seta de pedra. As luzes de um carro, rodando pelo parque, salpicaram por um momento a pedra, e os hieróglifos saltaram na sombra. Molduras com seus nomes, a ostentação dos mortos, invocações de deuses mortos, orações para o rio cintilante e fatídico que se elevou em mistério e encontrou o mar por meio de muitas desembocaduras, fluindo para o norte através da terra ancestral. *Seria ele misterioso quando ainda estava vivo?*, ele se perguntou. Antes dos árabes o tomarem e os idiotas começarem a medir o túnel da Grande Pirâmide em centímetros para ver o que aconteceria no mundo.

O vento de primavera bagunçou os cabelos dela e arrastou uma mecha solta para a frente de seu rosto. Ele pressionou o rosto dela junto ao seu e, com a outra mão, apontou para o planeta piscando na ponta de agulha da pedra. Ela acenou com a cabeça, mantendo silêncio; e ele sentiu a fascinação inerme tomar conta novamente, a impotência ao tocá-la, a súplica. Duas vezes ela havia dado aquilo a ele. Havia dado como podia lhe dar um copo de conhaque, observando suas reações. Atrás daquela cara diabólica, do olhar duro, havia algo que respirava, algo alimentado por sangue vindo de um coração minúsculo que batia atrás de seios firmes. Mas havia uma teia de aranha sob os dedos. Teia de aranha no bosque, que toca o rosto e desaparece sob os dedos.

O gosto quente da carência surgiu em sua boca e tornou-se ácido com a confusão interna e o pote das lembranças proibidas. Então ele se afastou dela e se virou para olhar para o seu rosto. Quando o vento ficou mais forte, ele viu as narinas perfeitamente moldadas dela tremerem, sentindo a primavera como um animal sente o sabor do vento. Seria ela um animal? Será que todo o mistério se resumia àquilo? Seria ela meramente um gatinho dourado e astuto que mostrava as garras quando já tinha brincado o bastante e queria ficar sozinho? Mas o cérebro que estava sempre funcionando, sempre trabalhando atrás dos olhos – nenhum animal tinha um órgão desses; ou seria essa a marca de um superanimal, uma nova espécie, algo que seria visto na Terra dali a alguns séculos? Teria a natureza enviado um tentáculo sensível do passado, tateando cegamente o presente com um único espécime do que a humanidade seria mil anos depois?

O cérebro o continha; liberava pequenas doses de alegria selvagem, medida em miligramas de palavras, a elevação do canto da boca, um único e voluptuoso vislumbre dos olhos acinzentados antes que as escamas da discrição tomassem conta novamente. O cérebro parecia sempre presente, sempre trabalhando sozinho, preso por um fio dourado invisível, mais fino que teia de aranha. Enviava descargas para sua mente e o punia com uma onda fria de repreensão. Ele o deixaria se contorcer em agonia, indefeso, e então, pouco antes do colapso, enviaria a corrente morna para sacudi-lo de volta à vida e o arrastar, aos tropeços, pelo espaço, até a altura da montanha de neve em que ele poderia ver todos os planos da terra estendidos diante dele, e todo o poder das cidades e os costumes dos homens. Era tudo dele, podia ser dele, a menos que o fio dourado se rompesse e o lançasse, urrando, no abismo escuro do medo novamente.

O vento tinha ficado mais frio; eles levantaram. Ele acendeu dois cigarros, deu um a ela, e eles continuaram, dando a volta no obelisco, caminhando lentamente ao longo da parede vazia e inacabada dos fundos do museu, pela beirada do parque, onde ônibus passavam com suas luzes solitárias a caminho do norte da cidade.

Ele pegou na mão dela e a colocou no bolso de seu sobretudo. Por um instante, enquanto caminhavam, ela era quente e um pouco úmida, quase dócil, quase, ao paladar da mente, doce-salgada, dócil, almiscarada; então, em um instante, ela mudava, esfriava, transformava-se na mão de uma mulher morta em seu bolso, fria como a mão que uma vez ele moldou em borracha e pendurou na ponta de um bastão, gelada como um saco emborrachado de gelo moído em seu bolso, bem na cara do marido cético de uma crente.

Agora a solidão crescia dentro dele, como um câncer, como um verme com mil ramificações, percorrendo-lhe os nervos, rastejando sob o couro cabeludo, amarrando dois braços e apertando-lhe o cérebro em um nó, pressionando-lhe o quadril e torcendo-o até arquear por necessitar e não ter, por querer e não arriscar, empurrando para cima, com a futilidade de se pegar na mão – orgasmo e um rápido dilúvio de vergonha, hostil por si só, envergonhado da vergonha.

Eles pararam de andar e ela seguiu na direção de um banco sem encosto embaixo das árvores que davam os primeiros brotos verdes sob o brilho do poste de luz, delicados, dolorosamente novos, a velha primavera que traria o verde suave e gentilmente, como uma garotinha, para o ar da terra bem depois que eles, e a cidade ativa e fatal, deixassem de existir. Eles desapareceriam para sempre, ele pensou, olhando para o rosto dela, que agora estava tão vazio como uma esfera de cristal que reflete apenas a luz da janela.

O ímpeto, o mergulho acelerado dos anos rumo à morte, tomou conta dele e ele a agarrou em um forte abraço pós-vida. Ela permitiu que ele a abraçasse e ele se ouviu gemendo um pouco, baixinho, enquanto esfregava o rosto junto aos cabelos macios dela. Então ela se afastou e roçou os lábios nos dele e voltou a caminhar. Ele ficou alguns passos atrás dela, depois a alcançou e pegou mais uma vez em sua mão. Dessa vez, sentiu firmeza, força, determinação. Ela envolveu os dedos dele por um único e reconfortante instante, depois soltou e enfiou as mãos nos bolsos de seu casaco e saiu andando, com a fumaça do cigarro serpeando atrás do ombro como um cachecol de aroma doce ao vento.

Quando ela andava, deixava os pés paralelos, como se caminhasse sobre uma rachadura na calçada. Apesar do salto alto, os tornozelos não vacilavam. Ela usava meias de seda cor de bronze e os sapatos tinham fivelas de aço vazado.

Dois garotinhos maltrapilhos, felizes por estarem na rua depois da meia-noite, vieram correndo na direção deles, um perseguindo o outro de um lado para o outro pelo passeio ao longo da parede onde as árvores se curvavam. Um empurrou o outro, gritando palavrões, e o que havia sido empurrado estava indo na direção de Lilith. Virando-se como um gato jogado do alto, ela saiu do caminho e o garoto se estabacou sobre o cascalho, com as mãos escorregando e as pedrinhas ralando as palmas. Ele se sentou e, quando Stan se virou para olhar, de repente foi para cima do companheiro com os punhos cerrados. Meninos sempre brincam do mesmo jeito. Brincadeiras violentas, até alguém se machucar e começar a briga. Trocam uns socos, depois desistem e logo ficam amigos de novo. Ah, por que vocês têm que crescer e viver uma vida como essa? Por que têm que desejar mulheres, poder, ganhar dinheiro, fazer amor, manter as aparências, promover o número, bajular algum agente, ser enganado na conta...?

Era tarde e havia pouca luz. Ao redor deles, o rugido da cidade havia se resumido a um zumbido. E a primavera estava chegando, com os álamos finos e inocentes ao redor de uma clareira, com colinas gramadas sob a mão de alguém – nunca conseguirei esquecer isso? Seus olhos embaçaram e ele sentiu a tensão na boca.

No momento seguinte, a mão de Lilith estava em seu braço, pressionando-o, virando-o para o outro lado da avenida, para o prédio de apartamentos em que vivia, onde fazia seu tipo especial de mágica, onde tinha seus arquivos trancados, repletos de coisas. Onde ela dizia às pessoas o que elas tinham que fazer no dia seguinte, quando desejassem beber, quando desejassem quebrar alguma coisa, quando desejassem se matar com remédios para dormir, quando desejassem sodomizar a empregada ou o que quer que desejassem fazer, mas tivessem tanto medo do desejo que pagavam a ela vinte e cinco dólares por hora para lhes dizer ou o motivo de não haver problema em fazer aquilo, ou continuar fazendo aquilo, ou pensar em fazer aquilo, ou como poderiam deixar de fazer aquilo, ou deixar de desejar aquilo, ou deixar de pensar em fazer aquilo, ou fazer alguma outra coisa que fosse quase tão boa ou algo que fosse ruim, mas fizesse com que se sentissem melhor ou simplesmente tivesse algo a ver com serem capazes de fazer alguma coisa.

 Na porta, eles pararam e ela se virou para ele, sorrindo serenamente, dizendo, naquele sorriso, que ele não entraria aquela noite, que ela não precisava dele, não o desejava, não queria a boca dele na sua, não queria que ele se ajoelhasse ao seu lado, beijando-a, não queria nada dele, exceto a ciência de que quando ela o desejasse à noite e quisesse a boca dele na sua, e quisesse que ele se ajoelhasse ao seu lado, beijando-a, ela o teria fazendo todas aquelas coisas como quisesse que fossem feitas e precisamente quando as quisesse e da forma exata que quisesse que fossem feitas porque ela recebia apenas o que queria de qualquer um e havia permitido que ele fizesse aquelas coisas com ela porque as havia desejado e não porque ele podia fazer melhor do que qualquer outro embora não soubesse se havia outro e não queria saber e isso não importava e ela poderia tê-lo sempre que desejasse aquelas coisas porque era assim que ela era e ela devia ser obedecida em todos os aspectos porque tinha nas mãos o fio dourado que levava a corrente da vida para dentro dele e ela tinha atrás dos olhos o reostato que fixava a corrente e poderia privá-lo de alimento e o deixar completamente seco e matá-lo de frio se quisesse e era nisso que ele havia se metido só que não importava porque contanto que uma das pontas do fio dourado estivesse presa em seu cérebro ele poderia respirar e viver e se movimentar e se tornar tão bom quanto ela desejava desde que ela enviasse pelo fio a corrente com a qual ele poderia se tornar bom e viver e até fazer amor com Molly quando Molly lhe implorava que dissesse se ele não a desejava mais para que pudesse arrumar outro homem antes que virasse uma velha acabada e suas entranhas estivessem secas demais para ter um filho.

Todas essas coisas ele viu no lábio inferior carnudo, nas maçãs do rosto e no queixo protuberantes, nos enormes olhos acinzentados que pareciam tinta naquele vestíbulo escuro. Ele estava prestes a lhe perguntar outra coisa, mas umedeceu os lábios com a língua. Ela captou seu pensamento, acenou com a cabeça, e ele ficou ali parado, três degraus abaixo dela, de chapéu na mão, olhando para ela e desejando e então ela lhe deu aquilo pelo que suplicava, seus lábios por um inteiro, morno, macio, doce e úmido momento e sua pequena língua junto à dele como as palavras "boa noite" feitas de uma umidade suave. Depois ela se foi e lá estava ele por mais um dia, mais uma semana, mais um mês, disposto a fazer qualquer coisa que ela dissesse, contanto que ela não rompesse o fio dourado e agora ele tinha a permissão dela, que ela havia extraído de sua mente, e ele se apressava para tirar vantagem disso antes que ela mudasse de ideia e o rejeitasse, esfriando o fio invisível preso ao seu cérebro, que bloquearia a mão dele a quinze centímetros de seus lábios.

Três portas depois havia um pequeno bar com uma placa de vidro no alto, iluminada por dentro, com a palavra "BAR". Stan apressou-se em entrar. Os murais eram irregulares e loucos, desse jeito e daquele outro, na parede em três tons. Um rádio tocava baixo e o atendente apontou com a cabeça para uma banqueta em uma das pontas do balcão. Stan colocou um dólar sobre a madeira envernizada.

— Hennessy, três estrelas.

— "Dentro, além da algazarra, tocava alto a fanfarra, 'Treues Liebes Herz', de Strauss"...

— O que é isso?

— É Wilde, *The Harlot's House*. Vamos entrar?

Eles estavam caminhando por uma rua lateral no crepúsculo do início do verão; adiante, a Lexington Avenue destacava-se em neon. No porão de um prédio antigo com fachada de pedra havia uma janela pintada em tons primários de azul e vermelho; acima dela, uma placa: "Pousada Águia de Duas Cabeças". Música cigana escapava pelo ar aquecido.

— Me parece uma taverna clandestina.

— Eu gosto de lugares assim... quando estou com ânimo para sujeira. Vamos entrar.

Estava escuro e alguns casais deslizavam pela pequena pista de dança. Um homem muito gordo, com papada e barba por fazer, vestindo uma blusa russa de seda verde-escura e punhos engordurados, aproximou-se deles e os levou até a mesa.

— Querem bebidas? Bom Manhattan? Bom Martini?

— Tem alguma vodca de verdade? — Lilith batia as cinzas de um cigarro.

— Boa vodca. E o senhor?

— Hennessy, três estrelas, e água.

Quando as bebidas chegaram, Stan ofereceu uma nota ao atendente, mas este a dispensou.

— Depois. Depois. Diversão primeiro. Depois pagamento... A parte ruim, não é? Divirta-se... sempre precisa pagar tudo no final. — Ele se debruçou sobre a mesa, sussurrando. — Esta vodca... não vale o que está pagando por ela. Por que quiseram vir aqui? Querem leitura de cartas?

Lilith olhou para Stan e riu.

— Isso.

Das sombras da sala dos fundos, saiu uma mulher, que foi mancando na direção deles, arrastando a vibrante saia vermelha enquanto girava os quadris. Ela tinha um lenço verde na cabeça, o nariz curvado, os lábios finos e uma fenda profunda e ensebada entre os seios, que pareciam prontos para saltar a qualquer momento da blusa branca imunda. Quando se encaixou no banco da mesa ao lado de Stan, ele sentiu seu quadril arredondado quente junto à coxa.

— Você corta o baralho, moça. Temos que ver onde cortou, por favor. Ah, viu! Bom sinal! Essa carta chama A Estrela. Vê essa menina... ela tem um pé na terra, um pé na água; ela verte vinho na terra e na água. É um bom sinal, sorte no amor, moça. Vejo homem de cabelo claro pedindo você em casamento. Alguns problemas no início, mas depois dá certo.

Ela virou uma carta.

— Essa aqui... a carta do Eremita. Velho com estrela na lamparina. Está procurando alguma coisa, não? Algo que perdeu, não? Anel? Papel com coisa escrita?

Contra o rosto inexpressivo e frio de Lilith, as perguntas da cigana batiam e voltavam. Ela virou outra carta.

— Aqui está a Roda da Vida. Você vai viver muito tempo, sem muita doença. Talvez problemas no estômago mais para a frente e algum problema com doença nervosa, mas tudo se resolve.

Lilith deu um trago no cigarro e olhou para Stan. Ele tirou duas notas da carteira e as entregou à cigana.

— Basta, irmã. Caia fora.

— Obrigada, senhor. Mas tem muito mais do destino nas cartas. Conta muitas coisas sobre o que vai acontecer. Má sorte, talvez; você vê como afastar.

— Vamos, irmã. Dê no pé.

Ela enfiou as notas de dinheiro no bolso, junto com o baralho de tarô e se levantou sem olhar para trás.

— Ela provavelmente vai jogar um feitiço em nós agora — Stan disse. — Nossa, que banal. Por que eu fui sair do parque itinerante? Poderia ser o maioral na barraca de adivinhação e embolsar dez mil ao fim de cada temporada.

— Você não desejaria isso, querido. — Lilith bebericou a vodca. — Acha que eu estaria sentada aqui com você se sua única ambição fosse ser o maioral em uma... como era o nome?

— Barraca de adivinhação. — Ele abriu um sorriso apagado. — Tem razão, doutora. Além disso, eu provavelmente teria trapaceado muitas vezes e sido preso. — A trapaça é o que os ciganos chamam de *okana borra*... o grande truque. Você faz o idiota amarrar um dólar em seu lenço. Ele dorme com ele e, pela manhã, tem dois dólares e volta correndo com todas as economias do cofrinho. Então, quando acorda da próxima vez, não tem nada no lenço além de uma pilha de papel e volta para procurar a cigana.

— Você conhece tantas passagens folclóricas fascinantes, sr. Carlisle. E acha que poderia ser feliz usando esse seu cérebro aguçado e ardiloso para enganar um fazendeiro ignorante? Mesmo que ganhasse dez mil por ano e vadiasse o inverno inteiro?

Ele terminou o conhaque e fez sinal para o garçom providenciar outro.

— E, quando chove, você lê mãos com os pés em uma poça e um rio escorrendo pela nuca. Vou continuar com a casa da sra. Peabody... ela tem um telhado melhor.

Lilith estreitou os olhos.

— Eu queria falar com você, Stan, quando tivéssemos oportunidade. Há duas mulheres que serão apresentadas em sua congregação, não diretamente por mim, naturalmente, mas vão chegar lá. Uma delas é a sra. Barker. Ela se interessa por ioga, quer ir à Índia, mas eu lhe disse para não se desarraigar da vida nesse estágio. Ela precisa de algo para ocupar o tempo. Acho que sua Respiração Cósmica vai cair como uma luva.

Stan tinha tirado um pedaço de papel do bolso e estava escrevendo.

— Qual é o primeiro nome dela?

— Me dê esse papel. — Ela o colocou em um cinzeiro e acendeu o isqueiro. — Stan, já disse para não anotar nada. Não quero ter que avisar de novo. Você fala muito sobre fazer um milhão com seu cérebro, mas continua agindo com a ingenuidade de um vigarista de parque itinerante.

Ele virou a bebida desesperadamente e logo encontrou outra no lugar, que engoliu com a mesma rapidez.

Lilith continuou:

— O nome é Lucinda Barker. Não há nada mais que precise saber.

Eles ficaram em silêncio por um minuto. Stan, irritado, batia o gelo contra as bordas do copo de bebida.

— A outra mulher se chama Grace McCandless. Ela é solteira, quarenta e cinco anos. Ficou cuidando do pai até ele morrer, três anos atrás. Passou pela teosofia e saiu do outro lado. Ela quer prova de sobrevivência.

— Ótimo. Pode me dizer alguma coisa sobre o velho?

— Culbert McCandless, um artista. Provavelmente dá para você descobrir alguma coisa sobre ele com *marchands*.

— Veja, Lilith, me dê apenas um "teste". Sei que tem medo de que eu estrague tudo e elas desconfiem que veio de você. Mas precisa confiar em mim. Afinal, moça, eu passei toda a vida no meio dessas fraudes.

— Bem, pare de se desculpar e ouça. McCandless foi para a cama com a filha... uma vez. Ela tinha dezesseis anos. Eles nunca fizeram de novo, mas nunca ficaram separados. É tudo o que vou dizer. Sou a única pessoa no mundo que sabe disso, Stan. E, se você escorregar, vou ter que me proteger. Sabe o que estou querendo dizer.

— Sei. Sei, amiga. Vamos sair daqui. Não aguento esse ar viciado.

Sobre eles, as folhas de verão isolavam o brilho da cidade sob o céu noturno. Perto do obelisco, pararam por um momento, então Lilith tomou a frente e passaram por ele. Os fundos do museu pareciam encará-lo com um olhar malicioso, repleto de ameaças veladas, com desgraça esticando sua correia nas sombras.

Quando ela saiu do banheiro, suas mãos pareciam de um branco cintilante em contraste com o penhoar de seda preta, conforme amarrava o cordão. Em seus pés, sandálias pretas pequeninas. Lilith se sentou à escrivaninha próxima à janela do quarto e, de um compartimento lateral, tirou uma caixa com várias gavetas finas rotuladas: "safira", "olho de gato", "opala", "ágata".

Ela disse, sem olhar para ele:

— As anotações não vão te servir para nada, Stan. Tenho um sistema próprio de abreviações.

— Do que está falando?

Seu olhar, dirigido a ele pela primeira vez, era calmo e generoso.

— Enquanto eu fui ao banheiro, você entrou na minha sala e experimentou a chave que mandou fazer para o meu gaveteiro. Vi sobre a penteadeira depois que você tirou as roupas. Não está mais lá. Você escondeu. Mas reconheci o formato. Você tirou a impressão da minha chave da última vez que foi para a cama comigo, não é?

Ele não disse nada, mas não parou de fumar; a brasa do cigarro ficou longa e pontuda e de um vermelho raivoso.

— Eu ia te mandar para casa, Stan, mas acho que precisa de uma aulinha de boas maneiras. E eu preciso dar um jeito nas minhas unhas do pé. Você pode me ajudar com o esmalte. Está na gaveta da mesinha de cabeceira. Traga-o aqui.

Lentamente, ele apagou o cigarro, derrubando um pouco das cinzas e logo as arrastando de volta para o cinzeiro. Ele pegou o kit de manicure e foi até ela, sentindo o ar frio e hostil junto à sua pele nua. Jogou a camisa sobre os ombros e se sentou no tapete, aos pés dela.

Lilith havia tirado da pequena caixa a gaveta marcada com o rótulo "safira" e estava levantando as pedras com uma pinça de joalheiro, segurando-as contra a luz da luminária de mesa. Sem olhar para ele, tirou um pé da sandália e o apoiou sobre o joelho dele.

— Isso é muito bom para você, querido. Terapia ocupacional.

O Grande Stanton enrolou algodão na ponta de um palito de laranjeira e o mergulhou no frasco de removedor de esmalte. O cheiro era acre e acentuadamente químico conforme ele esfregava cada minúscula unha, retirando de maneira uniforme o esmalte lascado. Ele parou uma vez para beijar o peito do estreito pé, mas Lilith estava muito envolvida com sua bandeja de pedras preciosas. Em um ato de maior ousadia, ele afastou a seda preta e beijou a coxa dela. Dessa vez, ela se virou e puxou o penhoar com firmeza sobre o joelho, lançando a ele um olhar de tolerância entretida.

— Você já teve sua dose de imoralidade à noite, sr. Carlisle. Tenha cuidado para não derrubar esmalte no tapete. Não vai querer que eu esfregue seu nariz nele e depois te pegue pelo pescoço e te jogue pela porta dos fundos, vai, querido?

Ajeitando a mão na curva do pé, ele começou a pintar as unhas dela. O esmalte cor-de-rosa espalhava-se facilmente e ele se lembrou da bancada na garagem e suas latas de tinta. Pintando um patinete que tinha feito com caixas e as rodas de um carrinho de bebê velho. Sua mãe disse:

— Que lindo, Stanton. Você pode pintar as cadeiras da cozinha para mim. — O velho estava guardando aquela tinta para alguma coisa. Aquilo significava mais uma surra.

— Stan, por favor, tenha mais cuidado! Você me machucou com o palito. — Ele tinha terminado o primeiro pé e começado o outro, sem notar.

— O que faria para ficar com os pés lustrosos se não me tivesse por perto? — Ele ficou surpreso com a quantidade de hostilidade na própria voz.

Lilith deixou uma safira de lado, estreitando os olhos.

— Eu pediria para outro amigo meu fazer. Possivelmente alguém que pudesse me levar ao teatro, que não tivesse tanto medo de ser visto comigo. Alguém que não precisasse entrar e sair escondido.

Ele apoiou o vidro de removedor de esmalte no chão.

— Lilith, espere até ganharmos uma nota preta. Basta um crente endinheirado... — Mas nem ele parecia convencido; sua voz esvaneceu. — Eu... eu quero ser visto com você, Lilith. Não... não fui eu que inventei esse arranjo. Foi você que me disse para continuar com a Molly. Se eu voltasse para o parque...

— Stanton Carlisle. Pastor da Igreja da Mensagem Divina. Não achei que você pudesse sentir ciúme. Não achei que tivesse coração para isso, Stan. Achei que só se importasse com dinheiro. E poder. E mais dinheiro.

Ele se levantou, tirando a camisa e cerrando as mãos.

— Vamos, amiga. Você pode me contar sobre quantos caras quiser. Isso aqui é meio a meio. Não sinto ciúme se outro cara apertar sua mão. Por que isso seria tão diferente da... da outra coisa?

Ela o observava com os olhos quase fechados.

— Não é tão diferente. Não. Não é nada diferente. Eu apertava regularmente a mão do velho juiz... o que bancou meu consultório quando eu era psiquiatra do tribunal e recebia salário da prefeitura. À noite, todos os gatos são pardos, não é? E me lembro vagamente, quando tinha dezesseis anos, que cinco garotos do bairro esperaram por mim uma noite quando eu voltava da escola noturna para casa. Eles me levaram para um terreno baldio e apertaram minha mão, um depois do outro. Acho que cada um voltou duas vezes.

Ele havia se virado enquanto ela falava, boquiaberto, com o cabelo caindo no rosto. Foi até a penteadeira, com seus espelhos laterais, espantou-se com a própria imagem, os olhos assolados. Então, como se buscasse algo desesperadamente, pegou a tesoura de unha e a enfiou na testa.

A pontada de dor foi seguida de imediato por uma dilacerante sensação no pulso direito, e ele viu que Lilith estava ao seu lado, segurando sua mão atrás do ombro até ele largar a tesoura. Ela não tinha esquecido de levantar o penhoar e o levava amontoado debaixo do braço para que não encostasse no esmalte recém-aplicado nas unhas dos pés.

— Coloque um pouco de iodo nisso. Stan — ela disse de maneira bem clara. — E não tente beber direto do frasco. Não é suficiente para lhe causar mais do que um enjoo.

Ele deixou a água fria correr pelo rosto e depois passou a toalha macia nos cabelos. A testa não estava mais sangrando.

— Stan, querido...

— Sim. Já estou indo.

— Você nunca faz nada pela metade, não é, amor? Tão poucos homens têm a coragem de fazer o que realmente querem. Se quiser vir até aqui e me dar um pouco mais de atenção... eu gostaria de receber atenção, querido... posso contar uma historinha para você dormir, apenas para adultos.

Ele estava se vestindo. Quando terminou, pegou uma almofada e disse:

— Me dê o pé.

Sorrindo, Lilith guardou as pedras preciosas e se recostou, esticando os braços com esplendor, observando-o com o mais doce sorriso de posse.

— Está ótimo, querido. Muito mais preciso do que eu seria capaz de fazer. Agora, vamos falar da história para dormir... pois resolvi arriscar e pedir para você passar a noite comigo. Você pode, querido. Só dessa vez. Bem, eu conheço um homem... Não seja bobo, querido, é um paciente. Bem, ele começou como paciente e depois virou um amigo... mas não como você, querido. É um homem muito esperto, capaz, e pode ser útil para nós dois. Ele se interessa por fenômenos paranormais.

Stan olhou para ela, segurando-lhe o pé com as duas mãos.

— Como ele é de grana?

— Muito bem servido, como você diria, querido. Ele perdeu uma namoradinha quando estava na faculdade e tem sido oprimido pela culpa desde então. Ela morreu devido a um aborto. Bem, a princípio achei que teria que passá-lo para um de meus colegas freudianos... ele parecia ficar fora de controle comigo. Mas então ficou interessado em fenômenos paranormais. Sua empresa faz motores elétricos. Você vai reconhecer o nome... Ezra Grindle.

CARTA XIII

# O CARRO

*Leva um conquistador.
Esfinges o puxam. Elas
viram para direções opostas
para quebrá-lo ao meio.*

GRINDLE, EZRA, INDUSTRIAL, N. BRIGHT'S FALLS, N.Y., 3 DE JAN. 1878, FILHO de Matthias Z. e Charlotte (Banks). Formado em engenharia pela Brewster Academy e Univ. de Columbia, 1900. Casou-se com Eileen Ernst, 1918, divorciou-se em 1927. Entrou para a equipe de vendas da Hobbes Químicos e Corantes, 1901; chefe de serviços internacionais, 1905; instalou fábricas no Rio de Janeiro, Manila, Melbourne, 1908-1910; diretor de export., 1912. Assessor governamental, salário simbólico, Washington, D.C., 1917-1918. Diretor geral de serviços públicos, 1919, VP 1921. Fundou a Grindle Refrigeração, 1924, a Manitou Fundição e Cunhagem, 1926 (subsidiária), em 1928, fundiu cinco companhias para formar a Grindle Metais e Gravações. Fundou a Grindle Motores Elétricos, 1929, pres. e líder do conselho. Autor de "O desafio do trabalho organizado", 1921; "Acelerando a produção: um guia científico", 1928; "Psicologia em gerenciamento de fábricas" (com R. W. Gilchrist), 1934. Clubes: Iroquês, Atlético Gotham, Clube de Engenharia de Westchester County. Hobbies: bilhar, pesca.

De *A lista de presença* – 1896, Brewster Academy:

EZRA GRINDLE ("Valente") Curso: Matemática. Atividades: clube de xadrez, clube de matemática, supervisor de beisebol por três anos, gerente de negócios de *A lista de presença* por dois anos. Faculdade: Columbia. Ambição: ter um iate. Citação: "Números mágicos e sons persuasivos" – Congreve.

Quando o rapaz ruivo levantou os olhos, viu um homem no balcão. O colarinho clerical, o terno pretíssimo e o chapéu-panamá com uma faixa preta trouxeram-no de volta à vida.

— Meu filho, será que poderia fazer a gentileza de me ajudar com uma pequena questão? — Ele colocou um breviário de volta no bolso.

— É claro, padre. Como posso ajudá-lo?

— Meu filho, estou preparando um sermão sobre o pecado da destruição da vida antes do nascimento. Será que poderia encontrar alguns recortes de notícias que saíram em seu jornal falando da morte de jovens desafortunadas que foram levadas a tirar a vida de seus bebês ainda não nascidos? Não relatos recentes, você sabe... desses, já há muitos. Gostaria de ver alguns relatos mais antigos. Provando que esse pecado era excessivo mesmo na época de nossos pais.

O rapaz levantou a testa com a dor do pensamento.

— Nossa, padre, receio não ter entendido.

Ele abaixou um pouco a voz calma.

— Abortos, meu filho. Procure no A-B.

O rapaz ficou corado e pôs se a procurar com ares de importância. Voltou com envelope antigo. ABORTOS, MORTES – 1900-1910.

O homem de colarinho clerical folheou os registros rapidamente. 1900: MÃE DE DOIS MORRE EM OPERAÇÃO ILEGAL. GAROTA DA ALTA SOCIEDADE... MARIDO ADMITE... PACTO DE MORTE...

### MORTE DE GAROTA TRABALHADORA
#### Por Elizabeth McCord

Na noite passada, no Hospital Morningside, uma jovem esguia, com cachos negros cobrindo o travesseiro, virou o rosto para a parede quando um jovem brigou para entrar na ala em que ela estava à beira da morte. Ela não quis olhar para ele, não quis falar com ele, embora ele suplicasse e implorasse por seu perdão. E, por fim, ele foi embora, esquivando-se do policial Mulcahy, posicionado no hospital para flagrar a aparição do homem responsável pela condição, e posterior morte, da garota. Ele não escapou, no entanto, dos olhos aguçados de uma enfermeira, que notou as iniciais E. G. na corrente de seu relógio de bolso.

Esta noite, em algum lugar de nossa grande cidade, um covarde se encolhe e treme, esperando que a qualquer momento a mão pesada da lei recaia sobre seu ombro, com a alma marcada (é o que esperamos) pelo gesto imperdoável da garota inocente cuja vida ele destruiu por insensíveis interesses próprios e insistência criminosa.

A garota – alta, morena e adorável, à flor da juventude – não passa de uma entre muitas...

O homem de preto estalou a língua.

— Sim... mesmo na época de nossos pais. Exatamente como pensei. O pecado de destruir uma pequena vida antes mesmo de nascer ou receber o sacramento do batismo.

Ele colocou os recortes de volta no envelope e agradeceu ao rapaz ruivo.

Na Grand Central, o bom padre pegou uma mala no guarda-volumes. Em um vestiário, trocou a roupa por um terno de linho, uma camisa branca e uma gravata listrada azul.

Na Madison Avenue, parou, sorrindo, enquanto folheava um breviário desgastado. As bordas estavam enrugadas por causa da chuva, e na folha de rosto estava escrito em caligrafia spenceriana desbotada, "Padre Nikola Tosti" e uma data. O homem loiro o jogou em uma lata de lixo. Em seu bolso havia um recorte de jornal, obra de uma jornalista sentimentaloide trinta anos antes. *29 de maio de 1900.*

O escritório do necrotério do Hospital Morningside era uma sala no porão, ocupada por Jerry, o atendente noturno, uma estante cheia de registros antigos e uma mesa toda arruinada. Havia duas cadeiras de cozinha para visitantes, um rádio, um ventilador elétrico para as noites quentes e um aquecedor elétrico para as frias. O ventilador estava ligado.

Um visitante de calças cinza sujas e uma camisa esportiva levantou a cabeça quando Jerry voltou para a sala.

— Peguei uns copos emprestados com o enfermeiro da noite da Ala Oeste Um... os numerinhos com os tracinhos. Esses copos têm marcas de medida, mas não se intimide com elas. Pode encher. Meu irmão, que sorte que nos encontramos no Julio e você tinha essa garrafa. Não tive a chance de molhar o bico a noite toda. Estava louco por umas doses.

Seu novo amigo afundou ainda mais o chapéu de palha na cabeça e encheu os copinhos de remédio com conhaque de maçã.

— Isso aqui faz tudo subir, não é? — Jerry virou sua dose e levantou o copo.

O loiro o serviu novamente e ficou bebericando seu conhaque.

— As noites aqui são meio entediantes, não?

— Não é tão ruim. Eu ouço os programas de música. Tem umas canções boas nesses programas. E faço muitas palavras cruzadas. Tem noites que não me dão um minuto de paz por aqui... tem presunto descendo a cada dez minutos. Isso acontece principalmente no inverno ou quando há ondas de calor forte... gente velha. Tentamos não trazer ninguém que já está prestes a bater as botas para cá, mas não dá para fazer nada quando um médico diz: "Tem que levar para o hospital". Então cadastramos a morte em nossos registros e nos registros da prefeitura. Não fica nada bonito. Obrigado pelo refil.

— E você tem que manter os registros em todos esses livros? Eu ficaria louco. — O homem loiro colocou os pés sobre a mesa e olhou para a estante cheia de livros de registro.

— Que nada. Apenas no livro atual... esse aqui que está na mesa. Os outros são livros antigos, desde o início do hospital. Não sei por que ficam todos aqui. Só muito de vez em quando alguém do gabinete de medicina legal vem meter o bedelho, querendo pesquisar alguma coisa bem antiga, então eu preciso tirar o pó. Este emprego não é nada mal. Tenho muito tempo livre. Mas é melhor eu não beber mais agora. A supervisora da noite é osso duro de roer. Ela pode descer aqui e acabar comigo. Dizer que estou trabalhando embriagado. Nunca vim trabalhar bêbado. E ela nunca desce depois das três. Nada mal.

Os olhos azuis e frios já haviam identificado um volume com o anos *1900* marcado.

Jerry não parava de falar.

— Sabe aquela atriz Doree Evarts... que fez a holandesa há duas noites no hotel do outro lado da rua? Não conseguiram salvá-la. Hoje à noite, umas oito e meia, recebi uma ligação para recolher um corpo na Ala Oeste Cinco... é confidencial. Era ela. Coloquei agora na refrigeração. Quer ver?

O estranho descansou o copo. Seu rosto estava pálido, mas ele disse:

— É claro que quero. Nunca vi uma *stripper* morta. Mas, nossa, eu a vi quando estava viva. Ela costumava mostrar os peitos.

O cara do necrotério disse:

— Vamos, vou apresentar você.

No corredor, havia três fileiras de portas no refrigerador. Jerry seguiu a linha, abriu uma e puxou um bandeja. Sobre ela, havia uma forma coberta por um lençol de algodão barato, que ele puxou com um floreio.

Doree Evarts tinha cortado os pulsos. O que estava sobre a bandeja galvanizada era como um boneco com os olhos entreabertos, os cabelos dourados úmidos e opacos. As narinas e a boca estavam tamponadas com algodão.

Lá estavam os seios que Doree balançava e exibia sob os holofotes âmbar, a barriga que se movia de um lado para o outro para a multidão de velhos envolvidos em fumaça de cigarro e adolescentes cheios de espinhas, as pernas longas que ela esticava no movimento final, quando preparava sua saída. O esmalte das unhas estava lascado e desbotado; havia uma etiqueta com seu nome amarrada ao polegar; os pulsos estavam enfaixados.

— É uma bela mulher... Ou melhor, era.

Jerry puxou o lençol, empurrou a gaveta para dentro e bateu a porta. Eles voltaram ao escritório e o visitante rapidamente serviu mais duas doses de conhaque.

Doree havia chegado ao fim do beco. Do que estava fugindo, a ponto de cortar as próprias veias? O pesadelo se aproximando. Que força dentro de sua cabeça, sob os cabelos tingidos de caramelo, a empurrou naquela direção?

A sala úmida mergulhava no calor do conhaque enquanto a voz de Jerry não cessava.

— Tem umas noites que a gente ri muito aqui. Uma vez... foi no inverno passado... tivemos uma noite bem pesada. Coisa séria. Eles tava empacotando aos montes, sem mentira. Um monte de gente velha. A cada cinco, dez minutos, o telefone tocava: "Jerry, sobe aqui, temos mais um". Estou dizendo, eu não tive um minuto de paz a noite toda. Por fim, enchi a fileira de baixo e depois a segunda fileira. E eu não queria ter que enfiar gente naquela fileira de cima... precisaria pegar duas escadas e de dois outros caras para me ajudar a levantar os defuntos. E aí, o que se faz numa situação dessas? É claro. Eu comecei a colocar dois por gaveta. Bem, mais ou menos umas quatro horas, a velha osso duro de roer liga e me pergunta onde está o presunto tal-e-tal, e eu digo... era uma mulher. Depois ela me pergunta sobre um outro cara, eu verifico no livro e digo a ela. Ora, eu tinha enfiado os dois na mesma gaveta. Oras... eles tava tudo morto! Ela explodiu, você tinha que ver.

Meu Deus, será que esse cara nunca ia parar de falar e sair por um minuto? Só um minuto bastaria. Na estante, sobre a cabeça de Jerry. *1900.*

— Ela estava fula da vida. E disse: "Jerry"... você tinha que ver, não ia acreditar... "Jerry, pensei que você tivesse a decência." Essas foram as palavras dela. "Pensei que você tivesse a decência de não colocar um homem e uma mulher juntos no mesmo compartimento do refrigerador!" E pode uma coisa dessas? Eu respondi pra ela: "Srta. Leary, está querendo insinuar que eu deveria sair encorajando homossexualidade entre esses cadáveres"?

Jerry se recostou na cadeira giratória, batendo na coxa, e seu companheiro riu até lágrimas escorrerem dos olhos, expulsando-lhe a tensão dos nervos.

— Ah, você tinha que ver a raiva dela! Só um minuto... o telefone está tocando. — Ele ouviu, depois disse: — É pra já, rapaz. — E empurrou a cadeira para trás. — Tenho um cliente. Já volto. Sirva uma dose antes de eu ir.

Dava para ouvir seus passos pesados afastando-se pelo corredor. O elevador parou, abriu, fechou e fez um ruído enquanto subia.

*1900.* 28 de maio. Idade: 95, 80. 73, 19... 19... Doris Mae Cadle. Diagnóstico: septicemia. Admitida – droga, de onde ela era? Sem origem.

Nome, idade, diagnóstico. A única jovem no dia 28 e nas páginas anterior e posterior. O elevador estava descendo e ele colocou o livro de registros de volta no lugar.

Jerry parou na porta, com o corpo um pouco oscilante e o rosto brilhoso de suor.

— Quer me dar uma mão? É um gordo! Nossa!

— Não. Ela não morou aqui na minha época. Mas eu só assumi a casa há oito anos. A sra. Meriwether cuidava da casa antes de mim. Ela está no Lar para Cegos desde então. Catarata, sabe como é.

Uma voz suave e culta disse:
— Sra. Meriwether, não pretendo incomodá-la com o que é, afinal é apenas um *hobby* meu. Sou genealogista, sabe. Estou tentando descobrir os ramos da família de minha mãe... os Cadle. E, em um antigo diretório da prefeitura, notei que alguém com esse nome morou na pensão que a senhora administrava há cerca de trinta e cinco anos. É claro que não espero que se lembre.

— Meu jovem, é claro que me lembro. Uma boa menina, Doris Cadle. Lembro como se fosse ontem. Teve uma espécie de intoxicação no sangue. Levei para o hospital. Tarde demais. Morreu. Foi enterrada em vala comum. Eu não sabia onde encontrar a família. Eu até pagaria para dar uma sepultura a ela, mas não tinha dinheiro. Tentei pedir contribuições, mas nenhuma das minhas pensionistas podia pagar.

— Ela era da família Cadle de Nova Jersey?

— Pode até ser. Mas, pelo que me lembro, ela era de Tewkesbury, Pensilvânia.

— Sra. Meriwether, me diga uma coisa. É parente dos Meriwether de Massachusetts?

— Bem, meu jovem, isso é bem interessante. Tive uma avó de Massachusetts. Por parte de pai. Agora, se estiver interessado nos Meriwether...

— Sra. Cadle, pensei que tivesse todos os dados necessários, mas há algumas outras perguntas que eu gostaria de fazer para os registros do governo. — O terno escuro, a maleta, os óculos com armação de tartaruga e a gravata-borboleta de bolinhas davam o ar de funcionário do governo.

— Entre. Estou tentando encontrar o retrato da Dorrie. Não vejo faz um tempo, desde que te mostrei da última vez.

— Doris Mae. Ela foi sua segunda filha, acredito. Mas a senhora guardou a fotografia dentro da Bíblia, sra. Cadle.

A voz dele parecia seca e entediada. Ele devia ficar extremamente cansado, incomodando os outros desse jeito, o dia todo e todo dia.

— Vamos olhar de novo. Aqui... aqui está. A senhora só não procurou direito. Eu perguntei quando sua filha terminou o secundário?

— Ela não se formou. Fez um curso de administração e fugiu para Nova York e a gente nunca mais viu ela.

— Obrigado. A senhora disse que seu marido trabalhava nas minas desde os treze anos. Quantos acidentes ele teve nesse período? Estou me referindo a acidentes que o fizeram perder um ou mais dias de trabalho.

— Ah, meu Deus, tenho muita coisa para contar sobre isso! Eu me lembro de uma vez, logo depois que a gente se casou...

O coletor de estatísticas vitais caminhou lentamente na direção da única linha de bondes da cidade. Na maleta, havia um rolo de filme com o registo dos dois lados de um cartão-postal. Um era uma fotografia barata de uma jovem, tirada em Coney Island. Estava sentada em um barco cenográfico chamado *Brisa do mar*, segurando um remo. Atrás dela, um farol pintado. Do lado da mensagem, estava escrito em uma caligrafia precisa e sem personalidade:

Querida mamãe e família,

    Estou enviando este cartão de Coney Island. É como se fosse a maior feira que vocês já viram. Um rapaz chamado Valente me levou. Não é um apelido engraçado? Tirei uma fotografia, como podem ver. Diga ao papai e a todos que queria estar com vocês e dê um abraço na pequena Jennie por mim. Escreverei em breve.

Com afeto,<br>DORRIE

A conversa diminuiu até se transformar em sons ansiosos quando o reverendo Carlisle entrou na sala e foi até o púlpito na alcova de vidro, onde samambaias e palmeiras recebiam o sol do verão em um amontado de verde. O restante da sala era frio e escuro, com cortinas diante das janelas que davam para a rua.

Ele abriu a Bíblia de fechos dourados, passou as mãos uma vez pelos cabelos e olhou diretamente sobre as cabeças da congregação, que havia se reunido na Igreja da Mensagem Divina.

— O texto desta manhã é de Efésios Cinco, versículos oito e nove: *"Porque outrora vocês eram trevas, mas agora são luz no Senhor. Vivam como filhos da luz, pois o fruto da luz consiste em toda bondade, justiça e verdade..."*.

A sra. Prescott estava atrasada, droga. Ou era o alvo que estava atrasando os trabalhos? Ele devia ser o tipo de cretino que sempre chega tarde... acha que o mundo vai parar à espera dele.

Os olhos azuis deixaram a página e sorriram suas bênçãos sobre os rostos que estavam diante deles. Cerca de vinte na casa, com alguns maridos que haviam sido arrastados contra a vontade e alguns crentes do sexo masculino.

— Meus caros, neste dia de verão, com a gloriosa luz do sol criada por Deus iluminando o mundo, aprendemos uma lição objetiva em seu esplendor...

Onde estava Tallentyre? Ela devia ficar de olho em Prescott e no alvo.

— ... pois nós, que já caminhamos na escuridão por medo e ignorância e dúvida, encontramos nosso caminho por meio da iluminação e brilho do plano terreno pela certeza de nossa fé.

Do outro lado da sala escura, a porta da frente se abriu e fechou. Sob a luz fraca, duas mulheres robustas, usando vestidos com estampa floral, entraram – Tallentyre e Prescott. Filho da puta! Será que o idiota desistiu de última hora? Com uma ponta de ansiedade, Stan se perguntou se alguém não devia tê-lo avisado.

Então, na entrada, apareceu um homem, grande, vestindo um terno de flanela leve e segurando um chapéu-panamá. A posição dos ombros denotava a arrogância dos que tinham posses. Aquele era um homem de posses – terras, imóveis, hectares, máquinas. E homens. Dois círculos redondos de luz, como os olhos de uma coruja, piscaram na cabeça escura – a iluminação da estufa refletiu em seus óculos sem armação quando ele se virou, cochichando com Prescott. Depois se sentou na última fileira, afastando uma das cadeiras para abrir espaço para as pernas.

O reverendo Carlisle respirou fundo e fixou os olhos sobre a Bíblia com ornamentos dourados.

— Meus caros amigos, deixem-me contar uma história. Um homem estava na guerra. Uma noite, foi enviado para explorar uma Terra de Ninguém com um de seus colegas... Uma bomba, lançada das trincheiras inimigas, iluminou o campo. Ora, ele deve ter rezado naquele momento com Davi, *"Esconde-me dos meus inimigos mortais que me andam cercando"*. O homem do qual falo correu para a segurança do buraco aberto pela bomba, empurrando seu companheiro de lado, enquanto as metralhadoras dos alemães começavam a encher o campo de morte.

Ezra Grindle se abanava preguiçosamente com o chapéu.

— O soldado que foi deixado sem cobertura sucumbiu, mortalmente ferido. E, antes que o brilho perverso da bomba se apagasse, o outro soldado, agachado na cratera, viu os olhos de seu colega fixos nele, com um olhar mudo de desprezo e acusação. Meus caros amigos, anos se passaram. O sobrevivente tornou-se um pilar da sociedade... casado, pai de família, respeitado em sua comunidade. Mas sempre, no fundo de sua alma, havia a lembrança do rosto daquele rapaz moribundo... os olhos... acusando-o!

O chapéu-panamá permanecia imóvel.

— Esse homem interessou-se recentemente pela Verdade Espiritual. Começou a frequentar a igreja de um médium muito amigo meu em uma cidade da região oeste. Ele abriu o coração para a médium. E, quando eles finalmente estabeleceram contato com o "companheiro" cuja vida terrena foi perdida devido à covardia do outro, quais acham que foram as primeiras palavras que o amigo em espírito proferiu para aquele homem carregado de culpa? Foram: "Você está perdoado".

"Imaginem, meus amigos, o júbilo inexprimível que surgiu no coração daquele homem torturado quando o peso excruciante da culpa foi retirado dele e, pela primeira vez em todos aqueles anos, ele se sentiu um homem livre... bebendo ao sol, com a brisa leve e o canto dos pássaros ao amanhecer e anoitecer."

Grindle estava com o corpo inclinado e uma das mãos sobre o encosto da cadeira à sua frente. A sra. Prescott sussurrou-lhe algo no ouvido, mas ele não prestou atenção. Parecia absorto e atraído pela voz do homem atrás do púlpito, um homem que vestia linho branco e um colete clerical preto, cujos cabelos, sob o sol do verão, eram dourados como sua voz.

— Meus caros amigos, não há necessidade de sermos perdoados por *Deus*. Como podemos pecar contra o vento, que sopra pelos campos semeados, como podemos ofender o perfume suave das flores em um crepúsculo de primavera, o azul profundo de um céu de outono ou a glória eterna das estrelas em uma noite de inverno? Não, não meus amigos. Podemos pecar apenas contra o ser humano. E o homem, em sua próxima mansão da alma, nos diz com ternura, com amor: "Você está perdoado, meu caro. Quando se juntar a nós, vai saber. Até lá, siga com nosso amor, regozije-se em nosso perdão, fortaleça-se conosco que vivemos para sempre na sombra da mão Dele".

Havia lágrimas nos olhos do clérigo e, naquele instante, à luz da alcova, cintilavam de leve no rosto quando parou de falar e ficou ali, com a postura de um imperador em seu carro.

— Vamos orar.

No fundo da sala, um homem que havia passado a vida arruinando concorrentes, subornando políticos, acabando com greves, armando vigilantes, enganando acionistas e doando casas para mães solteiras, cobriu os olhos com a mão.

— Reverendo, me disseram que traz vozes por meio de trombetas.
— Eu já *ouvi* vozes amplificadas por trombetas. Eu não as trago. Elas vêm. A mediunidade é ou um dom natural, ou adquirida por devoção, por estudo e por paciência.

Os charutos lhe haviam custado vinte dólares, mas Stan empurrou a caixa sobre a mesa sem pensar duas vezes, ele mesmo pegando um e depois segurando o isqueiro para o magnata. As venezianas estavam fechadas, as janelas, abertas, e o ventilador zunia confortavelmente.

Grindle deu duas tragadas no charuto, deixou a fumaça escapar pelas narinas, aprovou e se acomodou melhor na cadeira.

Como se se lembrasse de repente de um compromisso, o espírita disse:
— Com licença. — E fez anotações em um calendário. Deixou Grindle fumar enquanto dava um telefonema, então se virou novamente para ele, sorrindo, aguardando.

— Não me interessa o fenômeno com a trombeta em *sua* casa. Quero ver na *minha* casa.

O rosto do clérigo estava sério.

— Sr. Grindle, fenômenos espirituais não são uma performance. São uma experiência religiosa. Não podemos dizer onde e quando vão aparecer. Não se respeitam casas. Aqueles que fizeram a passagem podem se revelar no humilde casebre de um operário e ignorar completamente casas com riqueza, cultura, educação.

O homem grande assentiu.

— Prestei atenção em você, Carlisle. Em um dos sermões, disse algo sobre o espiritismo ser a única fé que oferece *prova* de sobrevivência. Lembro que disse que o comando "mostre-me" é a senha dos negócios americanos. Bem, acertou bem na mosca aquela vez. Só estou pedindo para me mostrar, apenas isso. É justo.

O sorriso do sacerdote era espiritual e benevolente.

— Estou à disposição se puder fortalecer sua decisão de descobrir mais por sua conta.

Eles fumaram – Grindle olhando para o espírita, Carlisle aparentemente em meditação profunda.

À esquerda da cadeira de Grindle havia uma mesinha de teca, uma relíquia do mobiliário dos Peabody. Sobre ela, um pequeno gongo chinês de metal. O silêncio ficou pesado e o industrial parecia estar tentando forçar o outro homem a rompê-lo primeiro; mas nenhum dos dois o fez. O pequeno gongo falou de repente – uma nota clara e desafiadora.

Grindle o pegou da mesa, virando-o para cima e para baixo, examinando-o. Depois levantou a mesa e bateu sobre o tampo com os ossinhos dos dedos. Quando levantou novamente os olhos, viu o reverendo Carlisle sorrindo para ele.

— Pode ficar com o gongo... e com a mesa, sr. Grindle. Ele nunca havia tocado por uma exsudação de poder paranormal, o que chamamos de força odílica, como acabou de acontecer. Alguém deve estar tentando se comunicar com você. Mas é difícil... seu ceticismo inato é a barreira.

Stan podia enxergar o conflito no rosto do homem grande – o medo de ser enganado em contraste com o desejo de ver maravilhas e ser perdoado por Doris Mae Cadle, 19, septicemia, 28 de maio de 1900: *Mas estou dizendo, Dorrie, se nos casarmos agora, tudo vai ficar arruinado, tudo.*

Grindle inclinou o corpo para a frente, cutucando o ar com os dois dedos que seguravam o charuto.

— Reverendo, na minha fábrica em Jersey, tenho uma balança de botica delicada o bastante para pesar um fio de cabelo humano... apenas um fio de cabelo! Está em um expositor de vidro. Se fizer aquela balança se mexer, dou dez mil dólares para sua igreja!

O reverendo Carlisle balançou a cabeça.

— Não estou interessado em dinheiro, sr. Grindle. Você pode ser rico. Talvez eu também seja... de outras formas. — Ele se levantou, mas Grindle permaneceu onde estava. — Se quiser organizar uma sessão espírita em sua casa ou em qualquer outro lugar, posso tentar ajudá-lo. Mas já fica o aviso... o lugar não importa. *O que importa é o ambiente espiritual.* — Ele estava falando devagar, como se ponderasse algo na mente, mas a última frase foi dita bruscamente como se ele tivesse tomado uma decisão.

— Mas que droga. Perdoe-me, reverendo... mas já sei disso! Você vai ter minha total cooperação. Tenho a mente aberta, Carlisle. A mente aberta. E os homens que vou escolher para nosso comitê vão ter mentes abertas também... ou vão se ver comigo depois. Quando pode ir?

— Em três semanas devo ter uma noite livre.

— Não serve. Em três semanas tenho que estar em Quebec. E tenho essa coisa que me persegue. Quero descobrir de uma vez por todas, Carlisle. Me mostre uma ponta de evidência incontestável e eu escutarei tudo o que tenha a dizer. Não pode considerar isso uma emergência e ir à fábrica hoje à noite?

Stan tinha caminhado na direção da porta e Grindle o acompanhou.

— Sr. Grindle, acredito que sua busca seja sincera.

Eles desceram os degraus acarpetados e ficaram na porta da frente por um instante.

— Então você vai, reverendo? Hoje à noite.

Carlisle arqueou o corpo.

— Esplêndido. Mando o carro às seis. Está bem assim? Ou que tal ir mais cedo e jantar por lá? Todos comemos no mesmo refeitório, junto com os homens. Democrático. Mas a comida é boa.

— Não devo comer nada muito pesado, obrigado. Faço um lanche antes das seis.

— Certo. O carro vai passar aqui na igreja para pegá-lo. — Grindle sorriu pela primeira vez. Foi um sorriso muito frio, tenso na área dos olhos, mas provavelmente foi sua melhor tentativa. Stan olhou atentamente para o homem grande.

Cabelos finos e claros. Testa saltada e coberta de sardas. Rosto grande e retangular, com feições modestas e petulantes bem no centro. As habituais linhas de expressão sobre a boca, como se tivessem ficado gravadas ali depois de uma dor de barriga ou como se ele sentisse constantemente um cheiro ruim. Voz irritada e aguda, arrogância na superfície, medo por baixo. Temeroso de que alguém pudesse lhe tirar um centavo ou o equivalente a um centavo de seu poder. Tamanho da cintura mantido por jogos de golfe e um aparelho simulador de remadas. Talvez com suportes de ombro para se apoiar quando problemas tentassem fazê-lo se curvar como se curvam seus contadores. Mãos grandes, dedos cobertos de pelos avermelhados. Um idiota enorme, irritável, insatisfeito, movido-pela-culpa, orgulhoso-por-ser-rico, apaixonado-por-publicidade – recheado com mil notas de dólar.

A mão que o reverendo Carlisle levantou como gesto de despedida foi como uma bênção – no melhor sentido possível.

Quando Stan voltou ao apartamento, eram duas da tarde. Molly ainda estava dormindo. Ele puxou os lençóis dela e começou a fazer cócegas em suas costelas. Ela acordou zangada e rindo.

— Stan, pare! Ah... ah, querido, devem ser boas notícias! O que foi?

— Encontrei A vítima, menina. Ele está finalmente mordendo a isca. Sessão espírita hoje à noite, na empresa dele em Jersey. Se der certo, estamos feitos! Se não der, estamos ferrados. Agora saia e me arrume um gatinho.

— Um quê? Stan, está se sentindo bem?

— Sim, é claro que estou. Vista umas roupas e saia e encontre uma delicatéssen que tenha um gatinho. Traga-o para cá. Mesmo que precise roubá-lo.

Quando ela saiu, ele soltou a borracha da ponta de um lápis, prendeu o lápis no batente de uma porta e perfurou o lápis com uma broca de mão. Depois colocou a borracha de volta e guardou o lápis no bolso.

O gatinho era tigrado e tinha cerca de três meses.

— Droga, não podia ser branco!

— Mas, querido, eu não sabia o que você queria com ele.

— Tudo bem, menina. Você se saiu bem. — Ele se fechou com o gato no banheiro durante meia hora. Depois saiu e disse a Molly: — Aqui está. Agora pode levá-lo de volta.

— Levá-lo de volta? Mas prometi ao homem que daria um bom lar a ele. Ah, Stan, achei que poderíamos ficar com ele. — Ela estava contendo as lágrimas.

— Tudo bem, tudo bem, menina. Fique com ele. Faça o que quiser com ele. Se esse negócio der certo, compro uma pantera com pedigree para você.

Ele correu de volta para a igreja, e Molly colocou um pires de leite no chão e ficou vendo o gatinho lamber. Resolveu chamá-lo de Buster.

— É aqui que começa a propriedade Grindle, senhor — disse o motorista. Eles haviam rodado por Manhattan, sob o rio, com as paredes do túnel iluminadas, passando pela fumaça do norte de Jersey e atravessando um trecho desolado de sapais. Adiante, sobre um deserto de pedras e alguma grama que se esforçava para nascer, a chaminé e os prédios longos, de telhado de vidro, da Grindle Motores Elétricos refletiam o que restava da luz do sol.

O carro diminuiu a velocidade ao chegar a um portão com arame farpado no alto, por onde passavam fios elétricos.

O segurança particular que estava no portão acenou com a cabeça para o motorista e disse:

— Pode entrar direto, sr. Carlisle. Apresente-se na Portaria Número Cinco.

Eles seguiram por uma via de cascalho e chegaram a outras cerca de arame farpado, onde ficava a Portaria Número Cinco.

— O senhor precisa entrar e se registrar — disse o motorista.

Dentro da casinha de concreto, sentado atrás de uma mesa, havia um homem de camisa militar cinza, cinto de guarnição Sam Browne e boné azul-escuro. Estava lendo um tabloide; quando levantou o rosto, Stan interpretou toda sua história de vida: expulso da polícia de alguma cidade pequena por brutalidade excessiva; ou pego em um esquema de extorsão e mandado para a prisão – o rosto carregava as marcas da delegacia e da prisão, uma em cima da outra.

— Carlisle? Estão esperando por você. Assine esse cartão. — Ele se projetou de uma máquina que parecia uma caixa registradora. Stan assinou. Então o segurança disse: — Puxe o cartão para fora. — Stan segurou na superfície lisa e puxou. — Cuidado... não rasgue. É melhor usar as duas mãos.

O reverendo Carlisle usou as duas mãos. Mas o que era aquilo? Ele entregou o cartão ao brutamontes e logo se deu conta de que havia deixado um registro de suas impressões digitais sobre a superfície lisa do cartão.

— Agora entre aqui e vou passar as regras. — Era um pequeno vestiário. — Tire o casaco e entregue-o para mim.

— Posso perguntar o motivo disso?

— Ordens do sr. Anderson, chefe de segurança da fábrica.

— O sr. Grindle está sabendo disso?

— Não faço ideia, reverendo. Pode perguntar a ele depois. Agora, entregue-me o casaco. Anderson está mais rígido com as regras ultimamente.

— Mas o que está procurando?

Dedos atarracados tateavam bolsos e costuras.

— Sabotagem, reverendo. Nada pessoal. O próximo a entrar pode ser um senador, e vamos ter que fazer a revista da mesma forma. — A revista incluiu os sapatos do reverendo Carlisle, a faixa de seu chapéu e o conteúdo de sua carteira. Quando o segurança estava devolvendo o colete, caiu um lápis; ele o pegou e entregou ao clérigo, que o guardou no bolso. Na saída, Stan deu um charuto ao homem. Ele foi imediatamente trancado na gaveta da mesa de metal verde, e o Grande Stanton ficou se perguntando se depois seria rotulado como: "Suborno oferecido pelo reverendo Stanton Carlisle. Prova A".

Na porta da fábrica, um homem magro e de movimentos rápidos, de trinta e poucos anos e cabelos bem pretos, apresentou-se.

— Meu nome é Anderson, sr. Carlisle. Chefe de segurança da fábrica. — O lado esquerdo da lapela de seu terno de sarja azul estava levemente desaprumado. — O comitê o aguarda.

Elevadores. Corredores. Paredes de gesso verde-claras. Um espaço branco pintado no chão em todos os cantos. "Ninguém nunca vai cuspir em um canto pintado de branco." O zunido das máquinas e o retinir dos motores do lado de fora. Então uma porta com vitrô que dava para uma passagem com paredes de carvalho. Tapetes no chão. A sala de recepção poderia pertencer a uma agência de publicidade; era um estouro repentino de couro castanho e peças cromadas.

— Por aqui, sr. Carlisle.

Anderson foi na frente, abrindo e segurando as portas. A sala da diretoria era comprida, com teto de vidro, mas sem janelas. A mesa que ficava no centro deve ter sido montada lá dentro; certamente nunca mais poderia ser retirada.

Grindle apertava-lhe a mão e o apresentava aos outros: dr. Downes, médico da fábrica; sr. Elrood, da equipe jurídica; dr. Gilchrist, psicólogo industrial, também parte da equipe da fábrica; professor Dennison, que dava aulas de filosofia no Grindle College; sr. Prescott ("Você já deve conhecer o sr. Prescott, da igreja") e sr. Roy, ambos diretores da companhia. Com Anderson e Grindle, eram oito – o número tradicional, segundo Daniel Dunglas Home, para uma sessão espírita. Grindle sabia mais do que deixava transparecer. Mas esse tipo não era sempre assim?

Na outra ponta da mesa – parecia um quarteirão de distância – havia um expositor de vidro retangular de trinta centímetros de altura; dentro, uma balança de precisão de botica, com suporte em forma de cruz e dois pratos redondos suspensos por correntes.

Grindle estava dizendo:

— Gostaria de lavar as mãos antes? Tenho um apartamento bem acima desta sala, onde fico quando tenho que trabalhar até tarde.

A mobília era muito parecida com a sala de espera de Lilith. Stan fechou a porta do banheiro e lavou o suor da palma das mãos.

— Se eu conseguir dessa vez — ele sussurrou para o espelho —, sem dúvida o mérito é todo do Grande Stanton.

Uma última olhada na saleta revelou uma nuvem de pelo azulado, na qual brilharam olhos amarelos quando o gato desceu de uma cadeira e foi na direção dele. A tensão sumiu da testa de Stan.

— Venha com o papai, bebê. Agora está no papo.

Quando se juntou novamente ao comitê, estava carregando o gato nos braços e Grindle deu seu sorriso enrugado, sem prática.

— Estou vendo que fez amizade com a Bela. Mas ela não te incomoda?

— Pelo contrário. Gostaria que ela ficasse. E, agora, talvez os cavalheiros possam me dizer o que é esse interessante aparato e como ele funciona. — Ele colocou a gata com cuidado sobre o tapete, onde ela bateu na perna dele uma vez com a pata, exigindo ser colocada no colo novamente, e depois foi para baixo da mesa, aborrecida.

O chefe de segurança da fábrica estava com a mão sobre o vidro.

— Esta é uma balança de precisão, sr. Carlisle. Uma balança de botica. O indicador no centro da barra registra a mínima pressão em qualquer um dos dois pratos. Pedi a um de nossos rapazes que instalasse um conjunto de contatos elétricos sob os pratos, de modo que, se qualquer um deles for pressionado, mesmo que seja pelo peso de um fio de cabelo, esta lâmpada elétrica no canto do expositor acende. O sistema é todo independente; baterias de lanterna dentro da caixa alimentam a corrente. A balança foi nivelada, e nesta sala não há nenhuma vibração que possa causar interferências. Eu a observei por uma hora hoje à tarde, e a luz nunca piscou. Para acender essa luz, alguma força deve pressionar um dos pratos da balança. Está claro?

O reverendo Carlisle sorriu com ar espiritual.

— Posso inspecioná-la?

Anderson olhou para Grindle, que concordou. O chefe de segurança abriu as portas do expositor e chegou perto.

— Não toque em nada, reverendo.

— Receio não entender muito sobre eletricidade. Mas tem certeza de que esse dispositivo elétrico não interfere no livre movimento da balança? O que são essas tiras de cobre? — Ele apontou para elas com a extremidade de um lápis, onde estava faltando a borracha, indicando duas tiras estreitas de metal que saíam de baixo dos pratos da balança e se ligavam a conexões isoladas atrás dela.

— São pontos de contato. Dois de cada lado. Se qualquer um dos pratos se mover, toca nesses pontos, fecha o circuito e a luz acende. — Anderson fechou rapidamente, e trancou, as portas de vidro.

O reverendo Carlisle não estava prestando atenção. Seu rosto tinha ficado inexpressivo. Movendo-se como se estivesse em um sonho, ele voltou para o outro lado da sala e se sentou na cadeira, na ponta da mesa, a quase dez metros do mecanismo em seu abrigo de vidro.

Sem dizer nada, Grindle fez sinal para os outros ocuparem seus lugares – Anderson à esquerda de Stan, Grindle em uma cadeira à direita, o restante dividido entre os dois lados. A balança de precisão tinha metade da longa mesa para si.

O reverendo Carlisle fechou os olhos, cruzou os braços e apoiou a cabeça sobre eles, como se tentasse cochilar. Sua respiração ficou mais profunda, irregular e entrecortada. Ele se mexeu uma vez e murmurou algo incoerente.

— Ele entrou em transe?

O chefe deve ter calado o interlocutor com o olhar.

O silêncio aumentou. Grindle riscou um fósforo para acender um charuto e vários outros tomaram coragem para fumar. A sala estava semiescura e a tensão dos homens que aguardavam só crescia.

O médium havia sido revistado no portão. Os olhos de todos haviam estado sobre ele desde sua chegada. Ele não havia tocado no instrumento – tinha sido observado por Anderson em seus mínimos movimentos. Todos tinham sido alertados a procurar fios ou tentativas de tentar inclinar a enorme mesa. O sr. Roy havia saído discretamente da cadeira e estava sentado no chão, observando os pés do médium sob a mesa, mesmo eles estando a quase dez metros da balança. O aparato estava fechado em uma caixa de vidro; Anderson tinha trancado as portas. E aquele médium dizia-se capaz de mover objetos sólidos sem tocar neles. Eles esperaram.

À direita, Stan podia sentir o homem grandioso, que tinha a atenção fixa sobre a forma de vidro retangular. Eles esperavam. O tempo estava do lado do espírita. Aquela oportunidade era melhor do que qualquer outra com que já havia sonhado. Primeiro, a aparição da gata, depois aquela protelação repleta de tensão para o comitê. Será que funcionaria, afinal?

Ele ouviu Grindle sussurrar:

— Bela... Bela, venha aqui!

Stan levantou a cabeça, balbuciando um pouco, e por sob uma das pálpebras viu que a gata tinha saído do colo de Grindle e estava olhando diretamente para o expositor com a balança.

A surpresa tomou conta do círculo em espera. A luz havia acendido, ardendo com nitidez em vermelho, uma lâmpada minúscula, do tamanho das usadas em árvores de Natal, em um bocal no canto superior direito.

Stan resmungou novamente, com as mãos fechadas em punhos. A luz apagou; seus punhos relaxaram.

Grindle interrompeu o burburinho que havia se iniciado com um estalar de dedos.

Mais uma espera. A respiração de Stan ficou mais pesada. Ele sentiu a saliva em sua boca engrossando; sua língua estava seca, a saliva parecia algodão; ele a forçou para fora do lábio inferior. Foi a única vez em que não teve que fingir estar espumando.

A luz piscou de novo e a respiração do médium transformou-se em uma batalha sibilante e agonizante.

Apagou novamente. Stan suspirou.

Silêncio. O tique-taque no relógio de alguém. No pé da mesa, a gata persa olhava para Grindle com uma careta, dizendo em língua de gato: "Deixe-me entrar naquela caixa de vidro".

A luz novamente. Dessa vez, permaneceu acesa. Anderson levantou da cadeira enquanto o coração de Stan acelerava, mas Grindle fez sinal para que voltasse, e ele concordou com um meio-termo, parando onde estava. Por baixo dos braços cruzados, Stan podia ver a mão fina de Anderson, as unhas levemente polidas, apoiadas sobre o mogno enquanto inclinava-se para a frente. A luz apagou.

Dessa vez, o médium tremeu e voltou a encostar na cadeira, com a cabeça pendurada. Com a voz arrastada, ele disse:

— Abram o expositor. Deixem o ar entrar! Tirem a proteção e examinem o aparato. Rápido!

Anderson já estava lá. O reverendo Carlisle encolheu-se na cadeira, com os olhos fechados, a espuma escorrendo pelo lábio inferior e o queixo.

Por uma pequena abertura de pálpebras, podia ver Anderson e o psicólogo tirando a balança da caixa. Bela tinha se aproximado e agora batia com a pata nos contatos de metal na base do expositor. Grindle a pegou no colo, fazendo cara feia, e a fechou no apartamento.

Então Stan sentiu algo tocando-lhe os lábios e abriu os olhos. O médico estava diante dele, segurando um pouco de gaze estéril, que jogou em uma placa de Petri, guardada no bolso. Vá em frente, seu maldito metido a esperto, analise para ver se não é sabão! Eu poderia mandar uma amostra bem no meio do seu olho.

Grindle segurava Stan pelo braço e o estava levando na direção do apartamento. Olhando para trás, ele disse:

— Boa noite, senhores. Já podem ir.

Sozinho com Grindle, Stan começou a se recuperar. O industrial lhe ofereceu conhaque, e ele bebeu devagar. Bela olhava para ele com os olhos amarelos.

— Vou pedir para o carro levá-lo de volta a Nova York, sr. Carlisle. Assim que se sentir bem para o trajeto.

— Ah, muito obrigado. Eu... estou um pouco trêmulo. Aconteceu algum fenômeno?

— A luz do gabinete acendeu três vezes. — Atrás dos óculos sem armação, os olhos pequenos e cinzentos de Grindle quase brilhavam. — Isso serve de prova para mim, sr. Carlisle. Não vou mais arrastá-lo até aqui. Eu disse que sou cabeça-dura. Precisava de prova. Bem... — Sua voz foi tomada por um leve toque de emoção que o autocontrole habitual não conseguiu ocultar. — Vi algo hoje à noite que não pode ser tomado como fraude ou enganação. As condições foram absolutamente controladas. Alguma força dentro do expositor pressionou os pratos daquela balança, e, se alguém me disser que foram ímãs, vou rir de sua cara. O instrumento é feito de latão. Essa fábrica está a quilômetros das vibrações da cidade... tem base de concreto. Não havia fios. Você não chegou nem perto dali; não tocou no objeto...

Grindle estava andando de um lado para o outro sobre o tapete, fumando sem parar, com o rosto corado.

O reverendo Carlisle terminou de tomar o conhaque e estendeu a mão carinhosa na direção da gata persa. Segurança! Aquela era a montanha de sacos de dinheiro, e ele estava lá, não no topo, mas com o topo à vista. Finalmente se levantou, esfregando os olhos cansados. O homem grandioso ainda estava falando.

— ... dez mil dólares. Eu disse que doaria e cumpro com minha palavra. O cheque será enviado a você.

— Por favor, sr. Grindle, não vamos falar de dinheiro. Se eu lhe dei provas...

— Bem, deu mesmo. Com certeza deu! Deixe-me...

— A igreja sempre pode fazer bom uso de doações, sr. Grindle. Pode cuidar disso por meio da sra. Prescott. Sei que ela ficará satisfeita. É uma mulher muito boa e devota. Mas, para mim, basta saber que uma pequena ponta da gloriosa verdade foi revelada.

Bela, esparramada na cadeira mais confortável da sala, de repente se levantou e começou a coçar o queixo com a pata traseira. Stan foi levando Grindle na direção da porta. Ao fechá-la, ele viu Bela mordendo persistentemente os pelos acima das costelas.

Na escadaria da fábrica, seu dono fez uma pausa. Do bolso, tirou dois envelopes, segurou-os contra a luz e entregou um a Stan.

— Aqui está... É melhor te entregar isso agora, Carlisle. Ia mandar pela sra. Prescott, como sugerido, mas você pode me poupar o trabalho. Não vamos precisar desse outro. — Ele rasgou o envelope e seu conteúdo.

— Não compreendo, sr. Grindle.

O sorriso surgiu novamente, com um toque de dentes brancos.

— Era uma ordem para sua prisão... caso tentasse usar métodos fraudulentos para produzir fenômenos. Não foi ideia minha, sr. Carlisle. Sou aconselhado de vez em quando, sabe, por um dos rapazes que cuida dos meus interesses.

Stan empertigou-se e seus olhos azuis endureceram.

— Aquela ordem de prisão foi assinada por um juiz?

— Imagino que sim.

— E sob que acusação eu seria preso... se o senhor ou um de seus empregados pensasse ter detectado alguma trapaça?

— Ora, conspiração com intenção de fraude.

— E que fraude eu teria cometido, sr. Grindle? Apropriação de uma tarifa de táxi de Nova York até aqui?

O homem grande franziu a testa.

— Você compreende, eu não tive nada a ver com isso. O sr. Anderson...

— Pode dizer ao sr. Anderson — disse o reverendo Carlisle com nervosismo — que eu seria capaz de processar por detenção indevida. Nunca recebi um centavo por exercer os dons da mediunidade. E nunca vou receber. Boa noite, senhor.

Ele entrou no carro que o esperava e disse com frieza ao motorista:

— Pode me deixar na estação de trem. Não me leve até Nova York.

Grindle ficou boquiaberto, depois se virou e voltou para a fábrica.

Anderson era um bom rapaz, dedicado, dedicado. Não havia como desejar lealdade maior. Mas, que droga, ele não entendia. Ele simplesmente não entendia as coisas mais profundas, mais espirituais da vida. Bem, dali em diante ele diria para Andy não meter o nariz na pesquisa mediúnica.

Os outros haviam deixado a sala da diretoria, mas Anderson ainda estava lá. Ele estava batendo na ponta da mesa de conferências com golpes fortes, tentando fazer a luz piscar.

— Desista, Andy — o chefe disse de maneira incisiva. — Vamos, vá para casa.

— Vou descobrir como ele fez! Ele fez alguma coisa.

— Andy, não consegue encontrar em sua alma a capacidade de admitir que pode ter sido uma força odílica que você não pode ver ou mensurar?

— Isso é loucura, chefe. Sei identificar um vigarista.

— Eu disse para ir para casa, Andy.

— O senhor é que manda.

Quando ele estava saindo, Grindle o chamou.

— E demita a mulher que você contratou para cuidar do pelo da Bela. Está uma desgraça. Ela não está sendo bem cuidada.

A voz de Anderson estava inflamada, porém cansada.

— O que foi agora, chefe?

— É repugnante... O pelo da Bela está cheio de pulgas.

— Certo, chefe. Amanhã a mulher vai embora.

Ele saiu rapidamente da fábrica, encontrou seu carro no estacionamento e virou a chave na ignição com raiva. Aquele maldito reverendo de araque. Ele seria capaz de enganar o chefe. E o chefe o protegeria. Mas como raios ele havia conseguido acender aquela luz dentro do expositor? Força odílica uma ova!

— Essa é sua força odílica, reverendo?

— É. Isso mesmo, querida. Você gosta?

Ela riu sob ele, quente e envolvida por seus braços, no escuro do quarto.

— Espere, amor. Vamos descansar.

Eles descansaram. Stan disse:

— Ele vai ao extremo, com certeza. Não é durão... Não passa de mais um idiota.

— Vá com calma com ele, Stan.

— Eu estou calmo. Cada teste é um pouco mais forte, até ele ir pegando o jeito para o material completo. Só tem um coisa...

— Molly?

— É, Molly. A mulher vai nos dar muito trabalho.

— Não vai ser difícil lidar com ela.

— É. Mas é desgastante. Lilith, estou cheio dela. É como uma pedra ao redor do meu pescoço.

— Paciência, querido. Não tem outra pessoa.

Eles ficaram em silêncio por um tempo, vendo-se com as pontas dos dedos e com a boca.

— Lilith...

— O que foi, amor?

— O que aquele cara realmente quer? Martelei muito o "perdão" em sua cabeça, mas só recebo resposta pela metade. Ele não engole. Tem mais alguma coisa. Certo. Trazemos de volta a moça morta. Ela diz que o perdoa e que está tudo bem. Mas para onde vamos a partir daí?

A dra. Lilith Ritter, no momento em uma posição muito antiética, porém gratificante em relação a um de seus pacientes, soltou uma gargalhada.

— O que ele quer *fazer*? Com seu primeiro amor? Não seja tão ingênuo. Ele quer fazer isso... e isso...

— Mas... não. Não vai dar. Com a Molly não. Ela nunca vai...

— Ah, sim, ela vai.

— Lilith, eu a conheço. Ela nunca saiu da linha em todos esses anos, desde que viramos parceiros. Não posso mandar ela trepar com o idiota.

— Pode, sim, querido.

— Pelo amor de Deus, *como*?

A boca quente tampou a dele e ele se esqueceu de Molly e da trapaça, cujo planejamento o mantinha atormentado. Por entre os lábios colados, Lilith murmurou:

— Eu te digo quando chegar a hora.

A lamparina mediúnica, fornecida pelo reverendo Carlisle, não emitia luz, exceto por meio de um único disco vermelho-escuro no centro de seu filete de metal. O médium, usando um roupão de seda preto, pijamas de seda e chinelos, estava recostado em uma poltrona em um dos lados da entrada de uma sala de jogos. Grindle, em mangas de camisa, estava sentado de frente para ele, com a lamparina em uma mesinha lateral. Cortinas escuras cobriam a porta e uma brisa leve as movimentava. Carlisle havia aberto alguns centímetros de uma janela no cômodo interno para ventilação. Não estava aberta o suficiente para um homem enfiar a cabeça para dentro e estava lacrada. Grindle havia pressionado seu anel de sinete em cera quente. As outras janelas estavam fechadas. A queda até o gramado do lado de fora era de cinco metros, e seu declive dava para o rio.

Além da sala de jogos escurecida, os dois homens aguardavam. A cabeça do médium estava jogada para trás. O pulso esquerdo estava preso ao direito de Grindle por um filamento longo de fio de cobre, e ele havia jogado água salgada no pulso dos dois.

O salto do chinelo do reverendo estava bem pressionado junto ao pé da poltrona.

Toc!

Parecia vir da mesa onde estava a lamparina vermelha.

Toc!

— Há alguém em espírito falando? — As palavras do médium eram um sussurro rouco.

Toc! Toc! Toc!

— Nós o saudamos. As condições estão favoráveis? Devemos aumentar um pouco a luminosidade?

Mais três batidas em resposta. Grindle se inclinou para a frente e aumentou o pavio da lamparina até que uma batida de alerta ordenou que parasse. Seu rosto largo estava atento e pouco à vontade, mas Stan não detectou astúcia ou ceticismo declarado. Ele estava interessado, indo na direção certa.

Eles esperaram. Mais silêncio. Então, de trás das cortinas escuras da passagem, veio outra batida – um som oco e musical, como se algo tivesse acertado a janela. Grindle levantou da cadeira, mas a mão levantada em alerta do espírita o deteve. A respiração de Carlisle ficou acelerada, pesada, e ele pareceu perder a consciência.

O "solicitante" começou a suar. Teria imaginado uma descarga latejante de correntes em seu pulso onde o fio estava amarrado?

Outro som, um clique distinto, vindo da sala de jogos. Depois todo um coro de cliques que ele identificou como bolas de bilhar batendo umas nas outras, às vezes ritmadas, como se estivessem dançando.

O suor começou a escorrer da testa do industrial. A noite estava quente, mas não tanto. A camisa estava colando no peito e as mãos pingavam.

O jogo de bilhar fantasmagórico continuou; então uma bola branca de marfim saiu rolando de baixo das cortinas e acertou o pé da mesa, entre ele e o médium.

Carlisle movimentava-se de maneira agitada e uma voz saiu de seus lábios rígidos:

— *Hari Om!* Saudações, recém-chegado à Vida da Verdade Espiritual. Saudações, nosso novo *chela*. Creia, mas não cegamente. Creia na prova da mente oferecida a você pelos sentidos. Elas não podem lhe dar a Verdade, mas podem apontar o Caminho. Confie em meu discípulo, Stanton Carlisle. Ele é um instrumento que forças espirituais tocam, como um amante toca sua cítara sob a janela de sua amada. Saudações, Ezra. Um amigo veio da Vida Espiritual para se comunicar com você. *Hari Om!*

O cântico ressonante, com sotaque pronunciado, se desfez. Grindle alternou sua atenção dos lábios do médium para as cortinas diante da sala escurecida. Os cliques das bolas de bilhar pareciam mais próximos, como se estivessem rolando e batendo no chão logo atrás das cortinas. Ele ficou olhando fixamente, com os lábios retraídos sobre os dentes postiços, a respiração sibilante. Uma bola branca rolou lentamente de baixo das cortinas e parou a quinze centímetros para dentro da sala onde eles estavam. A bola vermelha veio atrás. Clique!

Enquanto observava, os pelos da nuca do homem grande se arrepiaram, a pele se contraiu sobre as têmporas. Na pouca luz vermelha, uma pequena mão saiu de baixo das cortinas, tateou delicadamente em busca da bola vermelha, encontrou-a e a jogou atrás da branca. Clique! E a mão desapareceu.

Com um grito inconsciente, Grindle deu um salto e se jogou na direção da mão desaparecida, mas deu um giro e se agarrou nas cortinas da passagem para não cair. Pois seu pulso direito estava firmemente preso com o fio de cobre ao pulso do médium, que agora gemia e ofegava, com os olhos semiabertos e revirados, até a parte branca ficar tão presente quanto os olhos de um pedinte cego.

Depois Grindle sentiu a outra sala vazia e quieta. Levantou-se, lutando para respirar, sem fazer nova tentativa de entrar.

O médium respirou fundo e abriu os olhos.

— Podemos retirar o fio agora. Houve algum fenômeno notável?

Grindle confirmou com a cabeça, ainda olhando para a passagem.

— Tire esses fios de mim, reverendo! Quero olhar lá dentro.

Stan ajudou a desenrolar o fio e disse:

— Só um favor, sr. Grindle. Poderia me dar uma taça de conhaque?

O anfitrião lhe serviu uma e virou outras duas de uma vez.

— Pronto? — Ele abriu as cortinas e apertou o interruptor na parede.

Um brilho reconfortante veio da lâmpada de teto sobre a mesa de bilhar. A mão de Stan sobre seu braço o impediu de entrar.

— Cuidado, sr. Grindle. Lembre-se das precauções que tomamos.

O chão tinha sido generosamente polvilhado com talco. Agora tinha marcas, e, quando Grindle se ajoelhou para examiná-las, viu, com um arrepio, que sem dúvida eram pegadas dos pés descalços de uma criança pequena.

Ele se levantou, limpando o rosto com um lenço embolado. A sala tinha sido o cenário de atividades grotescas. Tacos tinham sido tirados do suporte e enfiados nas bocas abertas de peixes empalhados, pendurados na parede. O giz para os tacos havia sido jogado no chão e quebrado. E por todo lado havia pegadas minúsculas.

Carlisle ficou na entrada por um instante, depois deu meia-volta e se afundou na poltrona, cobrindo os olhos com a mão como se estivesse muito cansado.

Por fim, a luz da sala de jogos se apagou e Grindle ficou ao lado dele, pálido, com a respiração pesada. Ele se serviu de outra dose de conhaque e entregou uma ao médium.

Ezra Grindle estava abalado em um nível que nenhuma queda da bolsa ou tratado de paz sul-americano repentino poderia abalá-lo. Pois, com um pedaço de giz, uma mensagem havia sido escrita no feltro verde da mesa de bilhar. Ela continha a resposta para uma grande, secreta e vergonhosa dor que havia dentro dele – uma ferida que supurava havia muitos anos. Não havia uma só alma no mundo que pudesse saber de sua existência além dele mesmo – um nome que ele não falava havia trinta e cinco anos. Ela carregava a chave para um antigo erro que ele daria um milhão de dólares conquistados com muito suor para acertar com sua consciência, de bom grado. Um milhão? Cada centavo que tinha!

A mensagem estava em caligrafia comum:

    Valente, querido,
    Tentamos chegar até você, mas a força não foi suficiente. Quem sabe na próxima vez. Queria muito que visse nosso menino.

DORRIE

Ele fechou as portas e as trancou. Levantou a mão para tocar o sino, mas desistiu, e se serviu de mais uma dose de conhaque.

Ao seu lado estava a figura alta e vestida de seda preta, com uma expressão compassiva no rosto.

— Vamos orar juntos... Não por eles, Ezra, mas pelos vivos, para que sejam capazes de enxergar claramente...

O trem para Nova York sairia só dali a meia hora e a sra. Oakes, que estava visitando a nora, havia lido errado a tabela de horários; agora teria que esperar.

Na plataforma da estação, ficou andando para cima e para baixo para aliviar a impaciência. Então, em um banco, viu uma pequena figura estendida, com a cabeça apoiada sobre os braços. Seu coração ficou tocado. Ela o sacudiu gentilmente pelo ombro.

— Qual é o problema, homenzinho? Está perdido? Deveria encontrar sua mamãe ou seu papai aqui na estação?

O dorminhoco levantou com um resmungo. Ele tinha o tamanho de uma criança; mas vestia um terno listrado e uma camisa cor-de-rosa com uma gravata em miniatura. E, sob o nariz arrebitado, havia um bigode!

O bebê bigodudo tirou um cigarro do bolso e riscou um fósforo na parte de trás das calças. Acendeu o cigarro e estava prestes a apagar o fósforo quando sorriu para ela com seu rosto maligno de bebê velho, enfiou a mão dentro do casaco e tirou um cartão-postal, segurando o fósforo para que ela pudesse ver.

A sra. Oakes achou que ia ter um ataque. Tentou fugir, mas não conseguiu. Então chegou o trem e a criaturinha horrível embarcou, piscando para ela.

CARTA XIV

# A TORRE

*Eleva-se da terra ao céu, mas um raio vingativo encontra suas paredes.*

Depois do muro do jardim, uma fileira de álamos farfalhava com o vento da noite. A lua não tinha aparecido; na escuridão branda, a voz era uma onda musical monótona, calmante como os sons de uma fonte.

— Sua mente está quieta... uma lamparina em um canto abrigado onde a chama não tremula. Seu corpo está relaxado. Seu coração está em paz. Sua mente está perfeitamente lúcida, mas tranquila. Nada o incomoda. Sua mente é uma lagoa silenciosa e calma, sem ondas...

O homem grande tinha um lenço branco amarrado ao pescoço e enfiado dentro do paletó de tweed. Deixou as mãos descansarem à vontade sobre os braços da cadeira; as pernas, vestindo calças de flanela marrom, estavam apoiadas sobre a banqueta.

Ao lado dele, o espírita de preto estava praticamente invisível sob a luz das estrelas.

— Feche os olhos. Quando os abrir novamente, olhe fixamente para o muro do jardim e me diga o que vê.

— Está esmaecido... — A voz de Grindle era mole e vaga. Toda a acidez havia se esvaído dela.

— Sim?

— Está ficando mais nítido. É uma cidade. Uma cidade dourada. Torres. Domos. Uma bela cidade... e agora se foi.

O reverendo Carlisle guardou de volta no bolso um "Lança-Fantasmas Patenteado, equipado com baterias e lentes, para filmes 16 milímetros, US$ 7,98" de uma loja de equipamentos espíritas de Chicago.

— Você viu. A Cidade da Luz Espiritual. Meu espírito-guia, Ramakrishna, nos conduziu a construí-la. Terá como modelo uma cidade similar, que poucos forasteiros conhecem, nas montanhas do Nepal. Tive permissão para vê-la sob a orientação de Ramakrishna. Fui teletransportado fisicamente ao local. Estava saindo da igreja em uma noite nevada no inverno passado e senti Ramakrishna ao meu lado.

O magnata assentia.

— Estava caminhando na neve quando, de repente, a rua desapareceu; transformou-se em um caminho montanhoso de pedra. Eu me senti leve como o ar, mas meus pés pareciam pesados. Era a altitude. Então, em um pequeno vale lá embaixo, vi a Cidade... exatamente como descreveu em sua visão agora há pouco. E soube que aquilo me havia sido revelado por um motivo. Quando tive essa percepção, as montanhas, a paisagem acidentada cheia de picos e geleiras, suavizaram-se. Pareceram-se se fechar e eu estava de volta à porta da Igreja da Mensagem Divina. Mas lá, estendendo-se até a calçada, estavam minhas pegadas de poucos minutos antes! Alguns metros adiante, elas *terminavam. Eu havia me desmaterializado quando cheguei àquele ponto.*

— Uma experiência maravilhosa — Grindle disse. — Já ouvi falar de coisas assim. Os homens santos do Tibete alegam ter experiências assim. Mas nunca pensei que conheceria um homem que tivesse atingido tamanha elevação. — A voz dele era humilde e velha e um pouco tola. Então se levantou da cadeira.

Uma luz vaga havia passado rapidamente pelo muro do jardim. Tinha a forma de uma jovem.

O médium disse:

— Você deve relaxar. Nada de tensão. Apenas receptividade... apenas amor.

Grindle se recostou novamente.

O céu ficou nublado; a escuridão aumentou. Dessa vez, ele não se mexeu, mas disse em tom esperançoso:

— Eu... eu acho que vejo algo, bem ali, perto do relógio de sol. Algo se movendo... um ponto de luz.

Era verdade. Próximo às sombras, na base do relógio de sol, havia um ponto de luz esverdeado. Expandindo-se devagar, ele se moveu na direção deles como uma nuvem de vapor cintilante tomando forma.

Dessa vez o industrial se sentou, mesmo sendo repreendido pela mão de Stan em seu pulso.

A aparição chegou mais perto, até que eles puderam ver que se tratava de uma garota de trajes brilhantes que flutuavam à sua volta como névoa. Seus cabelos escuros estavam presos por uma tiara, na qual várias joias reluziam com a própria luz fria. Ela parecia se mover alguns centímetros acima do chão, deslizando na direção deles por um sopro da brisa noturna.

A voz do crente havia se transformado em um sussurro fraco e desesperado.

— Dorrie... Poderia ser a Dorrie?

— Meu querido... — A forma materializada falou com uma voz que parecia parte do jardim à noite. — É a Dorrie. Mas só por um instante. Não posso ficar... é difícil... é difícil voltar, querido.

O reverendo Carlisle apertou o braço do homem mais velho; mas o próprio clérigo parecia ter entrado em um transe profundo.

A figura fantasmagórica estava sumindo. Ela recuou, perdeu contorno, retraiu-se a um único ponto de brilho verde e então desapareceu.

— Dorrie... Dorrie... volte. Por favor, volte. Por favor... — Ele estava de joelhos perto do relógio de sol onde a luz havia desaparecido. Seu traseiro largo, de calças bege, estava virado para Stan, que poderia ter lhe acertado um chute bem no meio.

Grindle se ajoelhou por vários segundos, depois se levantou com dificuldade e voltou para a espreguiçadeira, cobrindo o rosto com as mãos.

Ao lado dele, o reverendo Carlisle se sentou com o corpo ereto.

— Houve uma materialização completa? Eu "apaguei" muito rapidamente. Deu para sentir a força deixando meu corpo conforme a luz crescia. O que aconteceu?

— Eu... eu vi uma velha amiga.

★ ★ ★

Molly estava tão contente que seria capaz de chorar. Fazia muito tempo que não passavam um feriado juntos, nem nada parecido. Stan estava agindo de maneira tão estranha que ela receava que ele estivesse passando por alguma dificuldade financeira. E então, de repente, aqueles três dias – apenas dirigindo sem rumo, parando em lanchonetes para comer frango e dormindo em hotéis de beira de estrada. Dançando e, durante o dia, saindo para nadar sempre que o lago parecesse atrativo. Era o paraíso; ela ficou triste ao pensar em voltar ao apartamento e começar tudo de novo, ficar sem fazer nada, apenas esperando Stan voltar para casa.

Stan ainda estava terrivelmente tenso e às vezes ele parecia estar prestando atenção em uma conversa, mas depois dizia "o que foi, menina?" e era preciso repetir tudo. Mas era ótimo estarem passeando daquele jeito.

Stan ficava bem em trajes de banho. Era algo para se agradecer. Alguns caras eram carinhosos, mas magros demais ou barrigudos. Stan era perfeito. Ela concluiu que ambos eram perfeitos pela forma como os outros homens passavam os olhos sobre seu corpo quando ela pulava do trampolim. Algumas garotas de sua idade haviam virado hipopótamos!

O Grande Stanton saiu da água e se deitou ao lado dela na boia. O lago era só deles, exceto por algumas crianças na outra ponta. Ele se sentou olhando para ela, então se inclinou e a beijou. Molly o abraçou.

— Ah, querido, nunca deixe nada destruir o que temos, querido! Tudo o que eu quero é você, Stan.

Ele colocou o braço abaixo da cabeça dela.

— Amor, você gostaria de fazer isso todos os dias do ano? Hein? Bem, se o negócio que estou fazendo der certo, estamos feitos. E todo dia será Natal.

Molly sentiu algo frio e desagradável por dentro. Ele já havia dito aquilo muitas vezes. Antes era: "Tirar a casa da velha sra. Peabody". Sempre tinha alguma coisa. Ela nem acreditava mais.

Ele sentiu o corpo dela ficar mole.

— Molly! Molly! Olhe para mim! Juro por Deus, é isso que venho buscando desde que iniciei essa farsa. Quase enlouqueci preparando esse cara. Ainda não escorreguei. E se acha que aquele cara é fácil de se lidar…

Ela encostou o rosto no peito dele e começou a chorar.

— Stan, por que temos que ser desse jeito? Ele parecia um bom homem... pelo que deu para ver no escuro. Eu me senti uma pessoa horrível, sério. Não me importo de enganar um cara que se acha espertinho e está, ele próprio, tentando trapacear...

Ele a abraçou com mais força.

— Molly, você não faz ideia de como já estamos envolvidos. Aquele cara tem milhões. Tem um exército particular. Você tinha que ver aquela companhia em Jersey. Parece um forte. Se pisarmos na bola agora, vão soltar aquele bando de seguranças particulares em cima de nós como uma matilha de cães de caça. Vão nos encontrar, onde quer que estejamos. Agora temos que ir até o fim. Eu o coloquei em contato com sua namorada que morreu quando ele estava na faculdade. Ele quer compensá-la de alguma forma. Dinheiro não significa nada para aquele cara. Ele está disposto a dar qualquer coisa... só para limpar a consciência. Ele está mergulhado nessa farsa mediúnica. Está deixando seus negócios se tocarem sozinhos. Está vivendo no Mundo dos Sonhos.

Stan havia puxado a garota até ela ficar sentada na beirada da boia, com os pés na água fria. Pegou suas duas mãos.

— Amor, de agora em diante, tudo vai depender de você. Se todo dia vai ser Natal e eu vou poder me recuperar dos nervos e agir como um ser humano... ou se os lobos vão começar a uivar em busca de nosso sangue.

Molly arregalou os olhos e Stan a encarou fixamente.

— Agora, veja. É isto que temos que fazer.

Depois de ouvir, ela ficou parada por um momento, com os cabelos caindo sobre o rosto, olhando para as pernas desnudas e para o amarelo forte do biquíni. Passou as mãos lentamente da virilha até os joelhos. Estavam frios, e a água estava fria ao redor de seus pés; ela os puxou para cima, apoiando a cabeça nos joelhos, sem olhar para o homem que estava ao seu lado.

— É assim que as coisas são, menina. Vou compensá-la. Juro por Deus, amor. Não vê... que só assim podemos voltar a ficar juntos?

De repente, ela se levantou, jogando os cabelos para trás. Os dedos tremiam enquanto ela colocava a touca. Então, sem olhar para ele, mergulhou da boia e nadou até a doca. Stan estava batendo os pés na água, tentando alcançá-la. Ela chegou à doca e subiu as escadas correndo, com ele logo atrás. Quando chegaram ao quarto, ele trancou a porta.

Molly arrancou a touca e sacudiu os cabelos. Tirou o biquíni e o deixou no chão, encharcado. Stan a observou, com o coração martelando de tanta ansiedade. Agora.

— Stan, dê uma boa olhada. Finja que nunca me viu nua antes. Estou falando sério. Agora, me diga, se eu... se eu... fizer aquilo... vou parecer diferente? Para você?

Ele a beijou com tanta intensidade que os lábios dela começaram a sangrar.

Lilith abriu a porta para ele e ambos entraram no consultório. Ela se posicionou atrás da mesa, onde o conteúdo de uma bandeja de safira-estrela estava espalhado sobre um quadrado de veludo preto. Ela devolveu as pedras para a bandeja e tirou um painel de gavetas falsas do lado direito de sua mesa, revelando a porta de aço de um cofre. Guardou as pedras e girou o botão duas vezes, então fechou o painel e pegou um cigarro de uma caixa.

Stan segurou o isqueiro.

— Ela já foi convencida.

— A virtuosa Molly?

— É claro. Tive que usar minha lábia, mas ela vai colaborar. Agora vamos definir as jogadas daqui em diante. Lancei a ideia da Cidade da Luz Espiritual pouco antes da primeira aparição completa no jardim da casa dele. Na próxima sessão, vamos começar a acostumá-lo à ideia de liberar algum dinheiro.

Stan havia levado uma pasta. Desfez os laços e abriu, estendendo um desenho arquitetônico diante da mulher que se dizia psiquiatra.

Uma vista aérea de uma cidade dos sonhos, agrupada ao redor de uma torre central construída no deserto, em meio ao um parque circular de palmeiras.

— Muito bonita, reverendo.

— Tem mais. — Ele levantou o desenho. Embaixo havia um mapa geodésico de uma região do Arizona. Desenhada em tinta vermelha e cuidadosamente identificada estava a localização da cidade.

Lilith acenou com a cabeça.

— E aqui é onde você vai desaparecer completamente? Muito bem pensado, querido. — Ela franziu a testa, olhando para o mapa. — Onde vai esconder o segundo carro?

— Vou deixar em alguma parte dessa cidadezinha que está marcada aqui.

— Acho melhor não, querido. Você precisa escondê-lo fora da cidade... em alguma parte do deserto. Vamos repassar tudo mais uma vez. Você sai de trem, compra um carro no Texas e dirige até a cidade de Peñas, onde o deixa em um estacionamento. Depois aluga um carro em Peñas. Dirige esse novo carro até um lugar afastado e estaciona. Volta andando, pega o carro alugado, vai até o próprio carro, reboca-o até um local próximo ao da construção da cidade e esconde bem, depois volta para Peñas no carro alugado. Você volta para cá de trem. Certo?

— Certo. Então, quando estivermos prontos para dar no pé, eu dirijo até lá, dizendo para ele se juntar a mim em um ou dois dias. Vou com meu carro até o local de construção da cidade e saio da estrada. Desço do carro, caminho centenas de metros pela areia, depois recuo até o carro e de lá sigo pelo rochedo até a estrada; subo a estrada a pé e pego o novo carro. E dirijo sem parar de volta para o leste. E então desapareci no meio do deserto. Ele vai aparecer, seguindo esse mapa, e encontrar o carro. Vai seguir as pegadas... e *bam*! Sumi! E eu que estava levando toda a grana. Não é uma pena?

Ela riu de leve para ele, fumando um cigarro.

— É complicado, Stan. Mas você provavelmente vai conseguir se safar. Acredito que você poderia viver de vender espiritualismo a outros médiuns.

— Será? — Ele se inclinou para a frente, estreitando os olhos, pensando rapidamente; então relaxou e balançou a cabeça. — Acho que não. Não dá dinheiro... Esse pessoal nunca tem grana. A indústria é o único lugar com dinheiro atualmente.

Ela olhou novamente para o desenho idealizado da Cidade da Luz Espiritual.

— Tem uma coisa, Stan, que eu queria que me contasse.

— É claro, querida.

— *Como* você fez aquela balança de precisão da fábrica se mover?

O reverendo Carlisle riu. Era algo que ele fazia muito raramente; mas agora estava gargalhando alto e ainda ria quando respondeu:

— Vou contar, doutora, assim que limparmos o idiota. Prometo.

— Muito bem. Deve ter sido algo ridículo.

Stan mudou de assunto.

— Esta semana vou me ocupar de alugar um barracão bem colado à propriedade dele.

A dra. Lilith lixava as unhas.

— Não seja tão exagerado, querido. Em Yonkers já está bom o suficiente. Concordo que deve ser em Westchester. A localização da Cidade da Luz vai causar alarido no sudoeste. Mas não acho que haverá qualquer alarido. No entanto, ele pode levar a questão ao tal sr. Anderson. Não se esqueça de que alguns homens muito sagazes trabalham para ele. O sr. Anderson pode tentar ser mais esperto que você. Ele sabe que está lidando com um homem engenhoso. Iniciaria a caçada a você por contra própria, e ela começaria na casa do interior e se desenvolveria a partir daí. Não. Yonkers não é nem cá nem lá. — Ela guardou a lixa de unha de volta na gaveta. — Como vai se livrar da fiel Penélope?

— Molly? Stan estava andando de um lado para o outro com as mãos no bolso. — Vou dar uns dois paus para ela e pedir para me encontrar em algum lugar na Flórida. Alguns trocados e uma pista de corrida de cavalos bastam para deixá-la feliz. Ela vai ficar deslumbrada enquanto a grana durar. Se ganhar algumas apostas, vai esquecer até o dia do mês. Quando ficar sem nada, pode voltar para o parque itinerante e trabalhar no Show de Variedades. Ou arrumar emprego na chapelaria de algum lugar. Não vai morrer de fome.

Lilith se levantou e foi até ele, envolvendo-lhe o pescoço com os braços vestidos de alfaiataria cinza e lhe oferendo a boca.

Eles oscilaram o corpo por um instante e Stan encostou o rosto nos cabelos macios dela. Então ela o afastou.

— Pode ir, reverendo. Tenho um paciente em cinco minutos.

Quando Grindle chegou à igreja, encontrou o reverendo Carlisle em seu escritório no andar de cima. Sobre a mesa, espalhadas sob a luminária, havia cartas com dinheiro anexado. Stan pegou uma que continha uma nota de dez dólares e leu em voz alta:

— "Conheço o futuro maravilhoso que a Cidade nos reserva na linha de uma união de nossas forças espirituais. Que alegria vai ser quando nossos amigos e entes queridos em espírito puderem estar conosco sempre que desejarmos. Deus o abençoe, Stanton Carlisle." Bem, o restante não tem importância. — Ele sorriu para a nota de dez. — São muito tocantes, Ezra, algumas das cartas. Muitas vêm de pessoas sem instrução... mas sua fé é tão pura e altruísta. A Cidade vai ser um sonho transformado em realidade. Eles deviam agradecer Ramakrishna, no entanto, pois tudo que faço é feito com a mão daquele grande líder espiritual em meu ombro.

Grindle ficou olhando para a brasa do charuto.

— Vou fazer minha parte, Stanton. Sou abastado. Vou fazer o que puder. A ideia de reunir todo o poder espiritual em um só lugar faz sentido para mim. É o mesmo que qualquer fusão de empresas. Mas meu papel não é fácil... construí um muro ao meu redor do qual não consigo me livrar. Eles são todos pessoas devotas, leais. Não há nada melhor. Mas não vão entender. Vou ter que pensar em alguma forma...

Enquanto a plataforma giratória rodava, Stan debruçava-se sobre a máquina com uma escova para roupas, mantendo o disco em branco livre de fios de acetato cortados pela agulha de gravação. De repente, ele levantou o braço do aparelho, arrancou o disco da plataforma e atirou em um canto.

— Droga, menina, você tem que parecer *desejosa*. A moça e o velho podem ficar juntos para sempre, cruzando como coelhos, só que ele precisa ajudar a igreja a construir essa Cidade. Agora, grave de novo. E *seja convincente*.

Molly estava quase chorando. Ela voltou ao início do roteiro e chegou mais perto do microfone, vendo Stan posicionar outro disco em branco.

Não sei *atuar*. Ó, céus, preciso tentar!

Ela começou a chorar, forçando as palavras entre os intervalos para recuperar o fôlego, esforçando-se para prosseguir e piscando os olhos para conseguir ler o roteiro. Mais para o fim, estava chorando tanto que não conseguia ver nada e improvisou o restante. Ficou esperando Stan explodir a qualquer minuto e gritar com ela, mas ele não fez nada.

Quando ela terminou, ele levantou o braço do aparelho.

— É isso aí, menina... cheio de emoção. Vamos ouvir.

*A gravação estava horrível,* Molly pensou. Cheia de choramingos e suspiros. Mas Stan estava sorrindo. Ele acenava positivamente com a cabeça para ela e, depois de ouvir tudo, disse:

— É isso mesmo, menina. Isso vai deixá-lo bem abalado. Espere só para ver. Acha que está piegas demais? Esqueça. O idiota está à flor da pele. Eu poderia enrolar as pernas das calças, me cobrir com um lençol, e ele acharia que sou seu amor perdido do passado. Mas vamos precisar armar um show para pegá-lo de jeito.

O luar atravessava as folhas de samambaia na estufa; o restante da igreja estava na escuridão. Os minutos passavam – vinte, pelo visor iluminado do relógio de pulso de Stan. Ele movimentou os pés e encontrou no piso a tábua próxima ao órgão.

Um tinido veio da trombeta que estava sobre o púlpito, em frente à Bíblia. Grindle inclinou o corpo para a frente, cerrando os punhos.

A trombeta se moveu, então flutuou no ar, refletindo o luar em sua superfície de alumínio. O idiota suspirou, fazendo uma concha com a mão atrás da orelha para não perder uma única sílaba. Mas a voz era fraca e nítida, um pouco metálica.

— Valente, querido... aqui é a Dorrie. Sei que não esqueceu de nós, Valente. Espero me materializar o suficiente para você poder me tocar logo. É maravilhoso... que esteja conosco na construção da Cidade. Podemos ficar juntos lá, querido. Juntos de verdade. E vamos ficar. Acredite. Estou tão feliz por você estar finalmente trabalhando conosco. E não se preocupe com Andy e os outros. Muitos vão acabar aceitando, com o tempo, a verdade da sobrevivência. Não tente convencê-los agora. E não os alarme. Você tem algumas apólices... alguns títulos... que eles desconhecem. Essa é a saída, querido. E não deixe ninguém saber quanto está doando, pois todos devem sentir que a Cidade lhes pertence. Dê sua parte a Stanton, bendito seja. E não esqueça, querido... da próxima vez que eu vier... virei vestida de noiva.

Era tarde quando Stan tocou a campainha do apartamento. Lilith abriu a porta, franzindo a testa.

— Não gosto que venha tanto aqui, Stan. Alguém pode te ver.

Ele não disse nada, mas entrou às pressas e jogou a maleta sobre a mesa dela, puxando as tiras. Lilith fechou um pouco mais as venezianas.

Da maleta, ele tirou uma confusão de papéis, as cartas falsas com dinheiro ainda anexado, que Lilith juntou, retirando as notas. Jogou o restante na lareira e riscou um fósforo.

Stan estava desamassando as notas com ardor e as organizando em pilhas.

— O dinheiro serviu para convencê-lo, querida. Peguei cada centavo que eu tinha guardado... onze mil. — Ele apontou para as pilhas de notas. — Meu Deus, eu suei muito sangue para entrar nessa maldita farsa! Mas aqui está a recompensa.

Em dois envelopes pardos havia pacotes retangulares e grossos. Ele os pegou e rasgou as tiras de papel que delimitavam cada maço.

— Aqui está, querida. Quantas pessoas já viram tanto dinheiro na vida? *Cento e cinquenta mil!* Olhe para isso! Olhe para isso! E o suprassumo. Nunca vi *nenhuma* nota de quinhentos antes. Meu Deus do céu, e estamos cheios delas!

A doutora estava se divertindo.

— É melhor guardarmos isso, querido. É muito dinheiro para uma pessoa ficar carregando no bolso. Você pode acabar gastando com o que não deve.

Enquanto Stan juntava as notas amassadas que havia usado para convencer o homem e as amarrava com um elástico, Lilith reuniu a "conquista" e a colocou de volta nos envelopes pardos, lacrando-os. Abriu as gavetas falsas da escrivaninha e colocou a combinação do cofre. Stan automaticamente tentou dar uma espiada, mas o ombro dela estava na frente. Lilith guardou o dinheiro e girou o botão.

Quando ela se levantou, o reverendo Carlisle estava encarando o mogno envernizado do tampo da mesa, com o rosto corado.

— Pelas barbas do profeta! Cento e cinquenta paus!

Ela entregou a ele uma dose dupla de conhaque e se serviu de uma também. Ele tirou a taça da mão dela e a colocou sobre a estante. Então a abraçou.

— Querida, querida... Nossa, essas instalações de alta classe me deixaram zonzo, mas agora vejo tudo com muita nitidez. Querida, você não passa de uma oportunista, e eu te amo. Somos um casal de vigaristas, um par de ladrões do grande escalão. Como se sente?

Ele estava sorrindo para ela, apertando suas costelas até provocar dor. Ela segurou nos pulsos dele e os afrouxou um pouco, fechando os olhos e levantando o rosto para olhar para ele.

— Você é maravilhoso, querido. E capaz de ler minha mente.

A dra. Lilith Ritter não foi logo para a cama. Depois que Carlisle saiu, ela ficou fumando e desenhando linhas paralelas em um bloco de papel. Virou-se novamente para o gaveteiro e tirou uma pasta identificada apenas com um número. Nela havia um gráfico em papel quadriculado, uma ideia com a qual brincava de vez em quando, um gráfico de pressão emocional, marcado com datas, mostrando altos e baixos. Era um diagrama emocional de Stanton Carlisle. Ela não confiava totalmente no gráfico, mas a curva havia atingido um ponto alto, e, em quatro outras ocasiões, tais picos haviam sido sucedidos por quedas repentinas rumo a depressão, instabilidade e total desespero. Finalmente, ela guardou a pasta, tirou a roupa e encheu uma banheira de água quente com sais de banho.

Ficou na água, lendo o caderno de economia do jornal noturno. A Grindle Motores Elétricos tinha caído dois pontos; e cairia ainda mais antes de começar a subir de novo. O sorriso de Lilith, enquanto jogava o jornal no chão e se aninhava mais no calor perfumado e reconfortante da banheira, era o sorriso de um gato bem alimentado.

Com um toque de alegria triunfante, sua mente traçou imagens de suas duas irmãs como as havia visto pela última vez: Mina, magra e casta, ainda orgulhosa de uma chave da Phi Beta Kappa depois de todos aqueles anos martelando latim na cabeça de pirralhos. E Gretel – ainda como um anjo de cera de um *Tannenbaum*, com meio pulmão para respirar e um teste de Wassermann com resultado positivo.

O velho Fritz Ritter tinha uma taberna na State Street chamada O Holandês. Sua filha Lille sorriu.

— Devo ser parte sueca — ela disse em voz baixa para uma barra de sabonete cor-de-rosa em forma de lótus. — O meio do caminho.

Durante dois dias, Ezra Grindle tinha desaparecido das vistas de todos. Sua equipe jurídica, o motorista-guarda-costas e o chefe de segurança particular, Melvin Anderson, já haviam conversado várias vezes sobre onde o chefe poderia estar, sem chegar a conclusão nenhuma. Anderson sabia pouco a respeito das atividades do Velho ultimamente e tinha receio de mandar alguém o seguir por medo de que ele descobrisse. O chefe era muito discreto. Os advogados descobriram que Grindle não tinha tocado em suas contas bancárias. Pelo menos nada havia sido retirado. Mas ele tinha acessado um dos cofres. Era difícil descobrir quais títulos o chefe havia liquidado e de qual valor. E onde estava ele? Tinha deixado um recado: "Vou ficar fora a negócios".

Os advogados verificaram o testamento. Se tivesse feito um novo, teria sido preparado por eles. Todos os seus fiéis funcionários tinham sido contemplados, e o restante seria distribuído às instituições de ensino que apoiava, fundações médicas e lares para mulheres solteiras. Eles simplesmente teriam que esperar.

Em um quarto minúsculo, iluminado apenas por uma claraboia, no último andar da Igreja da Mensagem Divina, estava o homem grandioso sem seus óculos e com a dentadura em um copo de água ao lado. Vestia a túnica amarela de um lama tibetano. Na parede verde-clara de seu pequeno quarto estava pintada a palavra *Om* em sânscrito, símbolo da busca eterna do homem pela unidade espiritual com Todas as Almas do Universo.

De tempos em tempos, Grindle meditava sobre questões espirituais, mas com frequência simplesmente sonhava acordado no silêncio. Os sonhos o levavam de volta à faculdade, e aos lábios dela, quando ele a beijou pela primeira vez. Ela queria conhecer o campus e ele estava mostrando os prédios à noite, iluminados, importantes. Depois, passearam pelo Morningside Park e ele a beijou de novo. Foi a primeira vez que ela o deixou tocar em seu seio...

Ele repassou cada detalhe. Era incrível o que a meditação podia fazer. Ele se lembrava de coisas esquecidas durante anos. Apenas o rosto de Dorrie lhe escapava; ele não conseguia se lembrar. Lembrava-se da estampa de sua saia, aquele dia em Coney Island, mas não de seu rosto.

Com o prazer de pressionar um dente dolorido, ele trouxe aquela noite de volta, caminhando na avenida, quando ela contou a ele do que estava com medo; e já era verdade. Parecia que nenhum tempo havia passado. Sua busca desesperada por um médico. Ele tinha provas no mesmo horário em que ela deveria ir; ela foi sozinha. Depois, no quarto, ela parecia bem, apenas trêmula e deprimida. Que semana infernal foi aquela! Ele teve que parar de pensar nela até as provas acabarem. Na noite seguinte, disseram que ela estava no hospital e ele correu até lá e não queriam deixá-lo entrar. E, quando entrou, Dorrie não quis falar com ele. Aquilo ficava girando em sua cabeça – como uma roda de oração tibetana. Mas estava desacelerando. Logo pararia e eles estariam Unidos em Espírito.

A claraboia tinha ficado de um azul mais escuro. O reverendo Carlisle levou uma ceia leve para ele e passou novas Instruções Espirituais. Quando a noite chegou, Carlisle bateu na porta e entrou, segurando com as duas mãos uma vela em um copo de vidro vermelho.

— Vamos para a capela.

Grindle nunca tinha visto aquele cômodo. Havia um divã grande repleto de almofadas e, em uma alcova, uma poltrona coberta com veludo preto para o médium. Todo o cômodo estava cercado por cortinas escuras. Se houvesse alguma janela, estava coberta.

O clérigo conduziu o discípulo para um divã; pegando-o pela mão, pressionou suas costas junto às almofadas.

— Você está em paz. Descanse, descanse.

Grindle se sentiu confuso e ausente. Ele tinha achado o chá de jasmim que haviam lhe dado na ceia um pouco amargo. Agora sua cabeça estava girando e a realidade parecia se afastar.

O médium posicionou a vela em um castiçal de parede do lado oposto; sua luz tremeluzente aprofundava as sombras daquele cômodo todo preto e, olhando para baixo, o noivo mal conseguia distinguir a forma das próprias mãos. Sua vista estava embaçada.

Carlisle recitava algo que parecia sânscrito, depois uma breve oração em inglês que Grindle associou a uma cerimônia de casamento; mas, de alguma forma, as palavras se recusavam a se juntar em sua mente.

Na alcova, o médium se recostou na poltrona e as cortinas pretas se fecharam por vontade própria. Ou seria a força odílica do médium?

Eles esperaram.

De muito longe, ao que pareciam centenas de quilômetros de distância, veio um som de vento, uma grande rajada de vento ou o bater de asas gigantes. E então morreu, e surgiram as notas suaves e harmônicas de uma cítara.

De repente, da alcova que servia como gabinete do médium, veio pela trombeta a voz do espírito-guia, Ramakrishna, último dos santos da Índia, maior dos bhakti-iogues, sacerdote do amor de Deus.

— *Hari Om!* Saudações, caro novo discípulo. Prepare sua mente para sua união com o Espírito. Na praia dos mundos infinitos, como crianças se encontram, você vai entrar por um instante na Vida de Espírito. O amor tornou seu caminho fácil... pois todo Amor é também o Amor de Deus. *Om.*

A música fantasmagórica recomeçou. Das cortinas diante da alcova, uma luz piscou, então uma espiral sinuosa de vapor cintilante saiu do meio delas, indo parar em uma lagoa de névoa próxima ao chão. Ela crescia e parecia espumar em uma cascata que vinha do gabinete. Seu brilho aumentou até que, ao olhar para baixo, Grindle pôde ver a própria figura iluminada pelo brilho frio e fulgente da luz. Ele agora se elevava e pulsava, ficando mais brilhante e depois diminuindo de leve. O ar estava preenchido por um ritmo poderoso, como o coração de um titã, rugindo e correndo.

A lagoa de matéria luminosa começou a tomar forma. Oscilava como devia acontecer com um casulo na saída de uma mariposa. Ela se tornou um casulo, com algo escuro no centro. Depois se dividiu e recuou na direção do gabinete, revelando a forma de uma garota, deitada sobre uma cama de luz, mas iluminada apenas pelas coisas à sua volta. Estava nua, a cabeça apoiada no braço dobrado.

Grindle caiu de joelhos.

— Dorrie... Dorrie...

Ela abriu os olhos, sentou-se e depois ficou em pé, puxando com modéstia uma película de névoa brilhante sobre o corpo. O velho tateou o espaço à sua frente de forma desajeitada, de joelhos, tentando alcançá-la. Quando se aproximou, a nuvem luminosa recuou e desapareceu. A garota permaneceu ali, pálida e alta, sob a luz trêmula da vela do outro lado da sala; e, quando ela olhou para ele, seus cabelos caíram sobre o rosto.

— Dorrie... minha querida... meu doce amor... minha noiva...

Ele a pegou nos braços, eufórico com a materialização completa, com a suavidade realista de seu corpo – ela era tão dolorosamente mundana.

Dentro do gabinete, o reverendo Carlisle estava ocupado guardando metros de seda chinesa pintada com tinta luminosa de volta na barra das cortinas. Ele espiou uma vez pela abertura e arreganhou os dentes. Por que as pessoas pareciam tão imundas e ridículas a quem assistia? Minha nossa!

Era a segunda vez na vida que ele via aquilo. Sujeira.

A noiva e o noivo estavam imóveis.

Dependia de Molly se afastar e voltar ao gabinete. Stan apertou o interruptor e os batimentos cardíacos rítmicos e fortes preencheram o quarto, ficando cada vez mais altos. Ele jogou uma ponta da seda luminosa pelas cortinas.

As formas em repouso no divã se moveram, e Stan pôde ver o homem grande enterrando o rosto entre os seios de Molly.

— Não... Dorrie... minha amada... Não posso deixar você ir! Me leve com você, Dorrie... Não quero a vida terrena sem você...

Ela lutou para se livrar de seus braços; mas o noivo a segurou pela cintura, esfregando a testa em sua barriga.

Stan pegou a trombeta de alumínio.

— Ezra... meu amado discípulo... tenha coragem. Ela precisa retornar para nós. A força está ficando mais fraca. Na Cidade...

— Não! Dorrie... eu preciso... eu... mais uma vez...

Dessa vez foi outra voz que respondeu. Não era uma voz espiritual. Era a voz de uma dançarina apavorada que estava enfrentando mais do que podia aguentar.

— Ei, pare, pelo amor de Deus! Stan! Stan! *Stan!*

*Ah, pelas barbas do profeta, que vadia burra, idiota!*

O reverendo Carlisle abriu as cortinas. Molly estava se contorcendo e chutando; o velho parecia estar possuído. Em sua alma contida, a represa havia se rompido, e o efeito do sedativo que Stan tinha colocado em seu chá já tinha passado.

Grindle agarrou a garota, que se contorcia, até ela ser arrancada de suas mãos.

— Stan! Pelo amor de Deus, *me tire daqui! Me tire daqui!*

Grindle ficou paralisado. Sob a luz vermelha, fraca e tremeluzente, ele viu o rosto de seu mentor espiritual, o reverendo Stanton Carlisle. Ele estava rangendo os dentes. Então um punho acertou o queixo da noiva em espírito. Ela caiu no chão, com os joelhos abertos de forma obscena.

Depois o rosto odioso estava gritando com o próprio Grindle.

— Seu maldito hipócrita! Perdão? Você só queria se aproveitar dela! — Um soco acertou seu rosto e Grindle caiu sobre o divã.

Seu cérebro tinha parado de funcionar. Ele ficou ali, olhando estupidamente para a luz vermelha e oscilante. Uma porta se abriu em algum lugar e alguém saiu correndo. Ele encarava a chama vermelha e saltitante, sem pensar, sem viver, apenas observando. Ouviu algo se mexer ao seu lado, mas não conseguia virar a cabeça. Ouviu sons de choro e alguém dizer: "Ah, meu Deus", e depois os passos hesitantes de pés descalços e a voz de uma garota chorando e procurando uma porta e a porta se abrindo e permanecendo aberta junto a um corredor onde havia uma luz amarela fraca, mas nada fazia sentido para Ezra Grindle e ele preferia observar a pequena chama em seu copo de vidro vermelho, tremeluzindo e dançando para cima e para baixo. Ele ficou um bom tempo ali.

No andar de baixo, a porta da frente bateu uma vez. Mas o que havia acontecido não parecia importar. Ele gemeu e virou a cabeça.

Um braço – o esquerdo – estava dormente. E todo um lado de seu rosto estava paralisado. Ele se sentou e olhou à sua volta. Aquele cômodo escuro... ali havia estado o corpo de uma garota. De Dorrie. Ela era a noiva. Aquele era o casamento dele. O reverendo Carlisle...

Devagar, ele se lembrou das coisas em pequenos fragmentos. Mas foi o reverendo Carlisle que acertou Dorrie? Ou foi um espírito maligno assumindo seu lugar?

Grindle se levantou com dificuldade para se equilibrar. Depois arrastou os pés até a porta. Uma das pernas estava dormente. Ele estava no corredor de uma casa. Havia um cômodo no andar de cima.

Ele se segurou no corrimão e deu um passo, mas tombou contra a parede e caiu de joelhos. Engatinhou, um degrau após o outro, arrastando a perna esquerda, que parecia rígida e morta. Tinha que subir por algum motivo – suas roupas estavam lá em cima –, mas todos tinham desaparecido, desmaterializado.

Encontrou o pequeno quarto com paredes verdes e se levantou com dificuldade, com a respiração sibilante. O que havia acontecido? Suas roupas ainda estavam no armário. Preciso vesti-las. Houve um casamento. Havia uma noiva. Dorrie. Eles estiveram juntos, exatamente como Stan havia previsto. Stanton... Onde ele estava? Por que Stanton o havia deixado daquele jeito?

Grindle estava irritado com Stanton. Lutou para vestir as calças e a camisa. Preciso sentar e descansar. Dorrie estava lá em espírito. Quem mais poderia ser, se não Dorrie, sua Dorrie, retornando? Será que estava viva? E tinha voltado para ele? Um sonho...?

Mas eles tinham ido embora.

Óculos. Carteira. Chaves. Charuteira.

Ele voltou mancando para o corredor. Escadas novamente, um quilômetro de escadaria íngreme. Espere. Preciso segurar firme. Andy! Onde estava Andy e por que ele o havia deixado ficar preso dessa forma em uma casa com tantas escadas e o que havia machucado sua perna? Com uma onda repentina de raiva, Grindle se questionou se havia sido sequestrado. Levado um tiro? Tomado uma pancada na cabeça? Havia homens desesperados capazes de... *o domínio da máfia fica cada vez mais ameaçador, mesmo enquanto estamos aqui, cavalheiros, desfrutando de nossos charutos e de nossos...* Aquilo era parte de um discurso.

E a porta para o cômodo escuro estava aberta.

Grindle sentiu como se vinte anos recaíssem sobre ele, como uma coberta. Mais vinte anos. Ele ficou olhando para a escuridão. Havia um gabinete ali, e uma única mancha de luz verde ainda aparecia no chão.

— Stanton! Dorrie! Stanton, onde está você?

Na metade da sala, ele tropeçou e se arrastou pelo restante do caminho até a poça de luz. Mas não estava úmida e almiscarada como Dorrie. Parecia tecido.

— Stanton!

Grindle acendeu um fósforo e encontrou um interruptor na parede. A luz revelou que o caminho de vapor luminoso era um pedaço de seda branca saindo da barra das cortinas pretas da alcova.

Mas Stanton havia acertado Dorrie!

Ele abriu as cortinas. Havia uma poltrona, certo. Talvez Stanton tivesse caído atrás dela quando a presença maligna... foi na quinta-feira? Perdi a reunião do conselho. Devem ter feito sem mim; é muito importante. Eu devia estar lá para agir como uma âncora sobre Graingerford. Mas Russell estaria lá. É um homem confiável. Mas será que Russell sozinho conseguiria convencê-los da conveniência da política de contratação de negros? A concorrência estava adotando... seria natural. Maldito Graingerford.

No chão, perto da poltrona, havia uma caixa de controle com vários botões em seu painel de resina. Grindle apertou um.

No alto, começou a tocar o som fraco, fantasmagórico, de uma cítara. Com outro toque no mesmo botão, ele parou.

Ele se sentou na poltrona do médium por um instante, apoiando a caixa sobre os joelhos, vendo a fiação que saía debaixo da cobertura de veludo preto que ia até a parede. O segundo botão reproduzia os batimentos cardíacos cósmicos e a rajada de vento. Outro – *Hari Om!*

Ao som da voz de Ramakrishna, ele logo desligou. O clique do botão pareceu ativar seu raciocínio. Em um vislumbre entrecortado e abrasador, ele enxergou tudo. A longa preparação, a aura paranormal, o bombardeio de sugestões, os milagres fabricados.

Dorrie... Mas como, em nome de Deus, aquele demônio santarrão descobriu sobre Dorrie? Nunca falei o nome dela durante todos esses anos... nem mesmo para a dra. Ritter. Nem a doutora sabe sobre Dorrie ou como ela morreu.

O bandido deve ser mesmo médium. Ou ter algum tipo de poder telepático. Um pensamento temeroso – um coração com tanta maldade aliado a poderes misteriosos. Talvez a dra. Ritter pudesse explicar.

O andar de baixo. Preciso descer. Telefonar. No escritório daquele demônio...

Ele conseguiu.

— Andy? Estou perfeitamente bem... só não consigo falar direito. Tem algum problema com um lado do meu rosto. Deve ser nevralgia. Andy, pelo amor de Deus, deixe de afobação. Estou dizendo que estou bem. Não importa onde estou. Agora, fique quieto e escute. Chame o dr. Samuels. Tire-o da cama e dê um jeito de ele estar lá em casa quando eu chegar. Chego em duas horas. Quero fazer um *check-up*. Sim, esta noite. Que horas são? Chame o Russell também. Preciso saber o que aconteceu na reunião de hoje cedo.

A voz do outro lado da linha estava agitada. Grindle ouviu por um tempo, depois disse:

— Não importa, Andy. Eu só estive... fora.

— Só uma pergunta, chefe. Está com aquele sacerdote espírita?

A voz do chefe ficou mais clara:

— Andy... Eu te proíbo de mencionar o nome daquele cara perto de mim novamente! É uma ordem. Você e qualquer outra pessoa na empresa. Ficou claro? E proíbo que qualquer um me pergunte onde estive. Sei o que estou fazendo. E não se fala mais nisso.

— Está bem, chefe. Assunto encerrado.

Ele fez mais duas ligações. Uma para chamar um táxi e outra para a dra. Lilith Ritter. Havia uma parte de seu cérebro que ainda não estava funcionando. Ele não ousava abri-la até estar na segurança do consultório da dra. Ritter.

Molly não havia parado para vestir nada. Calçou os sapatos, jogou um casaco sobre o corpo, pegou a bolsa e saiu daquela casa terrível. Correu o caminho todo até chegar em casa.

No apartamento, Buster miou para ela, que o acariciou rapidamente.

— Agora não, docinho. Mamãe precisa dar no pé. Ai, meu Deus!

Ela colocou um mala sobre a cama e jogou lá dentro todos os objetos pequenos de valor que encontrou. Ainda com pequenos acessos de choro, vestiu a primeira calcinha e o primeiro sutiã que tirou da gaveta; colocou o primeiro vestido em que tocou no guarda-roupa, fechou a mala e enfiou Buster em um saco de papel grande.

— Ai, meu Deus, preciso me apressar. — Finja-se de boba e chame-os por algum nome irlandês. — Tenho que correr, ir para algum lugar. Stan... Ah, seu maldito, maldito. Eu *não* me sinto suja! Ele era tão limpo quanto você, seu maldito vigarista barato. Ah... papai...

As pessoas do hotel foram compreensivas em relação a Buster. Ela esperou que a polícia chegasse a qualquer minuto, mas nada aconteceu. E o endereço que ela tinha encontrado na *Billboard* estava certo. Uma resposta a seu telegrama chegou na manhã seguinte, bem cedo:

MANDANDO DINHEIRO PRECISA GAROTA NÚMERO
ESPADAS VENHA PARA CASA QUERIDA

ZEENA

## CARTA XV
# A JUSTIÇA

*Segura em uma das mãos uma balança e na outra uma espada.*

Lilith abriu a porta; não disse nada até entrarem no consultório e ela se sentar atrás da mesa, quando perguntou gentilmente:

— Ela…?

Stan havia descartado o colarinho clerical. Ele suava e sua boca estava seca.

— Ela foi até o fim. Depois estragou tudo. Eu… derrubei os dois e os deixei lá.

Lilith semicerrou os olhos.

— Era mesmo necessário?

— Necessário? Pelo amor de Deus! Acha que não tentei dar outro jeito? O velho cretino parecia um garanhão derrubando a baia para cruzar com uma égua. Derrubei os dois e caí fora.

Lilith estava colocando as luvas. Pegou um cigarro na bolsa.

— Stan, talvez demore um tempo até eu poder encontrar você. — Ela abriu o painel e girou o botão do cofre com a combinação. — Ele pode me procurar… Vou tentar convencê-lo a não ir atrás de você. — Ela colocou o rolo de notas que Stan havia usado como isca para convencer o homem e os dois envelopes pardos sobre a mesa. — Não quero mais ficar com isso, Stan.

Quando ele guardou o dinheiro nos bolsos, Lilith sorriu.

— Não entre em pânico. Ele não vai conseguir iniciar qualquer ação contra você por algumas horas. Você bateu nele com muita força?

— Só empurrei. Acho que ele não chegou a apagar.

— A garota ficou muito machucada?

— Pelo amor de Deus, ela não está *machucada*! Eu só a derrubei; ela vai se recuperar logo. Se ela ficar grogue, o idiota vai ter algo com que se preocupar: o que fazer com ela. Se ela estiver consciente, vai direto para o apartamento e me esperar lá. Vai ser uma longa espera. Deixei a maleta em um guarda-volumes no norte da cidade. As credenciais falsas e tudo. Se Molly tivesse algum cérebro, poderia dar um golpe naquele trouxa e descolar um dinheiro... alegar que ele a atacou na sala escura. Nossa, por que não pensei nisso antes? Mas agora já foi. Vou me mandar.

Ele ergueu o rosto de Lilith e a beijou, mas encontrou lábios frios e imóveis. Stan estava olhando bem dentro de seus olhos.

— Vai demorar um bom tempo, amor, até ficarmos juntos.

Ela se levantou e chegou mais perto dele.

— Não me escreva, Stan. E não fique bêbado. Tome calmantes, se precisar, mas não fique bêbado. Prometa.

— É claro. Como vai escrever para mim?

— Charles Beveridge, caixa postal, Yonkers.

— Me beije.

Dessa vez a boca dela estava quente.

Na porta, ele a envolveu com um braço, cobrindo seu seio com a outra mão, e a beijou novamente. De repente, algo lhe ocorreu e ele ficou alarmado.

— Espere um minuto, querida. Ele vai começar a pensar em quem me avisou daquele aborto. E vai chegar diretamente a você! Vamos, nós dois temos que dar no pé.

Lilith riu – duas notas agudas, como o regougo de uma raposa.

— Ele não sabe que eu sei disso. Eu deduzi a partir de coisas que ele *não disse*. — Ela ainda estava rindo com os olhos. — Não precisa me dizer como devo me cuidar, amor. Só me diga... — A mão coberta com a luva preta apertou seu braço. — Me diga como fez aquela balança de precisão se mover!

Ele sorriu e disse, por sobre o ombro:

— Yonkers. — E logo passou pela porta e saiu.

É melhor não ir de carro. Motoristas de táxi se lembram das pessoas. Metrô até a Grand Central. Ande, não corra, até a saída mais próxima. Cento e cinquenta mil. Nossa, eu poderia contratar um bando de seguranças particulares.

Em um vestiário embaixo da estação, ele abriu a mala de viagem e tirou uma camisa e um terno leve. Havia uma garrafa de Hennessy; ele abriu e tomou um gole.

Cento e cinquenta mil. De cuecas, ele ajustou um colete com doze bolsos para carregar dinheiro. Então pegou o rolo de notas – um punhado –, seu lucro com a farsa da igreja. Pegue uma de cinquenta e algumas de vinte e guarde o resto.

Tirando o elástico do rolo, ele tirou a nota de cinquenta. A nota seguinte era de um. E a que veio depois também. Mas ele não tinha colocado notas de um no monte! Será que havia acrescentado algum dinheiro à pilha aquela noite, no consultório de Lilith? Notas de um!

Ele espalhou todo o dinheiro, passando as notas de uma mão a outra. Depois se virou para que a luz sobre a pia as iluminasse melhor e olhou tudo de novo. À exceção da nota de cinquenta que tinha ficado por fora, todas as outras eram notas de um dólar!

As sobrancelhas de Stan começaram a coçar e ele as cutucou com os ossinhos dos dedos. Suas mãos estavam cheirando a dinheiro e ao leve perfume de notas de dinheiro manipuladas por mulheres.

O Grande Stanton tomou outro gole de conhaque e se sentou com cuidado sobre a banqueta branca. O que tinha acontecido? Ele contou o dinheiro, trezentos e oitenta e três dólares. Eram onze mil – e a "conquista"? Deus do céu!

Ele deixou os dólares caírem no chão e pegou um dos envelopes pardos, cortando o polegar ao abri-lo.

Ouviu um arrastar de pés do lado de fora e as calças brancas do atendente apareceram sob a porta.

— Está tudo bem aí dentro, senhor?

— Sim, sim, está.

Essa pilha tem que ser só de notas de quinhentos...

— Não está se sentindo mal, está, senhor?

*Ah, por Deus, me deixe em paz.*

— Não. Estou bem, já disse.

— Está certo, senhor. Eu achei que tivesse ouvido um barulho de alguém tendo um ataque. Um cavalheiro teve um ataque aí dentro na semana passada e eu tive que passar por baixo da porta para ajudá-lo. Tive que chamar o recepcionista, limpar todo o sangue onde ele se cortou.

— Pelo amor de Deus, cara, *só quero me vestir*! — Stan pegou um dólar entre as notas espalhadas aos seus pés e passou por baixo da porta.

— Ah... ah! Obrigado, senhor. *Muito* obrigado.

Stan rasgou o papel pardo. Notas de um!

O outro envelope estava firme; ele o rasgou com os dentes. Mais uma vez – o pacote grosso continha apenas notas de um dólar!

O pastor da Igreja da Mensagem Divina amassou um punhado delas, passando os olhos pelas linhas pretas entre os ladrilhos do chão. Ele deixou escapar um som explosivo como uma tosse; levantando o punho, bateu o papel amassado contra a testa duas vezes. Depois atirou o dinheiro em um canto e abriu as duas torneiras da pia. Na vibração da água, ele se soltou; enfiou o rosto na cuba e gritou. O som borbulhava a seus ouvidos por meio da agitação da água. Ele gritou até seu diafragma ficar dolorido e ser obrigado a parar e se sentar no chão, enfiando uma toalha na boca e a rasgando com os dentes.

Por fim, levantou-se e pegou a garrafa de conhaque, bebendo até ter que parar para respirar. À luz cruel do espelho, viu a própria imagem: cabelos escorridos, olhos injetados. Pelas barbas do profeta!

O truque da cigana.

Ele estava cambaleante, os cabelos úmidos caídos sobre os olhos.

A dra. Lilith Ritter disse:

— Sente-se, sr. Carlisle.

A voz dela era fria, afável e triste – e profissional como o clique de uma máquina de escrever.

Ele começou a balançar a cabeça como se respondesse não a uma longa série de perguntas. E continuou balançando.

— Eu fiz todo o possível — disse a voz triste em meio à fumaça do cigarro. — Quando veio até mim pela primeira vez, estava muito mal. Esperava que, chegando às raízes de sua ansiedade, pudesse prevenir um sério distúrbio. Bem... — A mão fez um gesto rápido com sua safira-estrela. — Fracassei.

Ele começou a esfregar os dedos no tampo da mesa, ouvindo o pequeno lamento do suor junto ao mogno.

— Ouça, sr. Carlisle. — A médica se inclinou para a frente com seriedade. — Tente entender que esses delírios fazem parte de seu problema. Quando me procurou, era torturado pela culpa ligada a seu pai... e a sua mãe. Todas essas coisas que você acha que fez, ou que foram feitas com você ultimamente, são meramente a culpa de sua infância projetada. Estou sendo clara?

A sala estava balançando, as luminárias eram anéis duplos de luz, deslizando para trás e para a frente uma através da outra, enquanto as paredes ondulavam. Ele balançava a cabeça: não.

— O simbolismo é bem óbvio, sr. Carlisle. Você estava tomado por um desejo inconsciente de matar seu pai. Pegou em algum lugar, não sei onde, o nome de Grindle, um industrial, um homem de poder, e o identificou com seu pai. Tem uma reação muito peculiar a homens mais velhos com barba branca por fazer. Você identifica os pelos com fungos na face de um cadáver... o cadáver que gostaria que seu pai fosse.

A voz da doutora era muito suave; calmante, gentil, irrefutável.

— Quando era criança, viu sua mãe tendo relações sexuais. Dessa forma, esta noite, em alucinação, achou ter visto Grindle, a imagem paterna, tendo relações com sua mulher... que vem a representar sua mãe. E isso não é tudo, sr. Carlisle. Desde que comecei a atendê-lo, estabeleceu uma transferência comigo... também me vê como sua mãe. Isso explica suas ilusões sexuais a meu respeito.

Ele passou as mãos no rosto, apertando os olhos com as palmas, agarrando mechas de cabelo entre os dedos e puxando até a dor libertar seus pulmões paralisados e deixá-lo respirar. Seus pensamentos se repetiam várias vezes, repassando as mesmas palavras até perderem o sentido: grindle grindle grindle mãe mãe mãe pare pare pare. A voz não parava.

— Há mais uma coisa que deve encarar, sr. Carlisle. Aquilo que o está destruindo. Pergunte a si mesmo por que gostaria de matar seu pai.

Por que há tanta culpa ligada a esse desejo? Por que me viu, eu, a imagem materna, em alucinações, tanto como sua amante quanto como a ladra que o traiu?

Ela estava se levantando, inclinando-se sobre a mesa, com o rosto bem perto dele. Falou com delicadeza:

— Você queria ter relações com sua mãe, não queria?

Ele levantou a mão para cobrir os olhos novamente, e sua boca abriu para produzir um ruído sem palavras, que podia ser qualquer coisa – um sim, um não ou as duas coisas. Ele disse:

— Hum... hum... hum... hum.

Então pareceu que toda a dor que havia dentro dele concentrou-se no dorso de sua mão direita, em um golpe repentino e furioso, como o bote de uma cobra. Ele a soltou e ficou encarando a doutora, momentaneamente em foco novamente. Ela estava sorrindo.

— Mais uma coisa, sr. Carlisle. — Ela soprou fumaça de cigarro. — O homem que disse ter matado no Mississippi... A princípio, achei que se tratasse de mais um delírio envolvendo a figura paterna. Ao investigar, no entanto, descobri que realmente essa morte aconteceu. Peter Krumbein, Burleigh, Mississippi. Sei que vai ficar feliz em saber que *isso*, pelo menos, realmente aconteceu. Foi bem fácil de rastrear. Não faz tanto tempo assim, não é, sr. Carlisle?

Ela se virou de repente e pegou o telefone. A voz suave agora estava mais ríspida.

— Sr. Carlisle, fiz tudo o que podia, mas você *precisa* ser hospitalizado. Essas alucinações... Não podemos deixá-lo perambulando por aí e se metendo em problemas. Apenas deixe tudo nas minhas mãos. Pode confiar totalmente em mim. Hospital Bellevue? Ala psiquiátrica, por favor.

A campainha tocou; ouviu-se o barulho da fechadura da entrada. Então a porta da sala de espera abriu e fechou. Alguém estava chegando.

Ele recuou, olhando para ela, boquiaberto, olhos arregalados. Porta. Preciso sair. Pessoas. Perigo.

— Ala psiquiátrica? Aqui é a dra. Lilith Ritter. Por favor, mandem uma ambulância...

A porta, logo atrás dele, bloqueia a voz dela.

Sair. Rua. Esconder-se. Ele segurou a maçaneta, impedindo a porta de abrir para que ela não pudesse segui-lo.

Sonho. Pesadelo. Delírio. Nada... nada real. Língua... nua... fala... dinheiro... sonho... pesadelo.

De maneira indistinta, através da madeira, ele ouviu o clique do fone no gancho. Barulho de tranca... sala de espera. Então a voz dela.

— Pode entrar, por favor.

Silêncio.

Sem pensar, ele sugou o dorso da mão direita, onde havia uma marca vermelha, dolorida, como uma queimadura de cigarro.

Segurança? Pessoas chegando! É preciso...

Outra voz além dos painéis, aguda. Homem.

— Doutora... uma confusão terrível...

— Deite direto no divã, por favor. Deixe-me pegar seus óculos, sr. Grindle.

CARTA XVI

# O DIABO

*Sob suas asas de morcego, os amantes estão acorrentados.*

Havia uma placa de vidro em forma de estrela no chão onde os dançarinos balançavam o corpo e arrastavam os pés. Quando a banda começava a tocar uma música mais lenta, as luzes da casa diminuíam e a estrela brilhava, iluminando as saias das garotas, deixando os rostos no escuro, mas fazendo um raio X de suas roupas da cintura para baixo. Elas gritavam e riam enquanto seus parceiros as empurravam na direção da estrela e de volta à obscuridade.

Em um canto da sala, o adivinho levantou da cadeira, equilibrando-se com a ajuda de uma mão em suas costas.

— Obrigado, senhor, e sua adorável amiga, pelo interesse e pela bebida. Vocês entendem, amigos, tenho outras pessoas esperando...

O bêbado escorregou uma moeda pela mesa e o leitor de mentes a pegou com a ponta dos dedos. Ela desapareceu com um movimento rápido. Ele se curvou e foi embora.

A garota riu. O ruído borbulhava em seu copo enquanto ela bebia.

— Papi, ele não é assustador? — Ela continuou rindo. — Querido, você ouviu o que ele disse! Ele disse: "Um homem com uma boa cabeça para os negócios vai te dar o que mais deseja, algo que já viveu em uma gaiola de metal". Você ouviu, papi. O que acha que ele quis dizer?

O homem respondeu com a fala arrastada:

— O que você quiser, menina. Você sabe disso. Qualquer coisa. Nossa, querida, você tem um lindo par de... — Ele se lembrou do pedaço de papel que o adivinho havia dito para ele colocar sob a pulseira do relógio de pulso e o pegou, desdobrando-o e tentando ler o que estava escrito. A garota riscou um fósforo.

Em sua caligrafia afetada, usando pequenos círculos como pontos, estava escrito: "Meu papi vai me comprar aquele casaco de pele de raposa?". Ele ficou olhando para o papel e sorriu.

— É claro, menina. Qualquer coisa por você, menina. Você sabe disso. Vamos dar o fora daqui... Vamos para a sua casa. Vamos, querida, antes que eu fique bêbado demais... bêbado demais para aproveitar... — Ele soltava gases e nem percebia. — Qualquer coisa.

No bar, Stan virou mais uma dose por conta da casa. Mesmo com a cortina de álcool, o verme em sua mente continuava se enterrando. Quanto tempo essa espelunca vai durar? Elas ficam cada vez piores. Aquele cretino de cabelos brilhosos – sigiloso. Sigiloso. Informação sigilosa. Investigações sigilosas. Relatórios sigilosos, derrotas sigilosas. Execuções sigilosas?

O pensamento revirava em sua mente, queimando o álcool. Meu Deus, por que eu tive que me envolver com aquele velho desprezível? Como eu ia saber que Molly... Ah, Deus, lá vamos nós novamente.

Um garçom se aproximou e disse:

— Mesa dezoito, amigo. O nome da garota é Ethel. Teve três maridos e gonorreia. O cara que está com ela é caixeiro-viajante. Vende equipamentos hidráulicos.

Stanton terminou a bebida e deixou uma moeda de vinte e cinco centavos no bolso do colete do garçom quando ele passou.

A caminho da mesa, Stan viu o chefe, de camisa azul-marinho com as mangas dobradas e uma gravada amarelo-canário afrouxada, falando com dois homens de terno amarrotado. Eles não tinham tirado o chapéu. Ambos eram musculosos.

Uma onda fria desceu por suas costas. O vento parecia soprar dentro de sua camisa. Frio. Ah, Deus, eram eles. Grindle. Grindle. Grindle.

O poder do velho cobria todo o país como um par de asas de morcegos, espalhando frio e escuridão.

Stan caminhou lentamente até os fundos da sala, abaixou atrás de uma parede e se esgueirou pela cozinha que dava para o beco nos fundos do Pelican Club. Ao sair do prédio, ele correu. Não arriscou voltar para pegar seu chapéu. Nossa, eu devia pendurá-lo em um prego bem ao lado da porta dos fundos. Mas eles vão bloqueá-la da próxima vez.

Sempre rostos diferentes, homens diferentes. Eles deviam contratar seguranças particulares em cada estado, todos diferentes. Anderson fica dentro daquele forte cheio de arame farpado e vai soltando o dinheiro, milhões de dólares para acabar com um cara. México. Tenho que atravessar a fronteira se quiser me livrar deles. Quase cinco mil quilômetros desse maldito país e nenhum buraco para me esconder. Como esses brutamontes fazem isso tão rápido? Leitores de mentes – devem ir atrás de qualquer cara fazendo um número de adivinhação e pegar uma amostra de seus cabelos para ver se são loiros.

Do outro lado dos telhados escuros, um trem apitou longa e tristemente. Stan entrou em outro beco e encostou na parede, ouvindo o solavanco do próprio coração, lutando para recuperar o fôlego. Lilith, Lilith. A mais de três mil quilômetros, ainda esticava o fio dourado invisível, e uma das pontas estava enterrada em seu cérebro.

No Pelican Club, o chefe disse:

— Vocês podem ir embora. Digam ao McIntyre que não vou colocar nenhuma garota para vender cigarros ou quinquilharias, e eu mesmo estou dando conta da chapelaria. Não quero vender nada.

## CARTA XVII
# O EREMITA

*Um ancião segue uma estrela*
*que brilha em sua lamparina.*

À LUZ DA FOGUEIRA, AS CARTAS CAÍAM, FORMANDO O DESENHO DE UMA CRUZ. Stan as distribuía lentamente, observando sua queda.

A vala era abrigada do vento, a vegetação frágil ocultava a fogueira dos trilhos, que ficavam a quatrocentos metros distância, no alto, do outro lado dos campos. Ervas daninhas cresciam na beirada da vala, e o fogo as deixava em um tom de amarelo em contraste com o céu e suas estrelas frias e remotas.

*A Imperatriz*. Ela sorria para ele por baixo de sua coroa de estrelas, segurando um cetro com uma bola dourada na ponta. As romãs bordadas em sua túnica pareciam morangos. Atrás dela, as árvores estavam imóveis – como as árvores do pano de fundo de um teatro em uma cidadezinha qualquer. A seus pés, o trigo amadurecendo. Cheiro do trigo amadurecendo. O símbolo de vênus na poltrona em que ela está sentada. Cheiro do trigo amadurecendo.

O que estavam pensando, os insetos retorcidos da escória, lançando-se no mundo para encontrar ácidos, duchas íntimas, preservativos de borracha usados, estofados de carro, calcinhas de seda, lenços sujos de sangue… duzentos milhões de uma vez…

Do outro lado da fogueira, o homem gordo retira uma lata fumegante das brasas com um alicate.

— Tem uma lata aí, amigo? O cafezinho está pronto.

Stan jogou fora as cinzas de cigarro de uma lata e enrolou um trapo em volta.

— Pode colocar aqui, meu chapa.

O café revirou seu estômago novamente. Nossa, preciso de uma bebida. Mas como tirar a garrafa sem aquele cretino entrar na roda?

Ele tirou o gargalo da garrafa de dentro do casaco e fingiu estar analisando as cartas enquanto o uísque clandestino escorria para dentro da lata fumegante.

O mendigo agachado levantou o rosto.

— Minha nossa! De onde está vindo esse perfume tão divino? — A voz dele parecia uma lixa. — Poderia ser *Odeur de cevada*? Ou seriam algumas gotas... apenas uma leve insinuação atrás das orelhas... daquela rara e sutil essência "Parfum Pourriture d'Intestin"? Você nunca sabe que ela está usando até ser... tarde demais? *Vamos, loirinho, me dê a garrafa!*

Sorrindo, Stan respondeu:

— É claro. É claro, meu chapa. Eu ia dividir mais tarde. Estou esperando um outro amigo. Ele saiu para tentar arrumar um rango.

O homem gordo pegou a garrafa de bebida, mediu o líquido a olho e, com muita precisão, tomou metade, entregando-a de volta e voltando a seu café.

— Obrigado, meu chapa. O único amigo que você tem está bem ali. É melhor você secar logo isso antes que outro cara venha nos intimidar. — Ele se acomodou, cruzou as pernas e tomou um gole grande de café, que escorreu por sua papada com a barba por fazer. Uma barba de dois dias o fazia parecer um pirata.

Ele apoiou a lata no joelho e limpou o queixo, passando a língua entre os lábios e as gengivas. Depois disse:

— Estou falando sério, amigo. Mate a garrafa. O que acharia se tivéssemos um visitante inesperado? — A voz dele ganhou um tom esganiçado e afetado e ele virou a cabeça de lado, timidamente, erguendo uma das sobrancelhas grossas. — Ele nos pegaria de calças curtas... sendo o dia de folga da faxineira. Tudo o que teríamos para oferecer seria uma dose desse ótimo, suave a amadeirado mijo de doninha. — A papada balançava de um lado para o outro enquanto ele sacudia a cabeça, fingindo preocupação. Então o rosto escuro se iluminou. — Ou talvez ele fosse aquela joia inestimável, o convidado-que-sempre-se-enturma, sempre pronto para vestir um avental... um dos seus mais sofisticados, naturalmente, reservados apenas àquelas pessoas especiais... e se juntasse a você na cozinha, improvisando um lanchinho.

Stan levou a garrafa à boca novamente e a virou; o uísque grosseiro encontrou buracos em seus dentes e o puniu, mas ele bebeu até o fim e atirou a garrafa no mato.

O homem gordo jogou mais um galho seco na fogueira se agachou ao lado de Stan.

— Que tipo de cartas são essas, amigo?

A camisa do homem estava quase limpa; a barra das calças, pouco desfiada. Provavelmente andava muito de trem. Em sua lapela havia um pequeno timão, emblema de um clube náutico.

Stan olhou fixamente para o rosto dele.

— Meu amigo, você é um homem que conhece a vida. Tenho a impressão de que em algum lugar de sua vida houve um escritório com um grande tapete. Vejo uma janela em um prédio de escritórios com algo crescendo dentro. Poderiam ser pequenos cedros... em uma floreira?

O mendigo se levantou, mexendo o café na lata.

— Todo mundo tem cedros. Eu tive uma ideia melhor... uma inspiração. Montes de grama... apenas tufos de grama simples. Mas você vai ver o que é *genialidade*. O que você acha que eu coloco neles? *Gafanhotos!* Eu levava um cliente tarde da noite... a cidade toda escura lá embaixo. Dizia a ele para se afastar da janela e escutar. Era inacreditável, nem parecia que estávamos na cidade. — Ele olhou para baixo e franziu o cenho. — Espere um minuto, amigo. Como sabia sobre os tufos de grama?

O Grande Stanton sorriu de leve, apontando para as cartas à sua frente.

— Este é o tarô dos cartomantes ciganos. Um conjunto de símbolos passados de uma geração a outra desde a antiguidade remota, preservando em sua forma enigmática a sabedoria antiga por anos.

— O que você faz com elas? Lê a sorte? — A voz áspera tinha perdido sua hostilidade.

— Recebo impressões. Você tem dois filhos. Correto?

O homem gordo confirmou.

— Só Deus sabe. Eu tinha. Se aquela vadia não deixou eles se matarem enquanto estava se prostituindo por aí.

— Sua terceira esposa?

— É, isso mesmo. Espere um minuto. Como sabe que eu fui trouxa três vezes?

— Tirei as impressões de sua mente, meu amigo, usando as cartas do tarô como ferramenta para me concentrar. Agora, se desejar, eu ficaria feliz em continuar. A tarifa é de vinte e cinco centavos ou o equivalente em mercadoria.

O mendigo coçou a cabeça.

— Certo, amigo. Prossiga. — Ele jogou uma moeda de vinte e cinco ao lado das cartas e Stan a guardou. Cinco tentativas. Reunindo as cartas, ele as embaralhou, pedindo ao homem gordo que cortasse com a mão esquerda.

— Veja, o primeiro a sair foi o *Eremita*. Um ancião, apoiado em um cajado, segue uma estrela que brilha em sua lamparina. Essa é sua jornada... sua jornada pela vida, sempre procurando algo que está fora do seu alcance. Já foi riqueza. Depois o amor das mulheres. Em seguida, buscou proteção... para si e para os outros. Mas o infortúnio recaiu sobre você. As coisas dentro de você começaram a se despedaçar em direções opostas. E então tomava cinco ou seis doses antes de pegar o trem para voltar para casa à noite. Não é isso?

O rosto escuro e hostil confirmou.

— O *Eremita* é a carta da Busca. A Busca pela Resposta.

— Diga mais uma vez, amigo. — O tom de voz do homem gordo era desanimado e sem esperança. — O que eu tinha de cérebro foi prejudicado apanhando da polícia anos atrás.

Stan fechou os olhos.

— O homem vem ao mundo como uma criança cega e tateante. Conhece a fome e o medo do barulho e da queda. Sua vida é passada em fuga. Fuga da fome e do raio do destino. Desde o momento de seu nascimento, ele começa a cair pelo ar sibilante do Tempo: caindo, caindo, em um abismo de escuridão...

O mendigo se levantou com cautela e se aproximou da fogueira. Observou o cartomante atentamente. Os doidos podiam perder a cabeça facilmente – e aquele ainda estava com uma lata de café quente na mão.

O Grande Stanton falou em voz alta para si mesmo. O uísque havia tirado a tensão de seu estômago e o peso de suas costas. Agora ele falava sem parar; com uma alegria tola, embriagada, deixava a língua correr, dizendo o que ela quisesse dizer. Poderia sentar para descansar e deixar a língua fazer todo o trabalho. Para que desgastar o cérebro lendo para um vadio que provavelmente era desonesto demais até mesmo para o ramo da propaganda? A língua faz o trabalho. A boa e velha língua, melhor amiga do homem – e segunda melhor amiga da mulher. De que raios estou falando?

— ... chegamos como um sopro de vento sobre os campos da manhã. Partimos como a chama de uma lamparina apagada pela corrente de ar vinda de uma janela escurecida. Entre esses dois momentos, viajamos de uma mesa a outra, de uma garrafa a outra, de uma cama a outra. Sugamos, mastigamos, engolimos, lambemos, tentamos esmagar a vida dentro de nós como uma am-am-*ameba*! Alguém nos deixa soltos como um sapo que escapa de uma caixa de fósforo e saltamos e saltamos e saltamos e o cara sempre atrás de nós, e, quando ficamos cansados, ele nos mata a pisadas e nossas entranhas esguicham pelas laterais da bota da Divina Providência. O filho da puta!

O mundo começou a girar e ele abriu os olhos para manter o equilíbrio. O homem gordo não estava ouvindo. Estava parado de costas para a fogueira, jogando pedrinhas em algo que estava fora do círculo de luz.

Quando ele se virou, disse:

— O diabo de um *cachorro* maldito, sarnento, pulguento estava tentando se aproveitar do nosso fogo. Fedorento abominável. Eu odeio eles! Eles chegam perto de você, fedendo, se arrastando, por-favor-me-dê-uma--surra-senhor. Eu *odeio* eles! Eles ficam babando em você. Você acaricia atrás da orelha e eles praticamente gozam na sua cara de tanta gratidão.

— Meu amigo, em algum momento um cachorro machucou você — Stanton Carlisle disse. — Acho que não era seu, mas pertencia a outra pessoa... a uma mulher.

O homem, movimentando-se agilmente, com a graça de um atleta que ganhou peso, agora estava ao lado dele com os punhos cerrados e os ossos das mãos ondulando enquanto falava.

— É claro, era um cachorro... um maldito cachorro bajulador, submisso, comedor de vômito! É claro, ele pertencia a uma mulher, seu cretino louco! E o cachorro era *eu*!

Eles ficaram imóveis como figuras em um quadro. Apenas a luz do fogo se movia, saltando e tremulando sobre o mato e sobre os dois rostos, o rechonchudo, escuro e atormentado, e o delgado, do mendigo loiro, sem expressão.

Um ganido veio da ribanceira e os dois homens se viraram. Um cachorro macilento descia escorregando e, trêmulo, aproximava-se do calor com o rabo entre as pernas, revirando os olhos.

Stan assobiou entre os dentes.

— Venha, garoto. Aqui. Venha perto de mim.

O cachorro correu em sua direção, latindo de alegria ao ouvir o som de uma voz amigável. Ele tinha quase chegado até Stan quando o mendigo agachado esticou o pé. O chute lançou o animal, contorcendo-se e gritando, pelos ares; ele caiu com as pernas abertas no meio da fogueira, ganiu e disparou na escuridão, deixando para trás faíscas de pelo queimado.

Stan jogou o café em uma trajetória curva; ele cintilou à luz da fogueira, um arco lamacento; e acertou o homem gordo nos olhos. Ele cambaleou para trás, passando a manga da camisa sobre eles. Depois abaixou a cabeça, apoiando a papada sobre o ombro esquerdo e balançando o corpo, com o punho esquerdo na frente, a mão direita meio aberta, pronta para defender o rosto. Com uma voz suave e culta, ele disse:

— Levante as mãos, irmão. Prepare-se para três minutos muito desagradáveis. Vou brincar com você durante esse tempo e depois te mandar para a terra dos sonhos.

O reverendo Carlisle havia dobrado o corpo, como se tomado por uma violenta cólica estomacal. Ele gemeu, inclinando-se, e o homem gordo baixou a guarda. Estava baixa o suficiente.

Quando Stan saltou, tinha nas mãos um feixe grosso de galhos da fogueira e, com um empurrão, acertou o mendigo com as pontas ardentes bem abaixo do tórax. O homem caiu pesadamente, como um boneco recheado de areia.

Stan observou o homem pasmo, lutando para respirar. Então enfiou a tocha na boca aberta, sentindo os dentes sendo esmagados.

O álcool estava se esvaindo de sua mente. Ele estava sozinho e com frio, sob uma imensidão de céu – nu como uma lesma, como um girino.

E a sombra do pé esmagador parecia chegar mais perto. Stan começou a correr.

Bem longe, perto da estrada, ele ouviu um assobio e correu mais rápido, atordoado, sentindo uma pontada na lateral do corpo. Ah, meu Deus – o baralho de tarô. Esqueci perto da fogueira. Mais um indício apontando para o reverendo Carlisle.

Um trem de carga estava desacelerando. Ele correu, respiração queimando, olhando para a frente, na escuridão, em busca de obstruções na pista. Um degrau de ferro passou rapidamente por ele, que tentou alcançá-lo, mas lhe escapou dos dedos. O trem estava pegando velocidade.

A porta de um vagão de carga se abriu e ele pulou.

Então, com o pânico fervente correndo pelo corpo, viu que havia errado e estava pendurado sob o trem.

Uma mão saiu de dentro do vagão e o segurou, meio para dentro e meio para fora, enquanto a terra passava voando sob seus pés.

O trem estava a toda velocidade.

## CARTA XVIII

# A TEMPERANÇA

*Com um pé na terra e outro na água, um anjo derrama a eternidade de taça em taça.*

No estacionamento, o sol de Maryland castigava, refletindo nas fileiras de para-brisas, nas maçanetas cromadas e nas suaves curvas dos para-lamas esmaltados.

Cincinnati Burns parou o conversível surrado na vaga calmamente enquanto Molly, aguardando sobre o chão de cascalho, gritava:

— Vire para a esquerda, querido. Mais para a esquerda.

Ele tirou a chave da ignição e ela, de repente, foi arrancada de sua mão e atirada para fora, entre os carros. Cincy disse:

— Seu pestinha! Você é muito travesso. Não é? Não é?

Ele jogou a criança para o alto enquanto ela gritava de alegria.

Molly chegou correndo.

— Deixe que eu o seguro, Cincy, enquanto você pega a chave.

Ele passou o bebê, que pegou um lenço úmido no bolso do casaco do apostador e o agitou como uma vencedora.

— Por favor, querido. Vamos deixar o papai pegar a chave. Ei, pare de chutar minha barriga.

O grandalhão colocou o garoto no ombro, entregando o chapéu a Molly para que o guardasse, e todos caminharam para a tribuna.

O apostador mudou o bebê de lado e olhou para o cronômetro em seu pulso.

— Temos muito tempo, docinho. A terceira corrida é a nossa.

Eles pararam para comprar copinhos de sorvete de framboesa e Cincinnati sussurrou de repente:

— Segure o *bambino*, Molly. Ali está o Dewey, de St. Louis.

Andando com cuidado, ele se aproximou pelas costas e se agachou atrás de um homem taciturno e queixudo que vestia um terno de anarruga. Cincy pegou uma caixa de fósforos e, posicionando os dedos grossos, cobertos por pelos ruivos com a delicadeza com que se passa linha por uma agulha, prendeu um dos palitos entre a sola e a parte de cima do sapato de Dewey. Ao acender o fósforo, deu alguns passos sorrateiros para trás e então caminhou até o lugar de onde sua esposa e seu filho observavam, atrás da barraca de refrescos.

Quando o fósforo terminou de queimar, o apostador de cara comprida saltou no ar como se fosse içado por uma corda e começou a bater no pé.

Molly, Cincy e o jovem Dennis, espiando de trás do canto da barraca, começaram a gritar em uníssono. Molly derrubou seu copinho de sorvete, e Dennis Burns, ao vê-lo cair, jogou alegremente o seu também.

— Ei, o que foi isso? — Cincy chacoalhou os trocados no bolso e disse: — Vão na frente. Eu alcanço *oceis*.

Quando se juntou a eles, estava segurando quatro copos de sorvete.

— Aqui, crianças... um para chupar e outro para derrubar. Dewey sempre cai na brincadeira do pé quente mesmo. Deve ter umas mil vezes que alguém deu um pé quente nele. Só eu já dei o pé quente nele, pelo menos, uma dúzia de vezes. Vamos subir na tribuna, docinho. Levo vocês até o lugar e depois tenho que puxar a ficha daquele papa-alfafa da terceira; ele não pode cair morto, *kennahurra*. Não sabe o que isso quer dizer, é gaélico. Se ele quebrar uma pata, a gente vai ter que se virar na lábia quando voltar para aquele pulgueiro. Que inferno, já era hora de a gente sair daquele buraco. Toda vez que acordo de manhã e bato o olho naquele papel de parede, sinto como se tivesse que te pagar cinco pratas.

CARTA XIX

# A RODA DA FORTUNA

*Passa rodando por Anjo,
Águia, Leão e Touro.*

Stan estava deitado no assoalho cheio de farpas, sentindo a vibração contra seus cotovelos e o odor acre de óleo lubrificante que subia das tábuas. O trem de carga, com um estrondo, ganhou velocidade.

As mãos o puxaram mais para dentro, depois deslizaram para baixo de suas axilas e o ajudaram a se levantar.

— Está tudo bem, filho? Você estava quase indo balançar no além. — A voz era suave e amistosa.

Agora passavam pelos arredores de uma cidade cujas luzes solitárias nos postes projetavam faixas de luz que piscavam através da porta. O homem que o puxou para dentro era um negro, vestindo macacão e jaqueta de brim. Por baixo do macacão, via-se, nas sombras, uma camiseta branca. O sorriso era a única parte do rosto dele que Stan conseguia enxergar.

Colocando-se em pé, equilibrou-se no sacolejo do vagão sob seus pés e esticou dedos e braços, aliviando a tensão neles.

— Obrigado, amigo. Estava escuro demais para ir adiante sozinho... Não dava para ver o que tinha pelo caminho.

— É duro, uma noite escura assim. Não dá para ver as barras de apoio. Não se vê é *nada*. Que tal um pito?

Stan sentiu uma bolsa de tabaco colocada em sua mão. Enrolou um cigarro para si e compartilharam o fósforo. O negro era um sujeito jovem, magro, com traços suaves e belos e cabelo bem curto.

Stan tragou a fumaça e a deixou sair aos poucos pelo nariz. Então começou a chacoalhar, pois a batida constante das rodas debaixo dele trouxe de volta a punhalada daquele medo desalentador, desesperado, "é agora", e ele tremeu mais forte.

— Tem frio, senhor? Ou está com febre?

— Só abalado. Achei que fosse bater as botas.

Seus cigarros perfumavam a escuridão. Lá fora, a lua nascente viajava com eles, desaparecendo além da copa das árvores.

— Está procurando trabalho ou só está na estrada?

— Na estrada.

— Vários sujeitos gostam dessa vida. Parece que eu prefiro trabalhar a me matar nos trambiques.

— Que tipo de trabalho você faz?

— Qualquer um. Carregador, faz-tudo. Já operei elevador de carga. Dirijo muito bem. O maior caminhão velho que encontrar, eu dirijo. Trabalhei em navio... ajudante de cozinha e lavador de pratos. Sei colher algodão. Acho que dá para fazer qualquer coisa se a gente botar na cabeça que faz.

— Indo para o norte?

— Nova Jersey. Vou tentar um trabalho na fábrica do Grindle. Pelo que ouço, tão contratando. Gente de cor.

Stan apoiou as costas na porta fechada do outro lado do vagão, deu uma última tragada no cigarro e jogou a ponta pela porta aberta, deixando um rastro de faíscas.

Grindle. Grindle. Grindle. Para abafar o ruído das rodas, ele disse:

— Por que de repente estão contratando homens? Os negócios devem estar melhorando.

O rapaz riu um pouco.

— Os negócios tão a mesma coisa de sempre. Tão contratando porque demitiram a torto e a direito um tempo atrás. Tão contratando só gente de cor, essa turma nova, ouvi por aí.

— O que eles querem com isso? — Advogados submissos, psicólogos submissos, musculosos submissos. Desgraçados.

— O que acha? Enchem de garotos de cor ali, aí provocam os garotos brancos, e logo tá todo mundo arranjando encrenca um com o outro e esquece que trabalha muito e ganha pouco.

Stan ouvia apenas em parte. Ele engatinhou até o canto, perto do negro, e se sentou, esticando as pernas.

— Ei, companheiro, você não teria, por acaso, uma bebida aí no bolso, teria?

— Caramba, não. Tenho só cinquenta centavos e essa bolsa com tabaco e papel para enrolar. Viajando rápido e com pouca coisa.

Cinquenta centavos. Dez doses de uísque de cinco.

O Grande Stanton passou as mãos pelos cabelos.

— Amigo, tenho uma enorme dívida com você por ter salvado minha vida.

— Não me deve nada, senhor. O que eu poderia fazer? Deixar você escorregar lá para baixo e virar hambúrguer? Esquece isso.

Stan engoliu a saliva grossa em sua boca e tentou mais uma vez.

— Amigo, meus ancestrais eram escoceses, e os escoceses são conhecidos por ter uma estranha habilidade. Costumava ser chamada de sexto sentido. Por gratidão, quero lhe contar o que vejo para sua vida no futuro. Posso ajudá-lo a evitar muitas atribulações e infortúnios.

Seu companheiro riu.

— Melhor guardar esse sexto sentido. Faça ele dizer quando você vai ter saudade de pegar carona em trem de carga.

— Ah, mas veja, meu amigo, ele me trouxe ao exato vagão onde eu encontraria ajuda. Eu *sabia* que você estava neste vagão e me ajudaria.

— Senhor, você tem que apostar nas corridas e ficar rico.

— Diga uma coisa... Tenho a nítida sensação de que há uma cicatriz em um de seus joelhos. Não é verdade?

O rapaz gargalhou novamente.

— Claro, tenho cicatrizes nos *dois* joelhos. Tenho cicatrizes na bunda também. Qualquer um tem cicatriz no corpo todo se já trabalhou alguma vez. Tô trabalhando desde que comecei a andar. Tava tirando bicho de pé de batata assim que parei de sujar as calças.

Stan respirou fundo. Não podia deixar aquele sujeito sabichão levar a melhor.

— Meu caro, quantas vezes na vida, quando as coisas pareciam feias, você pensou em cometer suicídio?

— Cara, com certeza entendeu errado. Todo mundo pensa que gostaria de morrer vez ou outra... só que sempre querem ficar por aí depois, vendo toda lamentação e luto dos parentes, quando vê eles morto. Eles não querem morrer. Só que as pessoa chore e grite um pouco por causa deles. Uma vez, eu trabalhava em uma obra na estrada e o capataz queria me arrancar o couro. Sempre batia na minha cabeça, mesmo que eu não arranjasse encrenca... só por diversão. Mas eu não queria me matar. Queria escapar dali. E *escapei*, e cá estou... aqui, sentado. Mas um grandalhão maluco, que trabalhava do meu lado na corrente, fez purê da cabeça do capataz com uma pá uns meses depois. Agora o capataz tá morto e eu não tô de luto.

Um medo sem forma ou nome começou a se contorcer dentro de Stanton Carlisle. Morte e histórias sobre morte ou brutalidade escavaram sua pele como carrapatos e causaram uma infecção que abriu caminho até seu cérebro e apodreceu lá dentro.

Ele forçou sua mente a voltar para a leitura.

— Deixe-me lhe dizer uma coisa, amigo. Vejo seu futuro se desenrolar como o fio de um carretel. O padrão dos dias à sua frente. Vejo homens... uma multidão de homens... ameaçando você, fazendo perguntas. Mas vejo outro homem, mais velho, que vai te fazer um favor.

O negro se levantou e depois ficou de cócoras para amortecer a vibração do vagão.

— Senhor, cê deve ter sido adivinho algum dia. Fala que nem eles. Por que não relaxa? Vai durar bem mais assim, pode acreditar.

O mendigo branco levantou e foi até a porta aberta, apoiando a mão contra a parede do vagão e olhando para o campo. Eles estavam passando sobre uma ponte de concreto; um rio refletiu rapidamente o dourado da luz da lua e logo ficou para trás.

— É melhor recuar um pouco, filho. Fica aí vendo a paisagem e alguém pode te ver quando passarmos em alguma parada. Eles telefonam para a estação seguinte e, quando o trem desacelerar, os *gambé* já tão aqui com os cassetetes na mão, prontos para descer a lenha.

Stan se virou com brutalidade.

— Ouça, rapaz, você já sabe tudo com tanta certeza. Que sentido isso faz? Que tipo de Deus nos colocaria aqui neste mundo maldito, podre, que mais parece um matadouro? Um cara que gosta de arrancar as asas das moscas? De que adianta viver e passar fome e brigar com o cara ao lado para encher a barriga? É um manicômio. E os mais lunáticos estão no topo.

A voz do negro ficou mais suave.

— Agora você está falando a verdade, irmão. Deixe toda aquela bobagem de lado e venha aqui conversar. Temos uma viagem longa pela frente e não adianta de nada um tentar passar a perna no outro.

Devagar, Stan saiu da porta e se encolheu em um canto. Queria gritar, chorar, sentir a boca de Lilith mais uma vez, os seios dela junto a seu corpo. Ah, Deus, lá vou eu. Maldita, vadia mentirosa, traidora. Elas são todas iguais. Menos Molly, aquela bobinha. Ele a desejou prontamente. Mas logo a repulsa tomou conta... Ela grudaria nele como uma sanguessuga e drenaria sua vida. Desinteressante, ah, nossa, e burra. Ah, Deus... Mãe. Mark Humphries, amaldiçoada seja sua alma, ladrão cretino. Mãe... o piquenique...

O negro estava falando novamente e as palavras entravam por um ouvido e saíam pelo outro.

— ... veja dessa forma. Por que não me conta o que está lamentando? Nunca mais vai me ver de novo. Para mim, não faz diferença o que você fez. Eu cuido da minha vida. Mas você vai se sentir cem por cento melhor se tirar isso da cabeça.

Bisbilhoteiro maldito. Me deixe em paz... Ele ouviu a própria voz dizer:

— Estrelas. Milhões delas. Espaço, expandindo-se para o nada. Sem fim. A vida podre, sem sentido, inútil em que somos jogados, e de que somos tirados depois, não passa de putaria e sujeira do início ao fim.

— Qual é o problema de desfrutarmos de umas bocetas? Não tem nada de sujo nisso. Menos no puteiro, aí se pega chato ou gonorreia. Não tem nada de sujo nisso, a não ser que você se sinta sujo em sua mente. A garota começa a se prostituir para se livrar da colheita do algodão ou de ficar em pé dez, onze horas. Ninguém pode culpar garota nenhuma por se arriscar por dinheiro. Deitada, ela pode descansar.

A corrente de desespero de Stan tinha cessado. Por um segundo, pôde respirar – o peso parecia ter sido tirado de seu peito.

— Mas o propósito disso tudo… Por que somos colocados aqui?

— Da forma como eu vejo, não fomos colocados. Nós surgimos.

— Mas o que começou toda essa bagunça desgraçada?

— Não precisou começar. Sempre esteve aqui. As pessoas me perguntam: como esse mundo foi feito, sem Deus fazê? Eu logo devolvo a pergunta: quem fez Deus? Eles dizem que ele não precisa ser feito; sempre esteve ali. Eu digo: bem, então por que você tem que falar dele? O velho mundo sempre esteve ali também. Para mim, basta. Eles perguntam: e o pecado? Quem pôs todo o pecado e maldade e perversidade no mundo? Eu digo: quem pôs o bicudo-do-algodoeiro? Ele surgiu. Bem, pessoas más surgem onde a colheita é boa para elas… O mesmo acontece com o bicudo-do-algodoeiro.

Stan estava tentando prestar atenção. Quando falou, sua voz estava grossa e monótona.

— É um mundo maldito. Os poucos que estão no topo ficam com toda a grana. Para conseguir o seu, você tem que fazer eles soltarem alguma. E então eles se viram e quebram seus dentes por fazer exatamente o mesmo que eles fizeram.

O negro suspirou e ofereceu tabaco a Stan, depois enrolou outro cigarro.

— Você tá certo, irmão. Você tá certo. Só que eles não vão ter tudo para sempre. Um dia, as pessoas vão ficar espertas *e* irritadas ao mesmo tempo. Ninguém consegue nada neste mundo sozinho.

Stan fumou, vendo a fumaça cinzenta correr na direção da porta e sair para a noite.

— Você parece um sindicalista agitador.

Dessa vez o negro riu alto.

— Pelo amor de Deus, homem, os sindicalistas não precisam de agitação. Não dá para agitar as pessoas quando elas são tratadas direito. Os sindicalistas não precisam de provocação. Eles precisam de união.

— Acha que eles têm consciência suficiente para fazer isso?

— Eles *precisam* fazer isso. Eu *sei*.

— Ah. Você *sabe*.

O rapaz vestido de brim ficou em silêncio por um instante, pensando.

— Veja só... você planta quatro grãos de milho em uma colina. Como *sabe* que um deles vai vingar? Bem, os trabalhadores, negros *e* brancos... o cérebro deles vinga como o milho na colina.

O trem estava desacelerando.

Deus, me deixe sair daqui... esse maldito escurinho abobado, sem noção do perigo. E Grindle... cada segundo, chegando mais perto do forte...

— Ei, tome cuidado, filho. O trem ainda não parou.

O trem perdeu velocidade rapidamente. Estava parando. Stan saltou e o negro foi atrás, olhando para a esquerda e para a direita.

— Isso não está certo. Não tem por que parar aqui. Ô-ou... é uma revista.

Nas duas pontas do trem, surgiram luzes, funcionários do trem andando por cima com lamparinas; lanternas da polícia ferroviária, juntamente com suas pistolas, nos vagões de carga.

O jovem mendigo disse:

— Que estranho... essa divisão nunca foi hostil antes. E eles estão revistando dos dois lados ao mesmo tempo...

Do outro lado do vagão de carga, um trem apitou, assobiando, brilhando, a chama vermelha do motor brilhava sob o vagão fechado e projetando a sombra dos sem-teto no chão de cascalho à frente deles.

— Ei, filho, vamos tentar pular no trem de passageiros. Você é rápido?

O reverendo Carlisle fez que não com a cabeça. Os homens furiosos estavam se aproximando. A teia de Anderson o enredaria. Era o fim. Vagarosamente, ele voltou ao vagão de carga e se encolheu em um canto, enterrando o rosto na dobra do cotovelo, enquanto, com vozes ásperas e passos pesados, os homens iam chegando...

— Ei, cara... — Mal dava para ouvir o sussurro pela porta. — Venha... vamos entrar naquele trem. E ainda vamos chegar mais rápido.

Silêncio.

— Até mais, rapaz. Se cuida.

A desgraça corria pelo teto; e depois uma luz cortou a escuridão do vagão, procurando nos cantos. Ah, Deus, chegou a hora... chegou a hora.

— Vamos, seu cretino, desça. E com as mãos paras cima.

Ele se levantou, piscando diante do brilho da lanterna, e ergueu os braços.

— Vamos, dê o fora daqui!

Stan cambaleou até a porta e se sentou, arrastando os pés na escuridão. Uma mão grande agarrou seu braço e puxou para fora.

Do alto do vagão, uma cabeça espiou lá embaixo, segurando um cano debaixo do braço.

— Pegou ele?

Uma voz sob a lanterna respondeu:

— Peguei um. Mas ele não é preto. A pessoa que denunciou falou de um preto.

O funcionário da ferrovia que estava no alto fez um sinal com a lanterna e da escuridão veio o estampido de um carrinho a gasolina. Ele acelerou e Stan pôde ver que estava cheio de homens – roupas escuras – não era o grupo da ferrovia. Quando parou, os homens desceram e correram pelos trilhos.

— Onde ele está? No vagão de carga? Quem está inspecionando o trem?

— Temos rapazes revistando o trem, não se preocupe.

— Mas recebemos a informação de Anderson...

Chegou a hora. Chegou a hora. Chegou a hora.

— ... de que o cara era de cor. — Um dos recém-chegados se aproximou com a própria lanterna. — O que é isso no seu bolso, amigo?

Stanton Carlisle tentou falar, mas sua boca parecia cheia de areia.

— Continue com as mãos para cima. Espere um minuto. Isso não é uma arma. É uma Bíblia.

Seu pulmões relaxaram, e ele conseguiu respirar um pouco.

— Irmão, você está com a arma mais poderosa do mundo nas mãos...

— Pode parar! — gritou o Mão Grande. — Talvez seja uma granada disfarçada de Bíblia.

A outra voz estava calma.

— É só uma Bíblia. — Ele se virou para o mendigo branco. — Estamos procurando um rapaz de cor. Sabemos que ele embarcou nesse trem. Se puder nos dar qualquer informação que possa levar à prisão dele, estaria colaborando com as forças da justiça. E pode ganhar alguma coisa com isso.

Justiça. *Ganhar alguma coisa com isso* poderia significar dinheiro. Um dólar – dez latas de bebida... justiça. Justiça de barba branca... um dólar – vinte doses... ah, danem-se eles com seus afiadores de couro, seus *canos de metal*...

Ele abriu bem os olhos, olhando fixamente para a frente, para o feixe de luz.

— Meu irmão, conheci um irmão-em-Cristo de cor quando estava esperando para entrar nesse trem. Tentei trazê-lo para Jesus, mas ele não quis ouvir a Palavra. Deixei meu último panfleto...

— Vamos, vigário, para onde ele foi? Ele estava aqui no vagão com você?

— Irmão, esse irmão-em-Cristo entrou mais lá para a frente. Esperava que viajássemos juntos para eu poder contar a ele sobre nosso Senhor e Salvador Jesus Cristo, que morreu por nossos pecados. Já fui de costa a costa dezenas de vezes, aproximando homens de Cristo. Foram só alguns milhares até agora...

— Está bem, vigário, dê um descanso para Jesus. Estamos procurando um maldito preto comuna. Você o viu entrar lá na frente? Vamos, rapazes, vamos nos espalhar. Ele está por aqui em algum lugar...

O homem de mãos grandes ficou com Stanton enquanto os outros se espalhavam pelo trem, passando entre os vagões e desaparecendo na escuridão. O reverendo Carlisle havia começado a murmurar em voz baixa, o que o segurança entendeu que seria um sermão dirigido a uma congregação invisível ou ao ar. O maldito Zé Divino os havia despistado; agora o negro teria uma chance de se safar.

Por fim, o trem apitou, os engates retiniram e ele saiu suspirando. Depois dele, o trem de passageiros, elegante e escuro, aguardava enquanto lanternas passavam pelas cortinas, pelas caixas laterais do vagão--restaurante e pelo alto.

Então ele também começou a se mover. Quando o vagão-bar passou, Stan avistou pela janela um garçom de casaco branco. Ele abria uma garrafa, enquanto um braço vestindo tweed segurava um copo de gelo.

Uma bebida. Meu bom Deus, uma bebida. Será que eu conseguiria tirar dinheiro desse gambé? Melhor nem tentar, não dava tempo de inventar nada.

O detetive ferroviário cuspiu.

— Veja, vigário, eu vou te dar uma chance. Deveria te levar para a delegacia. Mas acabaria convencendo todo o xadrez a cantar hinos de igreja. Vamos, seu bosta, cai fora daqui.

As mãos grandes viraram Stan para o outro lado e o empurraram; ele tropeçou nos trilhos e foi parar em um aterro. Ao longe, a luz de uma casa de fazenda estava acesa. Uma bebida. Ah, meu Deus...

O trem de passageiros pegou velocidade. No vagão-bar, um pulso saiu de baixo de uma manga de tweed, revelando um relógio de pulso. Dez minutos de atraso! Droga, o único jeito bom de viajar era de avião.

Sob o vagão, espremido em uma floresta de molas de aço, eixos, canos de freio e rodas, havia um homem escondido. Conforme a composição acelerava, Frederick Douglass Scott, filho de um pastor batista, neto de um escravo, mudava de posição para conseguir se segurar melhor ao seguir para o norte, para o forte com grades duplas e cerca elétrica com arame farpado.

Com os ombros apoiados na estrutura do vagão, os pés do lado oposto, ele equilibrava o corpo sobre um cano de freio de menos de três centímetros. Pouco abaixo, o leito da estrada passava, comutadores o arranhavam quando o vagão passava por eles. O trem balançava. Um rastro de carvão em brasa, lançado pela locomotiva, passou por cima dele, que o expulsou com a mão livre, batendo no brim ardente, enquanto o trem seguia a todo vapor; norte, norte, norte.

Um espectro assombrava Grindle. Era um espectro de macacão.

CARTA XX

# A MORTE

*Usa armadura escura; junto a seu cavalo ajoelham-se sacerdotes e crianças e reis.*

O VENDEDOR VIROU A ESQUINA, OLHANDO PARA OS DOIS LADOS NA RUA PRINCIpal em busca do policial, e então entrou no saguão escuro do edifício onde ficava o banco. Se a chuva parasse, ele poderia fazer um intervalo ali. O cinema estava prestes a terminar; os caras sairiam com suas garotas.

Quando o primeiro da multidão passou, ele tirou um punhado de envelopes chamativos de um bolso grande na parte interna do casaco e os abriu em leque na mão esquerda, de modo que os círculos do zodíaco e os símbolos impressos em cores fortes se destacassem. Uma cor diferente para cada signo.

Ele passou a mão que estava livre nos cabelos e respirou fundo. Sua voz estava rouca; ele não conseguia passar muito de um sussurro.

— Meus amigos, se puderem se aproximar por um instante, vão descobrir que deram um passo que vai agregar à sua felicidade e prosperidade pelo resto da vida...

Um casal parou e ele falou diretamente com eles.

— Será que a jovem poderia me dizer sua data de aniversário? Não vai custar nada, pessoal, porque o primeiro mapa astrológico desta noite será totalmente grátis...

O jovem disse:

— Vamos. — Eles saíram andando. Malditos locais.

Preciso de uma bebida. Jesus. Preciso vender. Preciso desovar cinco.

— Por aqui pessoal todo mundo quer saber o que o futuro lhes reserva cheguem um pouco mais perto pessoal e vou dizer o que vou fazer eu vou dar a cada um uma leitura particular fazer sua previsão astronômica que mostra seus números da sorte, dias do mês e diz como determinar a melhor pessoa para você se casar tendo ou não alguém em mente...

Todos passaram por ele, alguns olhando, outros rindo, ninguém parando.

Detestável. Os rostos deles de repente ficaram distorcidos, como caricaturas de rostos humanos. Eles pareciam perder a forma. Alguns pareciam animais; outros, embriões de pintinhos, quando se quebra um ovo chocado pela metade. As cabeças balançavam sobre pescoços que pareciam talos, e ele ficou esperando seus olhos caírem e quicarem na calçada.

O vendedor começou a rir. Era uma risadinha, borbulhando dentro dele a princípio, mas depois se soltou e ele gargalhou, gritando e batendo o pé.

A multidão começou a se aglomerar em volta dele. Ele parou de rir e se obrigou a dizer as palavras:

— Aqui está, amigos, enquanto durar. — A gargalhada estava lutando para sair, rasgando sua garganta. — Uma leitura astrológica completa com seus talismãs, números da sorte. — A gargalhada martelava para sair. Era como um cachorro amarrado ao pé de uma bancada de trabalho, lutando para se livrar de uma corda. E lá veio. — Ua-rá, rá, rá, rá! Rooooooooooooo!

Ele bateu o punhado de horóscopos na coxa, apoiando a outra mão na padieira de pedra do saguão. A multidão estava rindo para ele, ou com ele, alguns se perguntando quando ele iria parar bruscamente e tentar vender algo a eles.

Uma mulher disse:

— Não é repulsivo? E bem na porta do banco? É indecente.

O vendedor ouviu o que ela disse e dessa vez se sentou, sem forças, sobre os degraus de mármore, deixando os horóscopos se espalharem à sua volta, colocando a mão na barriga enquanto ria.

Algo fez a multidão avançar para a frente e depois abrir para os lados. Então as pernas azuis se aproximaram.

— Eu te disse para cair fora da cidade.

O rosto do policial parecia estar um quilômetro acima dele, como se estivesse olhando sobre a borda de um poço.

O mesmo policial. Multa de dois dólares e sair da cidade.

— Riiiiiiiiiiiii! Ro... ro. Rá. Policial... policial... Ua-rá-rooooooo!

A mão que o colocou em pé pareceu sair do céu.

— Eu te disse para cair fora, vagabundo. Agora vai para o xadrez ou prefere uma maca?

Um rápida puxada e sua mão estava torcida atrás das costas; ele estava andando inclinado para não ter o pulso quebrado. Em meio a ondas de risada, o mundo foi entrando, chegando em fatias, como se a risada partisse as costuras e mostrasse um pouco de realidade crua e sangrenta antes de se fechar novamente.

— Para onde estamos indo, policial? Não, não, não me conte. Deixe-me adivinhar. Para o porão?

— Cale a boca, vagabundo. Continue andando ou vou quebrar seu braço. Tenho uma boa ideia para acabar com você antes de chegarmos lá embaixo.

— Mas, policial, eles já me viram lá embaixo uma vez. Vão ficar muito cansados de me ver. Vão achar ridículo eu ficar aparecendo lá com tanta frequência. Não vão? Não vão? Não vão? Você não colocou nenhuma corda no meu pescoço. Como pode ter certeza de que não vou fugir? Espere a lua aparecer... Ela logo aparece debaixo da chuva; a qualquer minuto. Mas você não compreende isso. Policial, espere...

Eles tinham saído do meio da multidão e cortado por uma rua lateral. À esquerda, havia um beco, escuro, mas com um luz na outra ponta. O policial trocou a mão com que estava segurando o prisioneiro, soltando-o por uma fração de segundo, e o vendedor se libertou e começou a correr. Estava flutuando no ar; não conseguia sentir seus pés tocando as pedras. E, atrás dele, o som pesado de sapatos sobre paralelepípedos. Ele correu na direção da luz no fim do beco, mas não havia nada a temer. Ele sempre havia estado lá, correndo pelo beco, e não importava; tudo aquilo estava lá em qualquer tempo, em qualquer lugar, apenas um beco e uma luz e os passos sobre os paralelepípedos, mas eles nunca te alcançam, eles nunca te alcançam, eles nunca te alcançam... Um golpe entre os ombros o jogou para a frente e ele viu as pedras, sob a luz fraca adiante, vindo em sua direção, as próprias mãos espalmadas, os dedos um pouco dobrados na mão esquerda, polegares em um ângulo peculiar, estendidos como se estivessem criando sombras de duas cabeças de galo em uma parede, os polegares formando os bicos e os dedos abertos como as divisões das cristas.

O cassetete o havia atingido, girando pelo espaço que havia entre os dois homens. Ele quicou, atingindo uma parede de tijolos com um som nítido de madeira quando as pedras encontraram suas mãos e o choque da queda causou o impacto em seu pescoço. Ele estava de quatro quando o pé atingiu suas costelas e o fez cair de lado.

O grande rosto oval desapareceu de sua vista. O policial havia se abaixado para pegar o cassetete, e a parte de cima do quepe impedia que se visse seu rosto, acima do decote em V da camisa e da gravata preta. Era tudo o que conseguia ver.

Ele ouviu o estalo destruidor do cassetete em seus ombros antes que a dor tentasse passar pelos nervos obstruídos e explodisse, espalhando-se por seu cérebro como um jato de aço quente. Ele ouviu a própria respiração entre os dentes e puxou os pés para baixo do corpo. Estava quase em pé quando o cassetete lhe tirou o restante do fôlego, acertando-lhe as costelas.

Era a voz de outra pessoa:

— Policial... ah, meu Deus... Eu não fiz nada... quebra esse galho para mim... ah, meu Deus...

— O que eu vou quebrar são todos os ossos da sua cabeça, seu vagabundo de uma figa. Você pediu. Agora vai receber.

O pau comeu novamente e a dor era branca e incandescente dessa vez, conforme subia por sua coluna, na direção do cérebro, no alto.

O mundo voltou e Stanton Carlisle, com a mente afiada até certo ponto, viu onde estava. Viu o policial levantar o lábio superior, revelando uma coroa de ouro. E, à pouca luz, agora atrás dele, notou que o homem precisava se barbear. Ele não tinha mais de quarenta anos; mas seus cabelos e a barba que começava a brotar sobre o queixo eram perolados. Como fungo sobre um cadáver. Naquele instante, a dor do golpe em seu traseiro chegou à sua mente e mil chaves giraram; uma porta se abriu.

Stan se aproximou, fixando um das mãos no colarinho do policial. Ele cruzou a outra mão por baixo do queixo, segurando o lado oposto da gola com o punho. Então, torcendo o corpo para o lado para proteger a virilha, Stanton começou a apertar. Ele ouviu um cassetete cair e sentiu as mãos grandes puxando seus antebraços, mas, quanto mais força o homem fazia, mais seus punhos apertavam a garganta dele. A barba por fazer parecia uma lixa no dorso de suas mãos.

Stan sentiu a parede do beco estremecer junto a seu ombro, sentiu seus pés deixarem o chão e o peso escuro cair sobre ele; mas a única vida que havia nele estava se esvaindo por meio de suas mãos e pulsos.

A montanha sobre ele não estava se mexendo. Estava descansando. Stan soltou um dos pés e rolou os dois para cima, para ficar no topo. O corpo enorme estava totalmente imóvel. Ele o sufocou ainda mais, até sentir como se os ossos de seus dedos fossem estourar, e começou a bater a cabeça do policial nos paralelepípedos. Tum. Tum. Tum. Ele gostou do som. Mais rápido.

Então afrouxou as mãos e se levantou, deixando os braços caírem ao lado do corpo. Elas não funcionariam mais, não o obedeceriam.

Um pacote de leituras astrológicas tinha caído e se espalhado pelas pedras, mas ele não conseguiu recolhê-las. Caminhou, de forma direta e precisa, na direção da luz, na outra ponta do beco. Tudo era nítido e claro agora, e ele nem precisava mais de uma bebida.

Os trens de carga seriam arriscados. Ele poderia tentar o bagageiro de um ônibus, sob a lona. Já tinha viajado ali antes.

Não havia mais com que se preocupar. Pois o policial estava morto.

Posso matá-lo novamente. Posso matá-lo novamente. Toda vez que vier atrás de mim. Posso matá-lo sempre. Ele é meu. Meu cadáver particular.

Vão enterrá-lo, como se enterra um lenço cheio de sangue ressecado.

Posso matá-lo novamente.

Mas ele não vai voltar. Ele está acabado.

Posso matá-lo novamente.

Mas ele foi morto por um coração ruim.

Posso matá-lo.

## CARTA XXI

# A FORÇA

*Uma mulher com coroa de rosas fecha a boca de um leão com as próprias mãos.*

Sob a luz noturna, uma figura alta e magra, de cabelos amarelos e opacos, debruçava-se sobre a cerca, observando um homem e uma mulher plantando milho. A mulher enfiava o cabo da enxada na terra, e o homem, que parecia não ter pernas, saltava apoiado nas mãos, jogando grãos de milho nos montinhos e alisando a terra sobre eles.

— Espere um minuto, Joe. Ali tem alguém chamando a gente.

A mulher caminhou sobre o solo lavrado, tirando as luvas.

— Desculpe, amigo, mas não temos nada na geladeira para você fazer um lanche. E não tenho tempo para preparar uma refeição. Espere eu pegar a carteira em casa e posso te dar cinquenta centavos. Tem uma barraquinha de comida na estrada. — Ela parou para recuperar o fôlego, então disse com a voz rouca: — Minha nossa! É Stan Carlisle! Olhando para trás, ela chamou: — Joe! Joe! Venha aqui agora mesmo!

O mendigo estava debruçado sobre a cerca, deixando-a suportar seu peso.

— Oi, Zeena. Vi seu anúncio... na revista.

O homem se aproximou deles, saltando com as mãos. Suas pernas, amarradas com um nó para não atrapalharem, estavam cobertas com um saco de aniagem amarrado na cintura. Ele tomou impulso e se sentou, olhando para Stan em silêncio, sorrindo como Lázaro deve ter sorrido logo após ressuscitar. Mas seus olhos estavam desconfiados.

Zeena empurrou o chapéu de palha para trás e recuperou a voz:

— Stanton Carlisle, jurei que, se voltasse a colocar os olhos em você, perderia a compostura. Aquela menina estava fora de si quando chegou ao parque. Todos lá acharam que ela tinha enlouquecido pela forma que cambaleava para todo lado. Coloquei ela para trabalhar no número da caixa de espadas, e ela mal conseguia entrar e sair, de tão mal que estava. Você foi muito bem tratado por aquela menina, devo dizer. Ah, ia virar o mais-mais... transformar ela em uma estrela e tudo o mais. Bem, você chegou lá. Mas o que ela ganhou com isso? Não pense que esqueci. — A voz dela falhou e ela fungou, esfregando o dorso da luva de trabalho no nariz. — E você acabou colocando aquela menina, aquela doce menina, na pista... como qualquer cafetão barato. E você não tem nada a ver com a menina ter conseguido sair dessa tão bem. Ah, não. Espero que ela tenha esquecido qualquer ideia que já teve sobre você. E você não tem nada a ver com ela estar casada com um cara excelente e ter o filho mais lindo que qualquer um já viu. Ah, não, você fez de tudo para aquela garota ir parar em um puteiro.

Ela parou para respirar e prosseguiu em outro tom:

— Ah, pelo amor de Deus, Stan, entre em casa e me deixe fritar um pedaço de presunto para você. Parece que você não come há uma semana.

O mendigo não estava ouvindo. Seus joelhos haviam afundado; o queixo raspava na cerca e então ele desabou, como um espantalho tirado do poste.

Zeena largou as luvas e começou a subir na cerca.

— Joe, desça e abra o portão. Stan desmaiou. Precisamos levar ele para casa.

Ela ergueu o corpo macilento com facilidade e o carregou nos braços, com as pernas penduradas, na direção da casinha.

O sol da manhã entrava pelas cortinas de bolinha da cozinha, caindo sobre os cabelos dourados de um homem à mesa, ocupado enfiando presunto e ovos na boca. Ele parou de mastigar e tomou um gole de café.

— ... aquele destruidor de crânios era conhecido em toda a linha. Espancou dois velhos bêbados até a morte no porão do xadrez ano passado. Quando ele me pegou naquele beco, soube que era o fim da linha.

Zeena virou as costas para o fogão, com uma frigideira em uma mão e uma espátula na outra.

— Vá com calma, Stan. Aqui tem mais uns ovos. Acho que tem espaço para eles. — Ela encheu o prato dele novamente.

Perto da porta, Joe Plasky estava sentado em uma almofada, separando a correspondência em pilhas por estado. Ela chegava em pacotes; o carteiro deixava em um pequeno barril perto da estrada. Nele, estava pintado: "ZEENA – PLASKY". Há tempos a caixa de correio convencional havia ficado pequena demais para eles.

— Ele começou me agredindo com o porrete. — Stan fez uma pausa com o garfo cheio de ovos parado no ar, olhando para Joe. — Então eu fui pra cima dele. Apliquei o *nami juji* nele e aguentei firme. Ele apagou para sempre.

Zeena parou, segurando a espátula.

— Ai, meu Deus — Zeena disse, olhando para Joe Plasky, que continuava separando a correspondência calmamente.

— Se aconteceu como você está dizendo, rapaz, era você ou ele. Aquele golpe japonês é matador, isso é mesmo — Joe disse. — Mas você é um homem procurado pela polícia, Stan. Tem que ser discreto. E rápido.

Zeena se agitou.

— Bem, ele não vai a lugar nenhum até terminar de comer. O rapaz estava faminto. Tome mais café, Stan. Mas, Joe, o que ele vai fazer? Não podemos...

Joe abriu um sorriso um pouco mais largo, mas seus olhos estavam obscuros e voltados para dentro, pensando. Finalmente, ele disse:

— Eles têm suas digitais aqui em cima?

Stan engoliu em seco.

— Não. Eles não pegam as digitais por vadiagem ou distribuição de mercadoria. Pelo menos não naquela cidade. Mas eles sabem que foi um vendedor loiro que anunciava horóscopos.

Joe pensou um pouco mais.

— Eles fotografaram e ficharam você?

— Não. Só me deram uma multa e um pé na bunda.

O homem incompleto empurrou de lado as pilhas de cartas e saltou até a escadaria que levava aos quartos do sótão. Subiu as escadas e desapareceu; no alto, dava para ouvir uma fricção quando ele atravessava.

Stan empurrou o prato e pegou um cigarro do maço que estava no parapeito da janela.

— Zeena, estou vivendo dentro de um pesadelo... um sonho ruim. Não sei o que me deu. Quando o vaudeville acabou, podíamos ter ido trabalhar em casas noturnas. Ainda não sei como fui me meter com aquela farsa mediúnica.

A mulher estava empilhando a louça na pia. Estava em silêncio.

A voz de Stanton Carlisle prosseguiu, recuperando algo da antiga ressonância.

— Não sei o que deu em mim. Não espero que Molly me perdoe um dia. Mas fico feliz por ela ter conseguido se dar bem. Espero que ele seja um cara excelente. Ela merece. Não diga a ela que você me viu. Quero que ela me esqueça. Tive minha chance e estraguei, no que diz respeito a Molly. Estraguei tudo.

Zeena se virou para ele com as mãos brilhando devido à água ensaboada.

— O que você vai fazer quando sair daqui, Stan?

Ele estava olhando fixamente para as cinzas do cigarro.

— Não faço ideia. Continuar vadiando, eu acho. Não tenho mais nada para vender. Não tenho mais nada de nada. Meu bom Deus, eu não sei...

Nas escadas, Joe Plasky fez um som áspero ao descer lentamente. Quando chegou à cozinha, tinha um rolo grande de tela debaixo do braço. Ele a esticou sobre o piso de linóleo e a desenrolou em duas partes – cartazes com pintura berrante mostravam mãos enormes, os montes e linhas em diferentes cores, com as características atribuídas a cada um.

— Sophie Eidelson deixou isso com a gente na temporada passada — ele disse. — Achei que talvez você pudesse usar. O show de McGraw e Kauffman está em uma cidade depois dessa... ficou a semana toda lá. Um parque itinerante não é dos piores lugares para se esconder.

Zeena secou a mão às pressas e disse:

— Stan, me dá um cigarro, rápido. Já sei! Joe tem a resposta. Você poderia trabalhar usando maquiagem, fantasiado de hindu. Tenho um quimono de seda azul que posso transformar em túnica. Acho que você sabe amarrar um turbante.

O Grande Stanton passou as mãos pelos cabelos. Depois se ajoelhou no chão ao lado do homem incompleto, abrindo melhor os cartazes de quiromancia e os examinando. Em seu rosto, Zeena podia ver o reflexo do cérebro trabalhando por trás. Parecia ter ganhado vida depois de um longo tempo adormecido.

— Meu Deus do céu, isso é um presente divino, Joe. Só preciso de uma mesinha e de uma tenda de lona. Posso pendurar os cartazes na tenda. Eles estão procurando um vendedor, não um quiromante. Ah, Jesus, lá vamos nós.

Joe Plasky saiu do caminho e pegou um saco de aniagem com a correspondência a ser enviada. Jogou-o sobre o ombro e segurou a parte de cima com os dentes, seguindo para a porta apoiado nas mãos.

— Preciso deixar isso para o carteiro retirar — ele disse. — Fiquem aqui... eu dou conta.

Quando ele saiu, Zeena se serviu de uma xícara de café e ofereceu outra a Stan, que recusou com a cabeça. Ele ainda estava estudando os cartazes.

— Stan... — ela começou a falar como se houvesse algo que precisasse ser dito, algo que era só para os dois ouvirem. Falou rapidamente, antes que Joe voltasse: — Stan, quero que me diga uma coisa. É sobre Pete. Agora não me machuca mais falar sobre ele. Foi há tanto tempo que é como se Pete nunca tivesse saído da linha. Parece que ele morreu enquanto ainda estávamos por cima. Mas andei pensando... um garoto é capaz de fazer coisas terríveis para ganhar a garota que deseja. E você era um garoto, Stan, e nunca tinha tido aquilo. Acho que a velha Zeena parecia muito boa para você naquele tempo. Pete nunca beberia aquele álcool. E você não sabia que era um veneno. Diga a verdade.

O Grande Stanton se levantou e colocou as mãos no bolso. Movimentou-se até a luz do sol, que brilhava pela janela da porta da cozinha, iluminar seus cabelos. Sabão e água quente haviam transformado aquela lama em dourado novamente. Dessa vez, sua voz preencheu a cozinha; sutilmente, sem aumentar de potência, ela vibrou.

— Zeena, antes de dizer mais uma palavra, me faça um favor. Você se lembra do sobrenome de Pete?

— Bem... Bem, ele nunca usava. Escreveu em nossa certidão de nascimento. Não penso nisso há anos. Sim, consigo me lembrar.

— E é algo que eu nunca poderia adivinhar. Estou certo? Pode se concentrar naquele nome?

— Stan... O quê...

— Concentre-se. Começa com *K*?

Ela confirmou, franzindo a testa, com a boca entreaberta.

— Concentre-se. *K... R... U... M...*

— Ah, meu Deus!

— O nome era *Krumbein*!

Joe Plasky abriu a porta e Stan saiu da frente. Zeena enterrou a boca na xícara de café, depois a colocou sobre a mesa e saiu do cômodo às pressas.

Joe ergueu as sobrancelhas.

— Estamos relembrando os velhos tempos.

— Ah. Bem, falando nisso, conheço um pouco o McGraw... mas é melhor você não usar meu nome, Stan. Um cara procurado pela polícia como você.

— O que significa ter calos na ponta dos dedos da mão esquerda?

— Que a pessoa toca um instrumento de corda.

— E calos aqui, no polegar direito?

— Escultor.

— E calos na dobra do dedo indicador, na mão direita?

— Barbeiro... de tanto afiar a navalha.

— Está pegando o jeito, Stan. Tem muito mais coisas que estou esquecendo... não leio mãos com frequência há muitos anos. Se Sophie estivesse aqui, poderia dar centenas de dicas como essas. Ela tem um caderno cheio dessas coisas. Trancado com chave. Mas você vai se sair bem. Sempre foi bom de leitura.

Zeena e Joe estavam sentados na sombra da varanda, abrindo cartas e tirando moedas de dentro. A mulher disse:

— Me entregue mais umas de Escorpião, querido. Estou sem.

Joe abriu uma caixa. Os livretos astrológicos vinham em envelopes selados e lacrados. Eles os endereçavam muito rapidamente com canetas-tinteiro e os jogavam em um cesto de metal que depois seria levado pelo carteiro.

— É incrível, Stan, como esse negócio por correio se multiplica — disse Zeena. — Nós colocamos um pequeno anúncio e reinvestimos o dinheiro que chega no próprio negócio. Agora estamos em cinco revistas e mal conseguimos parar de recolher os centavos para cuidar das coisas por aqui.

O Grande Stanton enfiava a mão em um caçarola ao lado da espreguiçadeira em que estava deitado ao sol. Pegando um punhado de moedas de dez centavos, contava cinco montes com dez em cada e os enrolava em papel vermelho – o equivalente a cinco dólares. Os pequenos cilindros vermelhos empilhavam-se em uma tigela de porcelana do outro lado da cadeira, mas, negligentemente, ele deixava vários deles caírem ao seu lado. Ficavam escondidos entre suas coxas e o assento da cadeira de lona.

Joe foi saltando na direção de Stan, segurando nos dentes um cesto de moedas de dez. Esvaziou-o na caçarola, sorrindo.

— Mais um pouco e dá para comprar outro terreno... a fazenda ao lado desta. Estamos bem perto de conseguir terminar de pagar a nossa. Enquanto as pessoas quiserem horóscopos, ou melhor, leituras astrológicas... Não se pode chamar de horóscopo pelo correio, a menos que estejam atreladas à hora e ao minuto de nascimento... Enquanto as pessoas continuarem assim, estamos feitos. E, se as vendas caírem, ainda temos a fazenda.

Stan recostou e deixou o sol bater em suas pálpebras. Ele estava ganhando. Em uma semana, havia se recuperado. Estava quase de volta a seu antigo peso. Os olhos haviam clareado e as mãos quase não tremiam mais. Ele não tinha bebido nada, além de cerveja, em uma semana. Um cara bom na leitura a frio nunca morre de fome. Quando Joe se virou para a varanda, Stanton passou os cilindros vermelhos da cadeira para o bolso das calças.

A caminhonete saiu da estrada secundária em uma nuvem de poeira branca sob a lua cheia e virou na rodovia estadual. Zeena dirigia com cuidado para conservar a caminhonete, e Joe sentava-se ao seu lado, com a mão em seu ombro para não cair quando parassem de repente ou diminuíssem a velocidade. Stan estava ao lado da porta do passageiro, com os cartazes de quiromancia enrolados entre os joelhos.

As luzes da cidade brilhavam à frente enquanto eles iam subindo. Depois desceram na direção dela.

— Estamos quase lá, Stan.

— Você vai se dar bem, rapaz — Joe disse. — McGraw é um pouco duro, mas, depois que se compromete, não é muquirana.

Stan ficou em silêncio, observando as ruas vazias pelas quais passavam. A estação de ônibus era uma drogaria que ficava aberta a noite toda. Zeena parou no fim da quadra e Stan abriu a porta para sair, carregando os cartazes.

— Até logo, Zeena... Joe. Esse... esse foi o primeiro descanso que tive em muito tempo. Não sei como...

— Esqueça, Stan. Joe e eu ficamos felizes em fazer o que pudemos. Somos cria do parque itinerante e, quando um de nós passa aperto, temos que nos unir.

— Vou tentar viajar no bagageiro desse ônibus, eu acho.

Zeena riu.

— Sabia que estava esquecendo alguma coisa. Aqui está, Stan. — Do bolso do macacão, ela tirou uma nota dobrada e, inclinando-se sobre Joe, a colocou na mão do adivinho. — Pode me devolver no fim da temporada. Não tem pressa.

— Muito obrigado. — O Grande Stanton se virou com os cartazes enrolados debaixo do braço e caminhou na direção da drogaria. No meio da quadra, ele parou, endireitou o corpo, jogou os ombros para trás e continuou com a postura de um imperador.

Zeena ligou a caminhonete e deu meia-volta. Eles saíram da cidade por outro caminho e pegaram uma estrada secundária que cortava por uma rodovia mais ao sul, virando para subir uma encosta que dava para a via principal.

— Vamos esperar aqui, meu bem, e tentar dar uma espiada quando o ônibus passar. Eu me sinto meio estranha não podendo levá-lo até a estação e esperar o ônibus sair. Não me parece hospitaleiro.

— É a única coisa esperta a se fazer, Zee. Um cara procurado pela polícia como ele.

Ela saiu do veículo e o marido saltou atrás; eles atravessaram um campo e sentaram na ribanceira. No alto, o céu estava nublado e a lua estava oculta por uma barreira densa.

— Acha que ele vai conseguir, Joe?

Plasky acomodou o corpo sobre as mãos e se inclinou para a frente. Lá embaixo, na faixa clara de concreto, as luzes de um ônibus se aproximavam. Ele pegou velocidade, pneus cantando na estrada, enquanto ia na direção deles. Pelas janelas dava para distinguir os passageiros – um garoto e uma menina, abraçados no último banco. Um velho já adormecido. O ônibus passou a toda velocidade sob a ribanceira.

Stanton Carlisle estava dividindo um banco com uma mulher robusta de vestido florido e vistoso e chapéu de palha. Ele estava segurando a mão direita dela, com a palma para cima, e apontando para as linhas.

Joe Plasky suspirou quando o ônibus passou por eles na escuridão com o brilho fraco das luzes traseiras vermelhas.

— Não sei o que vai acontecer com ele — ele disse em voz baixa —, mas aquele cara não nasceu para se dar mal.

CARTA XXII

# O ENFORCADO

*Pendurado de cabeça para baixo em um tronco de árvore.*

Era um chapéu de palha barato, mas lhe conferia classe. Ele era o tipo de cara que podia usar chapéu. A corrente que usava no lugar da gravata era da lojinha de quinquilharias, mas, com o terno e a camisa branca, parecia legítima. O espelho âmbar atrás do balcão sempre faz as pessoas parecerem bronzeadas e saudáveis. Mas ele estava bronzeado. O bigode estava escuro para combinar com a tintura que Zeena havia passado em seus cabelos.

— Uma cerveja para mim, amigo.

Ele levou o copo para uma mesa, colocou o chapéu sobre uma cadeira vazia e abriu um jornal, fingindo ler. Quarenta e cinco minutos antes de o ônibus local partir. Ninguém sabe quem eles estão procurando lá em cima – não há digitais nem fotografias. Fique longe daquele estado e eles vão procurar por você até o fim dos tempos.

A cerveja era amarga e ele começou a se sentir levemente alterado por ela. Não tinha problema. Fique na cerveja por um tempo. Ganhe uma grana trabalhando na barraca de adivinhação. Guarde uma boa parte no bolso e tente trabalhar no México. Dizem que a língua se aprende fácil, é batata. E o maldito país é bem receptivo com esse povo do turbante. Eles anunciam em todos os jornais de lá. Para dar tempo de aquela confusão com o policial esfriar e eu poder voltar em alguns anos e começar a trabalhar na Califórnia. Com um nome espanhol, talvez. Há milhões de possibilidades.

Um cara bom na leitura a frio nunca morre de fome.

Ele abriu o jornal, passando os olhos pelas figuras, pensando nos dias que viriam. Vou ter que agitar as leituras e dar meu sangue por isso. Em uma barraca de adivinhação em um parque, é possível identificá-los rapidamente e fazer tudo em passo acelerado. Bem, eu posso fazer isso. Devia ter ficado no parque.

Duas páginas do jornal ficaram grudadas e ele voltou para separá-las, sem se preocupar com o que havia nelas, apenas para não pular nenhuma. No México...

A fotografia ocupava a página toda, bem na parte superior. Ele olhou para ela, concentrando-se no rosto da mulher, fundindo seu olhar com os pontos pretos que compunham a imagem, preenchendo textura, contorno e cor de memória. O perfume dos cabelos dourados e lisos retornaram a ele, a leve contorção de sua pequena língua. O homem parecia vinte anos mais velho; parecia ter a cara da morte – pescoço seco, bochechas flácidas...

Eles estavam juntos. Eles estavam juntos. Leia. Leia o que estão fazendo.

## PSICÓLOGA SE CASA COM MAGNATA

Em uma cerimônia simples. A noiva usou um vestido [...] O padrinho foi Melvin Anderson, amigo de longa data e conselheiro [...] Cruzeiro de lua de mel pela costa da Noruega [...]

Alguém o estava sacudindo, falando com ele. Só que não era nenhum tufo de grama... era um copo de cerveja.

— Nossa, vá com calma, amigo. Como conseguiu quebrar isso? Deve ter batido na mesa com muita força. A gente não é responsável, você sai jogando copos por aí e se corta. Por que não vai na farmácia? A gente não é responsável...

A escuridão da rua a escuridão com os olhos da noite acima das cornijas ah Jesus ele estava sangrando era apropriado para uma apresentação de noite inteira me dá um uísque e água, sim, uísque de centeio e pode ser duplo.

Não é nada, eu me arranhei num prego, doutor. Não vai cobrar? Ótimo, doutor. Me dá um uísque de centeio... é, e água, e é melhor o uísque ser duplo e a água entrando nos rastros de pneus onde os adultos estavam por toda parte.

Não estou pressionando, amigo, sem ressentimentos, sou seu amigo, meu amigo, estou tendo a impressão de que quando era novo havia uma linha de trabalho ou profissão que desejava seguir e, além disso, você carrega no bolso uma moeda estrangeira ou amuleto da sorte e você pode ver, xerife, que a jovem não pode usar roupas comuns porque milhares de volts de eletricidade cobrem seu corpo como um manto e as lantejoulas eram ásperas sob seus dedos enquanto ele libertava a maciez de seus seios trêmulos de vitória iminente porque vamos ser uma equipe e chegar até o topo e eles te dão uma esmola na porta dos fundos mas as portas foram fechadas, cavalheiros, deixem que procurem pistas até o fim dos tempos e o velho idiota boquiaberto sob a luz vermelha da vela ah Jesus sua vagabunda sem expressão me devolva aquela grana sim uísque de centeio, água para acompanhar...

Mal dava para ver a plataforma por causa da fumaça e o garçom usava avental de açougueiro e suas mangas estavam dobradas e seus braços tinham músculos como os de Bruno só que cobertos de pelos pretos você tinha que pagar para ele todas as vezes e as doses de bebida eram pequenas saia dessa taverna imunda e encontre outra mas a moça estava cantando enquanto o cara de camisa de seda roxa tocava piano a feiosa estava de vestido longo preto e uma tiara de imitação de brilhantes

*Put your arms around me, honey, hold me tight!*[4]

Ela puxou o microfone em sua direção e seus peitos se destacaram de cada lado do pedestal. Meu Deus, que mulher desagradável...

---

4. Em tradução livre: Me envolva com seus braços, querido, me abrace forte! (N.T.)

*Cuddle up and cuddle up with all your might!*[5]

Ela esfregava a barriga no microfone...

*Oh! Oh! I never knew*
*any boy*
*like*
*you!*[6]

— Garçom, garçom, diga para aquela cantora que eu quero pagar uma bebida para ela...

*When you look at me my heart... begins to float,*
*Then it starts a-rocking like a... a motor boat!*
*Oh! Oh! I never knew*
*Any boy... like... you!*[7]

— Ufa, estou sem fôlego. Gostou da apresentação? Essas músicas antigas sempre são as melhores, não são? Obrigada, amigo. O de sempre para mim, Mike. Já não te vi por aqui antes, querido? Nossa, andou perdendo a chance de se divertir...

Todos os corredores são parecidos e as luzes fortes vestidos pretos e lençóis amarelos me beije.

— Sim, claro, querido, só fique de calças até eu conseguir recuperar o fôlego. Depois, lá para cima... Ufa!

Cheiro de pó de arroz suor perfume.

— Sim, querido, já tiro. Pode esperar um minuto? Pode tomar mais alguma coisa, na garrafa mesmo, amigo. Rapaz, nada mal. Pode vir e se soltar, querido, a mamãe aqui vai te tratar bem. Nossa, e você é bonito! Ei, querido, que tal me dar meu presente agora, hein? De onde tira

---

5. Em tradução livre: Aconchegue-se e aconchegue-se com toda sua força! (N.T.)
6. Em tradução livre: Oh! Oh! Eu nunca conheci/ ninguém/ como/ você! (N.T.)
7. Em tradução livre: Quando você olha para mim, meu coração... começa a flutuar,/ Então ele começa a bater como um... barco a motor!/ Oh! Oh! Eu nunca conheci/ Alguém... como... você! (N.T.)

tantas moedas? Meu Deus, deve trabalhar conduzindo bonde. Chega de bebida para mim, querido, vamos "fazer um bebê"... Preciso voltar.

Tateando no escuro, ele encontrou, deitando de lado ainda havia uma dose ali ah Jesus preciso sair daqui antes que vejam este quarto...

O sol ofuscante, procure no forro, talvez alguma tenha ido parar lá... mais um cilindro de moedas... amarre-as na barra da camiseta esse maldito pulgueiro é um pulgueiro mas as garrafas não precisam de saca-rolhas e que se dane a água eu dei um jeito em todos eles, os cretinos, eles nunca vão me encontrar... cobri meus rastros sou esperto demais para eles os cretinos eu o acertei bem na cara e ele caiu no divã com a boca aberta o velho cretino nem soube o que o acertou mas ainda vou me livrar deles e trabalhar vestido de hindu com maquiagem escura mas tinha mais uma dose malditos ladrões alguém entrou aqui e bebeu me deixe sair daqui para tomar ar ah Jesus as malditas cadeiras estão escorregando para a frente e para trás para a frente e para trás e se eu segurar firme no tapete não vou escorregar e colidir com a parede com o punho dele batendo na prateleira da lareira ela senta bem na beirada do sofá se olhando na placa de vidro na frente da igreja quando eles fecharam com madeira a porta do sótão e as mãos dele agarravam a toalha de mesa enquanto eu acabava com ele, Gyp. Aquele gordo cretino eu espero que tenha cegado ele seguindo a estrela que brilha em sua lamparina de cabeça para baixo em um tronco de árvore.

No trailer que funcionava como escritório, McGraw datilografava uma carta quando ouviu alguém bater na porta de tela. Protegeu os olhos do brilho da luminária de mesa e disse com o canto da boca:

— Sim, o que foi?

— Senhor McGraw?

— Sim, sim. O que você quer? Estou ocupado.

— Quero falar com o senhor sobre uma atração. Atração nova.

— Entre. O que tem para oferecer?

O vagabundo estava sem chapéu, camisa imunda. Debaixo do braço, tinha alguns cartazes enrolados.

— Deixe eu me apresentar... Allah Rahged, adivinho de alta categoria. Tô com uns cartazes prontos para trabalhar. Melhor leitura a frio do país. Deixe que eu dê uma demonstração.

McGraw tirou o cigarro da boca.

— Desculpe, meu irmão. Não tenho vagas. E estou ocupado. Por que não alugar um espaço e trabalha por conta própria? — Ele se inclinou para a frente, colocando papel na máquina de escrever. — Estou falando sério, amigo. Não contratamos paus-d'água! Meu Deus, você está fedendo, parece que se mijou todo. Vai embora daqui!

— Só me dê uma chance de fazer uma demonstração. Sou um adivinho de verdade, das antigas, número um. Dou uma olhada no alvo e leio passado, presente...

McGraw estava passando os olhos pequenos e frios sobre o homem cuja cabeça quase batia no teto do trailer. Os cabelos eram pretos e sujos, mas nas têmporas e perto da testa havia uma linha fina amarelada. Tingido. Um fugitivo.

O chefe do parque sorriu de repente para o visitante.

— Sente-se, amigo. — De um armário, ele tirou uma garrafa e dois copos. — Quer um gole?

— Agradeço muito, senhor. Muito revigorante. Só vou precisar de uma barraca e uma mesinha... Penduro os cartazes nos cantos da tenda.

McGraw balançou a cabeça.

— Não gosto de barracas de adivinhação. Dá muita confusão com a polícia.

O vagabundo estava de olho na garrafa, com os olhos fixos nela.

— Quer mais uma dose? Não, eu não gosto de barracas de adivinhação. É coisa antiga. É sempre necessário apresentar coisas novas. Sensacionais.

O outro concordava sem perceber, de olho na garrafa. McGraw a guardou de volta no armário e se levantou.

— Desculpe, amigo. Talvez em outro parque. Mas não aqui. Boa noite.

O beberrão se levantou, apoiando as mãos nos braços da cadeira, cambaleante, piscando os olhos para McGraw. Depois passou o dorso da mão na boca e disse:

— Certo. Está bem. — Ele chegou à porta de tela com dificuldade e a abriu, segurando firme com uma das mãos para se equilibrar. Tinha esquecido os cartazes imundos com as pinturas chamativas de mãos. — Bem, até logo, senhor.

— Ei, espere um minuto.

O bêbado já estava sentado de novo, com o corpo inclinado para a frente, as mãos espalmadas no peito, os cotovelos nos braços da cadeira, a cabeça balançando.

— Ei, senhor, que tal mais um golinho antes de eu ir?

— Sim, claro. Mas eu acabei de pensar em uma coisa. Tenho um trabalho que você pode tentar. Não é muito, e não estou implorando para que aceite; mas é um trabalho. Você ganha um dinheirinho e uma dose de vez em quando. O que diz? É claro que é apenas temporário... só até a gente encontrar um selvagem de verdade.

# SOBRE O AUTOR

William Lindsay Gresham (1909-1962) nasceu em Baltimore, nos Estados Unidos. Sua família morou por um breve período em Fall River, Massachusetts, em 1916, e depois se mudou para Nova York, onde Gresham se formou no Ensino Médio na Erasmus Hall High School, no Brooklyn, em 1926. De mente torturada e vida atormentada, buscou expulsar seus demônios, mas se perdeu em um labirinto do que se provou ser uma série de becos sem saída: do marxismo à psicanálise, do cristianismo aos Alcoólicos Anônimos e ao zen-budismo Rinzai. Desses demônios nasceu seu romance *Nightmare Alley* (1946), um dos clássicos underground da literatura estadunidense. Ele chegou a escrever outro romance, *Limbo Tower* (1949), que passou despercebido, e três livros de não ficção: *Monster Midway* (1953), *Houdini* (1959) e *The Book of Strength* (1961). *Nightmare Alley* conferiu fama e fortuna a Gresham, mas ele perdeu tudo. A segunda de suas três esposas, a poeta Joy Davidman, deixou-o em 1953 pelo autor britânico C. S. Lewis. Com problemas de saúde, Gresham se suicidou em Nova York, em 14 de setembro de 1962.

Nick Tosches, que assina a introdução desta edição, é autor de quinze livros de ficção, não ficção e poesia. Seu romance mais recente, *In the Hand of Dante*, foi publicado em dezessete idiomas e selecionado como Livro Notável do Ano pelo *New York Times*. Há algum tempo está trabalhando em um livro sobre William Lindsay Gresham.